# MEURTRE À OXFORD

TESSA HARRIS

# MEURTRE À OXFORD

## Une enquête du Dr Thomas Silkstone

*traduit de l'anglais*
*par Danièle Momont*

ARCHIPOCHE

Ce livre a été publié sous le titre
*The Anatomist's Apprentice*
par Kensington Books, Londres, 2011.

Notre catalogue est consultable à l'adresse suivante :
www.archipoche.com

Éditions Archipoche
34, rue des Bourdonnais
75001 Paris.

ISBN 978-2-35287-991-6

*À mes parents, Patsy et Geoffrey,*
*mon mari, Simon,*
*et mes enfants, Charlie et Sophie,*
*avec tout mon amour et mes remerciements.*

*« Ce qui importe,
ce n'est pas de savoir
comment meurt un homme,
mais comment il a vécu. Le passage
de vie à trépas est sans importance
car il dure si peu. »*

Samuel Johnson, 1769

# Prologue

Le temps, dit-on, est un grand médecin. En revanche, il se révèle un piètre anatomiste. Certes, il permet de guérir les plaies de l'âme après le départ d'un ami ou le décès d'un être cher, mais l'anatomiste, lui, se trouve face à un cadavre privé du moindre signe de vie – hormis les asticots et les mouches ; il s'agit là d'une autre paire de manches. Lorsque les bactéries qui, hier encore, se nourrissaient du contenu de nos intestins entreprennent de dévorer les intestins eux-mêmes, le temps devient notre ennemi.

L'histoire que vous vous apprêtez à découvrir est celle d'un homme dont le nom s'est perdu dans les brumes de l'Histoire, mais à qui ceux qui luttent aujourd'hui contre le crime doivent une très fière chandelle. Il y a un peu plus de deux siècles, les anatomistes ne disposaient pas de chambres froides où retarder le processus de putréfaction. À la mort d'un homme, si l'on jugeait nécessaire d'en disséquer le corps, il fallait agir vite, avant que les insectes se précipitent et que la dépouille commence à se dégrader. Mieux valait alors, pour les âmes délicates, se tenir loin des salles de dissection – surtout en été, quand la pestilence conjuguée du sulfure d'hydrogène, du méthane et de l'ammoniac provoquait des haut-le-cœur chez les sujets les plus robustes.

Le Dr Thomas Silkstone ne prétendait pas supporter mieux que l'homme de la rue la compagnie des cadavres en décomposition. Néanmoins, il s'était efforcé de surmonter peu à peu sa répulsion, sa nausée et ses étourdissements : il pratiquait son art depuis que, sept ans auparavant, il avait débarqué à Londres en provenance de Philadelphie, aux États-Unis, dont il était originaire. En dépit de sa jeunesse – il n'avait que vingt-cinq ans, quand ses confrères en comptaient en moyenne vingt de plus –, il faisait preuve d'une telle originalité et nourrissait une telle passion pour son métier qu'il se distinguait largement des autres anatomistes de son temps. Les étudiants se précipitaient pour le regarder disséquer un corps avec une dextérité sans pareille, tandis qu'il leur expliquait, pas à pas, la nécessité de chaque incision, dans un anglais qui n'était certes pas celui du roi, mais révélait néanmoins un véritable gentleman.

C'est à ce jeune Américain que les médecins légistes d'aujourd'hui doivent leur existence. Il fut en effet le premier à recenser les divers stades de putréfaction des cadavres humains, le premier aussi à étudier en détail l'action des poisons sur le système lymphatique, le premier enfin à pouvoir évaluer la date d'un décès selon le stade de développement des insectes qui avaient pris possession de la dépouille. L'éventail de ses compétences s'élargit de façon spectaculaire. L'anatomie ne lui suffisant plus, il s'intéressa de près à la chimie, la physique, la botanique, la zoologie, ainsi qu'à la médecine. À beaucoup, un pareil champ d'études aurait amplement suffi et, si les événements avaient pris un autre tour, sans doute le Dr Silkstone s'en serait-il tenu, lui aussi, à la dissection pure – auquel cas il serait devenu, à coup sûr, l'un des anatomistes les plus illustres du XVIIIe siècle. Mais ce qui se produisit à l'automne 1780 l'orienta vers une activité inédite à son époque, totalement inconnue de ses pairs.

Par un soir glacé d'octobre de cette année-là, alors que le gouvernement du roi George III s'imaginait qu'il régnerait à jamais sur le monde, même si, de l'autre côté de l'Atlantique, des gentilshommes assoiffés d'indépendance s'opposaient à cette mainmise, le Dr Silkstone reçut la visite d'une jeune femme qui allait changer sa vie et conduire, indirectement, à la naissance d'une nouvelle branche de la médecine. Cette dame de haute naissance avait à raconter une fort triste histoire, dont les circonstances poussèrent Thomas à se jeter à corps perdu dans l'aventure. Un crime avait-il été commis ? On l'ignorait, mais le Dr Silkstone pressentit que seule la science parviendrait à apporter des réponses à cette énigme. Dès lors, il consacra ses efforts à la résolution de différents mystères, au service desquels il plaça tant la logique la plus pure que les techniques les plus innovantes au sein de sa discipline. Pour tout dire, il devint le premier expert médico-légal de l'Histoire, et le récit qui va suivre rapporte sa première enquête.

# 1

*Comté d'Oxfordshire, Angleterre, an de grâce 1780*

Ce fut d'abord un cri étouffé, qui fit voler le silence en éclats. Puis de lourds bruits de pas. Lady Lydia Farrell se rua dans le couloir. Des empreintes boueuses la menèrent à la chambre de son frère.

— Edward! appela-t-elle.

Un instant plus tard, elle frappait à sa porte, en proie à un effroi croissant. Pas de réponse. Sans attendre plus longtemps, elle pénétra dans la pièce, où elle découvrit Hannah Lovelock, la servante, paralysée de terreur.

Dans un coin de la chambre plongé dans l'ombre, le jeune maître des lieux tremblait de tous ses membres; sa tête ballottait de droite et de gauche. En s'approchant, Lydia constata que son frère avait les cheveux en bataille et la chemise à demi ouverte, mais c'est surtout son teint, lorsqu'il détourna le visage de la fenêtre pour le ramener vers la lumière, qui la bouleversa le plus. Un teint jaunâtre et crémeux, proche de l'onyx; on aurait dit un masque. La jeune femme en eut le souffle coupé.

— Que se passe-t-il, Edward? hurla-t-elle en s'élançant vers lui. Es-tu souffrant?

Pour toute réponse, il la fixa comme il aurait fixé une étrangère. Puis il fut pris de haut-le-cœur ; de violentes convulsions lui soulevaient les épaules.

Sa sœur, affolée, s'empara de la carafe posée sur la table pour lui apporter de l'eau, mais d'un mouvement de la main le garçon heurta le verre, qui se brisa en mille morceaux sur le sol. C'est alors que Lydia repéra les yeux proéminents de son frère – on les aurait crus près de jaillir de leurs orbites, tandis que la peau, autour de sa bouche, virait au bleu. Il saisit sa gorge à deux mains. Il serrait les dents comme un chien enragé. Soudain – et c'était là le plus atroce des spectacles –, il se mit à cracher du sang, qui peu à peu lui mouchetait les lèvres.

Hannah lâcha un cri hystérique : son maître se jetait à présent vers l'avant en tentant d'agripper les tentures de ses bras maigres. Après quoi il s'écroula. D'affreuses contractures le secouaient, comme si le démon en personne avait agité sa carcasse.

Tandis qu'il continuait de se débattre ainsi sur le parquet en bavant une bile sanguinolente, sa sœur s'accroupit à côté de lui, penchée sur ce corps chétif frémissant de façon incontrôlable. D'un terrible geste de la jambe gauche, le jeune homme frappa Lydia rudement. Elle glapit de douleur en reprenant appui contre le lit. S'avisant qu'elle ne servait à rien, elle décampa pour appeler les domestiques à la rescousse.

— Allez chercher le médecin ! Pour l'amour de Dieu, allez chercher le Dr Fairweather !

Elle avait beau hurler, les clameurs qui s'échappaient de la chambre couvraient presque sa voix.

Au rez-de-chaussée régnait le plus grand désordre. Les mugissements, qui ne paraissaient pas humains, mêlés aux supplications saccadées de Lydia, emplissaient maintenant l'entrée de Boughton Hall. Le valet et le majordome grimpèrent l'escalier quatre à quatre, cependant que le capitaine Michael Farrell passait la tête par la porte de son bureau pour découvrir la figure blême de son épouse.

— Que se passe-t-il, pour l'amour du ciel? s'exclama-t-il.

Les domestiques réunis dans l'entrée écoutaient avec épouvante les hululements de sorcière qui leur parvenaient de la chambre de leur maître. Les chiens de la maison se mirent à aboyer. Le tohu-bohu semblait ne plus vouloir cesser jusqu'à ce que, subitement, le silence retombât sur les lieux.

Le Dr Fairweather arriva trop tard. Il trouva le jeune homme étendu en travers de son lit, les vêtements souillés de longues coulures de sang. Déformés, les traits de son visage s'étaient figés en une affreuse grimace, ses yeux grands ouverts paraissant contempler une scène monstrueuse – sa langue, gonflée, sortait à demi d'entre ses lèvres violacées.

Le médecin eut beau examiner le défunt durant de longues minutes, il se révéla incapable d'établir les causes de son décès.

— Il a le teint jaune, observa-t-il.

— Mais qu'est-ce qui a pu provoquer ce drame? gémit Lydia, la mine défaite, des larmes ruisselant sur ses joues.

Le Dr Fairweather secoua la tête.

— Lord Crick souffrait de nombreuses affections. N'importe laquelle aurait pu causer son trépas.

M. Peabody, l'apothicaire, succéda à l'homme de l'art au chevet du jeune homme. Il jura qu'il n'avait ni augmenté ni réduit les doses de purgatif que l'on administrait habituellement au patient.

— Sa mort me laisse aussi pantois que le Dr Fairweather.

La nouvelle du décès prématuré du très honorable comte Crick ne tarda pas à se répandre à l'extérieur de Boughton Hall. En quelques heures, elle atteignit les villages du comté puis, plus largement, toute la campagne de l'Oxfordshire, pareille à un flot de sang qu'aucun garrot ne contient. Comme de bien entendu, le récit se fit de plus en plus atroce à mesure qu'on le rapportait dans les tavernes et les auberges des environs.

— C'était ses yeux.

— On m'a dit qu'ils étaient devenus tout rouges.

— On m'a raconté que sa peau avait verdi.

— Il poussait des cris pareils à ceux d'un possédé.

— Peut-être bien qu'il l'était.

— Si ça se trouve, il a vu le démon.

— Qui venait réclamer son dû, à mon avis.

Les buveurs se turent quelques instants, songeant à la justesse de cette dernière remarque.

— Ouais, ouais, finirent-ils par lâcher en chœur.

Les six hommes se tenaient devant les braises qui, peu à peu, mouraient dans l'âtre d'une auberge toute proche des collines de Chiltern. C'était l'automne, le froid s'installait.

— Et elle, la pauvre petite?

— Il paraît qu'il l'a frappée.

— Il a essayé de la tuer, ouais, alors qu'ils sont du même sang.

— Une demoiselle si délicate avec ça, aussi fragile que le tulle.

— C'était un sale type, assena le meunier.

Ses compagnons approuvèrent sans réserve d'un hochement de tête. Tous se rappelaient les injustices qu'un jour ou l'autre le comte leur avait fait subir.

— Il doit brûler en enfer à l'heure qu'il est, hasarda le forgeron.

De nouveau, chacun acquiesça.

— Bon débarras, décréta le charpentier.

Les buveurs levèrent ensemble leur chope.

Ils firent silence un moment, le temps pour eux de siroter leur bière tiède. Le forgeron finit par rompre la glace :

— Évidemment, vous devinez à qui la nouvelle doit faire le plus plaisir ?

Il se pencha en avant avec des airs de conspirateur.

Les hommes se regardèrent. L'allusion leur faisait l'effet d'un os que l'on aurait jeté au milieu d'une meute de chiens. Ils opinèrent encore.

— Il va se frotter les mains de joie, ricana le meunier en suçotant le tuyau de sa pipe.

— Pour sûr, mes amis, renchérit le forgeron. Pour sûr.

Sur quoi il vida sa chope, qu'il reposa sans ménagement sur la table devant lui, avec l'emphase de qui s'imagine tout savoir quand, en réalité, il ne sait à peu près rien.

Dehors, dans la lumière déclinante, les femmes bavardaient aussi sur la place du marché.

— Comme un chien fou qu'il était, il déchirait ses habits, affirma une domestique, qui le tenait de sa cousine, laquelle connaissait le garçon d'écurie du frère du pasteur présent dans le hall du manoir le jour de la tragédie.

Elle rapportait son récit cauchemardesque à qui voulait l'entendre, alors qu'elle achetait du ruban pour sa maîtresse à Brandwick, où elle comptait de nombreuses auditrices.

Ainsi se propageait la rumeur, dans les tavernes basses de plafond aussi bien que sur les marchés grouillant d'activité. Elle se propageait encore dans les salons feutrés comme dans le vacarme des salles de jeu. Des trayeuses aux marchands, en passant par les concierges et les gouvernantes, on ne parlait plus d'autre chose dans l'Oxfordshire. Certains évoquaient les yeux du jeune noble, qui, prétendait-on, avaient versé des larmes de sang, d'autres parlaient de sa bouche, dont la bave s'échappait à gros bouillons, d'autres encore affirmaient que l'homme avait, au moment de rendre l'âme, débité des injures et des paroles insensées.

Les plus circonspects se contentaient de dire que le jeune comte était mort dans d'atroces souffrances ; leurs pensées allaient maintenant à sa famille éplorée. Néanmoins, des vieilles veuves édentées aux messieurs les plus austères, tous écoutaient les récits en circulation, qu'ils transmettaient à leur tour, y ajoutant mille nuances telles qu'on en voyait aux feuilles des hêtres que l'automne colorait, mille conjectures qui gagnaient en consistance à mesure qu'elles s'entremêlaient.

Boughton Hall était un manoir de campagne, élégant et robuste, édifié à la fin du XVIIe siècle par l'arrière-arrière-grand-père du très honorable comte Crick, le premier de la lignée. Blottie au fond d'un val, parmi la brumaille des collines de Chiltern, la bâtisse était entourée d'un parc immense et de bois de hêtres. Ses cheminées imposantes, autant que son fronton, avaient connu des jours meilleurs, et la façade se décrépissait, mais si, au cours des quatre années qui venaient de s'écouler, le jeune lord Crick avait négligé sa demeure, quelques travaux de rénovation auraient suffi à lui rendre son lustre d'antan.

Lady Lydia Farrell aimait la maison de ses ancêtres. Pour l'heure, elle se muait en forteresse, dont les murs la protégeaient des salves de mensonges et d'insinuations qu'on expédiait, depuis le décès de son frère, dans sa direction comme dans celle de son époux. Le pasteur, le révérend Lightfoot, assis près d'elle dans le salon trois jours après le drame, tentait de la réconforter. La peau marbrée de son visage évoquait une vieille carte de géographie tachée et, en homme d'expérience, il débitait ses paroles de consolation comme il aurait roulé l'un après l'autre devant lui des fûts de xérès.

— Le temps est un grand médecin, déclara-t-il à la jeune femme, qui leva les yeux vers lui en souriant faiblement.

Les discours de l'ecclésiastique, pour sincères qu'ils fussent, ne lui semblaient d'aucun secours. Elle écoutait poliment ses platitudes sans souffler mot. Certes, se disait-elle, le temps était un grand médecin, mais un piètre anatomiste.

À mesure que le séjour de son frère se prolongeait entre les plis de son linceul, où se dissimulaient les secrets de son trépas, le temps se muait peu à peu en ennemi.

# 2

Un bon cadavre, c'est comme un bon filet de bœuf, disait le maître – tendre sous les doigts, facile à découper. Il s'abstenait d'étendre la comparaison à l'odeur. Car un morceau de bœuf qui commençait à empuantir l'atmosphère, n'importe quel cuisinier digne de ce nom s'empressait de le jeter aux chiens. Il n'en allait pas de même avec les cadavres. En outre, au contraire du filet, dont la texture et le fumet gagnaient à ce qu'on patientât quelques jours avant de le préparer, il fallait faire subir au corps humain un traitement rapide – l'idéal était d'agir quelques heures à peine après le décès.

Cela dit, la dépouille dont Thomas Silkstone se trouvait aujourd'hui chargé avait beau être relativement fraîche, elle se révélait délicate à examiner. Déjà, la rigidité cadavérique s'installait – le praticien devait se hâter s'il tenait à disséquer les vaisseaux lymphatiques intestinaux avant qu'ils s'atrophient. Ces tubes souples et translucides, pareils à une pelote de ficelle enchevêtrée, commençaient déjà à perdre de leur élasticité, quoique leur infortuné propriétaire, un certain Joshua Smollett, fût mort le matin même. Cet ancien patient du Dr Silkstone comptait parmi la poignée de visionnaires à avoir saisi que si des progrès devaient survenir dans le domaine de la médecine, c'est de la pratique intensive de l'anatomie qu'ils surgiraient. « La dissection, ainsi qu'aimait à le répéter souvent dans ses leçons le Dr Carruthers, le mentor de Thomas, son "maître", constitue la clé de la compréhension de toutes les maladies. »

Silkstone se surprenait souvent à réciter ainsi les mantras du Dr Carruthers. Il se grondait : après tout, il était à présent un chirurgien qualifié, mais l'influence du vieil homme s'était insinuée dans la moindre fibre de son être, au point de lui dicter le cours de ses pensées, de guider sa main à chaque incision. « Vous êtes un artiste, lui disait fréquemment le maître. Vous êtes un Léonard de Vinci, un Michel-Ange. Le scalpel représente votre pinceau, le cadavre est votre toile. » Thomas peinait cependant à se considérer comme tel lorsqu'il respirait à petits coups prudents pour empêcher la nausée de l'envahir.

C'était l'automne à présent, les températures baissaient – chaque fois qu'elles grimpaient, la fétidité des chairs en décomposition augmentait d'autant. Alors, seuls les estomacs les mieux endurcis se révélaient capables de supporter les terribles miasmes qui s'échappaient de tous les théâtres anatomiques de Londres, encouragés par le soleil et la chaleur.

Silkstone avait rarement affaire à un corps tel que celui de M. Smollett. Pour tout dire, il peinait, ces derniers temps, à se procurer des cadavres. Lorsqu'il était arrivé de Philadelphie, la Corporation des chirurgiens de Londres l'avait invité à participer à la dissection d'un homme que l'on venait tout juste de décrocher de la potence. Il frissonna en se rappelant les robes noires des hommes de l'art, leurs perruques grises, leurs façons de vautours tandis qu'ils s'affairaient autour du défunt avant de pratiquer la première incision. Thomas éprouvait encore de la répulsion au souvenir de cette scène, même s'il savait que le bougre écorché était un criminel qui, selon toute probabilité, avait lui-même mutilé – de leur vivant – plusieurs victimes.

Comment s'étonner que Silkstone, vu sa position sociale et le poids de ses responsabilités, eût envie, pendant son temps libre, de goûter aux distractions qu'offrait la capitale britannique? Hélas, si à Philadelphie il avait coutume d'assister à des bals et des bals masqués, il jugeait ici la compagnie un peu assommante et, assurément, moins raffinée que dans sa ville natale. Les dames elles-mêmes se révélaient plus rustaudes que celles de la Pennsylvanie. Mais Thomas avait fini par trouver son bonheur: le théâtre et, plus particulièrement, celui de Drury Lane, dirigé par l'acteur David Garrick. Le garçon avait certes lu les grands philosophes, mais nulle part la condition humaine ne se voyait mieux dépeinte que dans la mise en scène du *Roi Lear* proposée par l'illustre comédien.

Tandis qu'il œuvrait sur le corps flasque où se logeait naguère l'âme de M. Smollett, Silkstone réfléchissait. À l'inverse de la plupart de ses patients qui, sur leur lit de mort, exigeaient de leurs proches qu'ils leur jurent de ne pas confier leur dépouille aux anatomistes, M. Smollett n'avait jamais redouté de se voir privé de paradis en acceptant qu'on le disséquât après son décès. « Saint Pierre m'accueillera, en linceul ou en morceaux », avait-il lancé malicieusement au jeune médecin lors de son avant-dernière visite, avant que ses éclats de rire le fissent tousser, puis cracher du sang.

C'était la phtisie, également appelée tuberculose, encore surnommée « la mort blanche », qui, à n'en pas douter, avait emporté M. Smollett. Comme il s'y attendait, Thomas avait découvert, en lui ouvrant le thorax, des poumons couturés de cicatrices, mais c'était le système lymphatique qui l'intéressait ces temps-ci ; il avait profité de l'occasion pour inciser le bas-ventre. Le défunt était, pour le moins, un homme corpulent, en sorte qu'à mesure que l'anatomiste se frayait un chemin parmi les couches blanchâtres de graisse sous-cutanée, organes et tissus résistaient de plus en plus à son scalpel. De surcroît, la lumière s'amenuisait ; bientôt, il faudrait allumer les chandelles.

Mme Finesilver, la gouvernante, l'avait déjà prévenu qu'il dépensait des sommes folles en bougies, mais une lumière de qualité se révélait essentielle à son travail. Il préférait acheter du suif plutôt que du porto, avait-il rétorqué à Mme Finesilver, qui lui avait, en échange, jeté un regard réprobateur. Il reposa son scalpel, s'essuya les mains sur son grand tablier taché de sang et s'en fut chercher le candélabre qui trônait sur l'appui de fenêtre. Il le plaça sur la table, à côté de la fesse gauche de M. Smollett, avant d'allumer une longue chandelle. Il ne pouvait faire de feu dans la cheminée, dont la chaleur aurait accéléré la putréfaction du cadavre. Protégeant la flamme dans le creux de sa paume ensanglantée, le jeune homme embrasa les cinq bougies ; bientôt, l'abdomen du défunt baignait dans une douce lueur.

Sa vue défaillante ayant contraint le Dr Carruthers à renoncer à sa profession, Thomas lui avait succédé. C'en était fini de l'époque où, à l'annonce d'une leçon du « maître », les amphithéâtres se remplissaient d'étudiants avides de découvrir la précision avec laquelle le praticien ôtait une rate ou amputait un membre. Au contraire de son mentor, Silkstone n'avait rien d'une bête de scène. Il travaillait mieux dans le silence et la solitude, notant au fur et à mesure ses observations dans le moindre détail, ainsi que Carruthers lui avait appris à le faire. Il œuvrait aujourd'hui dans l'ancien laboratoire de ce dernier, après s'être longtemps contenté d'un petit cabinet privé d'air et d'espace, à l'arrière du bâtiment de Dover Street qui lui servait de bureau. Il avait ensuite hérité des vastes locaux de son maître, situés dans Hollen Street, ainsi que de leur décor au grand complet – y compris la série d'êtres difformes qui, en ce moment même, le fixaient d'un air de reproche à l'intérieur de leurs prisons de verre, dans le demi-jour, pareils à des détenus figés dans le temps.

On recensait cependant une créature vivante dans le laboratoire – une créature qui, au jeune homme, tenait lieu à la fois d'ami et de confesseur. Cette créature, Thomas lui avait donné le prénom de l'ami de son père, l'éminent scientifique et politicien Benjamin Franklin, devenu entre-temps l'un des chantres de la guerre d'indépendance américaine. La créature en question était un rat blanc. À ceux qui jugeaient d'un mauvais œil la présence de l'animal dans le laboratoire, le Dr Silkstone s'empressait d'objecter qu'un rat albinos avait peu en commun avec le rat noir. Franklin, insistait encore son propriétaire, n'était porteur d'aucune affection ; c'était un animal de compagnie – une notion que peu de chirurgiens réussissaient à saisir. D'ailleurs, le jour où Thomas avait croisé la route du rongeur, le Dr Carruthers s'apprêtait à le disséquer. Le jeune homme l'avait pris en pitié, au point de convaincre son mentor de le garder bien vivant dans le laboratoire, afin de procéder de loin en loin à des expériences. Le grand anatomiste avait été séduit par la logique du propos. Peu après, il perdait la vue. Franklin (le maître ignorait néanmoins que son élève avait donné un nom à l'animal) était autorisé à quitter sa cage lorsque bon lui semblait et, le soir, il accompagnait Thomas jusqu'à sa chambre, où il passait la nuit dans une caisse en bois posée sur le sol.

Le jeune homme se sentait réconforté par la présence du rongeur durant ses séances de travail. Il aimait l'entendre grignoter les petits morceaux de nourriture dont il le gratifiait, il aimait l'entendre s'affairer dans sa cage, puis déambuler à travers la pièce. Thomas lui parlait souvent – il lui exposait ses dernières théories. Si Franklin comprenait, fût-ce le dixième de ce qu'il lui racontait, alors il s'agissait du rat le plus instruit de toute la chrétienté.

Le sourire du Dr Silkstone mourut sur ses lèvres quand il s'avisa que les intestins de M. Smollett se trouvaient toujours exposés à l'air, tels de longs fils de laine enchevêtrés, alors que l'énorme pendule murale indiquait presque 18 heures. Bientôt, la nuit tomberait tout à fait ; le temps jouait contre l'anatomiste. Il suivit minutieusement une veine qui rejoignait un canal, lui-même relié à une autre veine dans la partie supérieure du thorax. C'était là que le Dr Carruthers avait plus tôt découvert que les nutriments pénétraient dans les veines, qui les emportaient jusqu'au cœur, le sang y circulant comme au niveau d'une écluse. Contrairement à la plupart de ses contemporains, le mentor de Thomas avait soutenu depuis longtemps que le flux lymphatique était afférent, autrement dit qu'il charriait les fluides tissulaires depuis les organes et les intestins jusqu'au cœur.

Trois ans plus tôt, le vieil homme était devenu complètement aveugle, mais, avec l'aide de son ancien élève, il était parvenu à prouver le bien-fondé de sa théorie. Avant cette date, ses confrères croyaient en une théorie opposée, persuadés que c'était le sang artériel qui se dirigeait vers le cœur. Le jeune homme estimait à présent de son devoir d'approfondir encore l'hypothèse initiale de son maître. C'est pourquoi, à intervalles réguliers, il faisait part à ce dernier de ses plus récentes observations. Carruthers écoutait avec une attention passionnée les rapports de son protégé, qui était maintenant ses yeux. De loin en loin, il l'interrompait pour lui poser une colle ou ajouter un complément d'information, pimentant au passage la conversation de jurons fleuris et de digressions bouffonnes. « Je m'en tamponne le coquillard ! » comptait ainsi parmi ses expressions favorites. Le destin s'était montré cruel en le privant des outils les plus essentiels à la pratique de son art, et Thomas tenait pour un privilège de pouvoir poursuivre à sa place une œuvre aussi cruciale pour la compréhension de l'anatomie humaine.

Le jeune homme plissa les yeux, repoussant, du dos de sa main tachée de sang, la mèche d'un blond foncé qui lui tombait sur le front. Il se redressa un moment pour soulager ses reins douloureux. C'était un garçon grand et mince, à la silhouette élégante. Les Londoniennes de la bonne société ne manquaient pas d'admirer son teint pâle et sans défaut, non plus que son sourire, qui révélait des dents d'un blanc parfait.

La lumière se faisait de plus en plus chiche, Thomas devrait bientôt s'avouer vaincu. Hors de question pour lui de mettre son œil à trop rude épreuve – il ne tenait pas à subir le même sort que son maître. Par respect pour le défunt, il prit néanmoins le temps de recoudre l'abdomen de M. Smollett avant de replacer dans l'alcool ses aiguilles à suture.

Il lava à l'eau ses doigts ensanglantés. Tandis qu'il s'essuyait les mains avec une serviette, il entendit le petit vendeur de journaux en crier les gros titres par la haute fenêtre qui donnait sur la rue. Il rangea ses instruments. Soudain, il eut hâte de déguster la tourte au gibier de

Mme Finesilver, arrosée d'une chope de bière brune, en bavardant à bâtons rompus avec le Dr Carruthers. Après quoi il s'installerait devant l'âtre, dans le bureau du vieil homme, où il lirait à ce dernier l'édition du jour du *Daily Advertiser*. Ils discuteraient des nouvelles, avant que Thomas enchaînât avec la rubrique nécrologique, afin que Carruthers sût qui, parmi ses associés ou ses vieux ennemis, avait récemment rendu l'âme.

Il se passait rarement une semaine sans qu'un ancien confrère ou un ancien patient ne décède. S'il s'agissait d'un patient, le mentor du Dr Silkstone évoquait l'affection qui l'avait amené jusqu'à son cabinet, goutte ou goitre. S'il s'agissait d'un confrère, il se taisait un moment, comme s'il tâchait de se le rappeler en plein travail, puis il grommelait un bref hommage dans le verre de cognac qu'il serrait sur ses genoux.

Le jeune anatomiste avait presque terminé lorsqu'il entendit des pas à sa porte. Mme Finesilver. Car bien que la gouvernante fût entrée au service du Dr Carruthers une bonne trentaine d'années plus tôt, elle ne respectait guère l'art de la dissection. En revanche, elle croyait ferme aux vertus des repas pris à heure fixe. Peu lui importait que Thomas se trouvât à deux doigts d'une formidable découverte, qui changerait le destin de l'humanité tout entière : ici, on dînait à 18 h 30 tapantes, et gare à celui qui ne respecterait pas cet horaire. Mme Finesilver désapprouvait de même la présence de Franklin dans la maison, mais elle avait promis à Silkstone de n'en rien dire au Dr Carruthers, à condition que le garçon lui fournît régulièrement une certaine quantité de laudanum, qui représentait son menu plaisir du soir.

— Le repas est servi, monsieur, appela-t-elle de l'autre côté de la porte – pour rien au monde elle ne l'aurait franchie, par crainte de découvrir un spectacle auquel elle ne souhaitait pas assister.

La tourte au gibier était bonne, quoique la viande se révélât un peu coriace. Une demi-heure de plus dans la cocotte ne lui aurait pas nui, songea Thomas en mastiquant une portion de cuissot particulièrement résistante.

Mme Finesilver avait coupé la nourriture du vieux médecin avant qu'il passât à table. Il tenait à se nourrir seul, mais le résultat n'était pas toujours convaincant. La plupart du temps, son gilet se trouvait, à la fin du repas, maculé de taches que la gouvernante ôtait au moyen d'un linge humide ; une véritable mère poule.

Ce soir-là, les deux hommes s'installèrent ensuite près du feu, selon leur habitude, et Thomas entreprit de lire le journal à voix haute. En ce jour d'octobre 1780, il apprit qu'un terrible ouragan avait fait plusieurs milliers de victimes aux Antilles, tandis que les navires du capitaine Cook avaient regagné le port de Londres au terme de leur troisième expédition – Cook, hélas, ne se trouvait pas à leur bord : il avait été assassiné dans la baie de Kealakekua. Mais le jeune homme s'émut plus particulièrement de ce que l'un de ses compatriotes, Henry Laurens, eût été pris par les Anglais et emprisonné à la Tour de Londres. Il ne put s'empêcher d'exprimer son mécontentement.

— Qu'est-ce qui vous fâche ainsi, mon garçon? s'enquit le Dr Carruthers.

Silkstone pesa d'abord ses mots pour ne pas offenser son ami.

— Disons que les habitants de la Nouvelle-Angleterre, d'où je viens, n'ont pas la vie facile depuis qu'ils s'efforcent d'obtenir leur indépendance.

— Indépendance ! Balivernes et billevesées ! Si vous, les colons, obtenez l'indépendance, tous les

Anglais d'Angleterre exigeront bientôt qu'on leur accorde le droit de vote. Et alors, qu'adviendra-t-il de nous ?

Indigné, le vieux gentleman avala une grande rasade de cognac. Les deux hommes se turent un moment.

— Dites-moi qui est mort cette semaine, mon garçon, finit par articuler Carruthers pour rompre la glace.

Thomas sourit en tournant la page. On déplorait aujourd'hui le décès de plusieurs notables.

— Lord Hector Braeburn, pair d'Écosse et fine lame, âgé de soixante-sept ans.

Silkstone se tut – il attendait, comme à l'accoutumée, les commentaires de son mentor.

— Fine lame ! Foutaises ! Je lui ai un jour sauvé la vie au terme d'un duel.

— L'amiral John Feltham, ayant servi dans la Royal Navy lors de la guerre de Sept Ans, où il fut victime d'une blessure abdominale dont il ne se remit jamais totalement.

— Le vieux loup de mer avait la vérole ! lança le Dr Carruthers.

On évoquait ensuite une dame, connue pour ses activités charitables, puis un membre assez obscur de la Royal Academy, un musicien, un mathématicien, ainsi qu'un célèbre drapier. Le vieux médecin, qui les connaissait tous, servit à son compagnon quelques anecdotes sur chacun.

— Tous ces cadavres enfermés à double tour au fond de leur caveau, quel gâchis ! déplora-t-il – il ne concluait jamais autrement leurs soirées au coin du feu qui, en règle générale, se terminaient lorsque la pendule sonnait 23 heures.

— Je vais me coucher, mon garçon, et je vous conseille d'en faire autant.

Thomas se faisait rarement prier. Ce soir-là, néanmoins, il commença par revenir à la une du journal, qu'il replia soigneusement avant de le poser sur le bureau. Il était trop tard, songea-t-il, pour lire la dernière page, se promettant de le faire le lendemain soir. Si le jeune homme avait surmonté sa fatigue pour terminer sa lecture, il aurait découvert une brève, insérée au bas de la dernière colonne, sous la rubrique des petites annonces. Cet articulet divulguait « La mort d'un jeune comte ».

Le sixième comte Crick, était-il écrit, de Boughton Hall, dans l'Oxfordshire, avait rendu l'âme chez lui, le 12 octobre 1780, à l'âge de vingt et un ans. Au lieu de quoi Thomas Silkstone gravit l'escalier d'un pas lourd, se dévêtit et s'endormit dès qu'il eut posé la tête sur son oreiller.

# 3

Le visage du défunt frère de lady Lydia Farrell la fixait par la fenêtre. Il se matérialisait dans le fond de son assiette, à la lueur des chandelles ou dans les flammes de la cheminée. Il lui apparaissait lorsqu'elle se promenait dans les jardins, lorsqu'elle cousait au salon. Il l'accompagnait où qu'elle allât et, toujours, il arborait l'effroyable expression d'un jeune homme en train de rendre l'âme dans d'indescriptibles tourments.

Cinq jours s'étaient écoulés depuis ce funeste matin de la mort d'Edward. Le souvenir de son agonie se trouvait, depuis, gravé comme au fer rouge dans l'esprit de sa sœur.

Le garçon n'avait, avant de s'éteindre, avalé qu'une potion prélevée dans une fiole. Quelle substance contenait-elle au juste, cette fiole ? Lydia avait d'abord soupçonné l'apothicaire de s'être trompé dans les dosages, voire dans les ingrédients de sa médication. Mais bientôt la jeune femme s'était mise à nourrir de plus noires pensées. Et si l'on avait empoisonné le comte ? Si on l'avait assassiné ? Le fait est qu'il avait sombré dans le coma pour exhaler peu après son dernier soupir.

Depuis ce jour, le doute planait dans l'air, pareil à un miasme vénéneux ; il infectait tout ce qu'il touchait.

Il teintait le regard que les domestiques posaient sur leurs employeurs, embrumait la vision de Lydia quand elle observait le capitaine Michael Farrell, son époux. C'était une brume hostile, dans laquelle la vérité s'enveloppait comme dans un suaire.

— Tu devrais essayer de manger quelque chose, la poussa Farrell, assis à l'autre bout de la longue table en chêne.

Sur quoi il attaqua ses œufs et son jambon comme si de rien n'était.

— Ton frère était malade, reprit-il. C'est d'ailleurs pour cette raison qu'il avait besoin de prendre des remèdes. Nous ignorions en revanche combien gravement il était atteint.

Lydia regarda son époux planter sa fourchette dans la viande rose ; elle lui enviait son appétit. C'était peu de dire qu'Edward et son beau-frère ne s'appréciaient guère. En fait, ils se haïssaient. Cependant, malgré leur acrimonie réciproque, ils parvenaient à se tolérer, surtout pour Lydia. Pour elle encore, le jeune comte, dans son testament, avait fait de Farrell le principal bénéficiaire du domaine de Boughton s'il venait à mourir sans descendance. Personne ne l'ignorait. Tout le monde y pensait.

Sentant que son épouse avait posé les yeux sur lui, le capitaine releva la tête, comme s'il était capable de discerner ses pensées les plus intimes. Il lui adressa un sourire dénué de chaleur. Quelle différence avec les regards captivants dont il l'avait gratifiée lors de leur première rencontre, trois ans plus tôt.

Lydia et sa mère, la comtesse douairière, étaient en visite à Bath. La saison battait son plein. Le soir, en raison d'une regrettable erreur, les deux femmes, accompagnées d'Eliza, leur bonne, se retrouvèrent privées de chambre. Tandis que lady Crick se lamentait sur ces terribles circonstances, le capitaine Michael Farrell, membre des Irish Guards devenu récemment responsable des divertissements du Panthéon de Londres, se dirigeait vers les tables de jeu. Les protestations de la comtesse lui agressèrent l'oreille, en même temps que la silhouette délicate de sa fille et les superbes joyaux dont elle était parée lui éblouissaient l'œil. Il s'empressa de se présenter à elles et leur offrit sa chambre pour la nuit. Il gagna du même coup le cœur de Lydia.

En témoignage de leur gratitude, les deux femmes proposèrent le lendemain au charmant capitaine de venir avec elles dans le hall des sources. Le garçon entreprit, dès lors, de conquérir la fille de la comtesse. Il y parvint : chaque fois que l'on donnait un bal, c'est à lui que Lydia accordait la première danse – bientôt, il parut évident qu'il ne s'agissait pas d'une simple passade. D'autres soupirants se pressaient autour de la jeune femme, mais le capitaine les supplanta tous.

Une fois la sœur d'Edward de retour à Boughton Hall, il lui expédia des lettres presque chaque jour, ainsi que de petites marques d'affection – des recueils de poésie, des rubans. La jeune aristocrate était sous le charme ; elle n'avait d'yeux que pour lui.

Michael Farrell était un homme élégant et sûr de lui, il était beau. C'était aussi un joueur invétéré, un séducteur et un passionné de mode masculine. Après que Lydia eut trouvé Hannah, la servante, en train de sangloter dans l'arrière-cuisine à cause des « vilaines choses » que l'on racontait au village sur son maître depuis le drame, elle se mit à considérer son mari d'un œil neuf. Elle avait vu ses longs doigts effilés incliner des pichets pour se verser du vin. Elle avait humé parfois son odeur de fauve, parfois celle de ses cigares. Elle l'avait écouté distribuer des ordres aux domestiques avec cet accent irlandais qu'elle trouvait aussi doux que le velours. Elle avait surpris son regard vert posé sur les nuques d'albâtre des jolies servantes. Elle l'avait vu avaler une bouteille entière de cognac avant que midi eût sonné. Assurément, Michael n'était pas un saint, mais de là à se changer en meurtrier…

— Pourquoi ne vas-tu pas à Brandwick ce matin, ma chère? Cela te changerait les idées.

À l'évidence, il ne percevait rien du terrible chagrin qui accablait son épouse. Le lendemain, on coucherait son frère, à seulement vingt et un ans, dans le caveau de famille. Comment Michael pouvait-il faire preuve d'une telle indifférence? Fallait-il vraiment qu'elle se rendît au village, où elle devrait affronter les rumeurs et les insinuations? Elle n'osa pas révéler à son mari que le marchand de tissus était allé jusqu'à refuser de faire crédit à Cook pour un tablier neuf. Elle se sentait incapable d'un tête-à-tête avec le commerçant.

— Je ne le pense pas, se contenta-t-elle de répondre.

À l'instant où elle s'apprêtait à s'excuser et à quitter la table du petit-déjeuner, Howard, le majordome, pénétra dans la pièce, à la main un petit plateau d'argent, sur lequel reposait une lettre. Il la remit avec beaucoup de cérémonie à Farrell, qui en ôta le sceau à l'aide d'un couteau.

Il fronça les sourcils.

— Que se passe-t-il, Michael? s'enquit Lydia avec appréhension.

Il déplia le parchemin, le parcourut longuement. Enfin, il releva les yeux et se tut un moment, comme s'il pesait ses mots avant de s'exprimer.

— Cette lettre a été écrite par le parrain de ton frère.

— Sir Montagu ?
— Il a eu vent de certaines rumeurs.
— Des rumeurs ?
Le mot même la glaçait jusqu'aux os.
— Concernant le décès d'Edward.
La jeune femme poussa un lourd soupir. Elle se sentait presque soulagée qu'un autre qu'elle eût eu la bonne idée d'informer son époux de la situation.
— Tu sais quelque chose ? l'interrogea celui-ci sur un ton presque accusateur.
— On prétend au village..., commença-t-elle en hochant lentement la tête.
Elle s'interrompit, incapable de répéter les propos scandaleux qui circulaient dans la région de Brandwick et jusqu'à Banbury, où habitait sir Montagu Malthus.
— Que prétend-on, Lydia ? insista son mari – il avait la voix calme, mais l'œil chargé de colère.
— On prétend que, peut-être... peut-être Edward a-t-il été victime d'un meurtre.
Elle attendit dans l'angoisse la réaction de son époux en torturant entre ses doigts sa serviette en lin sous la table. C'était la première fois qu'elle se faisait l'écho de ce qu'elle avait entendu.
Farrell garda le silence un moment.
— Sir Montagu a donc vu juste, assena-t-il enfin en se levant. Nous devons empêcher ces insinuations infâmes de se propager.
— Certes, mais comment ?
— Personne n'ignorait que la santé d'Edward était fragile. Il nous faut réclamer une autopsie, qui prouvera qu'il est mort de mort naturelle.
La sœur du défunt considéra son mari. Il avait haussé légèrement le menton, sa mâchoire se faisait plus proéminente ; il y avait du défi en lui. Un rayon de soleil matinal

vint se poser sur la lame d'un couteau posé sur la table – le couvert se mit à luire de façon menaçante. À l'idée que le scalpel d'un chirurgien pût ouvrir en deux le corps de son frère, Lydia se sentit horrifiée, mais Michael avait raison.

C'est ainsi que M. Walton, chirurgien à Oxford, ainsi que le Dr Siddall, résidant à Warwick, se présentèrent à Boughton Hall le 18 octobre 1780 au matin, six jours après le décès prématuré de lord Crick. Le capitaine Farrell les accueillit poliment, puis les précéda dans l'escalier pour les mener à la chambre du défunt. Lydia coula un regard en direction des trois hommes par la porte entrouverte du salon.

— Qui est-ce ?

La mère de la jeune femme, installée dans un ample fauteuil à dossier haut, entendait discuter Michael et ses visiteurs. Elle commençait à se troubler. Pour tout dire, cela faisait longtemps qu'elle était troublée. La mort de son époux, quelques années plus tôt, l'avait profondément affectée ; elle ne comptait pourtant qu'une cinquantaine d'années. Elle, à qui les capacités de concentration avaient toujours fait défaut, ne parvenait plus désormais à fixer son attention sur rien ; son esprit confus papillonnait sans cesse d'un sujet à l'autre. Lydia était persuadée qu'elle n'avait pas même compris que son fils avait rendu l'âme. Le matin du drame, ayant entendu hurler la jeune femme, elle s'était mise à crier avec elle, mais sans doute ignorait-elle alors pourquoi elle poussait ces clameurs.

— Un enterrement ? Mais qui donc est mort ? murmura la comtesse douairière, son bonnet en dentelle de guingois sur ses cheveux gris et secs ; Lydia lui enviait cette suprême ignorance.

À peine Farrell eut-il ouvert la porte de la chambre que le cadavre du comte imposa sa présence. L'air de la pièce empestait la chair en décomposition. Recouvert d'un drap blanc, le corps reposait sur le lit. Les deux hommes de l'art, un mouchoir sur le nez, approchèrent prudemment – le capitaine observait leurs mines effarées en s'efforçant de dissimuler son amusement. Le Dr Siddall fut le premier à se lancer : il tira doucement le drap. Poussé par son professionnalisme, M. Walton s'était avancé entretemps. Cependant, ni l'un ni l'autre n'était préparé au spectacle qui les attendait. La rigidité du trépas avait déjà figé le visage déformé de Crick ; aucun croque-mort ne saurait désormais le rendre présentable. En outre, si ses paupières étaient closes, il avait la bouche ouverte, dont suintait cette matière savonneuse d'un gris blanchâtre qu'on appelle adipocire, ou gras de cadavre. On avait sottement poudré de fard rouge les joues blêmes du comte, qui depuis avaient bouffi, tandis que, déjà, des asticots prenaient leurs aises à l'intérieur des cavités nasales. Les médecins gémirent à l'unisson.

— Mon beau-frère n'a pas très fière allure, remarqua le capitaine avec ironie.

Après avoir échangé un regard empreint de gravité, les deux hommes s'éloignèrent pour discuter. Moins d'une minute plus tard, le chirurgien prit la parole après s'être raclé la gorge en se détournant du cadavre.

— Avez-vous la moindre idée de la façon dont…

Il s'abstint de finir sa phrase, par crainte de se montrer indélicat.

Le capitaine opina lentement.

— Messieurs, commença-t-il sombrement, le médecin personnel de mon beau-frère n'a pas manqué de vous expliquer, je suppose, que son patient avait une santé précaire ?

Les visiteurs approuvèrent en silence. Michael se pencha en avant, pareil à un conspirateur tout prêt à leur révéler un terrible secret.

— Il s'agit d'un sujet sensible, messieurs, et tout le monde n'est pas au courant, tant s'en faut, mais lord Crick a entretenu des relations charnelles avec une prostituée durant son premier trimestre à Eton. Ensuite, il n'a plus jamais été le même.

La nouvelle, pour choquante qu'elle fût, sembla satisfaire les médecins : ainsi le décès du comte tenait-il à des causes naturelles. Si la vérole elle-même ne l'avait pas tué, nul doute qu'il eût succombé à certaines complications. Il n'y avait rien à ajouter.

Ce fut avec un immense soulagement que M. Walton s'adressa donc à Michael :

— Nous craignons que le corps de lord Crick se trouve dans un état de putréfaction beaucoup trop avancé pour que nous puissions nous prononcer sur les raisons exactes de sa mort, sauf à dire qu'il était…

Le Dr Siddall s'éclaircit la voix pour terminer obligeamment la phrase de son confrère :

— … infecté.

Le capitaine acquiesça en les considérant avec componction.

— Il existe donc un risque de contamination, n'est-ce pas, messieurs ?

Les visiteurs s'empressèrent de répondre que oui.

— Je ne me trompe donc pas en pensant qu'à l'instar du Dr Fairweather vous estimez que les causes du décès de mon beau-frère sont naturelles ?

— En effet, firent en chœur les deux médecins.

— Je puis donc organiser ses obsèques ?

— Au plus vite, insista le Dr Siddall, pour la sécurité de tous.

Du salon, Lydia entendit les trois hommes redescendre l'escalier. Son époux salua ses visiteurs. Elle attendit qu'il eût refermé la porte d'entrée pour le rejoindre.

— Ils sont restés moins de dix minutes, dit-elle en fronçant les sourcils.

Farrell lui prit la main.

— Le corps de ton pauvre frère est trop dégradé, ma chère. Nous devons l'enterrer immédiatement.

Le cœur de la jeune femme se serra. Ainsi, comme elle le craignait, Edward emporterait avec lui le secret de son trépas et personne, ni à Brandwick ni ailleurs dans le comté de l'Oxfordshire, ne connaîtrait jamais la vérité. Plus grave encore : elle-même ne saurait rien non plus.

# 4

Ils furent très peu nombreux à venir pleurer lord Edward Crick. Le jeune homme fut inhumé le lendemain dans le caveau familial, situé à l'intérieur de la chapelle qui se dressait dans le parc, en présence de sa mère, de sa sœur et de son beau-frère, ainsi que de son cousin Francis Crick, étudiant en anatomie à Londres, et de James Lavington, voisin et ami du capitaine. Sir Montagu Malthus, son tuteur légal, terrassé par une terrible crise de goutte, n'avait pu se rendre à la cérémonie.

Lydia se rappela leur enfance commune avec nostalgie. Elle aimait à jouer avec son frère dans les bois, ensemble ils faisaient des ricochets sur les eaux de Plover's Lake et, par les chaudes soirées d'été, chargés de bouteilles de citronnade, ils grimpaient jusqu'à la crête qui dominait la maison. Francis les rejoignait parfois, et tous trois dévalaient alors la pente. Parvenus en bas, étourdis par leurs roulades, ils tombaient en tentant vainement de se remettre debout. La jeune femme se remémora aussi son chagrin lorsque leur père expédia Edward à Eton. Il n'avait que treize ans. À son retour, au terme du premier trimestre, elle ne le reconnut pas. Il avait si radicalement changé qu'il ne daignait même plus flâner avec elle dans les jardins – il préférait jouer aux cartes avec ses amis plutôt que de passer du temps avec sa sœur ou de s'occuper du domaine dont il hériterait un jour.

Le pâle soleil d'automne n'offrait qu'un piètre réconfort à la petite procession, qui finit par pénétrer dans la vieille chapelle aux relents de moisissure. Pour lady Crick, c'était un dimanche pareil aux autres – elle arborait un bonnet coloré bordé de roses. Lydia passa le bras glacé de sa mère autour du sien en chassant ses larmes, tandis que le pasteur entamait la lecture de l'Évangile.

Le capitaine Farrell avait estimé de son devoir de prononcer ensuite l'éloge funèbre. Si elle s'était sentie plus forte, son épouse aurait insisté pour que ce fût Francis, plus proche d'Edward, qui s'adressât à l'assistance, au lieu de quoi Michael, l'homme qui, peut-être plus que tout autre au monde, avait profondément haï Edward, chantait à présent ses louanges. Il avait dû déployer beaucoup d'efforts pour trouver des paroles aimables à prononcer pour l'occasion ; Lydia elle-même admettait sans peine que son frère n'était pas sympathique.

— Ceux qui ont connu Edward comme je l'ai connu se souviendront de lui comme d'un être secret.

La jeune femme savait ce que son époux allait dire maintenant : que s'il n'était certes pas ouvert, le comte avait administré son domaine avec autant de discrétion que d'efficacité, bien que la charge lui en fût échue à un âge précoce. Il se démenait en coulisse, poursuivit le capitaine, pour s'assurer que tout fonctionnât sans accroc. Lydia renonça bientôt à l'écouter débiter ces clichés aussi vides que la plupart des bancs de la chapelle. Elle laissa errer son regard sur les portiques et les colonnes, elle leva les yeux au plafond. Là, sur la gauche de l'autel, gravé dans la pierre au sommet d'un pilier et cerné de larges feuilles de chêne, elle discerna un visage à la bouche distendue, aux yeux exorbités... Aussitôt, elle revit la figure tourmentée de son frère. Écoutait-il en cet instant les mensonges de l'Irlandais ? Elle pria Dieu de mettre au plus tôt un terme à cette ultime épreuve.

On se réunit ensuite au salon, où régnait une atmosphère embarrassée, qu'alourdissaient les suspicions tenaces et les récriminations à peine masquées. Farrell, en revanche, souriait calmement, bavardait de-ci de-là, plissait le front avec bienveillance lorsque quelqu'un prononçait le nom du défunt, jusqu'à ce qu'un gentleman affreusement défiguré boitillât vers lui depuis l'autre bout de la pièce.

— Tu joues ton rôle de beau-frère endeuillé à la perfection, observa James Lavington.

Il avait connu Michael à l'époque où tous deux servaient en Inde. C'était là-bas que l'accident était survenu – le garçon s'en était tiré avec la moitié du corps en partie paralysée et un visage horriblement mutilé. Une prothèse en ivoire lui tenait à présent lieu de nez (le sien avait été arraché). Le capitaine s'autorisa un sourire fugace.

— C'est pour elle que je fais tout cela, répondit-il en désignant son épouse, qui bavardait avec Francis. Le drame l'a beaucoup affectée.

Lavington opina et vida d'un trait son verre de xérès. Les deux hommes étaient faits du même bois, à ceci près que, si le capitaine possédait aujourd'hui les moyens de vivre selon ses désirs, il en allait tout autrement pour son ami invalide.

— Tu es un veinard, Farrell, dit-il en observant le profil de Lydia, qui s'entretenait toujours avec Francis.

L'Irlandais acquiesça.

Francis avait à peu près le même âge que sa cousine, au point que, dans leur enfance, il s'était promis de l'épouser une fois devenu adulte. Mais la jeune femme avait choisi quelqu'un d'autre. Il possédait des traits d'une extrême finesse, presque féminins. Tout le monde s'accordait à dire que Lydia et lui se ressemblaient comme deux gouttes d'eau et, même si tous deux le niaient, lady Farrell aimait à penser que cet air de parenté rehaussait leur complicité.

— Ton mari a prononcé un bel éloge funèbre, déclara Francis sur un ton solennel dont il n'était pas coutumier.

Il insinuait en réalité que Michael avait admirablement dissimulé le soulagement que lui procurait le décès d'Edward.

— En effet, répliqua-t-elle, mais elle songea soudain que s'il avait aussi bien menti tout à l'heure, dans la chapelle, il était peut-être capable de lui mentir à elle aussi.

Elle hésita. Devait-elle s'ouvrir de ses craintes à son cousin? Elle se lança :

— Tu as entendu les rumeurs?

Francis feignit l'ignorance.

— Les rumeurs? répéta-t-il.

Lydia aurait souhaité parfois qu'il se montrât moins poli, moins convenable.

— Francis, je veux être sincère avec toi. J'ai déjà eu le chagrin de perdre Edward, mais ce scandale à présent...

Le jeune homme hocha la tête. Sa cousine se tut aussitôt.

— On m'a rapporté certains propos, en effet, dit-il.

— Quelle est la teneur de ces propos?

Il prit une profonde inspiration, mais l'heure n'était plus au tact.

— On prétend qu'Edward a été empoisonné.

Sa cousine savait qu'il ne livrait là que la moitié des calomnies.

— Dit-on par qui?

Francis se mordit la lèvre, comme s'il s'excusait des accusations portées par d'autres que lui. Il n'avait nul besoin de prononcer le nom de Farrell. Celui-ci se trouvait inscrit dans son regard.

Lydia sentit la colère – une émotion qu'elle éprouvait rarement – la submerger de nouveau. Francis, qui devinait son désarroi, posa une main sur son épaule.

— Je t'en prie. Ce ne sont que de vilaines insinuations.

— Tu appelles cela des insinuations, mais si…

Elle s'empêcha d'abord de poursuivre, mais au bout de quelques instants elle enchaîna :

— Le fait est qu'Edward est mort et que nous ne savons ni comment ni pourquoi.

Sur le visage d'Hannah, la servante, qui passait avec un plateau chargé de canapés dont personne ne voulait, se peignit de la stupéfaction. Lydia tâcha de se ressaisir. Son dos se raidit. Francis ne souhaitait qu'une chose : apaiser sa douleur.

— Les résultats de l'autopsie lèveront tous les doutes, hasarda-t-il.

Sa cousine fronça les sourcils.

— Voilà bien où le bât blesse. Il n'y a pas eu d'autopsie.

Le jeune homme n'en crut pas ses oreilles.

— Mais Farrell m'a affirmé tout à l'heure qu'un chirurgien et un médecin s'étaient présentés hier pour en pratiquer une.

Une bouffée de panique envahit Lydia.

— Michael ne t'a donc rien dit? Ils ont décrété que le corps d'Edward était dans un état de décomposition trop avancé. Ils n'ont rien pu faire.

Francis avala sa salive et leva les yeux vers sa cousine.

— J'aurai mal compris, s'empressa-t-il de la rassurer mais, déjà, il détournait le regard.

Tous deux ne saisissaient que trop bien la gravité de la situation.

Plus tard cette nuit-là, quand Farrell rejoignit son épouse dans le lit conjugal, il passa un bras autour de sa taille pour l'attirer à lui. Elle sentit son souffle sur son cou. Il caressa tendrement les longs cheveux de la jeune femme, huma leur parfum citronné, avant de faire glisser sa main sur sa cuisse en retroussant sa chemise de nuit. Il était excité, mais Lydia choisit de ne pas réagir à ses avances. Elle fit semblant de dormir.

# 5

Le vieil homme se tenait assis dans un fauteuil près de la fenêtre ouverte ; il écoutait le vacarme en contrebas dans la rue.

— Ce doit être une pendaison, déclara-t-il.

Thomas s'émerveillait de constater que, même s'il n'était aveugle que depuis peu, le Dr Carruthers avait déjà appris à aiguiser ses perceptions afin de compenser la perte de son sens le plus précieux.

— De qui s'agit-il ?

Silkstone s'était tourné vers son mentor pour se faire mieux entendre en dépit du raffut :

— Ils sont trois, je crois. L'un est un voleur de moutons, et l'on accuse les deux autres d'avoir assassiné un avocat.

— Un avocat ? gloussa le maître. À mon avis, ils ont rendu un immense service à l'humanité.

Il redressa un peu ses épaules, voûtées après tant d'années passées à se pencher sur les tables de dissection, mais elles s'affaissèrent de nouveau. Il se cala dans son fauteuil à oreilles.

— Vous n'allez pas regarder, mon garçon ?

Thomas n'en avait pas le cœur. Il avait beau être capable de dépecer un cadavre sans ciller, une vie que l'on prenait lui paraissait une expérience intolérable.

— Je ne crois pas, répondit-il en se dirigeant vers son laboratoire. J'ai trop de travail.

Il ne mentait pas. Le St. Bartholomew's Hospital venait de lui confier le corps d'un enfant mort-né. Ce dernier, que l'on avait apporté dans une boîte en bois, était encore emmailloté de langes. Le Dr Silkstone se saisit du bébé pour le déposer sur la dalle de marbre. Il laissa passer quelques secondes avant de commencer à ôter doucement les bandes de créseau effiloché. Il ne comptait plus le nombre de fœtus qu'il avait plongés dans le formol, et pourtant il en concevait toujours un certain malaise. Il s'efforçait de ne pas songer à ces menues existences à jamais évanouies, il s'obligeait à oublier un peu qu'il avait affaire à un enfant que sa mère avait perdu, à une âme piégée pour l'éternité dans les limbes. Ces terribles pensées, il les chassait vigoureusement chaque fois, mais elles lui revenaient à la figure dès qu'il s'avisait de desserrer des doigts minuscules ou de toucher de tout petits orteils.

Il était impatient de mener sa mission à son terme. Comme il s'emparait, sur le haut d'une étagère, d'une bouteille contenant un liquide de conservation, on frappa à la porte.

— Docteur Silkstone?

Ce dernier fut surpris d'identifier la voix de Mme Finesilver, persuadé qu'elle était allée assister aux trois exécutions. Il lâcha une plainte excédée qu'il regretta aussitôt, avec l'espoir que la gouvernante n'avait rien entendu.

— Oui, madame Finesilver? répondit-il sans même songer à descendre de son escabeau.

La porte s'ouvrit. La gouvernante demeura sur le seuil. Mais, au lieu d'afficher son habituelle expression à la fois satisfaite et pincée, elle arborait un petit sourire narquois.

— Il y a ici une lady Lydia Farrell qui demande à vous voir, docteur Silkstone.

Celui-ci pensa immédiatement qu'il s'agissait d'une des vieilles toupies de son mentor – le genre de femme qui exigeait qu'on lui applique une compresse au moindre élancement dans le petit doigt. Il s'apprêtait à demander à Mme Finesilver d'exiger de la visiteuse qu'elle prît rendez-vous à un moment plus opportun, mais la gouvernante enchaîna :

— Elle m'a expliqué qu'elle venait de la part de son cousin, qui a assisté à vos cours.

Thomas garda le silence un instant. Soit le cousin de cette lady Lydia comptait une bonne quarantaine d'années de moins qu'elle, ses étudiants n'ayant pas plus de vingt-cinq ans ; soit, plus logiquement, il s'agissait d'une très jeune femme.

— Faites-la entrer, dit-il.

Lady Lydia était en effet une très jeune femme, même s'il était difficile de discerner son visage, presque entièrement caché par un vaste bonnet, tandis que sa silhouette mince disparaissait sous une cape en velours. Silkstone se sentit inexplicablement gauche.

— Je suis honoré qu'un étudiant me tienne en si haute estime, dit-il (et, aussitôt, sa propre rustrerie l'exaspéra). Je vous en prie, entrez.

Il accompagna son invitation d'un geste.

Comme la gouvernante s'apprêtait à emboîter le pas à la visiteuse, l'anatomiste la remit fermement à sa place d'un simple regard.

— Je suis certain que lady Lydia préfère s'entretenir avec moi en privé, ajouta-t-il.

Mme Finesilver pinça les lèvres. Obligée d'accepter sa défaite, elle sauva la face en prétextant qu'elle devait aller surveiller la cuisson de ses tourtes en cuisine.

Un silence s'installa entre les deux jeunes gens une fois que lady Farrell eut pénétré dans le laboratoire, posant successivement les yeux sur tout ce qui l'entourait, à l'exception de Thomas. Celui-ci se sentait fasciné par l'inconnue. L'expression de son visage, toute de curiosité, se mua soudain en répulsion face aux bocaux de verre alignés contre les murs. Des boucles de cheveux bruns glissèrent de sous son bonnet; de longs cils bordaient ses grands yeux.

— Puis-je vous débarrasser de votre cape? suggéra le jeune médecin.

Elle le scruta comme s'il venait de lui proposer de lui ôter les amygdales.

— Il fait un peu froid ici, observa-t-elle.

Il entendait le son de sa voix pour la première fois. Son corps semblait tout près de se rompre sous l'effort qu'elle venait de consentir.

Thomas se rappela brusquement l'enfant mort-né. Bien sûr que la jeune femme était frigorifiée – tout être normalement constitué aurait eu froid. L'anatomiste, lui, était habitué à travailler toutes fenêtres ouvertes, d'une part pour préserver au mieux les cadavres, de l'autre pour chasser la puanteur des chairs pourrissantes. À l'inverse, pareille à l'une des orchidées exotiques cultivées par le Dr Carruthers, lady Lydia aurait dû vivre dans une serre, elle avait besoin qu'on la choie, qu'on l'entoure de mille soins. Que se passerait-il si elle avisait le petit cadavre? Silkstone recula vers la table de dissection.

— Je vais fermer les fenêtres, lui assura-t-il en tirant discrètement le drap sur l'enfant mort.

Trop tard. La jeune femme laissa échapper un hoquet. Son hôte était horrifié. Comment avait-il pu se montrer aussi négligent? Effaré d'avoir ainsi heurté la sensibilité d'une dame, il allait lui présenter des excuses quand il s'aperçut que l'œil de lady Farrell s'était fixé sur Franklin, qui détalait dans un coin de la pièce. Elle leva une main gantée, dont elle pointa l'index vers le malheureux rongeur.

— Un rat ! glapit-elle.

Silkstone fut à demi soulagé. Il se précipita vers Franklin, qu'il saisit par la peau du cou avant de le fourrer dans sa cage, dont il referma le verrou.

— Il joue toujours les filles de l'air, sourit-il. Nous le gardons ici pour mener certaines expériences.

Elle hocha la tête, visiblement satisfaite par cette explication.

— Ah oui, se rappela Thomas. Les fenêtres.

Mais la jeune femme secoua la tête.

— Non, s'il vous plaît, objecta-t-elle en se dirigeant vers la croisée. L'odeur...

D'une petite bourse à cordons, elle tira un mouchoir de lin blanc qu'elle plaqua sur son nez. Le garçon était mortifié. Non seulement l'air empestait les corps en décomposition, mais lui-même sentait le formol. Baissant les yeux, il se hâta de retirer son grand tablier taché.

— Peut-être serait-il plus judicieux de nous promener au jardin, proposa-t-il.

La visiteuse accueillit favorablement la suggestion. Elle se leva, son mouchoir dissimulant toujours une partie de son visage.

Le jardin était petit mais charmant. Mme Finesilver avait couvert le sol de thym, qui exhalait ses parfums dès que l'on y posait le pied. Des massifs de lavande, un peu défraîchis, bordaient le mur ; ils répandaient leurs ultimes fragrances. Thomas passa la main dessus pour tenter d'imprégner ses vêtements de leurs senteurs. Il indiqua du doigt un banc de pierre, mais lady Lydia n'avait pas envie de s'asseoir.

— Ainsi, se lança le jeune homme, votre cousin assiste à mes cours ? Je le connais ?

— Il se nomme Francis Crick. Il n'est qu'étudiant en première année, mais il m'a recommandé à vous dans un domaine bien précis.

— Lequel? s'étonna Thomas en haussant un sourcil.

Il abordait de nombreux sujets dans ses cours dont, en général, il consacrait chacun, semaine après semaine, à une partie spécifique de l'anatomie ou à un système pathologique particulier.

La jeune femme le considéra avec gravité :

— L'étude des poisons.

Curieuse préoccupation, songea Silkstone, dans la bouche d'une aussi jolie femme.

— Je connais la question, en effet.

Il l'avait abordée à peine quelques semaines plus tôt, avant d'entreprendre l'étude approfondie du système lymphatique et de ses réactions en présence de substances toxiques.

— Puis-je me permettre de vous demander en quoi ce sujet vous intéresse? s'enquit Thomas en évitant de paraître condescendant.

Mal à l'aise, lady Farrell se mit à se balancer d'un pied sur l'autre.

— Sans doute avez-vous entendu parler de mon époux, le capitaine Michael Farrell.

Le médecin retourna plusieurs fois ce nom dans sa tête. Il ne lui disait rien. Il fit de nouveau face à la jeune femme, qui attendait patiemment qu'il y vît clair. En vain.

— Pardonnez-moi..., commença Silkstone.

— La rumeur n'est donc pas arrivée jusqu'à Londres, l'interrompit-elle.

Thomas se sentait complètement perdu. Consciente de s'être engagée dans une impasse, lady Lydia prit une autre direction.

— Et si je vous dis que je suis la sœur du comte Crick?

Cette fois, une pâle lueur se fit jour dans l'esprit de l'anatomiste, qui se rappela que, peu avant, l'un de ses étudiants lui avait demandé la permission de sauter un cours afin de pouvoir assister aux funérailles de son cousin, un certain Crick, justement.

— Le nom ne m'est pas inconnu, admit le Dr Silkstone, qui continuait néanmoins de patauger.

— Il est mort, souffla la jeune femme sans relever la tête, comme si elle souhaitait que personne autour d'eux n'entendît.

Thomas ne sut que répondre.

— Je suis navré, lâcha-t-il en inclinant légèrement la nuque en signe de compassion.

Mais ce n'était manifestement pas de compassion que lady Farrell avait besoin. Elle planta son regard dans celui de son hôte ; elle parla cette fois d'une voix claire et forte :

— Les rumeurs vont bon train. On prétend que mon frère a été assassiné par mon époux.

L'indignation la submergeait.

— Je dois savoir si cela est vrai, docteur Silkstone.

Elle serrait ses mains l'une contre l'autre sous sa cape.

— Pourquoi soupçonne-t-on votre mari, madame?

— Il aurait empoisonné Edward pour faire main basse sur son héritage, décréta-t-elle en tâchant de refréner sa colère.

— Et vous me demandez de prouver l'innocence de votre époux?

Elle le scruta, l'œil agrandi, terrorisé, brouillé par les larmes.

— Je pense que vous êtes le seul homme en Angleterre qui soit à même de découvrir la vérité.

# 6

Oxford s'étendait en contrebas, pareil à un luisant collier d'osselets enfilés sur le tendon d'une rivière qui, plus bas encore, traversait une étroite vallée. La voiture descendait à présent le versant abrupt d'une colline, le long d'une route bordée d'arbres. Le nez à la vitre, le jeune médecin regardait de tous ses yeux, comme un enfant à qui l'on a promis une récompense. On lui avait beaucoup parlé de l'université, y compris lorsqu'il n'était encore qu'un étudiant de deuxième année à Philadelphie – que l'on tenait alors pour l'Athènes de l'Amérique. Aux dires de ses camarades, Oxford représentait un foyer de rébellion, de débauche, un lieu grouillant d'esprits brillants mais peu scrupuleux sur la moralité. Au lieu de débattre d'Aristote ou de Platon, on n'y causait, disait-on, qu'alcool et argent de poche. Les professeurs ne donnaient que quelques cours de-ci de-là, en sorte que la plupart des étudiants de premier cycle n'avaient jamais mis les pieds dans une bibliothèque – ils n'avaient pas même ouvert un livre de toute leur existence.

Thomas se demandait s'il ne se glissait pas un peu d'amertume et de jalousie dans les calomnies de ses condisciples, aussi brûlait-il de découvrir enfin si leurs accusations étaient fondées. Lorsqu'il avait interrogé le Dr Carruthers à ce sujet, celui-ci avait tenté de décourager l'attention qu'il portait à l'affaire. « Cet endroit grouille de détrousseurs et de ladres qui tâchent de se faire passer pour des érudits », avait-il ronchonné, un verre de cognac à la main. Après un court silence, il avait pouffé : « Mais s'ils sont capables de river leur clou aux Hanovriens, c'est qu'ils ne sont pas totalement mauvais. » Cette remarque énigmatique avait piqué plus encore l'intérêt de Silkstone, qui comptait bien visiter un jour la légendaire cité universitaire, où avaient autrefois étudié John Milton et Jonathan Swift. Ce jour venait d'arriver, de la plus surprenante des manières.

Tandis que la voiture dévalait la colline en cahotant, Thomas se tourna vers la jeune femme installée face à lui ; celle-là même qui lui avait rendu visite à Londres pour implorer son secours le soir précédent. Jamais il n'oublierait ses grands yeux de biche quand elle l'avait supplié de l'aider à résoudre le mystère de la mort de son frère. Mais, à présent, elle ne daignait pas lui jeter un regard, de peur que les autres passagers pussent deviner qu'ils voyageaient ensemble.

Lady Lydia était accompagnée de sa servante, Eliza, donzelle à la poitrine généreuse qui jetait de loin en loin des œillades aguicheuses au médecin. Celui-ci, continuait à scruter la sœur du comte Crick – elle contemplait, par la fenêtre, le paysage d'un air vague. Dans la lumière crue du jour, ses yeux lui parurent plus petits que la veille au soir. Cicéron affirma jadis que le regard constituait l'interprète de l'âme, songea Thomas. Aujourd'hui, ce regard-là était muet, mais la beauté de lady Farrell ne s'en trouvait nullement amoindrie. Il examina la conque exquisément sculptée de son oreille, les ovales délicats de ses narines. Sa peau de porcelaine était sans défaut, à l'exception d'un délicieux petit grain de beauté, à gauche de sa bouche... Mais que se cachait-il derrière cet épiderme? Le fait est que, ayant forcément senti sur elle les yeux du jeune homme, l'épouse du capitaine l'ignorait.

— Nous devons nous comporter comme de parfaits étrangers l'un pour l'autre, lui avait-elle décrété une fois qu'il eut accepté de se rendre dans l'Oxfordshire avec elle. Personne ne doit soupçonner que nous nous connaissons.

Il y avait, dans sa voix, une urgence qui poussa Thomas à accepter ses conditions sans poser la moindre question.

Lorsqu'il lui était arrivé de lever les yeux de temps à autre, durant le fastidieux voyage, ç'avait été pour considérer le gros ecclésiastique assis à sa droite, qui venait de laisser échapper quelque propos grivois. Silkstone ayant commis l'erreur de révéler au prêtre sa profession avant même qu'ils eussent quitté le quartier de Holborn, le corpulent prélat avait tenu, en échange, à raconter jusqu'au plus atroce détail la lithotomie qu'il avait subie – on avait extirpé de sa vessie une pierre aussi grosse qu'un œuf de pluvier. Il s'enthousiasma longuement sur la taille de ce calcul que le chirurgien avait cependant excisé en moins de deux minutes, montre en main. Pour tout dire, il en avait livré une description si précise que la vieille dame qui allait rendre visite à son fils étudiant manqua défaillir, et se serait probablement évanouie si Thomas ne lui avait fait renifler des sels.

Il n'y avait eu au cours du trajet qu'une seule éclaircie : pour témoigner sa reconnaissance envers le jeune médecin, la femme avait tenu à partager avec ses compagnons de voyage le panier qu'elle avait préparé pour son garçon. Ainsi le jeune anatomiste dévora-t-il une cuisse de faisan et trois galettes d'avoine, arrosées de cidre. De quoi passer le temps et oublier la tâche peu enviable qui l'attendait. Il n'appréciait guère de disséquer un corps dans un état avancé de décomposition car, au contraire de certains de ses condisciples, il ne recherchait pas les cadavres à n'importe quel prix ; il n'avait rien d'un goinfre de l'anatomie. C'est pourquoi il avait déjà hâte d'en avoir terminé avec la dépouille du comte Crick.

La voiture s'engagea dans Broad Street pour faire halte devant l'auberge du Cheval Blanc. Lady Lydia avait déjà rassemblé ses affaires. Elle avait, durant une partie du trajet, lu ce qui ressemblait à des lettres, qu'elle avait ensuite soigneusement repliées avant de les ranger dans le portefeuille dont elle les avait extraites. Lorsqu'elle se leva en lissant ses jupes, Thomas la fixa avec ostentation. Allait-elle lui jeter en retour un regard furtif? Rien. Il l'observa, irrité, tandis que le cocher l'aidait à descendre la première.

— Vous allez patienter au Cheval Blanc, lui avait-elle commandé le soir précédent. Plus tard, je vous enverrai un messager.

Il n'avait guère apprécié de se voir ainsi traité à la façon d'un domestique, mais il avait aussitôt excusé la jeune femme en se rappelant qu'elle était en deuil.

Sur le trottoir se tenait un serviteur en livrée, devant un homme au visage grêlé. Il s'inclina et, saisissant la main gantée de lady Farrell, la mena jusqu'à la calèche qui patientait un peu plus loin, à quelques mètres du Sheldonian Theatre, dont les murs s'ornaient des bustes de plusieurs philosophes illustres. Socrate et Aristote contemplaient la rue grouillante d'activité en contrebas, pareils à des dieux grecs dominant de simples mortels. Un gamin roux, qui ne devait pas avoir plus de dix ans, suivait lady Lydia et son serviteur, peinant avec les bagages.

Thomas, pour sa part, avait gardé avec lui sa précieuse trousse à instruments d'un bout à l'autre du voyage. Le cocher lui tendit son second sac, qui contenait un tablier et des vêtements de rechange. Il atteignit la porte du Cheval Blanc à l'instant où la calèche de lady Farrell s'ébranlait. Il distingua le bord de son chapeau, l'arête de son nez… Comme il renonçait à tout espoir, elle se retourna un instant vers lui. Sans un geste ni un mot. Cela suffit au garçon, qui se fit soudain l'effet d'être l'homme le plus important de toute la ville d'Oxford.

Combien de temps lui faudrait-il patienter à l'auberge ? Sa visiteuse était demeurée très vague quant à ses intentions. Ce ne serait peut-être l'affaire que de deux ou trois heures, avait-elle dit. Ou alors il ne serait mis au courant de ses plans que le lendemain. Elle était actuellement en train de regagner Boughton Hall (situé à une dizaine de kilomètres au nord de la cité), où elle allait s'entretenir avec son époux avant de décider si elle avait ou non besoin des services du Dr Silkstone.

Ce dernier pénétra dans l'auberge en se baissant prudemment pour éviter de se cogner la tête au linteau. Au terme d'une journée aussi épuisante, il estimait avoir le droit de se détendre. L'établissement était minuscule, constitué de chambrettes communiquant les unes avec les autres ; on se serait cru dans le terrier d'un lapin. La fumée des pipes ainsi que l'odeur écœurante et âcre de la bière épaississaient l'air.

— Une chope de votre meilleure ale, commanda Thomas au patron, un homme au visage rougeaud.

Ce dernier le considéra un instant en silence, jaugeant ses manières et son accent. Lorsqu'il eut acquis la certitude que l'étranger venait des colonies, il haussa un sourcil réprobateur et déposa sans un mot la chope écumeuse sur le bar.

Trois consommateurs, installés à une table voisine, se tournèrent vers le traître qui venait de se joindre ainsi à eux. Le jeune homme perçut dans leur regard une franche hostilité. Il s'y était accoutumé peu à peu – le mépris dont il faisait régulièrement l'objet semblait avoir anesthésié ses sens. Cela ne l'embarrassait même plus. Il se contenta de saisir sa chope pour aller s'asseoir à une petite table située près d'une fenêtre.

Un feu ténu vacillait dans l'âtre et, bien que les lieux fussent bondés, le médecin se sentit étrangement seul. Il fit surgir sa bourse et, alors qu'il allait régler sa consommation, il découvrit un petit morceau de papier. Il se rappela soudain que le Dr Carruthers l'y avait glissé la veille au soir quand il avait appris que son disciple allait passer une ou deux nuits à Oxford.

— Peut-être auriez-vous intérêt à prendre contact avec ce gaillard-là, lui avait-il dit.

Malgré sa cécité, le vieux maître avait alors griffonné un nom sur un papier, qu'il avait ensuite fourré dans la poche de Thomas.

— Évidemment, avait-il ajouté en gloussant, il a peut-être rendu l'âme à l'heure qu'il est. Il était toujours patraque. Mais, dans le temps, c'était un bon anatomiste.

Le jeune homme plissa les yeux en tentant de déchiffrer l'écriture presque illisible de son mentor. En levant la note dans la lumière dispensée par la vitre, il réussit enfin : « Professeur Hans Hascher, école d'anatomie de Christ Church. » Il avala une copieuse gorgée de bière. Elle était fade. On aurait juré du vinaigre coupé d'eau. Il n'aimait décidément pas cet endroit, dans lequel il n'avait aucune raison de rester, du moins pendant les quelques heures à venir. Il mémorisa le nom et l'adresse, repoussa sa chope à moitié pleine encore, et se leva. Les trois têtes se tournèrent de nouveau vers lui pour le regarder se diriger vers la porte. Quand Silkstone atteignit le seuil, il entendit dans son dos : « Foutus salopards du Nouveau Monde. » Il se figea un instant pour digérer l'insulte, choisit finalement de l'ignorer, puis s'engagea dans la lumière délavée d'octobre.

# 7

Jacob Lovelock apporta le seau à charbon jusqu'à la cheminée de la cuisine, tandis que son épouse, Hannah, s'échinait près de l'âtre avec des allumettes et des chandelles. L'homme s'essuya le front d'une main pleine de suie – de la poussière de charbon s'insinua dans les cicatrices de sa petite vérole ; certaines prirent l'aspect de menus cratères volcaniques noirs.

— Comment diable avez-vous fait votre compte ? se fâcha Mme Claddingbowl, la cuisinière, en s'en prenant à Hannah.

Cette dernière avait laissé le feu s'éteindre, en sorte qu'il n'y avait pas d'eau chaude pour le thé matinal du capitaine Farrell – et comment diable allait-il pouvoir faire sa toilette ?

La pauvre fille tentait désespérément de raviver les flammes. Elle soufflait de son mieux. Enfin, une étincelle embrasa une branchette, mais la tâche était difficile : le bois avait pris l'humidité.

— Alors, comme ça, vous avez laissé le feu s'éteindre.

À entendre la voix de Rafferty, le domestique du capitaine, Hannah sentit un frisson lui parcourir l'échine. M. Rafferty (dont personne ne connaissait le prénom) avait servi en Inde avec Michael Farrell pendant dix ans. Après qu'une blessure au dos l'eut contraint à quitter l'armée, le capitaine en avait fait son valet. Il émanait de lui une autorité paisible. Il n'élevait jamais la voix lorsqu'il s'adressait aux autres domestiques, bien qu'il possédât une langue plus cinglante que la lanière d'un fouet. Hannah fixa le bout de ses chaussures en le sentant approcher.

— Vous avez de la chance que mon maître dorme encore, lui dit-il sur un ton un peu radouci.

Jacob haussa ses larges épaules.

— On se demande bien comment il réussit à fermer l'œil, grommela-t-il en pelletant le charbon.

Le dos de Rafferty se raidit aussitôt.

— Pardon?

Le sourire narquois de Jacob mourut sur ses lèvres, et il se redressa.

— J'ai dit que notre maître avait besoin de sommeil, monsieur Rafferty.

Les yeux du valet s'étrécirent.

— Notre maître traverse des moments difficiles, grogna-t-il. Nous devrions tous lui apporter notre soutien.

Sur quoi il tira sur son gilet, la mine indignée, fit demi-tour et se dirigea vers le cellier.

Jacob attendit qu'il fût assez loin pour ne pas risquer d'être entendu.

— Des moments difficiles? Il m'avait l'air très en forme hier, commenta-t-il en agitant le charbon avec violence.

Hannah ajouta du petit bois.

— Que veux-tu dire? murmura-t-elle à demi.

Son époux sourit d'un air suffisant en inclinant la tête. Il ne prit même pas la peine de baisser la voix.

— Il m'a expliqué que maintenant que le comte était hors jeu, mon existence s'en trouverait facilitée.

Il se tut pour ménager ses effets.

— Il a ajouté que notre existence à tous s'en trouverait facilitée.

Mme Claddingbowl, qui s'était mise à pétrir de nouveau sa pâte, s'interrompit.

— Il a dit ça comme ça, sans rien insinuer de particulier, souffla-t-elle avant de retourner à ses pancakes.

Jacob était ravi d'avoir mis la cuisinière mal à l'aise.

— Mais il y a plus encore, madame Claddingbowl, reprit-il.

Hannah fronça les sourcils, manière de le réprimander en silence, mais il n'en tint aucun compte.

— Il m'a dit : « Maintenant que je suis le maître, il va s'opérer quelques changements dans cette maison. »

— Des changements, il y en a eu assez comme ça, répliqua son épouse d'un ton sec, avant d'éclater une fois de plus en sanglots.

Jacob passa un bras autour de sa taille.

— Allons, ma chérie. Je sais que c'est dur...

Tout le monde comprenait, mais ses mots ne consolèrent pas la jeune femme.

— Elle est partie, Jacob, sanglota-t-elle. Rebecca est partie.

Rebecca Lovelock, la fille aînée d'Hannah et de Jacob, ayant fait une chute quelque temps plus tôt dans le lac de la propriété, où elle s'était noyée. Elle avait douze ans. Depuis, un malaise flottait dans l'air, qui gâchait invariablement les petits moments de joie qui auraient pu égayer le manoir. Seul le capitaine Farrell, qui en ce moment précis dormait toujours à l'étage, demeurait impassible face à ces tragédies.

Cependant, il dormait mal, d'un sommeil intermittent et agité. Des gouttes de sueur perlaient à son front, il avait les cheveux trempés. Il se tournait, se retournait, grommelait… De loin en loin, le prénom d'« Edward » se distinguait parmi ses râles. Son repos était peuplé de cauchemars.

Soudain, il se dressa dans son lit. Il eut la surprise de s'y découvrir seul. Lydia était absente. La mémoire lui revint : elle s'était rendue à Londres pour y visiter son cousin. Michael s'écroula de nouveau.

Les premiers merles entonnaient déjà leur chœur éraillé lorsque le sommeil s'empara encore de l'Irlandais. Peu après midi, Rafferty pénétra dans la chambre pour prendre des nouvelles de son maître. Ses pas sur le parquet de chêne ciré réveillèrent celui-ci, qui se tourna en ouvrant un œil circonspect. La lumière se déversait par l'interstice entre les épais rideaux de velours.

— Quelle heure est-il ?

— Plus de midi, répondit Rafferty. Souhaitez-vous que j'ouvre les rideaux ?

Le capitaine s'assit en hâte. Sa chemise de nuit était ouverte, laissant voir une large part de sa poitrine. Il passa ses doigts dans ses longs cheveux noirs, qui tombaient sur ses épaules, puis il secoua la tête comme pour s'ébrouer de ce mauvais sommeil qui l'avait emprisonné durant les trois dernières heures.

Ses pensées revinrent à Lydia.

— Il faut que je m'habille. Mon épouse sera bientôt de retour.

Il rejeta les couvertures et sauta hors du lit. Il se dirigea vers la table de toilette, dans un coin de la pièce, non loin de la croisée, et s'aspergea le visage avec l'eau que son valet venait de verser dans le bassin.

— Elle est froide, observa-t-il.

Rafferty se balança d'un pied sur l'autre.

— Je crains que le feu ne se soit éteint un peu plus tôt dans la matinée, monsieur, dit-il sur un ton d'excuse.

Le capitaine saisit la serviette que son valet lui tendait et se tamponna la figure avant de se planter à la fenêtre qui donnait sur l'allée bordée d'arbres. C'était une splendide journée d'automne, parée d'un ciel bleu clair. Les marronniers viraient à l'orange et à l'or, le pourtour de leurs larges feuilles s'ornait de dentelle rouille. La verdure estivale avait, de même, déserté les pelouses. Michael Farrell se sentit envahi par une immense fierté.

Il avait adoré cet endroit dès le premier instant, à l'époque où il appartenait à Edward, et maintenant qu'il en avait hérité, il l'aimait davantage. Tout ce qui s'étendait devant lui, par-delà les épais taillis, par-delà la rivière et, plus loin encore, en direction des collines ondoyantes… tout était désormais à lui. Même le pont, dans la distance, sur lequel il entrapercevait un cavalier solitaire, il le possédait au même titre que le reste.

— Cet endroit est magnifique, Rafferty, dit-il en enfilant le gilet que le valet lui présentait.

— Vous avez raison, monsieur – l'Irlandais n'attendait pas d'autre réponse.

Tandis qu'il finissait de s'habiller, il continua de contempler le spectacle ; il s'en abreuvait littéralement, comme d'un excellent bordeaux. Le bétail paissait dans la prairie, des buses tournoyaient au-dessus des thermes qui couronnaient les collines de Chiltern. Quant au cavalier, qui n'avait d'abord constitué qu'un point ténu sur l'horizon, il se rapprochait à présent. Bientôt, il s'engagerait au galop dans l'allée qui menait à Boughton Hall.

# 8

L'atroce gémissement allait en s'intensifiant – véritable aria d'une douleur qui vrillait les nerfs à vif et accablait les chairs. Ce son, Thomas ne l'identifiait que trop bien, et pourtant, planté au pied de l'étroit escalier de pierre, l'oreille emplie de cette insoutenable cacophonie, à chaque instant plus inquiet, il songea à tourner les talons pour s'enfuir. Des glapissements interrompaient de temps à autre la sourde plainte, mais là où un musicien aurait alors attendu un crescendo, le grondement reprenait, basse continue qui ne connaissait plus de repos.

Le jeune homme se tenait devant la porte cloutée de cuivre du Pr Hans Hascher, à Christ Church, l'un des plus éminents collèges de l'université d'Oxford. Il se tenait là depuis une éternité. Thomas se représentait un patient dont on était en train de couper la jambe sans anesthésie préalable, un criminel que l'on disséquait vivant… Cette dernière image lui parut si insoutenable qu'il résolut de quitter les lieux. Mais alors les clameurs cessèrent. Le jeune homme se figea.

— Qui… qui est là ? demanda une voix faible.

Thomas hésita, puis se racla la gorge.

— Je cherche le Pr Hascher, expliqua-t-il.

— En… En… tez…

Le jeune médecin tira sur son gilet, frissonna légèrement et se lança. La porte s'ouvrit en grinçant sur un vaste bureau aux murs couverts de livres – à l'autre bout de la pièce se découvrait une longue table de travail devant laquelle trônait un fauteuil à oreilles. Le visiteur ne distingua guère qu'une jambe, garnie d'un bas, dont le pied prenait appui contre le bureau. N'ayant repéré personne d'autre à proximité, il en déduisit que l'homme devait être gravement atteint. Il avança vers lui.

— Puis-je vous aider, monsieur? demanda-t-il en s'approchant du fauteuil sans savoir quel spectacle l'y attendait.

Les mots peinaient à sortir, le malheureux semblait avoir la bouche pleine de clous.

— Êtes-vous... éssu... ant?

Thomas se rapprocha encore.

— Je suis chirurgien, monsieur. Puis-je vous aider?

Sur la table, il distingua plusieurs instruments disposés sur un morceau de tissu vert – forceps, aiguilles à suture, ciseaux... ainsi que de la gaze. Il repéra encore une serviette de table tachée de sang. De toute évidence, le gentleman avait entrepris d'intervenir sur sa propre personne.

Silkstone ne vit d'abord qu'une touffe de cheveux gris qui lui évoqua les boules d'amarante de sa contrée natale. Puis l'homme tourna la tête, révélant un visage enflé aux traits déformés par la souffrance.

— Dieu foit loué, dit-il en brandissant une grande paire de pinces.

Il tendit l'instrument à Thomas, qui s'en empara sans poser de questions. Il était soulagé que la terrible douleur qui accablait l'infortuné ne fût causée que par une molaire cariée – il redoutait un membre gangrené, un organe dont il aurait été nécessaire de pratiquer l'ablation.

— Je m'en occupe, assura-t-il à son hôte, qui pouvait avoir soixante-dix ans, mais dont la mâchoire bouffie gâtait la physionomie.

Le visiteur ouvrit sa trousse à instruments, dans laquelle il préleva une bouteille en verre bleu. Il imbiba un tampon de gaze d'un liquide brun.

— Ouvrez grand la bouche, ordonna-t-il à son nouveau patient, qui s'en remettait totalement à lui.

Le jeune homme badigeonna la mâchoire malade de teinture d'iode avant de saisir de nouveau la pince.

— Cramponnez-vous.

Les jointures noueuses du gentleman se refermèrent sur les bras de son fauteuil, tandis que Thomas se calait contre les pieds de celui-ci. Le patient laissa échapper un long cri rauque. Le jeune anatomiste batailla durant quelques secondes avec la dent récalcitrante… Enfin, elle céda et vint avec ses racines, si soudainement que le chirurgien faillit tomber à la renverse.

Ce dernier présenta la dent noircie, toujours prisonnière de ses pinces, à son ancien propriétaire, comme un chasseur aurait exhibé une belle prise.

— Joli trophée, monsieur, sourit-il en examinant le spécimen, plus déchiqueté qu'un affleurement granitique.

Il fallut ensuite un petit moment aux deux hommes pour se ressaisir. Le plus âgé des deux finit par rompre la glace.

— Après la vérole, les caries dentaires constituent le pire fléau qui puisse accabler l'humanité, grommela-t-il en tamponnant sa bouche ensanglantée.

Thomas lui tendit un verre d'eau et sourit.

— Vous êtes bien le professeur Hascher?

Le patient se rinça soigneusement la bouche avant de recracher un liquide rougeâtre dans un bol posé sur le bureau à côté de lui.

Il leva ensuite les yeux vers son visiteur.

— Vous avez rai... Vous avez raison, jeune homme, crachota-t-il. Et vous êtes... ?

— Thomas Silkstone. J'ai repris le cabinet du Dr Carruthers, à Londres.

— Ce vieux brigand de Carruthers ! Et moi qui m'imaginais que la vérole l'avait terrassé depuis longtemps.

Un sourire lui fendit soudain la figure d'une oreille à l'autre, ce qu'il regretta aussitôt : il plaqua l'une de ses mains tendineuses contre sa mâchoire meurtrie. Toujours tenaillé par la douleur, il désigna du doigt, derrière son visiteur, une bouteille posée sur une étagère. Le jeune médecin s'en saisit pour la remettre à son aîné, qu'il regarda, effaré, se désaltérer avec un liquide clair qu'il prit pour du formol. Au bout de quatre ou cinq gorgées, le professeur s'interrompit et s'essuya le menton du revers de la main.

— Schnaps, expliqua-t-il. Importé de Prusse. Si j'avais su que vous viendriez, ajouta-t-il sur un ton malicieux, j'en aurais avalé quelques lampées avant de tenter l'extraction de cette dent.

Thomas sourit. Il comprenait déjà pourquoi le vieux Saxon et le Dr Carruthers s'étaient jadis liés d'amitié. Son hôte lui indiqua, sur une autre étagère, plusieurs petits verres. Silkstone en prit deux. Le professeur les remplit d'alcool jusqu'au bord.

— Prost ! lança celui-ci avant d'avaler cul sec le contenu du sien, sous l'œil perplexe de son visiteur.

Ce dernier l'imita cependant, rejetant la tête en arrière. Aussitôt, une terrible brûlure lui dévora le gosier, cependant que des flammes ravageaient son œsophage. Enfin, son cou commença à se raidir.

Le vieux gentleman observait sa réaction :

— Ceci est un excellent anesthésique. Deux verres et vous ne sentez plus rien, ajouta-t-il avec un éclat de rire.

Cette fois, il ne grimaça pas – le schnaps faisait manifestement des merveilles.

Hascher fit signe à Thomas d'approcher une chaise de son fauteuil.

— Racontez-moi un peu ce qui vous amène dans ce lieu de perdition, fit-il en se renversant confortablement sur son siège, enfin libéré de ses tourments.

— Lorsque j'étais étudiant à Philadelphie, en Amérique, mon père, qui était médecin, m'a parlé des travaux du Dr Carruthers. J'ai lu ses plus éminents traités, puis nous avons entamé une correspondance. Finalement, je suis venu à Londres, où j'ai eu l'immense privilège de devenir son disciple.

— Mais mon vieil ami a perdu la vue, n'est-ce pas?

— Hélas, oui. Mais il m'a passé le flambeau.

— Dans ce cas, vous avez de la chance de vous être trouvés tous les deux. Mais..., ajouta le Saxon après une courte pause, vous voici bien loin de votre table de dissection...

Thomas se tortilla sur sa chaise, embarrassé, et se mit à réfléchir.

— Hier, commença-t-il, une dame de haut rang m'a rendu visite. De toute évidence, elle était très angoissée.

Le professeur écoutait sagement, pareil à un prêtre au moment de la confession. Le garçon enchaîna:

— Elle m'a raconté que son jeune frère était mort dans... dans des circonstances mystérieuses, et elle m'a demandé... Non. Disons plutôt qu'elle m'a imploré de l'aider à découvrir la cause exacte de sa mort.

L'Allemand, demeuré impassible jusqu'alors, hocha la tête d'un air entendu.

— Et cette «dame de haut rang», intervint-il, je suis prêt à parier qu'il s'agit de lady Lydia Farrell.

Silkstone se sentit tout à coup affreusement gêné. Comment avait-il pu faire preuve d'une telle indiscrétion ? Hascher, qui avait repéré son malaise, se hâta de le rassurer :

— On ne parle que de cela dans tout le comté, mon jeune ami. Les rumeurs vont bon train. L'a-t-on assassiné ? Si oui, qui est le meurtrier ? Nombreux sont ceux qui se vanteraient volontiers de s'être personnellement chargés de la besogne – dans le dos du juge, cela va de soi.

Thomas plongea le regard dans le fond de son verre vide, comme s'il regrettait que l'alcool lui eût à ce point délié la langue.

— Il faut que j'y aille, annonça-t-il à son hôte en se mettant à ranger ses instruments dans leur trousse.

Mais comme il s'apprêtait à en verrouiller le fermoir, le Saxon retint sa main.

— Si on vous convoque là-bas, vous aurez besoin d'instruments, de liquide de conservation, bref, de beaucoup plus de choses que vous n'en avez apporté avec vous. Alors sachez que mon laboratoire est à votre entière disposition.

# 9

Lydia sut que quelque chose n'allait pas à l'instant même où sa calèche s'engagea dans l'allée menant à Boughton Hall. Les chiens ne vinrent pas lui faire fête. Pis : Michael ne l'attendait pas en haut des marches du perron. N'avait-il donc pas été prévenu de son retour? Elle avisa soudain Howard, le majordome, ainsi que Rafferty, qui venaient à sa rencontre. Tous deux affichaient une mine grave. Mmes Claddingbowl et Firebrace (la gouvernante) leur emboîtaient le pas, les yeux baissés, comme si elles tentaient d'éviter le regard interrogateur de lady Farrell. Hannah, Jacob et leur fils Will complétaient le cortège.

Lorsque le valet l'aida à descendre de la voiture, le malaise de la jeune femme s'accrut.

— Où se trouve votre maître? s'enquit-elle auprès d'Howard.

Celui-ci lorgna du côté de Rafferty ; il ne savait que répondre.

— Il est dans le pavillon d'été, madame, annonça le valet sur un ton penaud.

Perché sur une crête dominant une vallée, à moins d'un kilomètre du manoir, le pavillon d'été avait été édifié par le père de Lydia, qui s'y réfugiait parfois pour échapper aux obligations inhérentes à la gestion de son domaine. Michael s'y retirait aussi lorsque la fréquentation d'Edward lui devenait trop pénible, lorsque le comte négligeait ses affaires – ce qui lui arrivait souvent, car à l'administration de la propriété il préférait le jeu, l'équitation et la compagnie des femmes.

— Il faut que j'aille lui parler, décréta son épouse.

Rafferty fronça les sourcils.

— Je vous en prie, madame. Vous devez être épuisée après votre voyage.

— Il faut que j'aille lui parler, répéta-t-elle en dissimulant à peine sa colère. Jacob, attelez la charrette.

Un sentier peu carrossable menait au pavillon – à une ou deux reprises, le poney fit une embardée et trébucha. Les pluies du printemps avaient creusé de profondes rigoles dans le sol sableux ; il convenait d'avancer avec prudence. Les roues en bois de la charrette s'enfonçaient dans les ornières détrempées. Des gouttelettes boueuses giclaient de part et d'autre du véhicule. Lydia avait cependant tenu à prendre les rênes. Elle connaissait le sentier comme sa poche. Elle l'avait souvent emprunté, surtout l'été, au début de son mariage. Elle apportait alors à son époux une bouteille de citronnade, qu'ils dégustaient tous deux en regardant le soleil se coucher sur la vallée.

Comme elle poussait le petit cheval bai dans la partie la plus raide du chemin, la plus délicate à négocier, elle sentit l'envahir de plus belle son mauvais pressentiment. Il n'était pas normal que le capitaine eût ainsi choisi d'ignorer son retour. Quelque chose le tourmentait, et la jeune femme redoutait de deviner trop bien de quoi il s'agissait. En s'approchant, elle jugea le pavillon, avec ses murs chaulés, son toit surchargé d'ornements et ses fenêtres étroites, parfaitement déplacé au cœur du paysage de l'Oxfordshire. Michael se trouvait assis sur les marches du perron, la tête entre les mains. Il leva le regard en entendant la charrette, puis se remit debout avec difficulté. Lydia tira sur les rênes ; le poney fit halte. Farrell semblait avoir vieilli, comme si les quarante-huit heures qui venaient de s'écouler avaient représenté dix ans. Il arborait un teint de cire et des poches sous les yeux.

— Qu'y a-t-il, Michael ? Que s'est-il passé ?

Ce dernier la fixa sans répondre.

— Cela concerne Edward ?

Il opina.

— Un employé du coroner m'a rendu visite ce matin. Il va y avoir une enquête.

Lydia n'éprouva aucune surprise. Elle s'y attendait depuis qu'ils avaient reçu la lettre de sir Montagu. D'ailleurs, elle laissa son soulagement s'exprimer.

— Mais de cette façon, avança-t-elle, nous acquerrons la certitude qu'Edward n'a pas été…

Elle s'interrompit, incapable de terminer sa phrase. Son époux lui lança un regard noir.

— Tu ne comprends donc pas ? insista-t-elle. Nous allons faire taire toutes les rumeurs.

— Comment ? répliqua l'Irlandais en haussant les épaules. Son cadavre est dans un tel état qu'on aurait pu tout aussi bien le réduire en cendres.

La jeune femme se tut un instant. Aussitôt, Michael devina qu'elle avait une révélation à lui livrer. Elle releva la tête :

— Je dois t'avouer quelque chose… Je ne suis pas allée à Londres pour rendre visite à mon cousin Francis.

— Ah non ? lâcha Farrell, plus curieux que choqué.

— Je me suis adressée au chirurgien qui lui dispense des cours.

Le capitaine roula des yeux, excédé.

— Un chirurgien? gronda-t-il entre ses dents serrées. Ah non! Nous n'allons pas remettre cela avec ces maudits chirurgiens!

— Il est le seul à pouvoir nous venir en aide, Michael, et, à l'heure qu'il est, il n'attend plus que ton autorisation pour se mettre au travail.

L'Irlandais la considéra avec mépris, fâché qu'elle se mêlât d'affaires qui dépassaient son entendement.

— Que pourrait-il donc faire, ce fameux chirurgien, alors que les autres ont échoué? Réveiller ton frère d'entre les morts?

Son épouse s'éloigna de quelques pas.

— Celui-ci est différent des autres. Il est capable de faire parler un cadavre mieux que quiconque. Si nous exhumons le corps d'Edward, il pourra mettre un terme à toutes les insinuations.

— Exhumer Edward? fit Farrell sur un ton incrédule.

— C'est notre seule chance, l'implora-t-elle en se rapprochant de lui.

Il la considéra d'un œil sceptique et secoua la tête – elle se sentit pareille à une enfant.

— Et qu'adviendra-t-il s'il découvre que le décès n'est pas dû à des causes naturelles?

Il la scruta de son intense regard vert. Elle se détourna, embarrassée par cet air de reproche.

Durant les premières semaines de leur union, il s'était montré un époux attentif, bien qu'il fît preuve d'une indéniable voracité sexuelle. Il en réclamait toujours plus et, lorsque leurs deux désirs n'étaient pas à l'unisson, il s'emportait parfois. Ces bouffées de rage se trouvaient aggravées par la boisson, dont il lui arrivait souvent d'abuser. Dans ces moments-là, il exigeait de Lydia qu'elle ne lui résistât pas. Peu à peu, sa mauvaise humeur se manifesta aussi à l'extérieur de leur chambre. Il n'avait certes jamais caché son antipathie pour Edward mais, désormais, il n'hésitait plus à donner libre cours à sa haine et sa rancœur en présence de sa femme. Celle-ci devinait que son mari était capable de tuer – après tout, il avait ôté la vie à des hommes lorsqu'il servait dans l'armée –, mais elle était convaincue qu'il n'aurait pu agir que sur un coup de tête, durant une partie de cartes ou pour les beaux yeux d'une femme. Elle refusait de croire qu'il pût devenir un meurtrier de sang-froid.

— Je sais que tu t'imagines que j'ai quelque chose à voir avec la mort de ton frère, énonça-t-il doucement.

Ses mots la piquèrent comme autant d'aiguilles brûlantes ; elle se jugea déloyale. Les accusations que venait de porter contre elle Michael sur un ton d'enfant blessé la ramenèrent à la réalité.

— Tu es mon époux, en sorte qu'il est de mon devoir de toujours veiller en premier lieu sur tes intérêts. Il nous faut réduire au silence une fois pour toutes les soupçons qui pèsent sur nous.

Elle tenta de lui prendre les mains. Il la repoussa.

— Dis plutôt que c'est moi qui ai besoin de me débarrasser de ces soupçons, rectifia-t-il.

Elle poussa un lourd soupir et plongea ses yeux dans les siens. Ces yeux-là lui semblaient presque appartenir à un étranger. Autrefois, il lui suffisait de les contempler pour distinguer le fond de son âme. Mais l'eau claire de son regard était à présent ternie par la défiance ; elle devenait insondable.

— Je t'en conjure, le supplia-t-elle encore. Permets à ce chirurgien d'accomplir sa tâche.

## 10

Il reçut au crépuscule la visite qu'il attendait. Assis dans un fauteuil près de la fenêtre, Thomas lisait, tâchant de capter les lueurs chiches dispensées par l'un des réverbères de Broad Street. De temps à autre lui parvenaient les éclats de voix d'étudiants pris de boisson au sortir des troquets, ou le bruit de ferraille d'une voiture à cheval. Plus loin, Great Tom, la cloche de la cathédrale Christ Church, sonna pendant une éternité. Great Tom. Quelle drôle d'idée, songea le jeune médecin, d'avoir donné ce sobriquet à une cloche. Une idée pittoresque. Ses pensées vagabondèrent ensuite vers le Pr Hascher, confortablement installé dans son bureau, cerné de livres et de fragments humains. À l'heure qu'il était, les effets du schnaps avaient dû se dissiper, et la cavité dans laquelle se logeait naguère sa molaire gâtée devait l'élancer. Le vieux gentleman s'était montré assez généreux pour permettre à son visiteur d'utiliser son laboratoire, et celui-ci se demanda s'il aurait jamais l'occasion d'y travailler pour de bon.

Il retourna à sa lecture. L'écriture de l'auteur était difficile à déchiffrer, si bien que Thomas fronçait les sourcils pour parvenir à donner sens à ce traité. On ne lui avait confié qu'une seule chandelle pour la nuit. Bientôt, il devrait renoncer à son décryptage ; il avait mal aux yeux. Comme il s'avouait vaincu face aux ténèbres, on frappa à sa porte. Il sursauta. Il ne croyait pas que le messager se présenterait si vite.

Jacob Lovelock se tenait sur le seuil, mal à l'aise. L'anatomiste se rappela l'avoir vu plus tôt dans la journée – il l'avait reconnu à son visage grêlé.

— Docteur Silkstone ? s'enquit le domestique d'une voix rauque, comme s'il ne lui arrivait jamais de chuchoter.

Thomas opina et s'empressa de le faire entrer en s'assurant que personne ne traînait sur le palier ombreux. L'homme lui transmit aussitôt les instructions de sa maîtresse :

— Madame a dit que vous deviez vous présenter chez le coroner d'Oxford dès demain matin. Une enquête va être ouverte.

Le médecin plongea une main dans sa bourse pour fourrer dans la paume crasseuse de Jacob une poignée de pièces.

— Dites à votre maîtresse que j'agirai selon ses souhaits.

Alors que le serviteur faisait demi-tour pour s'éclipser, Thomas le rappela.

— Faites bien attention. Personne ne doit vous voir.

Ayant acquiescé en silence, Jacob se faufila dans les ténèbres. Quelques instants plus tard, il sortait de l'auberge. Il grimpa sur son cheval et piqua des deux. Silkstone, qui observait la scène, pria pour que personne d'autre n'eût été témoin de la scène.

Il se retourna vers la pièce qu'à présent la nuit avait presque entièrement prise d'assaut. Le lit, le fauteuil solitaire, la table de toilette dans un coin, l'armoire près de la porte… De quoi lui faire regretter le confort douillet de son logement londonien. Quel démon l'avait poussé à s'engager dans cette affaire? Ces secrets, ces intrigues... Il était chirurgien, pas espion. Le lendemain matin, il se présenterait au coroner pour lui offrir ses services dans le cadre de l'enquête, sur ordre d'une parfaite inconnue. Il était en tout cas une chose que l'homme de loi ne devait jamais apprendre : que Thomas était venu à Oxford sur les instances de lady Farrell, la sœur du défunt. Car, si l'on découvrait le moindre lien entre Silkstone et le comte, on remettrait immédiatement en question son indépendance et son intégrité, personne ne tiendrait compte du résultat de ses recherches. Pis : c'en serait terminé de sa carrière. Sa réputation volerait en éclats. Pourtant, il se sentait prêt à courir tous les risques. Pourquoi diable? Il regarda papilloter la flamme de sa chandelle en quête d'oxygène. Pas pour l'argent, sans conteste, puisqu'il avait résolu de refuser la moindre rétribution. Dans la lueur expirante de la bougie, il entraperçut le visage de Lydia, d'une envoûtante beauté. À l'instant où la flamme allait enfin s'éteindre, il obtint la réponse à sa question.

Assis à son bureau, seul, Michael Farrell tenait à la main un verre de cognac. Il avait laissé mourir le feu, en sorte qu'il ne restait dans l'âtre qu'un tas de braises rougeoyantes. Son épouse s'était retirée peu après le dîner, prétextant un mal de tête provoqué par son voyage à Londres. Sans doute avait-elle deviné la colère qu'il nourrissait contre elle, bien qu'il eût tâché de faire bonne figure. Comme elle était naïve, persuadée qu'un coup de baguette magique suffirait à ce chirurgien pour déterminer les causes exactes de la mort d'Edward, après quoi lui, Michael, n'aurait plus qu'à laver paisiblement son nom, que l'on traînait pour le moment dans la boue.

Il s'interrogeait parfois sur l'ingénuité de Lydia. Il lui en voulait en outre d'avoir agi dans son dos, de lui avoir menti, d'avoir appelé à la rescousse, sans lui en souffler mot, cet anatomiste de Londres, dont la présence ne ferait probablement que compliquer les choses. Michael n'avait aucune confiance dans ces charlatans. Après tout, ses deux confrères avaient montré quel genre de poltrons ils étaient, renonçant à leurs devoirs professionnels sous prétexte qu'ils n'avaient pu supporter la vue d'un cadavre putréfié. Pourquoi celui-ci, un colon des Amériques par-dessus le marché, réussirait-il là où les autres avaient échoué ?

Le capitaine haussa les épaules. Futilités que tout cela... Le cognac l'apaisait, mais il se sentait maintenant privé de ses forces. Il tisonna le foyer, qui durant un moment reprit vie – des braises rouge vif jaillirent dans toutes les directions en émettant un étrange sifflement. Une fois encore, il se rappela les derniers instants de son beau-frère : les cris, le sang autour de ses lèvres, ses yeux exorbités. Une fois encore, il revint en pensée à ce funeste matin. Rien, dans son souvenir, ne lui avait paru anormal. La crise de vomissements et de diarrhée dont Edward avait été victime deux semaines plus tôt n'avait duré qu'un jour ou deux ; ensuite, il n'avait plus présenté le moindre symptôme.

Peut-être, ce matin-là, le jeune comte s'était-il levé plus tôt que d'habitude, se remémora Farrell. Sans doute avait-il effectué une promenade à cheval du côté des potences. Il le revit sortir par la porte de derrière, puis traverser la cour en direction des écuries. Il lui arrivait quelquefois de se lever ainsi à l'aube pour enfourcher sa jument. Ses médicaments lui valaient de temps à autre de terribles maux de tête, dont, avait-il coutume de dire, seuls l'exercice et le grand air venaient à bout.

Il avait pris le petit-déjeuner en compagnie de sa mère, avant de décréter qu'il irait pêcher à Plover's Lake, à l'extrémité sud-est de la propriété. Michael se rappela que lui-même était alors en train de lire le journal. Il n'aimait pas converser avec son beau-frère – ils finissaient la plupart du temps par se disputer. Il s'efforçait donc de supporter sans broncher, pour faire plaisir à Lydia, les jacasseries d'Edward, mais de temps à autre il ne pouvait s'empêcher de lâcher à son intention une remarque mordante.

L'Irlandais avait pris ce freluquet en grippe à l'instant même où il avait posé le regard sur lui lors de sa première visite à Eton. Il l'avait vu calotter un bizut uniquement parce que celui-ci avait osé le fixer dans les yeux – non content d'être chétif et repoussant, Farrell avait compris ce jour-là que son futur beau-frère était un lâche, doublé d'une brute tyrannique. Il avait bien sûr dissimulé le dédain qu'Edward lui inspirait jusqu'à ce qu'il eût passé l'alliance au doigt de sa sœur, après quoi il n'avait plus fait le moindre effort.

Ce matin-là, tandis qu'Eliza remplissait une tasse de thé qu'elle avait l'intention de porter à sa maîtresse, Michael avait rappelé au comte que l'apothicaire devait passer un peu plus tard pour lui livrer des médicaments.

— Ce serait dommage d'en perdre une miette, avait-il observé sur un ton sarcastique.

Le jeune homme s'était tourné vers lui avec un grognement, dévoilant sa denture inégale. L'Irlandais le comparait volontiers à un rat, à la fois par son comportement et ses allures de rongeur. Il adorait asticoter son irritant beau-frère, particulièrement en présence des domestiques. Hélas, aujourd'hui, l'ironie de ses propos le hantait.

Les braises se réduisaient de nouveau à un rougeoiement. Comme le capitaine s'apprêtait à se verser un autre verre de cognac, il entendit des pas à sa porte. Hannah se matérialisa dans la pièce, visiblement tendue. La jeune femme pleurait encore la mort de sa fille ; Farrell s'avisa que le chagrin avait imprimé sa marque sur ses traits. Des mèches blanches se mêlaient en outre à ses cheveux châtains, que l'on apercevait sous son bonnet.

— Monsieur a-t-il besoin de quelque chose? s'enquit-elle.

Michael discerna plus qu'une simple question. Il lui sourit.

— En effet.

Il lui tendit son verre vide, qu'elle emporta jusqu'au buffet, où elle le posa avant d'ôter le bouchon de la carafe. Elle tremblait.

— Calmez-vous, lui lança-t-il de l'autre bout de la pièce.

Au même instant, le bouchon lui échappa pour tomber, par bonheur intact, sur le tapis. La domestique fondit en larmes. Elle souleva son tablier pour y enfouir son visage. L'Irlandais se leva, s'approcha d'elle et passa un bras autour de ses épaules pour la réconforter.

— Là... Là..., la consola-t-il.

Elle leva vers lui son regard rougi.

— Que se passe-t-il?

— Va-t-on me demander de parler de M. le comte au tribunal, monsieur?

Elle avait tout d'une enfant sans défense.

Le capitaine se tut un instant, un peu dérouté par cette question.

— Vous avez vu ce qui est arrivé à votre maître, n'est-ce pas?

— Je ne l'oublierai jamais, monsieur. Ses yeux, le sang…

Michael opina avec impatience, réticent à revivre une fois de plus la tragédie.

— Dans ce cas, je crains qu'il ne vous faille rapporter au coroner ce dont vous avez été le témoin.

Elle acquiesça lentement en se ressaisissant peu à peu. Farrell s'empara de la carafe de cognac, afin d'en remplir son verre. Mais alors qu'il se préparait à l'engloutir, il se ravisa et l'offrit à Hannah.

— Buvez ceci.

Elle l'observa avant de se saisir du verre, dont elle avala le contenu en hâte, comme s'il s'agissait d'un médicament au goût exécrable. Il tendit la main, caressa son bras nu…

— M. Lavington est ici pour s'entretenir avec vous, monsieur, interrompit Howard.

Il se tenait sur le seuil, mal à l'aise, et, lorsqu'il comprit la signification de la scène qu'il venait de surprendre, il parut plus accablé encore.

— Je vous demande pardon, monsieur, enchaîna-t-il d'une voix réprobatrice, mais il a dit que c'était important…

Sur quoi James Lavington fit son apparition – une expression soucieuse se peignait sur la moitié préservée de sa figure.

— Je vous remercie, Howard. Vous pouvez nous laisser.

Le capitaine se tourna vers Hannah :

— Vous aussi.

Il fit entrer son ami.

— Je suis venu dès qu'on m'a mis au courant, commença celui-ci en acceptant le verre de cognac que son hôte lui proposait. On ne parle plus que de cela au village.

Les deux hommes s'assirent devant la cheminée. Penché sur son verre, Lavington nourrissait manifestement des angoisses.

— C'est le parrain qui se trouve derrière tout cela, affirma Michael.

— Sir Montagu ? Je vois…

— Il ferait n'importe quoi pour se venger de moi.

L'Irlandais s'exprimait d'une voix étrangement calme, étonnamment mesurée. Son ami fit silence un moment, sirotant son cognac tandis qu'il jaugeait toute la gravité de la situation.

— Ces enquêtes ne négligent en général aucun détail, finit-il par dire.

Avocat de métier, il s'était trouvé mêlé en Inde à deux investigations de ce type : il savait que tout coroner digne de ce nom creusait l'ensemble des pistes qui se présentaient à lui. Le décès du jeune comte engendrerait d'autant plus de zèle de la part des hommes de loi.

Le capitaine éclata d'un rire forcé.

— J'imagine qu'ils vont tâcher de découvrir comment Crick est mort, rétorqua-t-il, narquois.

Son visiteur semblait contrarié.

— Ils vont interroger des témoins. Ils vont fouiner. Ils vont poser des questions embarrassantes.

Farrell avait rarement vu autant d'appréhension dans l'œil de son ami. Ensemble, ils avaient pris place aux tables de jeu les plus redoutables de Bath et de Cheltenham. Lavington n'y avait jamais perdu son sang-froid, mais ce soir il avait les nerfs à vif. L'Irlandais plongea le regard dans son verre.

— Je ne doute pas que tu aies entièrement raison, répondit-il. C'est pourquoi il est essentiel que mon témoignage et le tien, si l'on en venait à t'interroger, coïncident point par point.

# 11

Peu après 9 heures, Thomas se présenta au bureau du coroner, à Oxford. Le clerc, qui avait un visage de fouine, le toisa d'un œil soupçonneux.

— Quel est le but de votre visite?

— Je suis anatomiste et chirurgien, répondit le Dr Silkstone avec une assurance feinte. Je viens de Londres et je désire m'entretenir avec sir Theodisius Pettigrew.

Lady Lydia lui avait révélé plus tôt le nom de l'homme de loi, pourtant il sentit son estomac se tordre et un haut-le-cœur le menacer.

— Je vais voir s'il est disponible, dit le clerc, qui quitta le bureau derrière lequel il était assis pour se diriger vers la porte à deux battants située derrière lui.

Il frappa, passa la tête à l'intérieur de la sombre pièce, puis adressa un signe du menton à Thomas.

Assis derrière une vaste table de travail, sir Theodisius Pettigrew mangeait. Il avait fourré dans son col le coin d'une serviette blanche, que son triple menton maintenait en place. Manifestement, il se sustentait depuis un certain temps – il suffisait d'observer les traces de jaune d'œuf et les taches de graisse sur la serviette en lin. Devant lui s'étalaient plusieurs plats, les uns vides, les autres croulant encore sous les victuailles. Un morceau de jambon, des œufs de caille, une rouelle de cheddar, une assiette de petits légumes marinés dans le vinaigre, ainsi qu'une miche de pain.

Le coroner leva le nez, s'essuya les doigts dans sa serviette.

— Docteur Silkstone, c'est bien cela?

Il tendit la main en direction du jeune homme, mais ne se leva pas. Son visiteur en conclut qu'il lui aurait fallu consentir un trop grand effort pour extraire son corps adipeux de son fauteuil.

— Avez-vous pris votre petit-déjeuner?

— Oui, je vous remercie, mentit Thomas.

Sir Theodisius se tamponna les coins de la bouche avec sa serviette et décocha au jeune homme un large sourire qui découvrit deux chicots noircis.

— Or donc, qu'est-ce qui a motivé votre voyage depuis Londres?

Le garçon, qui s'attendait à cette question, répondit qu'il comptait parmi les étudiants du célèbre Dr Carruthers et s'était rendu à Oxford pour y rencontrer l'un des amis de ce dernier, le Pr Hascher, anatomiste à Christ Church.

Celui-ci lui avait parlé, poursuivit Thomas, du mystérieux décès de lord Crick ; intrigué par cette énigme, il se demandait s'il pourrait se rendre utile.

— Le pauvre bougre n'a plus besoin de rien, s'exclama sir Theodisius en s'emparant soudain d'une cuisse de poulet dans laquelle il mordit à pleines dents. J'ai ordonné hier une enquête sur les circonstances exactes de sa mort. Une bien étrange affaire…

Il s'acharnait sur la cuisse de poulet, comme si son excitation lui donnait faim.

— Potins, rumeurs, cancans. Meurtre. Argent. Vengeance ! Quelle histoire ! Force m'était d'intervenir.

Silkstone, pourtant habitué à disséquer des organes autant qu'à démembrer des cadavres, devait se contraindre à ne pas détourner le regard face au magistrat en train de s'empiffrer.

— Je suppose que le corps se trouve dans un état de décomposition avancée, hasarda-t-il.

Sir Theodisius secoua si fort la tête que les tissus bouffis de son visage tremblèrent sous l'effort. Il se pencha en avant, comme s'il s'apprêtait à livrer un secret à son interlocuteur :

— Deux chirurgiens se sont rendus au manoir pour pratiquer une autopsie, mais ils ont échoué.

Il se tut quelques instants, puis baissa encore la voix.

— Complètement avarié, articula-t-il avant de retourner à sa cuisse de poulet.

— Cela s'est passé la semaine dernière ?

— Jeudi. Je présume qu'il n'est plus rien que vous puissiez faire.

Le magistrat jeta l'os dans une assiette avant de rompre la miche de pain.

— J'ai très envie de pratiquer cette autopsie, monsieur.

Sir Theodisius s'étrangla. Il tendit la main vers sa chope de bière.

— Mais le malheureux doit être à moitié mangé à l'heure qu'il est, s'insurgea-t-il.

Vu les circonstances, Thomas jugea l'expression maladroite, mais ne s'y arrêta pas.

— Je sais que la tâche sera délicate, mais je pense être en mesure de découvrir certaines informations capitales.

Le magistrat mâchait son pain, l'air songeur.

— Êtes-vous en train de me dire que vous pourriez parvenir à déterminer les causes de la mort ?

— Précisément.

— Voilà qui nous serait fort utile, admit le coroner en s'essuyant les mains à sa serviette.

Il se pencha en avant de nouveau, puis rota sans vergogne.

— Je vais préparer les documents nécessaires.

— Le temps presse, monsieur.

Sir Theodisius tenta de claquer des doigts, mais la graisse dont ils étaient enduits l'en empêcha. Au lieu de quoi il appela d'une voix forte : le clerc accourut.

— Je crains que le temps ne soit plus aux autopsies dans cette affaire, mais je m'incline devant l'opinion d'un spécialiste.

Il se tourna vers son employé.

— Allez me chercher un ordre d'exhumation, exigea-t-il, après quoi, trempant la pointe de sa plume dans son encrier, il revint à Silkstone : Plus vite nous percerons le secret de cette épouvantable tragédie, mieux ce sera.

# 12

Lydia huma l'arôme puissant des pieds de sauge et de thym. Elle ne goûtait les délices du potager que depuis assez peu de temps. Elle aimait s'y attarder parmi le parfum des plantes, les diverses couleurs des fruits et des légumes. C'était Amos Kidd, le jardinier en chef, qui lui avait transmis son enthousiasme, en sorte qu'elle goûtait à présent la charmante symétrie des lieux, la disposition judicieuse des arbres et des arbustes – grâce aux talents d'Amos, chaque spécimen rehaussait la forme et les tons de ses voisins, qui exaltaient sa beauté en retour. Peu à peu naissait ainsi une véritable tapisserie végétale. Le jardinier veillait à ce qu'on trouvât ici toutes sortes d'espèces, de la bergamote au laurier – chacune cultivée pour ses vertus spécifiques : la guède possédait des qualités antiseptiques, tandis que la grande balsamite parfumait la bière. Les racines de grande aunée faisaient merveille en cas d'affection bronchique, la cannelle représentait un excellent purgatif.

Les légumes se révélaient aussi passionnants : courge orange et crème, cardons, pois carrés, pommes de terre, céleris... Contre le vieux mur poussaient en outre des arbres fruitiers en espalier – pommiers, pruniers et poiriers. Des groseilliers côtoyaient des framboisiers.

Les fraisiers, en rangs, avaient donné deux récoltes dans l'année. On trouvait aussi des tiges de rhubarbe.

Depuis la mort d'Edward, le jardin était devenu le refuge de la jeune femme. Elle y respirait les fragrances capiteuses des roses d'automne, elle regardait les abeilles puiser le pollen dans le cœur des dahlias… Elle oubliait le drame qui venait de se produire. Elle oubliait les épreuves qu'il lui restait sans doute à endurer.

Elle s'étonna cependant de songer à la nourriture en de pareils instants. Sir Theodisius allait arriver d'une minute à l'autre en compagnie du Dr Silkstone pour accomplir l'une des plus pénibles tâches qui se pussent imaginer, et pourtant elle estimait qu'il était de son devoir d'accueillir au mieux ses invités. Au terme de leur travail, elle leur offrirait de quoi dîner. Elle savait combien le coroner aimait manger.

Elle était allée chercher dans la resserre un panier qui, déjà, débordait des plus belles carottes et des pommes les plus charnues qu'elle avait dénichées. Elle s'apprêtait à regagner le manoir lorsqu'elle découvrit Hannah en train de couper des brassées de lis blancs en pleurant une fois de plus son enfant à jamais perdue. Lydia en fut profondément touchée, au point qu'il lui prit l'envie d'étreindre la domestique pour la consoler un peu. La mort les avait rassemblées dans un même chagrin. Il n'était plus question de rang social ni de privilèges : depuis le décès de son frère, lady Farrell se sentait unie à Hannah par un lien à nul autre pareil.

— On dit que la douleur finit par s'apaiser, souffla-t-elle doucement, debout derrière la servante.

Le parfum des lis l'accabla.

— Je crains que non, madame, sanglota Hannah. Je crains que non.

Elle posa spontanément son front contre l'épaule de Lydia.

Le chemin qui, de la route principale, menait à Boughton Hall sinuait entre les bosquets, en surplomb d'une rivière bordée de roseaux. Thomas, qui n'avait encore jamais mis les pieds dans la campagne anglaise, se délectait de ce décor qu'il avait mille fois contemplé sur les toiles de Gainsborough ou de Kneller. Il avait tenu jusqu'alors les frêles peupliers et les ponts romantiques pour de pures inventions, nées sous le pinceau des artistes, mais il s'avisait maintenant qu'ils n'avaient fait que reproduire la réalité. Après la puanteur de Londres et son architecture étouffante, il se croyait au paradis.

Sir Theodisius parla très peu au cours du trajet, qui dura une heure depuis Oxford. Il avait ouvert un panier peu après leur départ, dont il extirpa une tourte au gibier, qu'il dégusta, ainsi qu'une douzaine d'œufs de caille et une gelée d'anguille.

Il était un peu plus de midi lorsque la voiture négocia un virage. Le clocher d'une chapelle surgit droit devant, qui semblait percer le ciel sans nuages comme une aiguille l'aurait fait d'un morceau de soie bleue. Alors qu'ils se rapprochaient, Thomas découvrit un édifice aux tons de miel, en partie mangé par le lierre et entouré d'un cimetière soigneusement entretenu. De quoi le ramener soudain aux raisons qui le conduisaient à Boughton Hall. Il constata que l'une des tombes était récente : des touffes d'herbe commençaient tout juste à couronner le monticule disgracieux de terre brune, sur lequel on avait déposé une gerbe de lis blancs, au pied d'une croix de bois grossièrement taillée.

— La fille d'une des domestiques, commenta laconiquement sir Theodisius.

Thomas hocha la tête. Cette fois, la voiture roulait sur une allée de gravier, frangée de marronniers et de massifs de laurier.

Le capitaine et lady Lydia se tenaient sur les marches du perron, prêts à accueillir leurs invités. Silkstone devina aussitôt que Michael Farrell était un militaire. Il conclut également, à sa peau plus hâlée que la moyenne (résultat d'une exposition excessive au soleil), qu'il avait servi dans un pays chaud. Il y avait quelque chose d'un brin arrogant dans son allure, songea aussi le jeune médecin. Son époux la dominant par la taille, Lydia lui sembla pour sa part plus fragile encore que dans son souvenir. Elle autorisa un imperceptible sourire à flotter un instant sur ses lèvres lorsque Thomas la salua – pour la première fois, s'imaginait le coroner.

— Je suis navré de vous revoir dans de telles circonstances, Farrell, énonça sir Theodisius tandis que son hôte l'entraînait vers son bureau.

Les deux hommes fréquentaient manifestement les mêmes cercles, ce qui inspira à Silkstone, l'étranger, une pointe de malaise.

L'Irlandais les fit entrer dans la pièce privée de soleil. On avait dû en tirer les rideaux en signe de deuil ; il flottait dans l'air une odeur d'humidité. Sur toutes les surfaces se donnaient à voir les signes de la décrépitude, aussi sûrement que si une tapisserie élimée pendait au mur.

Farrell s'assit à sa table de travail en indiquant deux fauteuils à ses invités.

— Je mentirais, messieurs, si je vous disais que j'ai coulé récemment des jours heureux. Le décès de mon beau-frère a déjà été un terrible coup du sort, mais ces rumeurs à présent…

Il s'interrompit quelques secondes, puis se ressaisit.

— Mais c'est bien pour cette raison que vous êtes ici, docteur Silkstone. Pour découvrir ce qui a réellement tué lord Crick.

Il sourit poliment – un sourire de pure forme.

— C'est également pourquoi j'ai constitué un jury, intervint sir Theodisius sur un ton d'autorité.

— Tout à fait.

Le capitaine serra ses mains l'une contre l'autre avant de poser les coudes sur son bureau.

Un silence embarrassé s'installa, que Thomas choisit de rompre.

— Il me semble avoir compris que je ne serai pas le premier à tenter une autopsie, avança-t-il.

Michael, agacé, gigotait sur son siège.

— Deux individus se sont en effet présentés avant vous, docteur Silkstone, mais tous deux ont conclu, d'une part que le cadavre se trouvait trop détérioré pour qu'on pût en tirer quelque chose, de l'autre qu'il risquait de propager certaines affections. En conséquence de quoi on nous a conseillé de le faire inhumer au plus vite.

Il y avait dans sa voix un mépris qui ne le rendit pas sympathique au jeune médecin.

— Néanmoins, je ne doute pas que tous deux pencheront, dans leur témoignage, pour un décès dû à des causes naturelles.

On frappa. Howard fit son apparition.

— M. Peabody est arrivé, monsieur.

— Faites-le entrer.

L'Irlandais se tourna vers ses deux invités, puis enchaîna :

— M. Peabody était l'apothicaire de mon beau-frère. J'ai songé qu'il pourrait vous indiquer ce qui entrait dans la composition de ses médicaments.

Thomas éprouva un certain soulagement ; Farrell se montrerait peut-être plus coopératif qu'il l'avait d'abord pensé. M. Peabody était un petit homme râblé dont les épais sourcils noirs se rejoignaient. Il pénétra dans la pièce en traînant un peu les pieds, nerveux, avec la mine d'un assassin que l'on vient de condamner.

— Peut-être pourriez-vous expliquer au Dr Silkstone ce que contenait la fiole que vous avez remise à lord Crick ? proposa l'Irlandais après les civilités d'usage.

Cette suggestion ne tempéra nullement l'appréhension de l'apothicaire.

Plongeant une main dans la poche de son manteau, il en fit surgir un morceau de parchemin froissé.

— J'ai pris la liberté de noter l'ensemble des composants, monsieur, dit-il en tendant son feuillet à l'anatomiste.

L'écriture était anguleuse, mais parfaitement déchiffrable. Thomas lut la liste à voix haute :

— Rhubarbe, jalap, esprit de lavande, eau de muscade et sirop de safran.

Le garçon semblait sous le choc.

— Eh bien, voilà une mixture des plus explosives, constata-t-il.

— Explosive ? s'étonna Farrell.

Silkstone leva les yeux dans sa direction en fronçant les sourcils.

— Il s'agit d'un purgatif. Particulièrement puissant.

M. Peabody lorgna le capitaine d'un air apeuré.

— Parlez sans crainte, lui conseilla ce dernier.

Le petit homme baissa la tête et la voix.

— M. le comte souffrait de la vérole, articula-t-il en hâte, comme si les mots eux-mêmes possédaient une certaine toxicité.

Le chirurgien et le coroner opinèrent à l'unisson.

— À quatorze ans, à l'époque où il était pensionnaire à Eton, mon beau-frère a entretenu des relations intimes avec une prostituée. Il en a payé le prix de bien des façons.

L'apothicaire piqua un fard.

— Ce sera tout pour l'instant, déclara Michael en le congédiant.

M. Peabody s'inclina prestement et fila sans demander son reste.

Une expression satisfaite flottait à présent sur le visage de l'Irlandais. Il tenait la preuve, s'il en était besoin, que feu M. le comte était un débauché à la santé chancelante.

— Comment la maladie de lord Crick se manifestait-elle ? demanda sir Theodisius.

Farrell se tut et se tourna un moment vers la fenêtre, comme pour mieux rassembler ses pensées.

— Sueurs, crampes aux jambes, palpitations. Il n'était pas bien portant.

— Vous estimez donc qu'il a peut-être succombé à des causes naturelles ? poursuivit le coroner.

Le capitaine le considéra avec surprise.

— Tout est possible, rétorqua-t-il d'un ton brusque.

— Voilà en tout cas une piste que je suivrai, commenta Thomas.

Michael manifestait de plus en plus ouvertement son irritation :

— Vous pourrez bien suivre tout ce que vous voudrez, vous ne trouverez rien. Son cadavre n'est plus qu'un amas de chairs en putréfaction.

— Le Dr Silkstone use de procédures et de techniques novatrices, expliqua calmement sir Theodisius, qui pourraient se révéler fort utiles à notre enquête.

Farrell acquiesça, non sans lancer au jeune médecin un bref regard dédaigneux.

— Je ne puis que l'espérer, assena-t-il.

Le coroner s'efforça de glisser ses doigts dodus à l'intérieur d'un mince porte-documents en cuir, afin d'en extraire l'ordre d'exhumation.

— Veuillez signer ces feuillets, capitaine, dit-il en les poussant vers ce dernier.

Michael les parcourut puis, s'emparant d'une plume, apposa une signature ornée d'une fioriture.

— Voici, messieurs, commenta-t-il en faisant sécher l'encre. À présent, ajouta-t-il avec hauteur, vous pouvez procéder. Si tant est que cela serve à quelque chose.

# 13

La sinistre procession, emmenée par le capitaine Farrell, s'ébranla en direction de la chapelle. Derrière Michael s'avançaient sir Theodisius, puis Thomas, chargé de son grand sac noir. Lovelock et Kidd fermaient la marche, l'un portant un pied-de-biche sur l'épaule, l'autre une pioche.

Lydia n'avait pas eu le courage de les accompagner. Elle se contenta de les regarder s'avancer vers l'endroit où reposait son frère et où, bientôt, on allait si grossièrement le tirer de son sommeil éternel. La jeune femme ne pouvait faire qu'une chose : prier pour que ce médecin venu des colonies, si courtois et si sûr de son art, revînt avec quelques réponses.

La porte de la chapelle gémit lorsque Farrell l'ouvrit. À l'intérieur, il faisait si sombre que Silkstone eut d'abord de la peine à distinguer quoi que ce fût. Puis ses yeux s'accoutumèrent à l'obscurité. Il régnait dans l'édifice religieux une lourde odeur d'humidité. Tout à côté du porche, le capitaine fourgonna dans une boîte, dont il sortit une chandelle qu'il alluma à une lampe brûlant dans le vestibule ; il s'engagea dans l'allée. Les autres le suivirent.

Thomas s'émerveilla : l'intérieur de la chapelle valait, en version miniature, celui des vastes églises qu'il avait visitées à Londres – souvent à l'occasion de funérailles. Il y avait là un jubé de bois, une chaire, la sombre statue d'un chevalier, tandis que les murs s'ornaient de litres funéraires surmontées du cimier de la famille Crick – jamais le jeune homme n'en avait vu avant de poser le pied en Grande-Bretagne où, songea-t-il, on traitait Dieu avec bien plus de faste qu'en Nouvelle-Angleterre.

Au bout de quelques pas, le capitaine fit halte devant une volée de petites marches menant à une porte située en contrebas.

— Attention, messieurs, dit-il en embrasant une torche.

Il la confia à Thomas pour déverrouiller la porte. Huit marches encore, et l'on atteignit une salle.

Le médecin fut d'abord frappé par la soudaine chute de température : là-haut, il faisait frais. Ici, presque froid. Encourageant – au moins, le processus de décomposition s'en serait trouvé ralenti depuis l'inhumation. Il souleva plus haut la torche, se rendit compte que le caveau ne mesurait guère plus d'une trentaine de mètres carrés. Les parois en étaient chaulées, le plafond arrondi… contre lequel il se cogna la tête. Même en son point le plus haut, il se révélait impossible de se tenir droit.

— J'aurais dû vous prévenir, s'excusa l'Irlandais.

Thomas n'avait encore jamais pénétré dans une crypte. Il se dépêcha d'oublier la légère sensation de claustrophobie qu'elle provoquait en lui. Il n'aimait pas davantage l'odeur d'humidité, mais la jugeait infiniment préférable à la pestilence des chairs putréfiées, qui ne tarderait pas à lui assaillir les narines.

Au bas de l'escalier se trouvait une autre torche, que Farrell embrasa à son tour pour mieux éclairer cet étrange endroit. L'anatomiste discerna sept cercueils alignés le long du mur, face à lui. Les cinq premiers, posés sur le sol, y dormaient vraisemblablement depuis plusieurs années. Le bois était très abîmé, on distinguait les soudures au plomb. Au-dessus d'eux, sur une large étagère de pierre, étaient deux cercueils plus récents, dont l'un s'ornait d'accessoires en argent.

— Le cinquième comte, exposa l'Irlandais. Le père d'Edward. Il est mort il y a quatre ans.

Sur quoi il leva plus haut la torche, dévoilant le dernier cercueil, le plus neuf.

— Mais c'est celui-ci qui va être l'objet de toutes vos attentions, précisa le capitaine.

Thomas fit un signe à Kidd et à Lovelock.

— Les chandelles, s'il vous plaît.

De plusieurs sacoches fixées à leur ceinture, les deux hommes retirèrent des bougies, qu'ils commencèrent à disposer sur les étagères. Le médecin avait en effet estimé que l'état du cadavre ne permettrait sans doute pas de le sortir de la chapelle. Il avait donc réclamé qu'on lui fournît le plus de chandelles possible. À mesure que les domestiques les enflammaient, la lumière s'intensifiait ; bientôt, Thomas distingua le caveau jusque dans ses moindres recoins.

— Comme c'est pittoresque, commenta Farrell tandis que Lovelock allumait les dernières mèches.

— Rien que de très utile, murmura sir Theodisius d'un ton réprobateur.

Ils se tinrent un moment silencieux, conscients soudain que la mort les cernait, après quoi, spontanément, le magistrat joignit les mains.

— Prions, dit-il d'une voix douce.

Thomas baissa la tête, aussitôt imité par Kidd et Lovelock. L'Irlandais, d'abord interloqué, en fit autant.

— Seigneur, nous nous apprêtons à agresser le corps de Votre serviteur, Edward Crick, et pour cela, nous

Vous demandons pardon. Permettez-nous en outre de découvrir ce qui l'a rappelé à Vous si tôt et si subitement. Par le Christ notre Seigneur, amen.

— Amen, répondirent les autres à l'unisson.

On se tut encore un instant, puis Michael fit signe aux domestiques d'agir. Les deux hommes passèrent une corde autour des poignées du cercueil et se mirent à tirer jusqu'à saisir le coffre sans peine. Ils s'accroupirent, afin que ce dernier reposât à présent sur leurs épaules, se relevèrent en grognant – le fardeau était lourd. Ils se hâtèrent de le placer sur le sol de briques.

Thomas savait que ce qui l'attendait n'aurait rien d'attrayant, mais il avait appris à maîtriser ses réactions. Sir Theodisius, pour sa part, extirpa de sa poche un mouchoir avec lequel il s'essuya nerveusement le front. Il se raidit quand Silkstone se tourna vers le capitaine pour qu'il distribuât ses ordres aux serviteurs.

— Allez-y, se contenta d'énoncer celui-ci.

Lovelock et Kidd entreprirent, au moyen du pied-de-biche, de soulever le couvercle du cercueil jusqu'à ce qu'il cédât et retombât par terre avec fracas.

Personne ne s'attendait à ce qui se produisit ensuite. Un essaim de mouches noires s'éleva de la bière, tel un panache de fumée dans l'air du caveau – on aurait cru l'une des sept plaies d'Égypte. Elles emplirent immédiatement la crypte de leur vrombissement, puis se dispersèrent pour venir s'écraser en masse contre les malheureux témoins de la scène. Le coroner laissa échapper un cri en tentant de faire fuir les insectes. Mais le pire restait à venir. Après les mouches se dégagèrent du cercueil d'invisibles vapeurs d'un gaz suffocant. Les hommes se mirent à gémir, tandis qu'un haut-le-cœur secouait Lovelock. Farrell se rua vers l'escalier et se hâta d'ouvrir la porte pour aspirer de larges goulées d'air.

La plupart des mouches en profitèrent pour filer, sir Theodisius et les deux domestiques sur les talons.

Thomas grimaça en agitant le foulard qu'il avait tiré de sa poche pour chasser les insectes qui le harcelaient encore. Malgré toute sa bonne volonté, ses sens peinaient à surmonter l'épreuve. Il plaqua le foulard contre sa bouche, grimpa les marches à son tour, puis referma la porte derrière lui.

— Vous voyez bien, n'est-ce pas, que le cadavre est impossible à examiner? l'interrogea le capitaine, toujours haletant.

— Mieux vaut que je m'occupe seul de cette affaire, hasarda le médecin.

L'Irlandais le fixa avec stupeur.

— Parce que vous avez l'intention de retourner dans cet… dans cet enfer? glapit-il.

Sir Theodisius, qui s'était effondré sur un banc, commençait à se ressaisir.

— Vous plaisantez, docteur Silkstone?

— Je suis ici pour accomplir la tâche qui m'a été confiée, messieurs.

Il brûlait de prendre ses jambes à son cou pour s'enfuir le plus loin possible de cette crypte putride, mais Thomas était un homme de devoir.

— Il faut que j'y retourne, mais je vais y retourner seul.

La pestilence se diffusait à présent à l'intérieur de la chapelle. Michael haussa les épaules, résolu à abandonner l'anatomiste à sa folie. Quant au visage de sir Theodisius, il n'exprimait guère que du soulagement. Il hocha la tête, agita son mouchoir blanc comme un homme prêt à se rendre, avant de le replacer sur sa bouche. Farrell lui fit signe de le rejoindre.

— Il est tout à vous, décréta-t-il au médecin en quittant l'édifice religieux.

Lovelock et Kidd, de leur côté, gardaient pareillement leurs distances. Ils avaient peu à peu gagné la sacristie, afin de s'éloigner au mieux de la porte ouverte du caveau. Thomas considéra leurs traits empreints d'accablement et de dégoût ; leurs yeux imploraient sa clémence.

— Attendez-moi dehors jusqu'à ce que je vous appelle, leur annonça-t-il.

Rassérénés, les deux domestiques se précipitèrent, avec une promptitude bien peu déférente, pour s'en aller respirer l'air frais du dehors. Ils claquèrent la porte derrière eux, abandonnant le jeune médecin à l'inquiétante pénombre de la chapelle – il ne lui restait, pour toute compagnie, que le sourd bourdonnement des mouches, ainsi qu'un cadavre malodorant. Il allait devoir agir vite. L'heure n'était plus aux tergiversations, et tant pis si la nausée le guettait à chaque instant. Il lui fallait, coûte que coûte, retourner dans le caveau.

Son mouchoir sur la bouche, il descendit de nouveau les marches. Les chandelles continuaient d'illuminer les lieux *a giorno*. Il était grand temps pour l'anatomiste de produire son arme secrète, celle que le Dr Carruthers lui avait transmise. Fourrageant dans sa poche, il en fit surgir une pipe en terre, qu'il avait bourrée de tabac plus tôt dans la matinée. Il l'embrasa au moyen d'une bougie. Le fourneau dans le creux de la paume, il tira sur le tuyau de la pipe afin de produire de lourds nuages de fumée qui chassèrent un peu la puanteur ambiante.

Après quelques minutes passées à s'envelopper d'une véritable nuée de tabac, il ôta son manteau, qu'il posa sur l'étagère en pierre voisine. De son vaste sac noir, il extirpa un grand morceau de tissu qu'il déploya sur cette même étagère, avant d'y placer les instruments chirurgicaux dont il allait avoir besoin. Enfin, il s'approcha du cercueil. Malgré son habitude des dissections, il eut du mal à supporter l'affreux spectacle. Dix petites journées avaient suffi pour changer cet être vivant en vulgaire amas de tissus et d'ossements. Là où palpitait naguère une âme, ou un esprit – peu importait le nom que l'on tenait à lui donner –, il ne restait que des vers en train de dévorer l'essence même de cet individu.

Bien que les traits du visage se fussent à peu près totalement décomposés, Thomas ne manqua pas de repérer la hideuse déformation de la bouche, ainsi que la langue enflée qui pointait entre les lèvres, signe que le malheureux avait souffert atrocement avant de mourir. Un jus d'autolyse rougeâtre avait coulé de son nez et de l'adipocire commençait à se former autour de sa bouche. Bien sûr, la peau était meurtrie en de nombreux endroits, mais le jeune médecin hésitait quant à sa teinte jaunâtre : fallait-il l'imputer au processus naturel de décomposition ou témoignait-elle d'une atteinte fatale du foie ou des reins ?

Silkstone n'avait encore jamais travaillé sur un cadavre en si piteux état ; cette perspective ne l'enchantait guère. De l'eau. Il allait lui falloir de l'eau. Où en trouver ? Il se souvint d'avoir repéré des fonts baptismaux dans la chapelle. Il gravit de nouveau la volée de marches pour s'approcher du vaste réceptacle en pierre situé près de l'autel. Dieu lui pardonnerait sans doute, vu les circonstances, de puiser ici quelques pichets d'eau avec lesquels il nettoierait tout à l'heure ses instruments et se laverait les mains. À peine venait-il de les tremper dans le liquide bénit qu'un battement d'ailes le fit sursauter. Il leva vers la voûte un regard chargé d'effroi : ce n'était qu'un pigeon déboussolé qui se débattait sur les chevrons. Le cœur de Thomas battait à tout rompre. Il s'apaisa lorsqu'il comprit que l'oiseau avait pénétré dans l'édifice par une brèche dans un vitrail. Cette fois, il était prêt à pratiquer l'autopsie.

De retour dans les entrailles de la chapelle, il s'agenouilla à côté du cercueil pour en examiner l'abominable contenu. Comme il commençait à procéder, les mots du Dr Carruthers résonnèrent à ses oreilles : « Gardez l'esprit ouvert. » Plusieurs causes avaient pu se combiner pour aboutir au trépas du comte, en sorte que le jeune médecin ne devait négliger aucune piste avant de l'avoir suivie jusqu'au bout. Il devait agir avec méthode et minutie.

Il tira encore sur sa pipe avant de saisir son couteau. D'une main ferme, il fendit le suaire de lin blanc : le torse apparut, avec sa chair grisâtre et bouffie. La lame de Silkstone entama ensuite l'épiderme sans trembler – d'autres gaz malodorants s'échappèrent, comme si l'anatomiste venait de crever un ballon. Il eut un haut-le-cœur, se reprit et tira plus vigoureusement que jamais sur sa pipe. Il nourrissait peu d'espoir : les bactéries, après avoir dévoré le contenu des intestins, commençaient à ingurgiter les intestins eux-mêmes.

Néanmoins, lorsqu'il atteignit l'estomac, il découvrit qu'une partie de ses tissus, même s'il se révélait outrageusement ballonné, demeuraient presque intacts. Thomas s'attaqua donc au sphincter pylorique afin de prélever une large portion de la paroi interne de l'organe. Dans le même temps, il s'aperçut que les gros vaisseaux lymphatiques intestinaux, appelés lactéaux, avaient été, eux aussi, préservés. Il se rappela aussitôt l'infortuné M. Smollett qui, à peu de jours de là, reposait encore sur sa table de dissection londonienne. Il entreprit alors de démêler prudemment les vaisseaux au moyen de son scalpel ; il en récupéra une bonne longueur. Peut-être contenaient-ils des preuves essentielles, aussi les fourra-t-il avec satisfaction dans un bocal empli de formol – dans un récipient identique, il plaça l'échantillon stomacal, puis tira sur sa pipe.

L'anatomiste se pencha ensuite sur le cœur et les poumons. Il ne pouvait en effet exclure ni la crise cardiaque, ni une affection respiratoire, mais il n'en détecta pas le moindre signe lors de son inspection.

Thomas poursuivit son exploration téméraire, qui le mena jusqu'au foie. L'organe se tapissait dans l'ombre de la cavité abdominale, divisé en deux lobes de belle taille. Il ressemblait à un gros escargot taché de brun, qui aurait lové son dos lisse contre le dôme du diaphragme, réticent à livrer le moindre de ses mystères.

— Je t'aurai, murmura le jeune homme en tranchant les ligaments qui attachaient l'étrange créature aux parois de sa grotte.

Le foie d'un homme tenait du journal intime, dans lequel Silkstone espérait lire plus tard quelques secrets.

Il lui restait maintenant à accomplir l'étape la plus repoussante de l'autopsie. Les mots de l'apothicaire lui revinrent en mémoire tandis qu'il entamait son examen de l'appareil génital : « M. le comte souffrait de la vérole.

— En effet », grommela l'anatomiste en observant le chancre.

Le badinage auquel s'était autrefois adonné lord Crick avait-il quelque chose à voir dans son décès ?

En règle générale, par respect pour ses patients, Thomas les recousait soigneusement au terme de l'autopsie, mais le cadavre qu'il venait d'étudier se révélait dans un tel état qu'il n'était plus temps de se livrer sur lui à des travaux d'aiguille. Le médecin se contenta donc de replacer le linceul avant de s'éloigner du cercueil. Il se hâta de laver ses instruments pour les ranger, sans même prendre la peine de les rincer, dans sa sacoche où il glissa délicatement les bocaux à l'intérieur de petits logements ménagés à cet effet ; enfin, il les sangla pour plus de sûreté.

La pipe toujours entre les lèvres, il se rinça les mains dans l'eau bénite, puis les sécha à la petite serviette qu'il avait apportée avec lui. Il enfila son manteau, grimpa une dernière fois les quelques marches pour se retrouver dans la chapelle déserte. L'air y était plus frais – on avait laissé la porte ouverte. Thomas inspira profondément à plusieurs reprises. Passant la tête à l'extérieur de l'édifice, il avisa Kidd et Lovelock.

— S'il vous plaît, messieurs, appela-t-il.

Les deux domestiques échangèrent un regard, avant de s'approcher avec autant d'enthousiasme que deux écoliers désobéissants prêts à recevoir une volée de coups de canne.

Farrell, qui patientait aussi dehors, les suivit à l'intérieur de la chapelle.

— Vous avez trouvé quelque chose, docteur Silkstone ? demanda-t-il sur un ton désinvolte – d'une même voix, il aurait pu demander à Thomas comment s'était déroulée sa promenade dans la campagne environnante ou sa dernière virée à Oxford.

— Je trouverai quelque chose. Mais il me faut d'abord analyser les prélèvements que j'ai effectués.

Il n'aimait pas le capitaine, dont il jugeait les façons arrogantes et cavalières. Il le salua néanmoins en soulevant un peu son chapeau, avant de regagner le manoir, où il prit congé de lady Lydia et récupéra sir Theodisius qui s'était réfugié dans la salle à manger.

Pendant ce temps, Kidd et Lovelock, la mort dans l'âme, étaient redescendus dans le caveau où flottaient encore les vapeurs pestilentielles qui avaient envahi l'ensemble de l'édifice. S'efforçant de ne pas contempler de nouveau l'affreux contenu du cercueil, ils s'emparèrent de son couvercle, qu'ils remirent en place le plus rapidement possible. L'Irlandais se tenait derrière eux, sans plus se préoccuper de la puanteur. Il alla même, au lieu de superviser seulement la tâche des domestiques, jusqu'à baisser une dernière fois les yeux sur le cadavre. Juste avant que les deux hommes referment à jamais la bière, il observa le visage déformé et bouffi de son beau-frère.

— J'ai toujours dit que ce type était pourri jusqu'à la moelle, lâcha-t-il avec un petit sourire narquois.

Thomas inspirait à pleins poumons les senteurs de cette exquise journée d'automne : il reniflait l'odeur humide des feuilles mortes se mêlant déjà à la terre, il humait la fumée d'un feu de bois non loin. Après les avoir muselés à dessein dans la crypte, il laissait libre cours à ses sens qui s'en trouvaient plus aiguisés que jamais. Il percevait les lourdes fragrances sucrées du chèvrefeuille dans les haies, détectait l'acidité des ronces à mûres. Les couleurs, elles aussi, se chargeaient d'une intensité nouvelle, comme si le soleil s'insinuait dans chaque brin d'herbe, dans chaque feuille – c'était un spectacle à la fois magique et radieux.

Durant quelques secondes, le jeune homme en oublia les raisons de sa présence ici. La lumière du jour le tirait des ténèbres ; il perdait un peu le sens de la réalité... Ce n'est qu'en avisant, parmi les hautes herbes, les tombes de guingois, pareilles à des dents mal plantées, qu'il se rappela sa mission. La figure distordue du défunt lui sauta au visage ; il lui fallut un effort de toute sa conscience pour en chasser l'image. Il prit le chemin de Boughton Hall, si absorbé par ses pensées qu'il ne remarqua pas la femme et ses deux enfants dans un coin du cimetière. La fillette déposa un petit bouquet sur une sépulture récente – des dahlias rouge vif, cueillis dans le jardin du manoir. Le garçonnet s'amusait pour sa part à gratter la terre alentour afin d'en extraire des éclats de silex qu'il glissait ensuite dans ses poches.

— Arrête, tu vas trouer tes habits, le gronda sa mère.

L'enfant obéit et balaya les environs du regard en s'essuyant les mains sur sa chemise.

— C'est qui ? demanda-t-il en pointant un doigt souillé en direction de Thomas, qui passait au loin.

— Je n'en sais rien, Will, répondit Hannah.

Elle mentait, mais elle ne tenait pas à apprendre à ses enfants qu'il s'agissait là de l'homme qui venait de meurtrir le cadavre de leur défunt maître – qui sait s'ils ne s'imagineraient pas qu'on allait réserver un traitement semblable au corps de leur sœur bien-aimée.

# 14

James Lavington observait les doigts élégants du capitaine tenant son éventail de cartes. On distinguait encore une mince bande de peau blanche à la base de son majeur droit, où il portait jadis une bague. Celle-ci lui avait valu en Inde le surnom de « Diamant » Farrell, en raison de cette gemme admirable montée sur un anneau d'or. On prétendait qu'il avait dérobé le bijou à un commerçant mort, mais son ami ne l'avait jamais interrogé à ce sujet.

Lydia s'était offusquée peu après leur rencontre, jugeant le joyau trop « vulgaire ». Farrell l'avait ôté pour lui faire plaisir, mais les années qu'il avait passées en Inde lui ayant pour toujours hâlé la peau, le mince cordon blanc lui rappelait chaque jour l'existence insouciante qu'il menait lorsqu'il servait dans les dragons.

Howard leur versa un verre de xérès, comme à l'accoutumée, avant de déposer sur le buffet une miche de pain accompagnée d'une rouelle de cheddar. Depuis deux ans, tel était le rituel du jeudi soir. Le jeudi précédent – soit trois petits jours après la mort d'Edward –, ils avaient, pour la première fois, renoncé à leur partie de cartes. Il s'agissait jusqu'alors d'un menu plaisir, de leur distraction hebdomadaire ; à présent, Lavington craignait que ce petit jeu ne les menât à leur perte.

— Calme-toi, lui ordonna le capitaine, peu après qu'Howard se fut retiré en refermant la porte du bureau derrière lui. Le domestique va finir par soupçonner quelque chose.

James avala une gorgée de xérès.

— L'anatomiste a-t-il trouvé quoi que ce soit?

— Des hordes de mouches, répondit Michael en riant. Pour le reste, je n'en ai pas la moindre idée.

Sur quoi il abattit ses cartes devant lui, sur le tapis vert.

— Quand l'enquête va-t-elle commencer?

Lavington n'était décidément pas d'humeur à s'amuser. Il abandonna son jeu sur la table.

— D'ici deux semaines, m'a affirmé le vieux tocard.

Sir Theodisius exaspérait le capitaine, qui possédait l'art de balayer les affaires les plus graves d'un simple trait d'esprit ou d'une remarque désobligeante. Cela ulcérait son ami, mais ce dernier avait besoin de lui. James se contenta donc, une fois encore, de se taire. Il avala une autre gorgée de xérès.

— Que se passera-t-il si cet habitant de la Nouvelle-Angleterre découvre qu'Edward a été assassiné? s'enquit-il.

L'Irlandais darda sur lui un regard intense. Lavington lui parut pâle et tendu. Il affichait un teint grisâtre, on lisait dans ses yeux de la morosité et de l'apathie. On l'aurait cru revenu à l'époque où son père, le général Lavington, avait eu vent des projets de son héritier, qui comptait alors épouser une Indienne ; il l'avait aussitôt déshérité. James avait eu beau se déprendre au plus vite de sa bien-aimée, le mal était fait : son géniteur avait légué sa propriété du Dorset à son fils cadet.

L'accident était survenu peu après, si bien que, quand Farrell s'était marié avec Lydia, il avait persuadé Edward de louer à son camarade un logis situé sur le domaine. Deux ans plus tôt, Lavington s'était donc installé dans une modeste chaumière, à un kilomètre et demi du manoir.

Michael sourit et hocha lentement la tête, comme si l'éventualité envisagée par James l'avait effleuré lui aussi. Il planta son regard dans celui de son ami :

— Dans ce cas, nous avons intérêt à brouiller les pistes.

La cloche sonnait lorsque Thomas atteignit Christ Church. Le cocher avait d'abord déposé sir Theodisius devant son domicile, dans les faubourgs de la ville, tandis que le jeune médecin avait poursuivi sa route, serrant contre lui sa précieuse sacoche noire. Il découvrit le vaste dôme du collège, longea le flanc est de la cour carrée. Là, il descendit de la voiture pour se rendre à l'école d'anatomie. Le soir tombait. Thomas craignit que le Pr Hascher fût déjà parti, mais dès qu'il avisa un rai de lumière au bas de la porte, il songea qu'il avait de la chance et frappa à la porte.

— Bien, bien, bien, docteur Silkstone. À quoi dois-je cette visite, aussi charmante qu'inattendue ?

Le vieil enseignant, qui se tenait assis à sa table de travail, se leva dès qu'il aperçut Thomas. Pourtant, comme celui-ci s'approchait, le bras tendu pour lui serrer la main, il vit son hôte froncer le nez. C'est alors, seulement, qu'il songea que la pestilence du cadavre avait dû imprégner ses vêtements. Voilà donc pourquoi le coroner s'était montré étonnamment silencieux durant le trajet qui les avait ramenés tous deux de Boughton Hall, plaquant à tout propos un mouchoir sur son nez en prétextant un « léger refroidissement ».

— Je suppose que vous avez eu un après-midi chargé, n'est-ce pas ? commenta le professeur d'un air entendu.

— Je suis vraiment navré, monsieur, je vais aller me changer.

— Un corps en décomposition ne saurait souffrir le moindre délai, répliqua Hascher en secouant négativement la tête. Mettez-vous plutôt au travail.

Thomas sourit. Il savait pouvoir compter sur le soutien inconditionnel du vieil anatomiste. Il s'approcha de la table de dissection, cependant que le Saxon apportait des chandelles, qu'il posa non loin. Le jeune médecin extirpa trois bocaux de sa sacoche : l'un contenait le tégument interne de l'estomac, le deuxième un échantillon de foie ; le dernier contenait les lactéaux. Thomas souleva le premier bocal à la lumière. Les deux hommes l'examinèrent dans un silence révérencieux. La membrane muqueuse, à l'aspect velouté, arborait ses plis, tel un coupon de belle étoffe rouge.

— Que suggérez-vous ? s'enquit Hascher.

Son visiteur soupira. Pour tout dire, celui-ci avait espéré dénicher d'emblée la cause du décès de lord Crick. Caillot de sang, tumeur… Voilà qui aurait fait l'affaire. Mais il n'y avait rien. Par-delà le trépas, le comte préservait ses mystères.

— Si seulement je le savais, professeur…

*

Le lendemain matin, Thomas loua un cheval à l'aubergiste pour se rendre à Boughton Hall. C'était une morne journée d'automne – on y décelait déjà les prémices de l'hiver. L'anatomiste arriva un peu avant 10 heures. Il contourna le manoir pour se rendre dans la cour, à l'arrière du bâtiment. Il n'y trouva personne, à l'exception du jeune Will, qui briquait des selles et des harnais dans un coin. Le garçon s'interrompit pour se précipiter vers le jeune homme.

— Bonjour ! lança celui-ci.

— Bonjour, monsieur.

L'enfant s'empara des rênes pour que Thomas mît plus facilement pied à terre. Plongeant une main dans sa poche, il offrit un pourboire à Will, dont le visage s'éclaira. Il le remercia et attacha la monture tout près de l'abreuvoir.

— Et maintenant, mon jeune ami, dis-moi donc où je peux trouver ta maîtresse.

Il se baissa pour ne pas trop intimider l'enfant. Ce dernier avait un visage mince où brillaient deux grands yeux tristes.

— Elle est dans le potager, monsieur, répondit-il en désignant un mur du doigt.

— Merci.

Comme Thomas s'apprêtait à lui remettre un second pourboire, un hurlement transperça l'air et le silence.

— C'est lady Lydia ! cria Will.

L'anatomiste se rua vers la grille du jardin, qu'il franchit pour découvrir la jeune femme, les mains serrées contre sa poitrine, l'œil rivé au sol. Il y avait dans son expression un mélange d'effroi et d'appréhension. Qu'avait-elle remarqué ? Thomas ne voyait rien – des haies de buis divisaient le jardin en plusieurs parcelles.

— Madame ! s'exclama-t-il en courant vers elle.

Elle semblait plus vulnérable que jamais. Son teint était de cendre. Elle avait lâché son panier, dont les oignons qu'il avait contenus jonchaient le sol autour d'elle.

— Là ! glapit-elle. Là !

Et de l'index elle désignait quelque chose dans un coin de la haie. Son visiteur ne distinguait toujours rien.

— Que se passe-t-il? Qu'y a-t-il?

Thomas demeurait perplexe.

— Là… Sous la haie.

La jeune femme tremblait d'effroi.

L'anatomiste s'accroupit pour plonger le regard dans le feuillage dense et vert que la lumière mouchetait. Dans la pénombre, il repéra soudain deux petits yeux en boutons de bottine braqués sur lui. Un rat. Ainsi donc, lady Lydia ne devait son épouvante qu'à un humble rongeur… Thomas se rappela l'effet qu'avait produit sur elle la découverte de Franklin, dans son laboratoire à Londres. Il ne put s'empêcher de sourire, mais, lorsqu'il se releva, son visage était grave.

— Petit! interpella-t-il Will, qui observait la scène à quelques mètres de là, déconcerté. Va me chercher quelques restes de nourriture à la cuisine.

L'enfant opina de la tête, que surmontait une tignasse d'un roux carotte, et déguerpit en direction de l'arrière-cuisine.

— Je croyais qu'on les avait tous empoisonnés, souffla tout bas lady Farrell, comme s'adressant à elle-même.

Le médecin se rapprocha d'elle sans lâcher le rat des yeux.

— Ne vous en faites pas, madame, lança une voix profonde dans son dos.

Amos Kidd arrivait, un filet à la main. Will le rejoignit aussitôt, avec un bol empli de victuailles que venait de lui confier Mme Claddingbowl. Suivant les indications de Thomas, il dispersa la nourriture devant la cache du rongeur, puis s'en fut derrière la haie sans cesser de distribuer ses appâts. Kidd abaissa le filet.

— Éloignons-nous, proposa l'anatomiste à lady Lydia. Vous n'avez sans doute pas envie d'assister à cette scène.

Elle inspira profondément et acquiesça. Ils prirent le chemin du manoir. Devant eux se trouvait ouverte une porte-fenêtre par laquelle on accédait au salon de jardin. La maîtresse de maison y mena son invité. Il régnait là une atmosphère chaude et paisible. Une vigne, au-dessus d'eux, enroulait ses tiges autour des poutres, chargée de lourdes grappes violacées. La jeune femme s'assit sur un banc blanc en faisant signe à l'anatomiste de prendre place face à elle.

— Vous boirez bien quelque chose, hasarda-t-elle en jetant des regards de droite et de gauche – elle prenait grand soin d'éviter de les poser sur Thomas.

Nerveuse, agitée, elle jouait avec le ruban qui pendait au poignet de sa robe. Elle agita une petite clochette posée sur la table, à côté d'elle. Hannah se matérialisa dans l'instant.

— Apportez-nous du thé, commanda sa maîtresse.

La domestique lorgna brièvement Silkstone, à qui la ressemblance de cette femme avec Will n'échappa nullement.

— Êtes-vous ici pour me fournir quelques informations relatives à l'autopsie? s'enquit lady Farrell d'une voix douce, triturant à présent son alliance de ses doigts sans repos.

— En effet, madame.

L'affaire était délicate, aussi Thomas s'était-il promis de faire vite.

— Je crains de n'être pas parvenu à une conclusion définitive, énonça-t-il, honteux de ce demi-échec.

Les épaules de son hôtesse s'affaissèrent; elle était déçue.

— Le corps était-il trop…

Elle ne put achever sa question.

— Non, se hâta de l'interrompre le médecin. Je garde espoir de découvrir la cause exacte du décès, mais je dois procéder à d'autres tests.

Lydia hocha la tête, sans se départir de son désappointement.

— Tout n'est pas perdu, lui assura son interlocuteur. Mais il me faut regagner Londres avant de me prononcer.

Elle laissa échapper un soupir à peine perceptible avant de s'emparer d'une petite bourse en velours, posée à côté d'elle. Elle la tendit à Thomas, qui s'en saisit d'un geste hésitant.

— Vos honoraires, dit-elle avec froideur.

Le jeune homme se cabra, mais avant qu'il eût le temps de protester, Hannah reparut avec un plateau. Elle entreprit de verser le thé noir et chaud dans des tasses en porcelaine. Elle avait les nerfs à vif, songea le chirurgien, et la domestique, en échange, sentait l'œil du garçon posé sur elle. Elle eut un mouvement maladroit ; du thé se renversa sur la table.

— Je vous demande pardon, madame, bredouilla-t-elle, au désespoir.

— Ce n'est pas grave, répondit gentiment sa maîtresse.

Hannah s'en fut en hâte, nullement consolée.

— Pauvre femme, soupira Lydia.

Thomas la considéra d'un air interrogateur.

— Elle a perdu sa fille il y a quelques semaines. Elle s'est noyée dans le lac. Un tragique accident.

— C'est terrible, compatit l'anatomiste.

Lady Farrell effleura l'anse de la tasse restée vide devant elle.

— En effet. Et je sais à présent ce qu'elle éprouve.

Ses traits se troublèrent sous le coup de l'émotion. Thomas brûlait de lui prendre la main, mais il se contenta de quelques mots de réconfort depuis l'autre rive de l'abîme qui les séparait.

— Je trouverai ce qui a provoqué le décès de votre frère, madame. Je vous en fais la promesse. Mais je n'agirai pas pour de l'argent.

Elle leva la tête, croisa le regard de son visiteur. Pour la première fois, elle le considérait d'égal à égal.

— Je n'accepterai aucune rétribution, insista Thomas.

Comme elle allait protester, elle lut la détermination sur les traits du jeune homme ; dans sa voix, elle avait aussi perçu une pointe de dépit. Alors elle inclina légèrement la tête en signe de remerciement.

— Les colons sont des êtres pleins de fierté, remarqua-t-elle.

Thomas fut incapable de deviner s'il s'agissait là d'une réprimande ou d'un compliment. Il osa pencher pour la seconde hypothèse. L'instant fut hélas de courte durée, car Hannah se présenta avec une autre tasse, qu'elle remplit cette fois sans rien renverser. C'en était déjà fini de la brève complicité que l'anatomiste avait cru discerner dans l'ombre de sourire ébauchée plus tôt par Lydia.

Protocole et politesse glacée reprirent leurs droits. Tandis qu'ils buvaient leur thé à petites gorgées, la jeune femme évoqua le climat et le jardin. Le médecin, qui s'était accoutumé à la réserve naturelle des Anglais, hochait la tête de loin en loin, approuvait et ponctuait les silences lourds de plaisanteries ineptes, jusqu'à ce qu'il jugeât opportun de prendre congé.

Lydia traversa le jardin en sa compagnie pour le raccompagner dans la cour, où Will l'attendait avec sa monture. Il sourit à Thomas, qui lui offrit un dernier pourboire.

— Je pensais ce que je vous ai dit, madame, lança ce dernier avant de se mettre en selle.

— Merci, docteur Silkstone, répondit lady Farrell, dont le visage s'éclaira d'un demi-sourire pendant une fraction de seconde.

Elle éprouva une étrange émotion en le regardant franchir les grilles de la propriété, après quoi elle se détourna pour regagner le jardin. Lorsqu'elle passa devant la haie de buis, elle se rappela l'incident survenu moins d'une heure plus tôt à cause de cet épouvantable rat. Par la porte entrouverte de la serre, elle distingua Kidd en train de planter des semis ; elle se dirigea vers lui.

À peine le jardinier eut-il avisé sa maîtresse qu'il posa son déplantoir, essuya ses mains terreuses à sa culotte et se mit au garde-à-vous.

— Madame.

Il hocha la tête.

Sans lui rendre son salut, Lydia planta dans ses yeux un regard sévère.

— Vous savez que je ne supporte pas les rats, Kidd. Assurez-vous qu'on dépose davantage de poison.

L'expression de l'homme changea du tout au tout. Il parut soudain mal à l'aise.

— Que se passe-t-il? s'étonna lady Farrell.

— Pour le poison, madame, je crois que ça ne va pas être possible.

Lydia haussa un sourcil ; on contrariait rarement ses ordres.

— Et pourquoi donc?

Kidd baissa la tête, le regard sur ses souliers.

— Il n'y a plus de poison, madame.

Trois ou quatre jours plus tôt, elle avait pourtant vu de ses propres yeux plusieurs bocaux d'eau de laurier

— Où est-il passé ?

Le jardinier se décida à lever sa figure barbue vers sa maîtresse, qu'il observa d'un air penaud.

— Monsieur a exigé hier que je détruise la cornue et tous les bocaux, maugréa-t-il.

La jeune femme se figea, surprise par la nouvelle. Résolue cependant à n'en rien montrer à Kidd, elle se contenta de hausser ses frêles épaules.

— Mais oui, bien sûr. J'avais oublié.

Sur ce, elle souleva le bas de sa robe en mousseline pour éviter de la souiller, puis s'en fut en direction du manoir.

## 15

— Si Dieu avait souhaité que les hommes vivent dans l'eau, Il leur aurait donné des nageoires, gronda Mme Finesilver en versant le contenu d'un énième broc dans la baignoire en étain.

Depuis que Thomas lui avait annoncé, peu après son retour de l'Oxfordshire ce matin-là, son intention de prendre un bain, la gouvernante ne cessait de se plaindre : cela faisait à son goût trop d'eau à chauffer. Lorsque, pour couronner le tout, l'anatomiste avait exprimé le désir de se laver dans sa chambre, il avait bien cru que la vieille chouette allait exploser. Ils avaient fini par trouver un compromis : le jeune médecin prendrait son bain dans le laboratoire, à la porte duquel se trouvait une pompe à eau. Et il offrirait à l'irascible matrone une fiole supplémentaire de laudanum pour le mal qu'elle se donnait.

Enfin, la porte du laboratoire se referma. Quel soulagement ! Enfin, il était seul. Il traversa la pièce dans le plus simple appareil. Il venait de vivre deux journées difficiles. Il avait beau fréquenter les cadavres depuis longtemps, ces cadavres, en général, ne dissimulaient pas le moindre mystère. Certes, il fallait quelquefois chercher un peu avant d'établir la cause exacte du décès. Anévrisme ou crise cardiaque? Crise d'appendicite ou ulcère du duodénum? Rien de commun, cependant, avec le cas du jeune lord Crick.

Pour l'heure, Thomas avait résolu de laisser se dissoudre dans l'eau de la baignoire toutes ses pensées: oubliés le malheureux aristocrate, son adorable sœur flanquée de son époux arrogant. Il tentait de chasser loin de lui les événements survenus durant ces dernières quarante-huit heures.

Trempant la main dans l'eau, le jeune homme sourit: sa chaleur le réconfortait déjà. C'est alors qu'il se rappela le cadeau que l'une de ses riches patientes juives, Mme Margolis, lui avait un jour offert: après qu'il l'avait soulagée d'un furoncle particulièrement agressif, elle lui avait exprimé sa gratitude en lui faisant présent d'un flacon d'eau parfumée.

« En témoignage de ma reconnaissance », lui avait-elle dit en lui confiant la fiole de verre transparent. Il l'avait acceptée gracieusement, pour la ranger ensuite dans le tiroir supérieur de son bureau, où il s'était empressé de l'oublier. Les hanches ceintes d'une serviette, il traversa pieds nus la pièce dallée d'ardoise pour récupérer le flacon. Il le déboucha, en huma le contenu, qu'il jugea à son goût. Il le vida presque entièrement dans la baignoire. Aussitôt, un parfum puissant s'éleva, qui attira l'anatomiste vers les profondeurs apaisantes de ces eaux prisonnières de la vieille cuve en étain.

Jamais un bain ne lui avait paru plus chaud, plus reposant, plus roboratif. Il s'immergea en entier, afin de se laisser envelopper par le liquide depuis la tête jusqu'aux pieds. Il lui semblait presque sentir la mort, qui se cramponnait si fort à son épiderme depuis la veille, se décoller peu à peu avant de se disperser dans l'eau fragrante. Thomas gardait les yeux ouverts: il tenait à profiter des ondulations, des orbes, des remous et des tourbillons – il se faisait l'effet d'un poisson nageant dans une rivière. Pendant un instant, il en vint même à se persuader qu'il pourrait respirer là-dessous, mais, quand une brûlure commença d'envahir ses poumons, la réalité lui sauta de nouveau au visage ; il refit surface et inspira une large goulée d'air.

Il ne bougeait plus. Les bains stimulaient l'inspiration, se dit-il. Après tout, c'était là qu'Archimède avait formulé son grand théorème. Et si lui-même devenait à son tour, au beau milieu des clapotis, l'auteur d'une découverte fondamentale ? Il sourit à cette idée, mais chez lui les progrès n'étaient jamais spectaculaires. La lumière, dans son esprit, s'insinuait plutôt par une modeste fente et venait, peu à peu, pénétrer, puis éclairer les ténèbres de l'ignorance.

Thomas sortit un bras hors de l'eau pour récupérer, sur une chaise toute proche, un étrange objet fibreux. L'un de ses amis matelots lui avait offert cette curiosité au retour d'un voyage en Afrique. Il s'agissait, lui avait-il expliqué, d'un fruit séché appelé luffa, que les indigènes utilisaient en guise d'éponge exfoliante. L'anatomiste se frictionna d'abord les bras. Il jugea l'expérience à la fois douloureuse et plaisante. Il se mit même à chanter, ce qui lui arrivait fort rarement. Les paroles d'une chanson de marin, qu'un officier de la frégate sur laquelle il s'était rendu en Angleterre lui avait apprises, lui revinrent en mémoire ; il se lança avec enthousiasme dans le premier couplet. Pour tout dire, il s'adonnait de si bon cœur à son bouchonnage et ses refrains qu'il n'entendit pas tourner le loquet de sa porte. Il ne repéra pas davantage la silhouette qui s'approchait de la baignoire. Lorsqu'il la vit enfin, il était trop tard pour dissimuler son intimité.

— Vous feriez un fort honorable ténor, mon garçon, lança une voix familière.

Thomas s'assit d'un bond dans la baignoire en masquant instinctivement sa virilité au moyen de son éponge. Il n'avait rien à craindre : il s'agissait du Dr Carruthers.

— Monsieur… Je n'ai pas entendu…

Le vieux médecin éclata de rire.

— Vous prenez donc un bain, docteur Silkstone. Saine occupation. Est-ce que je me trompe, ou flotte-t-il dans l'air une odeur de bergamote assortie d'un soupçon de fleur de houblon ?

— Vous avez raison, monsieur, mais comment…

— Avez-vous oublié qu'étant aveugle je scrute avec mes oreilles et je découvre avec mon nez ?

Le silence du jeune homme en disait long sur sa perplexité, aussi son mentor rit-il encore avant de changer de sujet.

— Mon cher Thomas, gloussa-t-il, je veux tout savoir de la mystérieuse liaison que vous entretenez avec une jeune femme de bonne famille quelque part au fin fond de l'Oxfordshire.

Mais l'anatomiste n'avait nulle envie de satisfaire la curiosité de son vieux maître. Celui-ci, qui, sans le voir, devina aussitôt son embarras, se hâta d'enchaîner :

— Mais cela peut attendre jusqu'au dîner.

Sur quoi il quitta le laboratoire, rendant Thomas à sa solitude, mais les instants de grâce paisible dont ce dernier avait joui avant l'irruption du chirurgien s'en étaient allés pour toujours. Il posa les yeux sur le petit flacon de verre bleu cobalt posé sur son bureau.

Juste avant de grimper dans la voiture qui devait le ramener à Oxford, le garçon avait rendu visite à M. Peabody, l'apothicaire, qui vivait à Brandwick. Le petit homme inquiet, qui ne s'attendait pas à le revoir, parut très perturbé de le trouver soudain à sa porte. Il entraîna néanmoins Thomas dans son arrière-boutique, où il préparait ses pommades et ses fébrifuges. De gros pots contenant des poudres carmin ou safran, verdâtres ou charbonneuses, s'y alignaient sur des étagères poussiéreuses, ainsi que des boîtes d'écorce et des jarres emplies de graisse de porc.

Lorsque l'anatomiste lui demanda s'il lui restait de ce purgatif qu'il administrait à lord Crick, M. Peabody fronça les sourcils mais répondit que oui – le jeune homme était aux anges.

— Vous comptez l'analyser, n'est-ce pas ? s'enquit l'apothicaire sur un ton suspicieux en lui tendant la petite fiole bleue. Vous cherchez du poison ?

Thomas acquiesça ; son hôte se rembrunit davantage.

— Vous n'en trouverez pas, je puis vous l'assurer, railla-t-il, soudain plus acerbe, pareil à un lapin qui montre les dents.

Le médecin, pour sa part, s'était empressé de ranger le flacon dans la poche de son manteau sans rien laisser paraître de l'excitation qu'il éprouvait à tenir peut-être là un indice majeur, puis il avait filé sans demander son reste, au cas où M. Peabody aurait tout à coup changé d'avis et lui aurait réclamé sa potion. À présent, la petite bouteille, dont le verre bleu rappelait la couleur des eaux qui baignaient les côtes du Maine, trônait sur le bureau de Thomas, prête à livrer ses secrets si, du moins, le jeune homme parvenait à trouver le moyen d'en isoler chaque ingrédient. Rhubarbe, jalap, esprit de lavande, eau de muscade et sirop de safran : il avait mémorisé cette liste durant son voyage de retour vers Londres, en se demandant s'il était possible que l'un de ces composants naturels eût été fatal au jeune comte.

Plus tard ce soir-là, devant un plat de mouton rôti accompagné de sauce gribiche, l'anatomiste décrivit au Dr Carruthers les mystérieuses circonstances entourant le décès de lord Crick, ainsi que l'autopsie qu'il avait pratiquée. Il attendit néanmoins que Mme Finesilver eût débarrassé la table pour en livrer les détails les plus complexes.

— À présent que vous disposez du purgatif, avança le vieux chirurgien en croquant une pomme, vous allez pouvoir en tester les effets.

— En théorie. Mais il me faut d'abord découvrir comment séparer ses différents éléments.

— De la même façon que je vous ai décrit tout à l'heure ce que contenait l'eau parfumée de votre bain.

— C'est exactement cela ! s'écria Thomas, que les talents exceptionnels de son mentor n'en finissaient pas de ravir.

— Mais ce que l'apothicaire a mis dans sa médication, vous le savez déjà. Il a dû vous fournir une liste ?

— Certes, mais il se peut qu'on ait ajouté quelque chose, ou qu'on ait troqué certains ingrédients contre d'autres.

Cette fois, le Dr Carruthers demeura silencieux. Il jouait avec sa serviette.

— Il doit y avoir un moyen..., souffla le jeune homme.

Son compagnon grogna.

— Et il ne vous reste qu'une semaine avant le début de l'enquête, commenta-t-il.

Thomas passa le reste de la soirée plongé dans d'insondables et sombres pensées. Il empruntait, l'une après l'autre, des voies ténébreuses qui, invariablement, le menaient à une impasse. À 23 heures, il décida de se retirer. Comme il s'apprêtait à monter l'escalier,

Mme Finesilver parut, la mine troublée, une lettre à la main.

— Pardon de vous importuner, docteur Silkstone, mais ceci vient d'arriver pour vous.

Surpris, le garçon dévisagea la gouvernante, qui lui tendait la missive.

— À cette heure? maugréa-t-il. Comme c'est étrange…

Il en rompit le sceau.

— On a frappé à la porte d'entrée, expliqua Mme Finesilver, mais quand j'ai ouvert, il n'y avait personne.

À peine eut-il découvert le contenu du pli que l'anatomiste comprit pourquoi le messager avait préféré s'éclipser. En caractères gras se trouvait inscrite la phrase suivante : NE VOUS APPROCHEZ PLUS DE BOUGHTON HALL.

# 16

— Tu n'as rien mangé, ma chère, fit remarquer Michael Farrell à son épouse, tandis qu'Hannah quittait la pièce en remportant les assiettes sales.

— Je n'ai pas faim, se contenta de répondre Lydia.

— Tu es soumise à rude épreuve ces derniers temps, observa le capitaine en se levant pour se diriger vers la jeune femme assise à l'autre bout de la table.

Lorsqu'il posa les mains sur ses épaules, elle grimaça.

Le jour où son mari avait entamé la construction de son alambic, installé dans la serre, il lui avait expliqué qu'il comptait, de cette façon, distiller les essences des fleurs du jardin. Lydia s'en était réjouie et, déjà, elle s'imaginait parfumer de fragrances inédites ses vêtements, ses cheveux, le tissu des fauteuils… Mais l'année précédente, les pétales de rose avaient cédé le pas aux feuilles des lauriers-cerises. « Le domaine est envahi par les rats, avait décrété Michael. Nous devons à tout prix nous en débarrasser. » Son épouse n'avait pas regimbé, ayant les rats en horreur. À l'automne, à peine les fruits, pareils à des olives noires, avaient-ils fait leur apparition dans les massifs, que Kidd les avait récoltés pour les placer dans la cornue, dont était sorti ensuite le puissant poison.

Lydia avait songé toute la journée à la destruction de l'alambic, sans savoir s'il lui fallait ou non en parler à son époux. Son dos se raidit et les mains de ce dernier se retirèrent immédiatement, comme s'il venait de se brûler. Il approcha une chaise pour prendre place à côté de la jeune femme. Elle se lança :

— Pourquoi as-tu ordonné qu'on détruise tout ton matériel, ainsi que le poison?

Farrell, un instant troublé, resta d'abord silencieux. Il s'empara d'une fourchette en argent demeurée sur la table.

— Comment es-tu au courant? s'enquit-il en tripotant le couvert avec nervosité.

— J'ai demandé à Kidd d'augmenter les doses de poison contre les rats, mais il m'a répondu qu'il n'était pas en mesure de le faire.

Elle avait plongé son regard dans celui du capitaine, afin de scruter ses réactions.

Il lui sourit. Elle le jugeait quelquefois exaspérant. Elle s'attendait à quelque explication farfelue ; il ne la déçut pas.

— Le poison était devenu inutile. Il ne produisait pas l'effet désiré. D'ailleurs, tu le sais aussi bien que moi, puisqu'on m'a rapporté que tu avais…

Un rictus s'esquissa sur ses lèvres.

— … que tu avais fait une vilaine rencontre aujourd'hui.

Le rouge monta aux joues de la jeune femme. Son mari enchaîna :

— J'ignore pour quelle raison, mais le fait est que les rats ne mouraient pas. C'est pourquoi j'ai ordonné à Kidd de se débarrasser de l'alambic. Nous trouverons un moyen plus efficace de délivrer la propriété de ces sales bêtes.

Il avait réussi, songea-t-elle. Une fois de plus. Réussi à se dépêtrer d'une situation apparemment inextricable. Un véritable contorsionniste. Il sourit, puis l'embrassa sur le front, la mine triomphante.

— Es-tu satisfaite, mon amour? l'interrogea-t-il, toujours penché au-dessus d'elle.

Elle s'offusqua sans mot dire du ton de légère supériorité qu'elle percevait dans sa voix. Elle parvint cependant à lui rendre son sourire.

— Oui, dit-elle doucement.

— Parfait, s'exclama-t-il comme s'il venait de conclure un marché. Dans ce cas, permets-moi de me retirer dans mon bureau. J'ai de la lecture en retard.

Lydia le regarda quitter la pièce avant de se tourner vers la fenêtre entrouverte pour contempler le coucher de soleil qui, teinté de rose, faisait luire les pelouses, ainsi que les collines au loin. Elle s'approcha de la croisée, huma les senteurs de jasmin, de chèvrefeuille, dont l'onctueux parfum embaumait l'air du soir. Elle eut envie d'une promenade. Elle ne réussirait pas à dormir ce soir, à moins de se défaire en partie de toutes ses frustrations. Elle ne supportait plus d'imaginer le souffle chaud de son époux sur sa nuque, le contact de ses cuisses contre les siennes. Pour s'apaiser un peu, il lui fallait quitter les quatre murs de Boughton Hall, fût-ce quelques minutes. L'ardent désir de s'éloigner des tromperies et des intrigues la faisait suffoquer.

Jetant un châle sur ses épaules, la jeune femme franchit la porte-fenêtre pour se rendre au jardin. Après avoir lancé un coup d'œil derrière elle pour s'assurer qu'on ne la voyait pas, elle en poussa la lourde porte, dans le mur qui le ceignait. Après quoi elle emprunta le chemin qui, passant devant le garde-manger, conduisait au pavillon d'été.

Le sol était sec – il n'avait pas plu depuis trois jours. Elle se hâtait, faisant halte de loin en loin pour reprendre haleine et jouir du paysage. À mi-parcours, elle s'arrêta plus longuement : au-dessous d'elle s'étendait, piqué de sombres boqueteaux, le parc immense. Enfin, elle gravit la colline.

Le pavillon de bois lui parut accueillant dans les dernières lueurs du soleil, dont les doux rayons ricochaient sur les planches peintes en blanc. Son père l'avait conçu avec l'aide d'un architecte – elle revoyait la longue bande de papier déroulée sur sa table de travail, dans son bureau. Elle avait passé ici des heures délicieuses à jouer dans le bosquet tout proche pendant que son père dessinait ou écrivait dans cette retraite que Lydia tenait à présent pour la sienne. Elle se réjouit que le destin eût épargné au comte la mort atroce d'Edward. Certes, l'homme et son fils unique ne s'entendaient pas toujours à merveille – à plusieurs reprises, le comte lui avait coupé les vivres pour le punir de ses façons libertines –, mais son décès lui aurait brisé le cœur.

La jeune femme ouvrit les portes vitrées pour pénétrer à l'intérieur de la bâtisse. Elle sentait l'humidité. Dire que, du vivant de son père, on y humait en permanence l'odeur sucrée de son tabac. À présent, des toiles d'araignée garnissaient le coin des plafonds, et des rats avaient rongé le parquet jusqu'à y faire un trou, abandonnant de petites crottes dans leur sillage. Lydia demanderait à Kidd de nettoyer les lieux.

La décrépitude du pavillon réveilla son malaise, et de nouveau la colère monta en elle. « Je n'aurais pas dû venir ici », se reprocha-t-elle à mi-voix. Alors qu'elle allait refermer la porte derrière elle, elle avisa, dans un coin, un récipient de pierre, de la taille environ d'un pichet, au col étroit, muni d'un bouchon de liège. Lydia se figea, puis se pencha pour s'en emparer. Elle entendit clapoter un liquide entre ses flancs. L'objet était lourd. Elle le posa sur le rebord de la fenêtre avant d'en ôter le bouchon. Ce dernier céda sans résistance. Lady Farrell approcha précautionneusement son visage de l'ouverture, afin de sentir le contenu du récipient. Elle identifia l'odeur aussitôt. Elle l'avait humée mille fois dans la serre, humée dans le potager, près du tas de fumier, humée encore à côté des ordures amassées à l'arrière des écuries. Une odeur ô combien familière. Ô combien repoussante. L'odeur de l'amande amère.

## 17

Thomas travailla jusque tard dans la nuit. Il semblait que cette petite bouteille bleue, à lui confiée par M. Peabody, lui avait jeté un sort. Le jeune homme était persuadé qu'elle renfermait des secrets ; d'étranges propriétés exotiques capables d'exercer sur les êtres un pouvoir de vie et de mort. Pris séparément, les composants de la potion se révélaient inoffensifs, mais, une fois mélangés en de certaines proportions, ils se changeaient en poison mortel.

Lorsqu'il se sentit trop éreinté pour demeurer debout devant sa paillasse, l'anatomiste s'assit à son bureau. D'abord, il allait déterminer s'il avait affaire à une solution alcaline ou acide, en y trempant un morceau de papier de tournesol, imprégné d'une teinture à base de lichen. S'il s'agissait d'un acide, le papier virerait au rouge, au bleu si l'on était en présence d'une mixture alcaline. Thomas consigna par écrit chaque résultat, avec une précision méticuleuse, mais il n'y eut pas la moindre surprise.

Ensuite, il versa quelques gouttes du mystérieux liquide dans une seconde fiole. À la première, il incorpora quelques grains de sodium, dans l'autre une infime quantité d'acide citrique. Il guetta une réaction, attendit que la solution se décolore, qu'elle se mette à fermenter ou que les ingrédients se séparent. La plume à la main, il se tenait prêt à coucher sur le papier la moindre observation. Rien n'advint qui fût susceptible de l'étonner. Le breuvage contenu dans le flacon de l'apothicaire préservait jalousement ses propriétés secrètes.

La pendule sonna 2 heures. Le jeune homme se renversa dans son fauteuil, étira les bras, qui lui paraissaient plus rigides que l'acier. Une douleur fulgurante le cueillit entre les deux épaules ; il se frotta la nuque de la paume de sa main. Il songea à Lydia, à ses grands yeux chargés d'incertitude. Il devait poursuivre sa tâche coûte que coûte, tant pour elle que pour lui. L'enquête débuterait dans trois jours. Il lui restait mille et une expériences à mener.

C'est alors qu'il perçut un mouvement dans un coin du laboratoire. Silkstone tourna vivement la tête pour y découvrir Franklin le rat qui, après s'être tenu immobile une bonne partie de la nuit, se risquait hors de son abri, comme s'il avait deviné que son maître avait besoin de compagnie. Il fila à travers la pièce, grimpa sur un tabouret posé près du bureau puis, de là, sur la table de travail elle-même.

Thomas sourit en tendant une main vers le rongeur. Celui-ci se rapprocha pour venir s'asseoir, dans une pose dédaigneuse, sur la liasse de notes rédigées par l'anatomiste – on aurait cru qu'il exigeait de celui-ci qu'il prît enfin un peu de repos. Loin de le chasser, le jeune homme caressa l'animal.

« Que dois-je faire, selon toi ? l'interrogea-t-il. Quelle erreur suis-je en train de commettre ? » Et sans cesser de murmurer, il effleurait l'échine du rat. Ce mouvement régulier eut finalement raison de lui : il posa doucement la tête sur une pile de livres. Même si Franklin avait été en mesure de répondre à ses questions, le Dr Silkstone n'en aurait pas profité car, quelques secondes plus tard, il dormait. Sa main désormais amorphe gisait sur le dos du rongeur qui, se sentant pris au piège, se débattit pour s'échapper. Ce faisant, il renversa un bocal en verre dans le fond duquel demeurait un peu d'eau. L'eau coula sur le bureau, et un ruisselet se mit à longer les bords de la feuille sur laquelle Thomas avait pris ses notes.

Les sabots d'un cheval cliquetant contre les pavés réveillèrent celui-ci. C'était le laitier qui entamait sa tournée matinale. Il fallut à l'anatomiste quelques secondes pour s'extraire des brumes du sommeil et comprendre ce qui s'était passé. Il bondit sur son fauteuil. Il se trouvait toujours à son bureau ; toujours habillé et faisant face à une rangée de fioles dont il devait encore tester le contenu. Il se gronda en silence, puis se fâcha tout de bon en avisant le bocal renversé et l'eau répandue sur ses notes. Juste à côté, sur un feuillet demeuré vierge, de petites empreintes de pas désignaient le coupable sans le moindre doute possible.

« Franklin... », fit-il au rat sur un ton de reproche – celui-ci, qui avait entre-temps regagné son coin favori, faisait sa toilette sans se préoccuper de rien.

L'anatomiste s'empara de sa liasse de feuillets... et contempla le premier avec stupeur. Un étrange arc-en-ciel s'y était formé, prenant naissance au bord du parchemin, où l'eau avait commencé à se répandre. Au-delà, l'encre se trouvait séparée en divers tons et nuances, selon une série de bandes dont chacune possédait une couleur distincte. Que signifiait ce phénomène ? Qu'y avait-il à tirer de ces différentes pigmentations alignées avec tant d'ordre et de précision ?

Thomas s'empara bien vite d'un autre feuillet, trempa sa plume dans l'encre et griffonna du haut en bas de la page. Rien ne se passa. D'ailleurs, songea-t-il, pourquoi se serait-il passé quelque chose ? Puis il s'exhorta à la patience. Il ne faut pas brusquer la science. Comme le bon vin, elle a besoin de temps pour s'épanouir. Il résolut d'aller chercher le Dr Carruthers. Et puis non. Il jeta un coup d'œil à la pendule. Le vieux chirurgien devait dormir encore, et Silkstone n'aurait rien à lui montrer, sinon ce mystérieux arc-en-ciel sur sa page. Il n'y avait rien. Il y avait tout. Il patienta, arpenta le laboratoire de long en large, guignant le parchemin de loin en loin pour constater si la magie opérait de nouveau.

Cinq minutes s'écoulèrent. Dix. Rien. Combien de temps s'était-il assoupi ? Il se rappelait l'horloge sonnant 3 heures. Elle en affichait trois de plus. Le prodige s'était accompli en moins de quatre heures. Peut-être en restait-il quatre avant qu'il se répétât. Thomas décida de tuer le temps en s'occupant à quelque tâche utile. C'est qu'il ne pouvait se contenter de patienter, désœuvré à l'égal d'un époux dont la femme est en train d'accoucher, appelant de ses vœux le miracle de la vie. Le jeune homme, lui, allait poursuivre ses analyses. Il passa donc au jalap – un purgatif fréquemment utilisé au Mexique, lui semblait-il se rappeler. Pouvait-il s'autoriser à loucher encore en direction du feuillet imbibé d'eau ? Il céda... À mesure que le papier buvait le liquide, l'encre se divisait peu à peu. Lentement, mais sûrement. Thomas vit, de ses yeux vit, teintures et pigments se révéler, rouges d'abord, bleu clair ensuite, avant de virer au vert.

Si l'encre pouvait ainsi voir ses divers ingrédients se dissocier, se dit-il, il en irait forcément de même avec le purgatif. Sous le coup de l'excitation, ses mains se mirent à trembler, mais il se contraignit à garder son calme. Il allait reproduire l'expérience, en troquant cette fois l'encre contre le purgatif. Si la potion réagissait de semblable façon, si elle se décomposait au fil du processus, alors il avancerait d'un grand pas.

## 18

Michael Farrell regarda le parrain et exécuteur testamentaire de lord Crick fondre sur Boughton Hall tel un énorme corbeau. Sir Montagu Malthus arborait une chevelure d'un noir de jais, ses yeux s'enfonçaient dans leurs orbites et son nez ressemblait à un bec. Il était venu pour la charogne. Ainsi vola-t-il, à trois jours du début de l'enquête, jusqu'au bureau du capitaine, où il se mit à scruter un à un les membres de la famille qui attendaient avec angoisse la lecture du testament.

L'Irlandais n'ignorait pas que sir Montagu nourrissait certains soupçons concernant le décès prématuré de son filleul ; il avait entendu les murmures, les viles accusations que l'on chuchotait de-ci de-là, il connaissait les propos que l'on s'échangeait dans les tavernes. En outre, l'homme haïssait Farrell autant que Farrell avait haï Edward. C'est pourquoi, lorsque le maître de maison avait tendu la main au visiteur le jour de son arrivée, il ne s'était pas étonné que ce dernier lui coulât, de sous ses épais sourcils noirs, un regard chargé de dédain.

— Cela ne me paraît pas approprié en de pareilles circonstances, lâcha sir Montagu d'une voix sèche et grinçante.

— Il s'agit de fort tristes circonstances, approuva le capitaine, un peu troublé, tandis que le parrain d'Edward passait devant lui sans répondre.

Sur ses talons trottait un homme plus petit, dont l'Irlandais supposa qu'il s'agissait d'un notaire. Enfin, l'imposant visiteur prit place, la mine impérieuse et grave.

Face à lui se tenait Lydia, debout, le dos très droit, tendue à l'égal d'une des cordes d'un violon superbe, prête à se rompre à la plus légère vibration. Moins d'une heure plus tôt, son époux lui avait appris que Lavington faisait partie des ayants droit ; elle commençait à peine à se remettre du choc. Elle pensait en effet que son frère n'avait jamais entretenu avec James la moindre relation, sinon pour lui louer à bas prix, sur les instances de Michael, une maisonnette sise sur la propriété. Pour le reste, ils jouaient ensemble aux cartes le jeudi soir, rien de plus. Jamais, à sa connaissance, n'avait existé une once d'amitié entre les deux hommes.

— Montagu flaire quelque chose, souffla Lavington à Farrell, les dents serrées.

— Il est ici pour lire le testament, pas pour instruire un procès, le rabroua l'Irlandais, qui remarqua néanmoins les mains moites de son ami, ainsi que son regard obstinément rivé au sol.

Non contente de devoir composer avec ses appréhensions, il fallait de surcroît que Lydia s'occupât de sa pauvre mère qui, prisonnière de sa démence, ne cessait de lever la main droite en poussant des exclamations, comme lors d'une vente aux enchères.

— J'aime beaucoup ce tableau, fit-elle. Je le veux, ma chérie.

Ce disant, elle contemplait le miroir à cadre doré suspendu sur le mur opposé. Sa fille tentait de la calmer comme on s'efforce d'apaiser un bambin turbulent, sans grand résultat.

— Lydia, ma chère, je vous prie d'accepter mes plus sincères condoléances, déclara sir Montagu en prenant la main de la jeune femme.

Ignorant tout de l'échange peu amène survenu plus tôt entre son époux et le parrain d'Edward, elle sourit poliment.

— Et chère Félicité, ajouta le visiteur en s'approchant de lady Crick, assise à côté de sa fille.

— Montagu. C'est bien vous, Montagu ? demanda la malheureuse, tandis qu'une lueur de raison brillait soudain dans son œil terne.

L'allégresse de Lydia le disputait à la stupeur.

— Il s'agit en effet de sir Montagu, maman, confirma-t-elle ; la lucidité brièvement reconquise de Félicité la ravissait.

— C'est bien moi, intervint le parrain du jeune comte. Et je vous trouve extrêmement séduisante, ajouta-t-il en admirant les rubans roses dont lady Crick s'obstinait à affubler ses cheveux grisonnants.

Sir Montagu, l'un des amis les plus fidèles du défunt père d'Edward et de Lydia, avait effectué ici de nombreux et délicieux séjours avec feu son épouse.

— Vous dînerez avec nous, n'est-ce pas ? Je vais demander à Mme Claddingbowl de vous préparer une tourte au mouton, votre plat favori.

Sur quoi Félicité serra dans la sienne la main griffue du visiteur.

Lydia était stupéfaite. Il y avait des semaines que sa mère n'avait pas pensé ni parlé aussi clairement.

— C'est très gentil à vous, mais je ne compte pas m'attarder, répondit sir Montagu en libérant ses doigts de l'étreinte de la vieille dame.

Sans se rasseoir, il s'adressa à la petite assemblée réunie devant lui.

— En tant qu'exécuteur testamentaire de lord Crick, vous savez qu'il est de mon devoir, et du devoir de M. Rathbone ici présent (il désigna d'un geste le petit homme planté à ses côtés, qui n'avait soufflé mot depuis son arrivée, mais feuilletait sans jamais s'interrompre une liasse de documents)... Il est de notre devoir, disais-je, de lire son testament à ses bénéficiaires, c'est-à-dire vous.

Farrell changea de position, tandis que Lavington faisait craquer les jointures de ses doigts. Lydia se contenta de garder les yeux baissés.

L'imposant gentleman enchaîna.

— Il est également de mon devoir de veiller à ce que nulle impropriété ne risque d'entacher l'exécution des dernières volontés du défunt.

Il darda sur l'Irlandais un regard perçant.

— Or il se trouve que l'on m'a rapporté un certain nombre d'irrégularités dont je n'avais pas eu connaissance avant hier.

Lydia fronça les sourcils. Elle se tourna vers son époux, qui demeurait impassible.

— Je crains donc, au vu de ces circonstances douteuses, qu'il me faille ajourner la lecture du testament.

Farrell garda son calme, mais Lavington se pencha en avant, la mine indignée.

— Que voulez-vous dire, monsieur? s'enquit-il sur un ton agressif.

— Précisément ce que je viens d'énoncer, monsieur Lavington, rétorqua le parrain d'Edward, nullement déconcerté par cet éclat. J'ai décidé d'attendre les conclusions de l'enquête pour entreprendre la lecture du testament.

— Mais vous ne pouvez pas faire une chose pareille ! protesta James.

Le capitaine, manifestement embarrassé par le comportement de son ami, le tira par le bras.

— Allons, je t'en prie, le pressa-t-il.

Comme Lavington faisait volte-face, il croisa le visage consterné de Lydia. Cela suffit à l'apaiser. Il se ressaisit aussitôt.

— Bien sûr, sir Montagu, intervint Farrell, qui se leva en tirant sur son habit. Vous avez entièrement raison. Mais puis-je vous demander de quelle sorte d'irrégularités il s'agit ? Des détails d'ordre technique, je suppose ?

— Je ne pourrai vous éclairer qu'au terme de l'enquête, capitaine Farrell.

Et ce fut tout.

Dans le hall, Howard aida le visiteur à enfiler sa vaste cape noire. Quelques secondes plus tard, Montagu et son petit notaire se dirigeaient vers la porte.

— Nous nous reverrons sans nul doute lors des audiences, capitaine ! croassa le parrain d'Edward.

L'Irlandais le regarda s'engouffrer dans sa voiture à cheval en compagnie de son silencieux associé, non sans éprouver une inexplicable crainte. Il semblait s'aviser enfin que, contrairement à ce qu'il avait espéré, l'enquête concernant la mort de son beau-frère ne se réduirait pas à une simple formalité. Lavington l'ayant rejoint, les deux hommes ne lâchèrent pas des yeux la voiture avant qu'elle se fût éloignée.

— Il a des soupçons, n'est-ce pas ? fit James lorsqu'il fut certain que personne ne risquait de l'entendre.

— En effet, mon ami. Je crois bien que oui.

Lydia s'approcha d'eux.

— Puis-je m'entretenir avec mon époux, monsieur Lavington ? demanda-t-elle avec empressement, saisissant déjà l'Irlandais par le bras pour l'entraîner à l'écart. Que se passe-t-il, Michael ? Tu ne me dis pas tout.

Dans sa voix se mêlaient à parts égales la colère et l'incrédulité.

Son mari leva la main pour caresser la joue empourprée de la jeune femme.

— Ne te mets pas martel en tête, ma chère. Il est inutile de te tourmenter.

De nouveau, il lui décocha son sourire le plus charmant, mais cette fois Lydia lut aussi de l'appréhension dans son regard. Elle pria Dieu d'avoir pris la bonne décision en faisant expédier au Dr Silkstone, afin qu'il l'analyse, le contenu du récipient qu'elle avait découvert dans le pavillon d'été.

# 19

Thomas se frotta les yeux en grimaçant. La surface des lentilles lui paraissait couverte de menus éclats de verre qui le blessaient chaque fois qu'il clignait des paupières. Depuis deux jours, il avait à peine dormi. Sans plus sortir de son laboratoire, ou presque, il en était devenu le prisonnier consentant : à présent qu'il était capable de les isoler, il avait analysé un à un les composants du purgatif, pour comparer ensuite les résultats avec ceux d'ingrédients identiques qu'il savait être purs. Il n'avait rien découvert de surprenant ni d'anormal.

Chaque élément constitutif de la potion possédait sa signature, unique en son genre. À partir de chacun l'on obtenait un kaléidoscope de couleurs diversement ordonnées. En conclusion, le purgatif de M. Peabody ne contenait aucune substance étrangère. Au moins le jeune anatomiste pourrait-il l'affirmer lors de l'enquête qui commencerait le lendemain.

Deux hypothèses lui étaient venues à l'esprit dans le cours de ses expériences : soit le comte avait réagi violemment à l'un des composants du purgatif, ou à leur mélange ; soit une main meurtrière avait ajouté quelque chose à la potion de l'apothicaire.

Franklin bondit sur le bord d'un tiroir ouvert et huma l'air avec dédain. Baissant les yeux vers lui, son maître se rappela le rat qu'il avait découvert dans le jardin de Boughton Hall. Il se rappela la terreur de lady Lydia à la vue du rongeur. «Je croyais qu'on les avait tous empoisonnés», avait-elle gémi.

Quelle sorte de poison avait-on utilisé pour se débarrasser des nuisibles? s'interrogea le jeune médecin. Quoi qu'il en soit, il avait le devoir de rapporter ces faits durant l'audience. De même, il se sentait le droit de les interpréter. Mais était-ce bien à lui d'émettre des conjectures? Il n'en était pas sûr, mais maintenant que cette pensée avait germé dans son esprit, elle commençait déjà à y prendre racine. Il lui fallait se procurer un échantillon de ce toxique employé au manoir pour faire passer les rongeurs de vie à trépas. Mais comment?

Ce soir-là, Thomas eut bien du mal à s'endormir. Dès qu'il fermait les yeux, il voyait des rats, des hordes de rats qui prenaient d'assaut les jardins de Boughton Hall. Au cœur de cette multitude qui criaillait, qui ondulait telle une houle, se tenait Lydia – les traits défaits par l'angoisse, elle appelait au secours. Le cœur de l'anatomiste battait la chamade, il en éprouvait les vibrations contre son oreiller – on aurait cru un tambour. Dans de pareils moments, Thomas pestait: dire qu'il connaissait sur le bout des doigts les mécanismes du corps, mais qu'il ignorait où se cachait son âme.

Will Lovelock peinait aussi à trouver le sommeil, comme tous les soirs depuis le décès de sa sœur. Son jeune esprit ne cessait de revivre les heures durant lesquelles il était parti à sa recherche. Elle demeurait introuvable. Cela ne lui ressemblait pas. D'ordinaire, elle aidait leur mère à effectuer les tâches ménagères, elle ôtait les cendres du poêle ou briquait le sol de la cuisine. Mais, ce jour-là, elle s'était volatilisée peu après le petit-déjeuner, et personne ne savait où elle s'était rendue. Son absence avait suscité le courroux de leur père, qui l'avait traitée de «feignasse» et avait promis de lui administrer quelques coups de ceinturon dès qu'elle reparaîtrait. Maman, elle, se faisait du souci, le garçonnet le devinait à sa mine. C'est pourquoi, après s'être occupé des chevaux, il s'était empressé de se rendre du côté de la chaumière de M. Lavington, tout au fond de la propriété.

À califourchon sur l'un des poneys, l'enfant avait franchi le pont de bois qui enjambait le lac, scrutant les environs dans l'espoir d'apercevoir sa sœur. On était en mai, la journée était claire, mais le fond de l'air encore un peu frais. À peine les sabots du petit cheval eurent-ils commencé à cliqueter sur le bois du pont qu'une rafale de vent passa. Elle agita les roseaux verts qui bordaient le plan d'eau – ils se mirent à bruire à l'unisson. Will observa leurs longues têtes noires qui ballottaient sous la brise, puis il observa mieux. Son attention avait été attirée par un objet pris dans les feuillages. Un morceau d'étoffe sombre, à y regarder de plus près, pareil à un ballon à demi dégonflé, piégé parmi les joncs. Will dirigea son poney vers le bout de tissu, mit pied à terre et s'avança au bord de l'eau. C'est alors, seulement, qu'il s'avisa que l'étoffe était en fait une jupe. Il se figea, suivant d'un œil épouvanté le bord du vêtement pour découvrir un bras, puis de longs cheveux emmêlés… Alors, il comprit tout. Il se mit à hurler, comme si ses hurlements avaient possédé le pouvoir de réveiller sa sœur endormie. Il ne parvenait pas à l'atteindre, elle était trop loin, juste au-delà du parapet, dans des eaux trop profondes pour le garçonnet. Il chercha une branche, un bâton, afin que l'adolescente pût s'y agripper pour qu'il la ramène vers la berge. Il ne trouva rien. Impuissant, il cria de nouveau. Cette fois, James Lavington entendit ses clameurs affolées depuis le premier étage de sa maisonnette. Ouvrant la fenêtre de sa chambre qui donnait sur le lac, il découvrit l'enfant, planté sur la rive, et qui ne cessait plus de hurler.

— J'arrive, mon garçon, attends-moi!

Sur quoi il se hâta, autant que sa mauvaise jambe le lui permettait, en direction de Will, que l'effroi avait figé – il ne lâchait plus les roseaux du regard.

— Doux Jésus! s'exclama Lavington en découvrant à son tour les plis de la jupe et la chevelure doucement agitée par le courant.

Bientôt, Amos Kidd et le père de Will pataugeaient dans les eaux du lac pour tirer ensemble vers la berge ce corps tout pareil à une poupée de chiffon détrempée, dont les cheveux sombres se paraient d'herbes aquatiques. Les deux hommes la poussèrent sur le bord, visage contre terre, avant de se laisser tomber eux-mêmes sur la rive, épuisés par l'effort. C'est à ce moment que Will s'était précipité vers le corps, qu'il s'était jeté dessus, qu'il avait employé toute sa force à le retourner, afin de contempler le visage de sa sœur. Elle avait les yeux clos. Il devait la réveiller. Il se mit à lui donner des bourrades, à tirer sur ses vêtements, à crier frénétiquement son prénom. Leur mère, qui s'était ruée à sa suite, le repoussa. Soulevant la tête de sa fille, elle se mit à bercer entre ses mains sa figure au teint de lait.

— Non!… Non!…, hurlait Hannah en brimbalant le cadavre comme elle l'aurait fait d'un bébé.

Will avait alors repéré les poches gonflées du tablier de sa sœur. Sans que sa mère, terrassée par le chagrin, remarquât quoi que ce soit, il y plongea la main pour récupérer ce qui se trouvait à l'intérieur. Son père vint consoler son épouse, ruisselant jusqu'à la taille et les yeux embués de larmes.

— Rebecca ! s'écria le garçonnet en s'asseyant brusquement dans son lit – une sueur glacée l'inondait.

Hannah se rendit à son chevet une fois encore – il dormait sur une paillasse installée dans un coin de la pièce ; dans le coin opposé se trouvait la couche de sa sœur. Sa mère apportait avec elle un mortier.

— Chut, tu vas réveiller Rachel, murmura-t-elle en s'agenouillant à côté du matelas. Avale ça.

Elle lui glissa dans la bouche une cuillerée de cette mixture amère qu'elle faisait ingurgiter presque toutes les nuits à son fils.

— Tu vas te sentir mieux, le rassurait-elle invariablement et, invariablement, l'enfant finissait par s'apaiser.

Quelques minutes plus tard, le sommeil venait à lui, tel un doux visiteur qui ne s'éclipsait qu'au petit matin.

— Elle me manque, dit Will, sa chevelure cuivrée en bataille auréolant sa grosse tête.

— Elle nous manque à tous, répondit Hannah, la voix brisée par l'émotion.

Elle caressa un moment la joue de son fils avant de piquer un baiser sur son front couvert de taches de rousseur. Après quoi elle s'en retourna près de la cheminée.

Will se tourna sur sa paillasse : il allait s'endormir d'un instant à l'autre, il le savait. Il sentit sous le matelas les pierres plates, qu'il toucha, des pierres aussi froides que les joues de sa sœur le jour où on l'avait repêchée dans le lac. Ils reposaient à présent sous la paille, ces petits blocs lisses que le garçonnet avait découverts dans les poches du tablier de Rebecca ; piégés entre le sol et le matelas. La main de l'enfant les chercha dans le noir. Il frissonna en effleurant de nouveau leur surface glacée. Ces cailloux-là le rapprochaient de sa sœur, bien que celle-ci s'en fût allée très loin de la maison.

## 20

— Vous vous apprêtez donc à nous abandonner encore pour repartir à Oxford, constata le Dr Carruthers le lendemain matin, pendant le petit-déjeuner.

Thomas décela une pointe de reproche dans la voix de son maître.

Le jeune Américain pignochait au fond de son assiette une tranche de bacon, mais il manquait d'appétit. Il lui fallait retourner à Boughton Hall avant le début de l'enquête. Il comptait prendre la diligence le matin même, afin de se mettre en quête du poison utilisé pour se débarrasser des rats sur le domaine. S'il en dénichait un échantillon, il le soumettrait aussitôt à l'analyse.

Le Dr Carruthers avala à petites gorgées le café que Mme Finesilver venait de verser dans sa tasse. La veille, Thomas avait reporté à une date ultérieure une conférence qu'il devait donner au Collège des chirurgiens, parce qu'il s'obstinait à vouloir résoudre le fameux mystère du purgatif.

— N'oubliez pas les devoirs que vous avez envers vos étudiants, mit-il en garde son protégé.

Celui-ci reposa sa fourchette à côté de son assiette.

— Jamais je ne les oublierai, monsieur, mais j'ai aussi des obligations à l'égard de la cour. Les magistrats comptent sur moi pour déterminer la cause du décès du comte.

Le vieux médecin poussa un lourd soupir.

— Vous n'êtes pas avocat, rétorqua-t-il, contrarié.

— Néanmoins, je semble être le seul à pouvoir résoudre cette affreuse énigme, protesta l'anatomiste en pointant soudain sa fourchette avec hargne en direction de son mentor – il se réjouit aussitôt que celui-ci ne fût pas en mesure de voir ce geste agressif, qui ne lui ressemblait pas.

Déconcerté, il reposa ses couverts de part et d'autre de son assiette, manière de mettre un terme à la conversation.

— Je dois partir, à présent, monsieur, dit-il en se levant de table. Je serai de retour d'ici la fin de la semaine.

Le Dr Carruthers opina en s'essuyant la bouche avec sa serviette. Il espérait que le brillant esprit de son disciple ne se détournerait pas de l'anatomie ni de l'étude. Les meurtres étaient l'affaire de la police et des hommes de loi, non des scientifiques.

De retour dans son laboratoire, Thomas entreprit de garnir sa sacoche de tous les ingrédients et instruments nécessaires aux expériences qu'il comptait mener sur l'échantillon de poison, s'il en trouvait à Boughton Hall. Cependant, à mesure qu'il plaçait dans leurs logements respectifs les ampoules et les fioles, il sentit l'appréhension l'envahir. Lorsqu'il procédait à une dissection dans l'amphithéâtre, devant ses étudiants, il officiait comme l'aurait fait un prêtre. Son scalpel était son calice, ses gestes se changeaient en rituels. Il se plaçait, en somme, à l'abri des reproches. Ses actes se faisaient irréfutables. Ses élèves l'admiraient ; ils le respectaient. À leurs yeux, il était l'un des apôtres du grand André Vésale qui, plus de deux siècles auparavant, avait procédé à la première autopsie de l'Histoire. Le jeune homme, en de tels moments, se trouvait sur sa propre terre, sa terre sainte.

Devant une cour, en revanche, il évoluerait dans une contrée inconnue, peuplée d'athées et d'infidèles. Son public, loin d'être constitué d'étudiants avides de recevoir son enseignement, se composerait de fouineurs, de curieux prêts à se repaître de tous les potins. Lui, Thomas Silkstone, bardé de théories et de connaissances scientifiques, se verrait ravalé au rang de vulgaire charlatan, de ceux qui vendaient de faux remèdes ou des potions miraculeuses dans les foires et sur les marchés.

L'anatomiste frissonna en rassemblant ses notes. Il venait d'en fourrer les dernières liasses dans son sac, lorsqu'on frappa à sa porte. Cette interruption lui déplut.

— Oui, madame Finesilver? lança-t-il avec brusquerie.

La porte s'ouvrit en grand. La gouvernante se tenait là, la mine revêche comme à son habitude, mais, au lieu de lui assener que c'était bien la dernière fois qu'elle daignait repriser ses bas, ou que sa nourriture était en train de refroidir, elle lui annonça qu'il avait de la visite.

Thomas reposa immédiatement ses notes. Il fut frappé par la ressemblance du jeune homme avec Lydia : mêmes pommettes hautes, même chevelure bouclée, même visage en cœur.

— Entrez, je vous en prie, dit le médecin en tendant la main au garçon.

Francis Crick la serra dans la sienne, un peu décontenancé. Silkstone avait reconnu son étudiant.

— Vous ressemblez beaucoup à votre cousine, monsieur Crick, déclara Thomas.

— Vous voulez parler de lady Lydia? s'étonna le jeune aristocrate. Oui. Je suppose que oui…

— C'est bien vous qui m'avez recommandé à elle, n'est-ce pas?

— En effet, répondit Francis, sans savoir s'il allait ou non essuyer un reproche.

— Je vous remercie de votre confiance.

— Vous êtes un grand anatomiste, docteur Silkstone.

Thomas sourit.

— Non, pas grand. Curieux, c'est tout.

Il boucla sa sacoche et se tourna vers son élève.

— Et puisque je suis curieux, permettez-moi de vous demander la raison de votre présence ici, monsieur Crick.

Francis se redressa, comme s'il venait brusquement de se rappeler ce qui l'avait amené en ces lieux.

— Ma cousine m'a chargé d'une mission.

L'intérêt de l'anatomiste s'en trouva aussitôt piqué.

— Eh bien? pressa-t-il son interlocuteur.

Celui-ci plongea une main dans la poche de son manteau, pour en extraire un sac en toile grise, qu'il remit avec précaution à Thomas.

— Lydia tenait à ce que ceci vous revienne.

Sans mot dire, Silkstone posa sur son bureau le sac gris, qui renfermait une petite bouteille en verre transparent, munie d'un bouchon de liège. Il s'assit, leva la fiole vers la lumière, découvrit à l'intérieur un liquide incolore. Il aurait pu s'agir d'eau ou d'alcool pur, à ceci près qu'il y flottait quelques impuretés.

Francis regarda, la mine inquiète, son professeur déboucher la bouteille. Une seconde suffit à ce dernier pour en identifier le contenu – il avait involontairement rejeté la tête en arrière, comme s'il venait de recevoir un coup de poing dans la figure. L'odeur se révélait si puissante qu'elle l'étourdit un instant. Une odeur inoubliable, immanquable. Une odeur d'amande amère. Cyanure.

— Cela a été fabriqué à Boughton Hall ? s'étrangla Thomas.

Son élève, incommodé à son tour par la puissante émanation, se détourna en haletant.

— Oui. Par le capitaine Farrell, qui en confectionnait chaque automne, dans un alambic, à partir de feuilles et de baies de laurier-cerise.

— Il y a donc, à Boughton Hall, un alambic servant à produire du cyanure ?

— Il y avait, rectifia le jeune homme.

Thomas reboucha le flacon.

— Il y avait ? répéta-t-il. Où se trouve-t-il maintenant ?

Francis paraissait mal à l'aise ; il n'ignorait pas que ses révélations risquaient de faire porter les soupçons sur l'époux de sa cousine.

— Le capitaine a demandé qu'on le détruise après le décès d'Edward, ainsi que les dernières réserves de poison.

— Je vois… Dans ce cas, où lady Lydia a-t-elle déniché cette bouteille ?

— Elle en a découvert le contenu dans le pavillon d'été du domaine.

L'anatomiste leva de nouveau la fiole dans la lumière pour l'examiner encore.

— Personne d'autre ne connaît donc l'existence de cela ?

— Personne, lui assura Francis en secouant vigoureusement la tête.

Thomas abattit ses deux paumes sur le bureau.

— Alors, au travail ! lança-t-il avec emphase.

Sur la table trônaient deux bocaux emplis de liquide de conservation, qu'il s'apprêtait à emporter dans ses bagages lorsque Francis Crick s'était présenté. Dans l'un se trouvait un fragment de l'estomac du comte, dans l'autre un morceau de son foie.

— Je vais pouvoir procéder à des tests sur ces organes afin d'y traquer d'éventuelles traces de cyanure, décréta l'anatomiste en lorgnant les deux masses brunâtres flottant dans chacun des bocaux.

À peine avait-il prononcé ces paroles qu'il perçut toute la tristesse de son élève dans le regard que celui-ci portait sur les échantillons : voilà donc, songeait-il sans doute, à quoi se réduisait désormais son défunt cousin. Pour devenir un bon anatomiste, ainsi qu'un chirurgien digne de ce nom, Thomas avait appris à tenir la compassion loin de lui et à faire taire toute émotion, mais force lui était cette fois de reconnaître qu'il s'agissait là de circonstances exceptionnelles et particulièrement traumatisantes. Il posa une main sur l'épaule de Francis.

— Vous n'êtes pas obligé de m'assister, lui dit-il doucement.

Le jeune homme garda un moment les yeux dans le vague puis, tout à coup, comme animé d'une résolution soudaine, il répondit :

— Nous devons tout faire pour découvrir ce qui a tué Edward.

Thomas hocha la tête, satisfait de constater que son visiteur était de la trempe des meilleurs praticiens.

— Il y a là-bas deux tabliers, fit-il en lui désignant du doigt une série de patères fixées au mur opposé.

Francis s'autorisa un mince sourire avant de s'exécuter.

Pendant ce temps, le Dr Silkstone apporta les bocaux sur sa paillasse. Il ouvrit celui contenant le fragment stomacal de feu le comte. Si l'on avait ajouté du cyanure au purgatif, pensa-t-il, il en aurait forcément détecté l'odeur au cours de l'autopsie.

Francis apporta les tabliers, que les deux hommes ceignirent. Thomas disposa plusieurs instruments sur la paillasse puis, au moyen d'une paire de pinces, s'empara du premier échantillon pour le déposer sur une assiette en porcelaine. Il le contemplait à présent d'un œil neuf. Son odorat était en alerte. Il souleva l'assiette, renifla son contenu, la remit à Francis.

— Une personne sur six se révèle incapable de discerner l'odeur du cyanure, exposa le maître à l'élève, mais ni vous ni moi ne souffrons d'anosmie, puisque nous avons l'un et l'autre identifié le poison à l'intérieur de la bouteille.

C'est alors que la porte du laboratoire s'ouvrit ; le Dr Carruthers fit son apparition.

— Vous êtes toujours là, Thomas ? demanda-t-il.

— En effet, monsieur.

L'anatomiste s'essuya les mains pour venir serrer celle de son vieux mentor.

— Je tenais à ce que nous nous séparions en bons termes, dit Carruthers.

— Je puis vous assurer, monsieur, que je ne nourris pas la moindre rancœur à votre égard, lui assura Thomas, un peu embarrassé que cette conversation se tînt devant l'un de ses élèves. Aussi s'empressa-t-il de changer de sujet : Vous ne pouviez pas mieux tomber, monsieur.

— Comment ça ? s'étonna celui-ci en gagnant lentement le centre du laboratoire.

Il se figea brusquement pour froncer le nez à la manière d'un lapin qui vient de humer l'odeur d'un renard.

— Dieu du ciel, s'écria-t-il, c'est du cyanure !

Thomas et Francis échangèrent un regard.

— La dernière fois que j'ai senti ça, c'était au cours de l'autopsie d'un jeune homme qui en avait avalé une chope entière durant l'hiver 1772.

Silkstone écarquilla les yeux.

— Vous avez pratiqué une autopsie à la suite d'un décès lié au cyanure?

— Un amour malheureux, si je me souviens bien. Affreux...

— Avez-vous gardé l'estomac du défunt? s'enquit Thomas en s'avisant soudain que les faits s'étaient produits huit ans plus tôt. Comment croire qu'il en demeurât la moindre trace?

— Si j'ai gardé son estomac? répéta Carruthers, tandis que son disciple retenait son souffle. Bien sûr que oui, glousse le vieil homme, comme si la question ne se posait même pas. Vous le trouverez dans le cellier, sur la plus haute étagère du placard, à gauche.

Le Dr Silkstone sourit d'une oreille à l'autre – il n'aurait pas dû douter de son professeur.

On accédait au cellier par un étroit couloir sur lequel s'ouvrait l'une des portes du laboratoire. Thomas s'y aventurait rarement, même s'il s'était un jour promis d'explorer par le menu le contenu de ces mystérieuses bonbonnes, de ces bocaux par dizaines que le Dr Carruthers surnommait son « encyclopédie médicale ». Jusqu'ici, il avait été trop occupé.

Le jeune anatomiste et son élève pénétrèrent dans la pièce humide, dépourvue de fenêtre. Levant bien haut sa chandelle, Thomas illumina les récipients de verre, chacun muni d'une étiquette rédigée par son mentor, de son écriture en pattes de mouche. Il ne tarda pas à dénicher, tout en haut à gauche, comme prévu, un bocal marqué « estomac – empoisonnement au cyanure ». Il jouissait là d'une chance insolente.

Ayant confié la bougie à Francis Crick, il récupéra le bocal avec mille précautions. Les deux hommes en examinèrent le macabre contenu à la lueur du couloir. Il s'agissait bel et bien de l'estomac, impeccablement conservé, d'un infortuné dont l'existence s'était à ce point brisée qu'il avait choisi de se tuer de la plus épouvantable des façons.

De retour dans le laboratoire, les deux garçons se précipitèrent vers la paillasse.

— Vous l'avez déniché ? demanda le Dr Carruthers avec un sourire.

— Oui, répondit Thomas en se hâtant d'ôter le couvercle du récipient.

Bien que l'organe fût plongé dans le liquide de conservation depuis huit ans, l'odeur caractéristique demeurait. À peine le bocal ouvert, son âcreté se répandit dans l'air.

L'anatomiste extirpa l'échantillon de son contenant pour le poser sur une assiette. Ce qui le distinguait le plus ouvertement de celui du défunt comte était sa couleur.

— Regardez-moi ça, souffla Thomas, tant pour lui-même qu'à l'adresse de son jeune assistant.

La membrane muqueuse se teintait d'un bleu d'encre, le fundus s'en trouvait aussi maculé, cependant que l'antre pylorique restait intact.

— Cet estomac est bleu foncé, si ma mémoire est bonne, avança le Dr Carruthers, qui s'était entre-temps assis au bureau de son disciple.

— C'est tout à fait exact, confirma ce dernier. Rien de commun avec celui d'Edward Crick. Celui-ci n'a donc pas succombé au poison qu'on réservait aux rats de Boughton Hall.

— Comment pouvez-vous en être si sûr ? lui demanda Francis.

— Ce que nous avons sous les yeux constitue une preuve formelle. Preuve négative, certes, mais preuve tout de même.

— Mais, dans ce cas, de quoi mon cousin est-il mort?
— Voilà ce qui nous reste maintenant à découvrir.

# 21

Si la mort, songeait un grand penseur, n'est qu'une porte sur le chemin qui mène de la vie à l'éternité, une passerelle entre notre condition de mortel et l'immortalité, alors qu'importe la façon dont un homme meurt? L'acte de mourir est dénué de toute importance. Seule compte la manière dont il vit.

— Qu'en dites-vous, monsieur Crick? s'enquit Thomas, au terme d'un long après-midi passé dans le laboratoire.

L'étudiant était demeuré à ses côtés pour l'aider à analyser le contenu de la fiole à poison. Il s'était agi d'un processus extrêmement laborieux, car il avait fallu décomposer le liquide en ses divers éléments avant d'évaluer l'éventuelle toxicité de chacun. À présent, une conclusion s'imposait : Edward Crick n'avait pas succombé à un empoisonnement au cyanure. L'échantillon conservé par le Dr Carruthers s'était révélé d'une importance capitale. Sur ce point, au moins, Thomas pourrait répondre sans trembler lorsqu'on l'appellerait à la barre des témoins – car on ne manquerait pas d'aborder au tribunal l'épineux sujet de l'alambic et du poison qu'il avait permis de produire pour exterminer les rats de Boughton Hall.

Le jeune anatomiste observait son élève tandis qu'il rinçait dans une cuvette emplie d'eau les flacons dont ils s'étaient servis. Même ses gestes, l'angle d'inclinaison de sa tête, le débit de sa voix... Tout lui rappelait Lydia.

— Ce grand penseur que vous évoquez, fit l'étudiant, ne s'agit-il pas du Dr Samuel Johnson?

— En effet, répondit Thomas, vivement impressionné.

Il avait eu la chance d'être présenté à l'éminent personnage par le Dr Carruthers lors de son premier séjour en Angleterre. Il avait trouvé en lui un interlocuteur des plus chaleureux, à l'esprit vif et à la langue acérée. Ses visites au Bedford Coffee House étaient devenues légendaires : les discussions suscitées par ses remarques sans détour y ressemblaient à de véritables feux d'artifice.

— C'est un formidable érudit, commenta Silkstone en rebouchant un bocal, doué d'un immense sens de l'humour, mais je ne partage pas ses vues sur ce point particulier.

— Comment cela?

— Il importe beaucoup de savoir si un homme est mort ou non de la main d'un autre homme.

Francis détourna le regard.

— Vous demeurez convaincu qu'on a assassiné mon cousin, n'est-ce pas?

Thomas essuya ses mains tachées de teinture d'iode avec un linge humide.

— Vous avez raison, et plus j'accumule les observations, plus j'en suis persuadé. Et vous?

Crick poussa un profond soupir.

— Je ne sais que penser, monsieur, répondit-il, comme si la seule perspective de se forger une opinion ou de prendre une décision quelconque était au-dessus de ses forces.

— Allons, allons, le réprimanda son professeur, vous êtes un scientifique, monsieur Crick. Nous cheminons sur la voie de la découverte et, bientôt, nous atteindrons un carrefour. Quelle route nous faudra-t-il emprunter alors?

D'un œil éteint, le garçon dévisagea l'anatomiste. Celui-ci patienta un moment puis, ayant saisi que l'étudiant ne répondrait pas, il s'en chargea pour lui :

— Nous devrons emprunter celle dont nous serons certains qu'elle est la bonne, cela va de soi. Celle sur laquelle nous pourrons marcher bon pas sans craindre de nous enliser. Or, il nous faut, pour choisir ce chemin, nous fonder sur les faits, monsieur Crick, et non sur l'intuition.

Hélas, poursuivit Thomas pour lui-même, les faits en question se révélaient si peu nombreux qu'aucune voie ne l'emportait sur l'autre ; il courait le risque de se perdre bientôt.

Le lendemain matin, le Dr Silkstone quitta de nouveau Londres pour Oxford mais, cette fois, son élève voyageait avec lui. Francis Crick était un jeune homme aimable, bien qu'il manquât de ténacité. De même, il ne se montrait pas assez rigoureux, ce qui seyait mal aux investigations anatomiques, où la minutie était de mise. Il lui restait beaucoup à apprendre, se dit Thomas tandis que leur voiture cahotait sur la grand-route qui, en direction du nord-ouest, traversait les collines de Chiltern.

Parvenu à Oxford, le cousin de Lydia poursuivit sa route jusqu'à Boughton Hall, où il avait prévu de passer la nuit avant d'accompagner, le lendemain matin, le capitaine Farrell et lady Lydia à l'audience. Thomas allait regagner pour sa part l'auberge du Cheval Blanc. Mais d'abord il se dirigea vers Christ Church, pour y rendre visite au Pr Hascher.

Il trouva ce dernier dans son bureau, penché sur un énorme ouvrage. Les deux hommes se saluèrent comme de vieux amis, après quoi Silkstone demanda au professeur l'autorisation d'entreposer, pour plus de sûreté, son matériel et ses échantillons dans le laboratoire. Ensuite, on prit un verre de schnaps.

— Vous vous faites du souci pour demain, observa Hascher – comme Thomas prenait place en face de lui, l'œil au fond de son verre, il lui parut tendu comme un arc.

— Je me navre d'avoir si peu de preuves à présenter à la cour, reconnut ce dernier.

D'ordinaire, il dispensait à des étudiants avides d'apprendre des leçons aux fondements irréfutables, mais dans quelques heures il arriverait devant les jurés les mains presque vides.

— Et pourtant…

Il n'alla pas plus loin.

— Que se passe-t-il? l'encouragea son hôte en fronçant les sourcils.

De la peur passa sur les traits du jeune anatomiste lorsqu'il se rappela le billet griffonné qu'on lui avait fait parvenir.

— Et pourtant, quelqu'un redoute manifestement ce que je risque de mettre au jour, acheva-t-il en plongeant la main dans sa poche pour en extraire le feuillet froissé, qu'il tendit à l'Allemand.

Celui-ci jucha une paire de lorgnons sur son nez et se mit à lire.

— On dirait bien que vous avez donné un coup de pied dans un nid de vipères, observa-t-il avec gravité. Prenez garde.

Une heure plus tard environ, Thomas prit congé. La nuit était tombée, et il régnait dehors un froid terrible.

La sombre coupole de la Radcliffe Camera découpait sa lourde masse contre le ciel piqué d'étoiles. Le Dr Silkstone cheminait sur les pavés en direction de Broad Street.

Great Tom, la cloche de la cathédrale, se mit à sonner. Comme l'anatomiste passait devant l'imposant portique de la Rad Cam, qui jetait des ombres, il perçut les halètements de plaisir d'une jeune femme, qu'interrompaient de loin en loin les râles d'un garçon. Ces deux-là ne faisaient aucun cas des trésors entreposés à l'intérieur de l'édifice – le texte original des cours magistraux de chimie dispensés jadis par John Freind, les collections d'éminents scientifiques, parmi lesquels le grand Nathan Alcock. Par ses actes, le couple anonyme foulait aux pieds l'érudition même ; un tel manque de respect suscita la colère de Thomas. Il pressa le pas. Ayant longé Hertford College, il s'engagea dans Catte Street.

Un peu plus loin, un groupe d'étudiants en toge, passablement éméchés, traversa la rue sous le regard réprobateur des illustres philosophes du Sheldonian Theatre – ils braillaient des obscénités, on aurait cru une troupe de corbeaux. Combien leur existence différait de celle que Silkstone menait à leur âge à Philadelphie où, pour se distraire des livres de médecine et de l'apprentissage de la pratique chirurgicale, on s'adonnait à des activités autrement plus raffinées. Il secoua la tête en songeant à ce qu'Aristote ou Platon ferait de ces aliborons.

Il apercevait à présent l'auberge du Cheval Blanc, où des chandelles jetaient des lueurs chiches par les vitres givrées. Il avait hâte de retrouver sa chambre sans confort, aux draps humides, tant l'air glacé de la nuit lui transperçait les os.

Il comptait s'offrir une bonne nuit de sommeil avant l'audience du lendemain. Encore quelques mètres, et il atteindrait Broad Street. C'est alors qu'il perçut une présence dans son dos. Il se retourna d'un bond mais, avant d'avoir pu distinguer qui que ce fût, il sentit un poing s'écraser lourdement contre sa mâchoire. Il recula en chancelant, de sorte que son épaule gauche heurta le mur derrière lui. Un autre coup le cueillit cette fois à l'estomac ; il se plia en deux en lâchant un cri, puis se laissa tomber à genoux sur le sol très froid. Il se mit en quête de sa bourse.

— Tenez, prenez mon argent, implora-t-il d'un ton rauque en désignant sa ceinture.

Mais son agresseur demeura sourd à sa prière, au lieu de quoi il le frappa à la tête, juste au-dessus de l'œil gauche. Cette fois, le jeune homme s'affala sur le trottoir.

— C'est pas après vos sous qu'on en a, docteur, fit une voix bourrue dans les ténèbres.

Thomas s'efforça en vain de relever la tête – la douleur était si vive qu'il lui semblait que des flammes léchaient chacune de ses terminaisons nerveuses. Il porta une main à son front, sentit un liquide s'écouler de sa plaie. Du sang.

— Pour l'amour du ciel, supplia-t-il encore avant que son agresseur lui décrochât un direct sous les côtes.

Dès lors, les oreilles de l'anatomiste s'emplirent de ses propres hurlements, tandis que la souffrance le déchirait plus sûrement que la lame d'un poignard. Les coups continuèrent à pleuvoir jusqu'à ce que les cris cessent, que les gémissements se trouvent réduits au silence. Jusqu'à ce que l'obscurité n'appartienne plus, de nouveau, qu'aux amours illicites et aux étudiants tapageurs.

Le veilleur de nuit le découvrit étendu sur le sol, le long du trottoir, non loin d'Exeter College. Le croyant d'abord ivre mort, il lui infligea quelques solides coups de pied dans les côtes, mais comme l'inconnu ne réagissait pas, il se pencha pour éclairer son visage au moyen de sa lampe à huile. C'est alors qu'il avisa le sang dégoulinant de sa blessure à la tête. Du bout de sa chaussure, le veilleur de nuit le retourna sur le dos. Sa figure et ses vêtements ne laissaient pas le moindre doute : il s'agissait d'un gentleman. Il se baissa de nouveau pour venir placer ses doigts crasseux autour du cou du jeune homme, en quête d'un pouls. Satisfait de constater que l'inconnu n'aurait plus jamais besoin d'argent, il inspecta la bourse qui pendait à sa ceinture, dont il retira deux guinées.

Un sourire illumina sa trogne mal rasée. « Un joli petit magot », commenta-t-il pour lui-même – et il ne comptait pas en rester là. Seul, il se révélait néanmoins incapable de déplacer ce poids mort. Il lui fallait de l'aide. Il s'éloigna, s'engagea dans Turl Street pour franchir bientôt les portes de la Turf Tavern, où il savait pouvoir dénicher un collaborateur disposé à lui prêter main-forte.

— Bonne pioche, observa son complice en l'aidant à soulever le corps pour le déposer dans une charrette à bras.

— Je parie que nous allons en tirer au moins quatre livres, renchérit le gardien de nuit ; il replaça joyeusement l'un des bras de la victime, qui pendait, par crainte d'abîmer plus qu'il ne l'était déjà son précieux chargement.

Les deux comparses descendirent lentement Turl Street avec leur voiture, avant de poursuivre leur périple par Oriel Lane, puis d'atteindre Christ Church par l'arrière ; ils franchirent l'étroite entrée, qu'ils empruntaient toujours en de telles occasions.

D'ordinaire, c'était un vieillard qu'ils transportaient de la sorte, ou un petit enfant, un fœtus bien souvent

– quel que fût leur âge, il s'agissait immanquablement de pauvres créatures rachitiques et sans le sou. Celui-ci ne leur ressemblait pas. Le Pr Hascher, songeaient les deux comparses, les récompenserait généreusement.

— Ce type-là va vous plaire, annonça le veilleur de nuit en laissant choir sans ménagement son fardeau sur la table de dissection.

Mais à peine eut-il ôté le sac en toile de jute dans lequel il avait fourré plus tôt la tête de l'inconnu, que sur les traits du vieil anatomiste se peignit de l'horreur.

— *Mein Gott!* s'écria-t-il en posant les yeux sur le visage du garçon.

Il plaqua ses mains contre ses joues ridées.

— C'est impossible! clama-t-il encore en se penchant sur la paillasse.

Le veilleur de nuit et son compagnon le regardèrent, sans comprendre, approcher son oreille de la bouche du défunt. Il tâta ensuite son poignet, à la recherche d'un pouls. Soudain, sa mine changea.

— Espèces d'imbéciles, maugréa-t-il, cet homme n'est pas mort. Il est seulement évanoui. Poussez-vous! aboya-t-il en allant chercher sa trousse à instruments posée sur son bureau.

Il en tira un carré de gaze et une bouteille de teinture d'iode. Bientôt, il tamponnait la plaie que Thomas présentait à la tête.

Le sang s'était déjà coagulé autour de la blessure. C'est au-dessus des yeux que la peau humaine se révèle la plus fragile – celle du visage du Dr Silkstone ressemblait à la peau d'un tambour tendue à l'extrême, sur laquelle on s'était à ce point acharné qu'elle avait fini par se fendre. L'Allemand allait devoir recoudre la plaie, en tâchant d'oublier que c'était son ami, son confrère, qui gisait là, impuissant face à lui.

Lorsque l'aiguille pénétra une première fois dans la chair, Hascher se réjouit de ce que Thomas fût encore inconscient ; il ne sentait rien, ne souffrait pas. C'est que la blessure était longue – il fallut jouer du fil et de l'aiguille à de multiples reprises.

Une rangée de points de suture ornait à présent le front tuméfié du Dr Silkstone. Son aîné recula d'un pas pour évaluer la qualité de son travail. Le résultat était net, précis. Le professeur exultait. Certes, il avait plutôt coutume de recoudre des cadavres, mais il demeurait capable d'accomplir de la belle ouvrage lorsqu'il le fallait.

Hascher se concentra ensuite sur le reste du corps maltraité du garçon. Son patient n'avait pas bronché pendant qu'il s'occupait de lui, et cela le tourmentait beaucoup. Ouvrant la chemise tachée de sang, il découvrit une blessure à l'abdomen, ainsi que de multiples contusions – on l'avait accablé de coups de pied.

— Apportez-moi d'autres carrés de gaze, commanda le professeur au compagnon du gardien de nuit.

L'homme aux manières frustes, dont l'odeur de sueur rance le disputait à celle du liquide de conservation, s'exécuta. Il apparut soudain à l'Allemand que si ces deux bougres s'apprêtaient à lui vendre un cadavre, comme cela leur arrivait parfois, il y avait fort à parier qu'ils lui avaient d'abord fait les poches.

— Où est l'argent que vous lui avez volé ? les interrogea-t-il en récupérant la gaze.

Le lascar accusa le coup, lorgna du côté du veilleur de nuit, qui dansait à présent d'un pied sur l'autre. Les deux hommes plongèrent au même instant une main dans leur poche pour en extraire chacun une guinée, qu'ils déposèrent sur le bureau, sous le regard réprobateur du professeur.

— Si vous tenez à les récupérer, ainsi qu'à échapper à la colère d'un juge, vous allez devoir vous démener, leur assena-t-il en prenant des airs mystérieux.

Les compères le considérèrent avec perplexité, tandis qu'il s'asseyait à sa table de travail pour y rédiger un billet.

— Vous allez filer pour Boughton Hall aux premières lueurs du jour. Là-bas, vous remettrez ceci à lady Lydia Farrell.

Sur quoi il confia au veilleur de nuit l'enveloppe qu'il venait de fermer au moyen d'un cachet de cire.

— Vous attendrez sa réponse, puis, si elle en manifeste le souhait, vous l'escorterez jusqu'ici. Vous m'avez bien compris ?

Les deux hommes hochèrent vigoureusement la tête.

— Alors seulement nous pourrons de nouveau parler argent, ajouta Hascher en les congédiant d'un geste dédaigneux de la main.

Il les regarda partir avant de retourner à son ami inconscient demeuré sur la table de dissection, pâle comme un linge et parfaitement silencieux. Ce visage de craie, cette immobilité totale... Quiconque, à l'exception d'un médecin, aurait vu en lui le prochain cadavre que, le lendemain, on découperait sous l'œil avide des étudiants. On lui avait brisé les côtes comme on l'aurait fait de brindilles sèches, on l'avait gravement blessé à la tête, et pourtant son agresseur avait préservé cette vie qu'il aurait pu si aisément lui ôter. Celui qui avait roué de coups le jeune chirurgien avait choisi de ne pas le tuer. Il ne l'avait pas dévalisé non plus.

L'Allemand glissa les doigts dans la poche du gilet de Thomas. Il en fit surgir la lettre anonyme que le garçon lui avait montrée quelques heures plus tôt.

Aucun doute : le scélérat qui l'avait attaqué ne voulait pas qu'il poursuivît ses investigations sur le décès du comte Crick.

## 22

Lorsque Thomas reprit conscience dans un brouillard épais, il crut entrapercevoir autour de lui quelques objets étrangement familiers. Dans le demi-jour, des rangées de livres apparurent, floues, avant de disparaître de nouveau dans la brume. Des formes vagues, une table peut-être, ou bien une chaise, émergèrent ensuite de l'ombre. Il reconnut aussi l'odeur qui, soudain, lui chatouilla les narines, mais sans parvenir à l'identifier. Puis des voix se matérialisèrent peu à peu. Il tourna la tête dans leur direction, mais il crut alors qu'une lance chauffée à blanc lui transperçait le crâne.

— Ne bougez pas, docteur Silkstone, lui conseilla-t-on avec douceur.

Quelqu'un se pencha au-dessus de lui. Il plissa les yeux pour se protéger de la lumière qui, maintenant, le brûlait.

— Lady L… ?

Il avait la gorge sèche.

Lydia se tenait bel et bien auprès de lui.

— Professeur Hascher, appela-t-elle.

Cette fois, Thomas distingua un peu plus nettement la silhouette du vieil anatomiste. Il porta une tasse d'eau à ses lèvres. Silkstone sentit le liquide frais couler dans sa gorge en apaisant le feu de son gosier.

Les formes gagnaient en netteté. Les couleurs ressuscitèrent. Les sons et les odeurs retrouvèrent leur signification.

— Que s'est-il passé? s'enquit-il faiblement.

— On vous a agressé devant le Cheval Blanc, lui expliqua le Pr Hascher. Vous avez reçu un coup à la mâchoire, ainsi qu'à la tête. On vous a brisé trois côtes, et j'ai nettoyé une entaille à votre jambe, mais vous survivrez.

Thomas voulut hocher la tête pour signifier qu'il avait saisi le diagnostic posé par son aîné, mais il en résulta une souffrance accrue. Il réprima un cri.

— Les veilleurs de nuit vous ont amené ici parce qu'ils vous ont cru mort, enchaîna l'Allemand. Ils espéraient que je leur ferais cadeau d'un ou deux shillings en échange du cadavre.

— Vous devez vous reposer, docteur Silkstone, intervint Lydia.

Elle lui tamponna le front avec un linge humide.

Le jeune homme se concentra sur le visage de lady Farrell. Il y lut la même angoisse qu'elle affichait déjà la première fois qu'elle lui avait rendu visite à Londres, dans son laboratoire. Pour Thomas, sa présence agissait à l'égal d'un baume ou d'un onguent.

— Qu'est-ce... ?

Lorsqu'elle posa un doigt sur ses lèvres, il éprouva des picotements qui se mirent à courir sur tout son corps.

— Ne parlez pas, contentez-vous d'écouter.

Elle s'assit sur une chaise, à son chevet, et prit une profonde inspiration. Elle se pencha en avant.

— Tout est ma faute, docteur Silkstone, soupira-t-elle en secouant la tête. Comme Thomas ouvrait la bouche pour parler, elle s'empressa de poursuivre : Je vous en prie, laissez-moi parler – d'une main elle reposa celle que le jeune homme venait de lever ; il apprécia la fraîcheur de sa peau contre la sienne. Je suis venue vous demander de l'aide parce que je savais que vous étiez le meilleur dans votre domaine, et vous avez obligeamment accepté de chercher de quoi Edward était mort.

Elle s'interrompit pour retenir ses larmes.

— J'ai prié pour que tout se passe au mieux, pour que vous m'annonciez que mon frère avait succombé à des causes naturelles, afin qu'il puisse reposer en paix. Hélas, rien ne s'est déroulé selon mes vœux. Il semble que quelqu'un craigne de vous voir mettre au jour les véritables raisons qui ont provoqué la mort d'Edward. Il s'agit d'un meurtre.

Elle inspira profondément de nouveau.

— J'ai mis votre vie en danger, docteur Silkstone. Je vous présente mes excuses.

Elle serra plus fort la main de Thomas.

— Vous ne devez rien révéler durant l'audience.

L'une des larmes de lady Farrell tomba sur la joue du jeune anatomiste. Ce dernier aurait voulu posséder assez d'énergie pour se redresser et la consoler, mais il ne parvint guère qu'à placer sa main demeurée libre sur celle de la visiteuse.

Cette dernière examina les longs doigts du chirurgien comme si elle les découvrait pour la première fois ; comme s'il s'agissait pour elle d'une chose inédite et merveilleuse. Thomas en profita pour poser les yeux sur la figure de Lydia. L'intervention du Pr Hascher mit un brusque terme à cet instant d'intimité ; ce fut comme un os que l'on brise.

— L'audience commence dans une heure, madame, rappela-t-il en se rapprochant de la table de dissection où gisait toujours son protégé.

Aussitôt, lady Farrell dégagea sa main de celles de Silkstone.

— Oui, merci, il faut que j'y aille, répondit-elle d'un ton mal assuré – le professeur avait-il surpris son écart de conduite ?

Elle se leva précipitamment.

— Je vous souhaite un prompt rétablissement, docteur Silkstone, déclara-t-elle.

— Merci.

Le jeune homme avait la voix rauque et à peine audible.

Ce fut là le seul mot que sa bouche et sa langue enflées furent en mesure d'articuler.

# 23

L'audience relative au décès du très honorable comte Crick de Boughton Hall, dans le comté de l'Oxfordshire, s'ouvrit à la cour du coroner d'Oxford le 16 novembre de l'an de grâce 1780.

À 11 heures précises, sir Theodisius Pettigrew fit son entrée dans la salle du tribunal, où le spectacle qui l'attendait ne manqua pas de le surprendre beaucoup. Là où se tenaient d'ordinaire les parents affligés du défunt, prêts à supporter que l'on récapitulât une dernière fois, et dans leurs moindres détails, les ultimes instants de leur cher disparu, se bousculait aujourd'hui – jouant des coudes pour mieux voir – une foule bruyante, agitée et malodorante. On se serait cru au dernier balcon d'un théâtre de variétés. Des femmes de mauvaise vie, outrageusement maquillées, jouaient des coudes avec des voyous aux dents noires. On s'interpellait. On sifflait de-ci de-là pour attirer l'attention. On braillait ailleurs des obscénités, on poussait des jurons dès qu'on sentait le groupe prêt à vous piétiner.

À peine le clerc eut-il annoncé l'arrivée du coroner que le raffut cessa. Comme quoi, même la plèbe se révélait capable de manifester son respect au moment opportun.

— On se croirait à une pendaison, souffla sir Theodisius à son clerc en calant sa masse imposante dans son fauteuil.

Sous sa volumineuse robe noire, il avait dissimulé une boîte. Elle ne contenait ni documents ni livres, mais deux cuisses de poulet, ainsi qu'une tourte au gibier, qui lui permettraient de tenir jusqu'à l'ajournement de la séance à 13 heures, pour le déjeuner.

En contrebas de l'estrade où il s'était juché se trouvaient, sur des bancs, les témoins de l'affaire, assurément nerveux, de même que la parentèle du comte, dont les visages étaient blêmes. Un peu plus loin siégeaient les jurés, douze hommes de bonne volonté au jugement sûr – du moins l'espérait-on. Sir Theodisius chaussa ses lunettes sur le bout de son nez et les considéra tous d'un air impérieux. Le capitaine Michael Farrell, confiant jusqu'à l'arrogance, avait pris place auprès de sa jeune épouse, vêtue de bleu clair – elle portait en outre un chapeau assorti. Ensuite venait sa mère. La pauvre femme exhibait un collier de pâquerettes. À la droite de Farrell était James Lavington qui, de temps à autre, grimaçait de douleur en étendant la jambe ; il était assis sur la pointe des fesses. Il y avait encore Francis Crick, dont les traits juvéniles étaient empreints de sincérité. Derrière la famille et les amis les plus proches du défunt se pressaient les domestiques, en habits du dimanche, la mine aussi solennelle que s'ils avaient assisté à un enterrement.

Sir Theodisius abattit son marteau pour qu'un silence absolu se fît dans son tribunal. Il jeta un coup d'œil à la liste des témoins. Il n'ignorait pas que l'enquête serait difficile. D'une part, lord Crick était connu de tous – en particulier d'une certaine classe de la société locale, ajouta l'homme de loi pour lui-même en lorgnant les filles de joie, maquerelles et autres belles de nuit ;

d'autre part, son décès, survenu précocement à l'âge de vingt et un ans, demeurait entouré de mystère.

Après avoir expédié les formalités d'usage, le magistrat, d'un signe de tête, demanda au clerc d'appeler le premier témoin, M. Archibald Peabody.

L'apothicaire de Brandwick s'avança vers la barre d'un pas traînant, la mine tourmentée. Il jura sur la Bible de dire toute la vérité.

— Dites-moi, monsieur Peabody, pourquoi lord Crick avait-il besoin d'un apothicaire? Était-il en mauvaise santé?

Le malheureux témoin redoutait cette question. Il se tourna vers lady Lydia, assise au premier rang, plus fragile, eût-on dit, qu'une fleur… Il allait devoir prononcer à présent des paroles extrêmement offensantes.

— M. le comte souffrait de…

L'apothicaire hésita; il cherchait une expression propre à adoucir les révélations qu'il avait à faire.

— Il souffrait d'une affection très… personnelle, bredouilla-t-il.

À ces mots, plusieurs femmes, dans le public, partirent d'un gros rire gras, jusqu'à ce que sir Theodisius abattît de nouveau son marteau. Il guigna lady Lydia, qui demeurait de marbre.

— Cette affection était-elle de nature sexuelle? insista le coroner.

— Oui, monsieur, maugréa Peabody.

Il y eut ensuite d'autres questions concernant le type de traitement dispensé par l'apothicaire, ainsi que les divers composants des remèdes proposés au patient.

— Selon vous, monsieur Peabody, lord Crick se portait-il bien?

Le petit homme, toujours aussi mal à l'aise, prit une profonde inspiration.

— Il ne prenait pas soin de sa santé, monsieur.

— Dans ce cas, est-il possible qu'il ait succombé à des causes naturelles?

L'apothicaire se tut quelques instants.

— C'est possible, mais peu probable.

Ce fut ensuite au tour du Dr Elijah Siddall de se présenter à la barre, celui-là même que Farrell avait convoqué à Boughton Hall pour qu'il procédât à l'autopsie du corps de son beau-frère.

— Le cadavre représentait un danger pour les habitants des lieux, décréta le médecin. Aucun chirurgien doté de toutes ses facultés mentales ne l'aurait examiné.

Sur quoi il se raidit d'un air indigné.

— Je suis d'accord avec le Dr Siddall, renchérit M. Jeremy Walton lorsqu'il se présenta devant sir Theodisius. Le corps de lord Crick se trouvait dans un état de décomposition avancé, il était impératif de l'inhumer dans les plus brefs délais.

— J'appelle maintenant à la barre le Dr Thomas Silkstone.

Hors quelques paroles étouffées, on patienta en silence, puis des murmures se mirent à parcourir l'assemblée lorsqu'on s'avisa que le jeune anatomiste ne paraissait pas.

— Docteur Thomas Silkstone, répéta le clerc.

Lydia s'était troublée. Elle se tourna vers son époux.

— Tu ne les as pas prévenus?

Farrell haussa les épaules avec dédain.

— Rafferty n'a sans doute pas pu transmettre mon message, répliqua-t-il.

— Docteur Silkstone, redit le clerc en élevant la voix.

Comme nulle réponse ne lui parvenait, sir Theodisius jeta des regards mauvais autour de lui, tandis que la foule bourdonnait, pareille à un essaim de mouches à l'assaut d'un tas d'excréments.

— Poursuivons, finit par décréter le coroner, en abattant encore son marteau pour que le calme revînt dans la salle. Qu'on appelle le témoin suivant.

## 24

— C'est de la pure folie ! se fâcha le Pr Hascher en aidant son patient à s'asseoir sur la table de dissection.

Thomas grimaça, serra les dents en tâchant d'étouffer un cri de douleur. Ses abdominaux, que son agresseur avait meurtris, le mettaient à la torture.

— Vous avez raison, haleta-t-il. Mais vous savez aussi bien que moi que s'il est question de ce poison contre les rats durant l'audience, chacun, y compris sir Theodisius, en tirera des conclusions erronées.

Pendant un moment, le jeune homme se tint la tête à deux mains – des lueurs dansaient devant ses yeux et la pièce tournoyait autour de lui. Combien en avait-il soigné, de blessures au crâne, en se demandant ce que son patient pouvait au juste ressentir. Maintenant qu'il le savait, il partagerait la souffrance de ses malades avec une empathie accrue.

Il finit par poser un pied sur le sol. Petit à petit, il augmenta la pression qu'il exerçait dessus... jusqu'à ce qu'un feu brûlant le parcourût de la cheville au genou, aussi sûrement que si on lui avait incendié l'os.

— Buvez ça, lui conseilla son aîné en lui tendant un verre de schnaps.

Bien que d'une main tremblante, Thomas s'en saisit avec un sourire. Il l'avala d'un trait. Il éprouva presque aussitôt les effets de l'alcool.

— Voilà un fameux remède, observa-t-il en prenant appui sur ses mains.

— La cour appelle Hannah Lovelock, annonça le clerc.

Tous les regards se tournèrent vers une femme très mince au bonnet usé, dont les épaules disparaissaient sous un châle d'un brun terne. On l'aida à se mettre debout. Elle s'avança vers la barre d'un pas mal assuré. Elle semblait épuisée.

D'une voix étouffée, elle déclina ses nom et prénom, jura de dire toute la vérité. Elle ne lâchait pas son époux du regard, comme si elle tirait sa force de sa présence sur l'un des bancs du tribunal.

— Vous avez traversé une terrible épreuve, madame Lovelock, commença sir Theodisius avec douceur. Mais vous étiez présente lorsque lord Crick a pris son remède, aussi votre témoignage revêt-il une importance capitale pour la cour.

Hannah hocha lentement la tête.

— Oui, monsieur, répondit-elle dans un murmure, en se tordant les mains d'un air emprunté.

— Racontez-nous ce qui s'est passé ce matin-là. Prenez votre temps.

La domestique inspira profondément pour se donner un brin de courage avant de se lancer :

— M. le comte venait de faire une promenade à cheval. Il est entré dans sa chambre. Moi, j'étais en train d'y faire le ménage. J'ai vu la bouteille de médicament sur la cheminée, mais elle n'était pas ouverte, alors j'ai dit à M. le comte : « Votre potion est ici, monsieur. » Il m'a répondu : « Oui, Hannah, je vais la prendre tout de suite. »

Comme elle se rappelait le drame, une grimace lui déforma un instant le visage.

— Ce furent ses dernières paroles…

— Calmez-vous, madame Lovelock, fit le magistrat tandis qu'elle s'essuyait les yeux. Nous savons combien ces moments sont difficiles pour vous, mais il ne s'agit pas non plus de vous en rendre malade.

Une pointe d'irascibilité se devinait dans le ton du coroner ; il commençait à perdre patience.

— Pouvez-vous nous révéler ce qui s'est passé ensuite ? pressa-t-il le témoin.

Mais à peine les chuchotements avaient-ils cessé dans le public qu'un brouhaha s'éleva près de l'entrée principale. Sir Theodisius se pencha sur le côté pour tenter d'en saisir la raison, avant d'abattre son marteau. Il ne tarda pas à comprendre la cause de ce remue-ménage : la tête bandée, Thomas clopina en s'aidant d'une béquille jusqu'à l'un des bancs les plus proches du coroner. Il affichait un teint de cendre et, de toute évidence, il souffrait beaucoup.

— Docteur Silkstone ! glapit sir Theodisius, plus surpris que mécontent. Vous êtes en retard.

L'anatomiste, qui était parvenu à s'asseoir avec difficulté, se trouva contraint de se remettre debout pour s'adresser au magistrat.

— Je vous présente, ainsi qu'à la cour, mes plus sincères excuses, monsieur, déclara-t-il tandis que de nouveaux murmures parcouraient l'assistance. J'ai eu un accident.

— Nous l'avions tous remarqué, répliqua sir Theodisius sur un ton sarcastique. Je suppose que nous pourrons entendre votre témoignage tout à l'heure ?

— En effet, monsieur.

Thomas brûlait de se rasseoir.

— Parfait, conclut le coroner avec un petit hochement de tête, avant de reporter son attention sur Hannah, qui patientait sagement à la barre. Où en étions-nous? Je vous en prie, madame Lovelock, veuillez poursuivre.

— Il a pris la bouteille et il a retiré le bouchon.

La voix de la jeune femme tremblait à mesure qu'elle plongeait dans ses souvenirs. Elle revoyait son maître en train d'avaler le contenu de son flacon, puis de se diriger vers son lit.

— Il avait l'air un peu bizarre, se rappela-t-elle.

— Veuillez préciser, l'interrompit le coroner, qui s'était mis à prendre des notes.

Hannah garda le silence un moment.

— Sa figure a changé de couleur. Il avait le teint jaunâtre. Je lui ai demandé ce qui n'allait pas et puis, tout à coup, il a porté une main à sa poitrine en commençant à haleter comme un chien. C'est à ce moment-là que j'ai vu ses yeux…

— Qu'avaient-ils, ses yeux? s'enquit sir Theodisius en reposant sa plume.

— Je m'en souviendrai toute ma vie. Ils étaient globuleux. Ils lui sortaient de la tête au point qu'on aurait cru qu'ils allaient me sauter dessus. Et puis ils étaient devenus jaunes eux aussi, se mit-elle à pleurer.

Dans l'assistance, plusieurs femmes réprimèrent un cri, cependant que la domestique continuait de revivre l'horrible scène. Sir Theodisius recommença à jouer du marteau.

— Poursuivez, madame Lovelock.

Consciente d'avoir réussi sans le vouloir à captiver son auditoire, la jeune femme enchaîna :

— Et sa bouche… Elle était couverte de… de quelque chose de blanc… (Elle cherchait comment décrire au mieux ce qu'elle avait vu.) Quelque chose de blanc, comme de l'écume.

De nouveau, le public se manifesta bruyamment.

— Après, il est tombé par terre, comme une pierre, et il s'est mis à se tortiller comme les rats quand ils ont avalé le poison du capitaine, et il se tenait le ventre…

— Attendez ! lança le coroner, sourcils froncés, en levant sa grande main. (Hannah le regardait sans comprendre.) Que venez-vous de dire ?

— Qu'il se tenait le ventre et…

Sir Theodisius secoua la tête.

— Avant cela. Vous avez fait allusion à un poison.

L'expression de la domestique changea aussitôt. Elle se tourna vers le public, qui n'avait plus d'yeux que pour elle, comme une comédienne en plein drame.

— Le capitaine Farrell fabrique du poison pour se débarrasser des rats sur le domaine et à la ferme, révéla-t-elle sur un ton qui devenait presque celui d'une conspiratrice.

Il y eut dans la foule une façon de hoquet. Ces hommes et ces femmes, songea Thomas en observant la meute, ne savaient ni lire ni compter. Autant dire que, sur le boulier du soupçon et de la calomnie, ils avaient tôt fait de conclure que deux plus deux était égal à cinq. Il se tourna discrètement vers Lydia, à laquelle il n'avait pas encore eu le loisir de dévoiler les résultats des expériences pratiquées sur le raticide, pour observer la réaction de la jeune femme aux confidences d'Hannah. Elle ferma les paupières, peut-être avec l'espoir qu'il ne s'agissait là que d'un vilain cauchemar. L'anatomiste brûlait de se rapprocher d'elle pour la réconforter ; pour lui révéler que son frère n'avait pas succombé au poison concocté par son époux.

Ce dernier demeurait impassible, tandis que son ami James Lavington lorgnait dans sa direction. De toute évidence, il se prenait à douter lui aussi de l'innocence de l'Irlandais. Les paroles de la domestique risquaient de devenir l'étincelle prête à embraser le petit bois qui, déjà, se consumait lentement.

— Silence ! brailla le magistrat. Silence !

Il attendit que cessent les clameurs avant de s'adresser de nouveau à Hannah qui, de son côté, semblait transportée par ses propres déclarations.

— Racontez-nous ce qui s'est passé ensuite, enchaîna sir Theodisius.

— Je me suis mise à crier, évidemment. Je n'avais jamais rien vu d'aussi épouvantable. J'ai crié jusqu'à ce que lady Lydia arrive au pas de course et découvre son frère en train de s'agiter sur le sol en hurlant comme une bête prise au piège.

La servante accompagnait son témoignage de grands gestes des bras ; elle mimait la terrible agonie de son maître.

— Qu'a fait alors lady Lydia ? s'enquit le coroner.

Hannah écarquilla les yeux au souvenir de la scène.

— Elle s'est précipitée vers son pauvre frère pour essayer de le calmer, mais il tremblait et se débattait comme un possédé. J'ai bien cru que le diable en personne était entré en lui ! s'exclama-t-elle, la voix de plus en plus aiguë.

À cette façon d'aria tragique répondit l'ahanement du public dans l'air alourdi de la salle d'audience.

— Que s'est-il passé ensuite, madame Lovelock ? la pressa sir Theodisius, fasciné à l'égal de la foule.

— Lady Crick est entrée pour voir mourir son seul fils. Par bonheur, elle comprenait mal ce qui était en train d'arriver, parce qu'elle n'est pas très… pas très bien.

Hannah pointa l'index sur sa tempe, dans un geste que le coroner jugea impertinent – quant à la plèbe, elle se mit à glousser.

— Le capitaine Farrell se trouvait-il sur les lieux à ce moment-là ?

— Il est arrivé juste après en demandant pour quelle raison nous faisions un pareil raffut. Et puis il a avisé M. le comte affalé sur le sol.

— Qu'a-t-il fait alors ?

— Il a regardé.

La domestique se tut un bref instant pour ménager ses effets.

— Lady Lydia criait d'aller chercher le Dr Fairweather, mais lui, il est resté planté à la porte de la chambre. Il s'est contenté d'observer jusqu'à ce que M. le comte cesse de bouger.

Hannah s'était exprimée sur un ton presque dénué d'émotion. Ses mots n'en produisirent que plus d'effet. Sentant son époux se raidir, Lydia posa une main sur son avant-bras, manière de lui signifier que le témoignage de la jeune femme l'accablait par trop et que, de toute façon, il n'aurait rien pu faire.

Pas une fois, durant toute la durée de son discours, la servante ne s'était tournée vers la famille du défunt ; elle ne s'était adressée qu'au public, auquel elle exposait à présent que l'on avait emporté le corps inerte du comte sur son lit. Lady Lydia s'était assise à son chevet en attendant le Dr Fairweather, même si, à l'évidence, il était désormais trop tard.

— Qu'avez-vous fait ensuite, madame Lovelock ? s'enquit sir Theodisius.

— Moi, monsieur ? J'ai tout nettoyé, ainsi que le capitaine venait de me le commander, répondit-elle d'un ton neutre – elle n'aurait pas réagi autrement si on lui avait ordonné de briquer l'argenterie ou de s'occuper de la lessive.

— Et au milieu de toute cette agitation, puis-je vous demander ce qu'il est advenu du flacon de médicament ?

Vivement intéressé, Thomas se pencha en avant. Hannah fixa le coroner droit dans les yeux, comme s'il venait de lui poser une question si sotte qu'elle ne méritait même pas qu'on s'abaissât à y répondre.

— Le capitaine Farrell m'avait demandé de tout nettoyer, alors je l'ai lavé, et puis je l'ai rangé, répliqua-t-elle, une pointe de dédain dans la voix.

L'anatomiste s'efforça de dissimuler son exaspération. Dans son ignorance, la domestique avait détruit une preuve capitale. Il la dévisagea un moment, avant que son regard ne vînt croiser celui de l'Irlandais.

Le coroner se hâta de suivre la piste ébauchée :

— Ainsi, le capitaine Farrell a exigé que vous fassiez le ménage dans la chambre ?

— Oui, monsieur. J'ai essuyé le sol, enlevé la couverture ensanglantée de sur le lit, puis rincé la bouteille de remède, détailla la jeune femme, comme si elle faisait son rapport à la gouvernante.

Sir Theodisius se renversa sur son siège en poussant un soupir. Il jeta ensuite un regard à Thomas ; les deux hommes cédaient à un même découragement.

— L'audience est suspendue pendant le déjeuner. Nous nous retrouverons ici à 15 heures, déclara le magistrat, déjà ragaillardi par la perspective du long repas qui l'attendait.

Sur quoi il abattit son marteau pour la dernière fois de la matinée, une matinée riche en rebondissements ; une matinée durant laquelle les soupçons n'avaient cessé de croître.

— Docteur Silkstone ! lança une voix par-dessus le brouhaha ambiant.

L'anatomiste se retourna pour découvrir Francis Crick.

— Ma cousine m'a rapporté votre mésaventure, déclara l'étudiant, la mine inquiète. J'ose espérer que vous ne souffrez pas de blessures trop graves.

Il scruta le visage tuméfié de Thomas avec toute l'acuité d'un homme de l'art – énumérant en pensée les ecchymoses et autres contusions.

Son professeur le remercia, mais il tenait surtout à retrouver Lydia pour lui annoncer les résultats de ses investigations. Il n'eut que le temps d'apercevoir son chapeau bleu ciel à la sortie du tribunal. La foule s'était dispersée. Thomas se précipita vers la jeune femme aussi vite que le lui permettait sa jambe meurtrie.

— Lady Lydia ! appela-t-il en se frayant un passage entre celles et ceux qui s'attardaient dans la salle d'audience.

Elle fit volte-face, aussitôt imitée par son mari.

— Viens, Lydia, ordonna celui-ci en la saisissant fermement par le bras. Nous n'avons rien à faire avec ce drôle.

Le couple s'engagea dans Turl Street ; bientôt, il disparaissait dans la cohue.

Francis rejoignit Thomas à la porte du tribunal. Contrarié, l'anatomiste grimaçait de douleur – il venait de consentir de trop violents efforts.

— Je dois à tout prix m'entretenir avec votre cousine, décréta-t-il à son élève. En privé.

Il y avait du désespoir dans sa voix ; il lui semblait que les derniers événements s'acharnaient contre lui.

— Pouvez-vous faire quelque chose ?

— Je m'en charge, répondit Francis en hochant la tête. Je vais trouver un moyen.

## 25

Assis dans un silence respectueux sur les rangées de bancs, les étudiants de l'école d'anatomie de Christ Church observaient leur professeur. Ils contemplaient Hans Hascher, tels des fidèles face au prêtre en train d'officier. L'Allemand se tenait devant eux, digne et droit, un bistouri à la main en lieu et place d'un calice – on aurait cru quelque hiérophante sur le point de se livrer à un sanglant sacrifice.

Thomas Silkstone et Francis Crick pénétrèrent dans l'amphithéâtre par une porte latérale. Personne, ou presque, ne s'avisa de leur présence. Ils s'installèrent au deuxième rang.

Le cadavre d'un vieillard, nu à l'exception d'un drap couvrant sa partie inférieure, gisait sur une table, au centre de l'estrade. Le professeur s'immobilisa un instant, comme pour une prière muette, avant d'abaisser son scalpel, avec lequel il dessina une ligne bien nette à la base du ventre.

— Aujourd'hui, messieurs, j'ai prévu de vous montrer les viscères présents dans le bas de l'abdomen, déclara-t-il en continuant de trancher la chair gris argent du corps sans vie. Quelqu'un peut-il d'ores et déjà m'annoncer ce que je vais y découvrir ?

Deux ou trois mains se levèrent avec hésitation, tandis que le Pr Hascher scrutait son public. Thomas savait que l'Allemand le repérerait bientôt. Il avait espéré lui parler avant la reprise de l'audience, car il avait besoin de mener certaines expériences dans son laboratoire. Hélas, il lui faudrait désormais patienter jusqu'au soir.

Le professeur était comme un poisson dans l'eau. Il possédait le sens de la mise en scène, cela s'éprouvait à la fois dans ses gestes et dans ses mots.

— Quels secrets se tapissent à l'intérieur de cet abdomen, messieurs ?

À ses yeux, le corps humain représentait une caverne pleine d'arcanes secrets et d'inexplicables rituels, pleine d'organes boursouflés ramassés dans des niches où régnait une chaleur humide.

Il désigna d'un doigt enthousiaste les remparts du foie et de la rate, puis le sac un peu rabougri de l'estomac… Il lui fallut cinq bonnes minutes pour remarquer Thomas.

— Docteur Silkstone ! s'écria-t-il. Mais quel bon vent vous amène ici ?

Il reposa son scalpel, cependant que tous les regards se braquaient sur le visiteur. Tournant le dos à ses élèves, l'Allemand prit le jeune homme à part.

— Vous devriez être en train de vous reposer, le gronda-t-il.

Penaud, Thomas reconnut que son ami avait raison, mais il enchaîna en lui demandant la permission d'utiliser son laboratoire.

— À une condition, rétorqua le Pr Hascher, le regard étincelant.

— Bien sûr.

— Que vous montriez à ces jeunes gens comment on dissèque un abdomen.

Le vieux Saxon avait élevé la voix, afin que chacun pût l'entendre dans l'amphithéâtre. Silkstone ne pouvait pas se dérober.

— Suivez-moi.

Thomas adressa un pâle sourire à Francis et descendit les marches menant au pied des gradins.

— Messieurs, permettez-moi de vous présenter l'un des plus brillants anatomistes de notre temps, le Dr Thomas Silkstone.

— Vous me flattez, monsieur, objecta celui-ci en rougissant.

— Absolument pas.

Sur quoi, ajoutant sans le vouloir à l'embarras du jeune chirurgien, il lui tendit le scalpel.

— Je vous en prie, continuez. Montrez-nous comment un maître procède pour accomplir cette tâche ô combien délicate.

Les encouragements du professeur partaient d'une louable intention, mais en venant ici son jeune ami avait bien autre chose en tête que la dissection d'un cadavre devant un parterre d'étudiants. Néanmoins, il s'empara du scalpel de bonne grâce et, après s'être pleinement ressaisi, il prolongea l'incision pratiquée par son aîné.

Il rabattit ensuite le large pan de peau découpé – on aurait cru un carré de soie cramoisie posé sur la poitrine du défunt.

— À présent, messieurs, annonça Thomas, nous pouvons distinguer l'ensemble des viscères.

Il y avait là le foie, sombre et majestueux, sous les méandres de l'intestin. Le Dr Silkstone entreprit de guider les spectateurs au sein de l'abdomen inférieur. Y plongeant la main, il sentit glisser entre ses doigts le côlon, tel un serpent alangui. Il dévoila à son public les arcanes de la rate, évoqua le réseau de tubules et de canaux qu'un souffleur de verre aurait pu réaliser, parla des fantaisies du péritoine.

Son exploration lui remit peu à peu en mémoire sa dernière autopsie. Il se rappela le corps en décomposition de lord Crick, l'odeur pestilentielle qu'il dégageait, il se souvint des mouches. L'homme qu'il avait sous les yeux se révélait en bien meilleur état, quoiqu'il fût incapable d'établir la cause de son décès.

Lorsque, vingt minutes plus tard, Thomas en eut terminé, les étudiants, enchantés, se levèrent en chœur pour applaudir ce brillant enseignant qui, selon eux, venait littéralement de ramener à la vie le cadavre allongé devant lui, grâce au son de sa voix, ainsi qu'à ses mains expertes qui en avaient examiné l'intime géographie.

— Vous êtes un véritable artiste, le félicita le Pr Hascher, tandis que le jeune homme se lavait les mains – on lui avait apporté une aiguière.

— Je préfère me tenir pour un scientifique, sourit le Dr Silkstone.

— N'y a-t-il donc pas d'art dans la science? le gronda l'Allemand.

Il s'agissait d'une question purement rhétorique, à laquelle Thomas préféra ne pas répondre, afin d'éviter d'entamer une querelle philosophique. Pour l'heure, il s'intéressait davantage à l'abdomen qu'il venait de disséquer.

— Je n'ai rien vu qui explique la raison de la mort, dit-il au Pr Hascher en lorgnant le cadavre.

— Et pour cause. Cet homme souffrait d'une blessure à la jambe qui s'est infectée, provoquant un empoisonnement du sang. Nous l'amputerons cet après-midi.

— Je suis navré de ne pouvoir me joindre à vous cette fois.

— Ah oui, l'audience, fit l'Allemand comme s'il se rappelait soudain le véritable motif qui avait poussé le jeune anatomiste à lui rendre visite. Je tiens mon laboratoire à votre disposition, sourit-il en se grattant la barbe. Vous devez percer à tout prix ce mystère.

À peine Thomas eut-il posé les yeux sur lui qu'il éprouva une franche antipathie pour le cuistre pontifiant qui se tenait à la barre des témoins. Le Dr Félix Fairweather représentait tout ce que l'anatomiste haïssait dans la profession médicale. Comme d'un abcès mal drainé, la morgue suintait par tous les pores de la peau de ce petit homme affecté que l'on avait appelé à Boughton Hall, le matin du drame, pour qu'il examinât le comte.

— J'ai aussitôt constaté qu'il était décédé depuis un moment déjà.

Sa langue, trop volumineuse pour sa bouche, le contraignait à baver quand il prononçait certaines voyelles.

— Qu'avez-vous noté dans l'apparence de lord Crick? s'enquit le coroner.

Le médecin réfléchit un moment.

— Il avait les traits déformés, comme s'il était mort dans des souffrances atroces.

Lorsque le magistrat insista pour savoir s'il avait remarqué autre chose, le petit homme s'accorda de nouveau quelques instants de réflexion.

— Il me semble qu'il avait la peau un peu jaunâtre. Mais j'ai mis cela sur le compte de son affection… chronique.

Sir Theodisius opina.

— Je vous remercie. Ce sera tout pour le moment.

Puis vint le tour de Jacob Lovelock. Il avait salué le jeune comte au retour de sa promenade à cheval.

— Était-il de bonne humeur?

— Comme d'habitude, rétorqua le domestique, toujours taciturne.

— S'était-il plaint à vous d'une douleur quelconque, ou d'une fièvre ?

— Il avait été malade deux semaines avant, fit Lovelock après quelques instants de silence.

Thomas et le coroner se penchèrent vers l'avant dans un bel ensemble, soudain tout ouïe.

— Veuillez préciser, s'impatienta le magistrat.

— C'était quinze jours avant, je vous dis. (Le domestique haussa ses larges épaules.) Le vendredi. M. le comte s'est couché, il avait mal au ventre.

— A-t-il vomi ?

— Si vous voulez savoir s'il a débagoulé tripes et boyaux, je peux vous dire que c'est oui.

Des rires éclatèrent dans le public.

— Combien de temps votre maître a-t-il été tourmenté par ce malaise ?

— Ça a duré un jour ou deux.

— Ensuite, il semblait parfaitement remis ?

— Je sais qu'il a passé la nuit suivante dehors.

De nouveau, les spectateurs gloussèrent.

Sir Theodisius abattit son marteau. En vain. La foule s'agitait, et gronda plus encore lorsqu'il revint, avec la question suivante, au cœur même du témoignage de Mme Lovelock.

— Trouvait-on du raticide sur le domaine ?

Un murmure surexcité parcourut l'assistance, vers laquelle le domestique, tout à coup mal à l'aise, leva les yeux.

— Oui, monsieur.

Il y eut dans la foule comme une éructation, même s'il était on ne peut plus normal d'empoisonner les nuisibles.

— Où le rangeait-on?

— Dans des bocaux entreposés dans la serre.

— Et d'où sortait-il, ce poison?

Lovelock loucha avec angoisse en direction de Farrell.

— Nous le fabriquions nous-mêmes.

— De quelle façon?

— Avec des baies et des feuilles de laurier-cerise. On distillait de l'eau de laurier dans un alambic.

Le public se souleva comme une houle.

Thomas observait les visages des spectateurs. Pour eux, l'affaire était entendue : on avait empoisonné le jeune aristocrate. Quelqu'un avait versé du raticide dans sa potion. Tout devenait simple à leurs yeux. L'anatomiste, lui, savait qu'il n'en était rien, mais les jurés à leur tour ne manqueraient pas de se ranger à l'opinion générale – ils ne prendraient pas la peine d'écouter un chirurgien. Il était donc essentiel que sir Theodisius, lui, garde la tête froide afin d'orienter les débats dans la juste direction.

— Les rats représentaient-ils un réel fléau à Boughton Hall? reprit ce dernier après avoir exigé le silence.

— Pas plus qu'ailleurs. Mais le capitaine Farrell estimait que c'était une bonne idée d'avoir une cornue pour confectionner nous-mêmes le produit.

— Où se trouve actuellement cette cornue?

Le domestique se tut, jeta des regards à l'Irlandais, qui fixait un point droit devant lui. Toute trace du sourire arrogant qui flottait souvent sur ses lèvres avait disparu.

— Elle n'est plus là.

— Parlez plus fort. Où se trouve-t-elle?

— Elle n'est plus là. Elle a été détruite, monsieur.

— Détruite? Sur ordre de qui, je vous prie?

— Sur ordre du capitaine.

Le piège se refermait sur ce dernier, songea Thomas : déjà, on bondissait sur ses pieds parmi la foule. Les poings serrés, on se mit à huer l'Irlandais qui, impassible, demeurait assis en contrebas de la plèbe.

— Silence ! Silence ! brailla sir Theodisius, dont le visage s'empourprait sous l'effort.

L'audience virait à l'exercice de justice sommaire. Le coroner l'avait compris : les gueux massés dans la galerie exigeaient du sang. Il consulta la pendule fixée au mur du tribunal. Presque 17 heures. Il était grand temps d'ajourner l'audience : non seulement elle risquait de dégénérer d'une minute à l'autre, mais encore sir Theodisius sentait-il gargouiller son estomac ; il devait se sustenter.

— La cour se réunira de nouveau demain matin à 10 heures, annonça-t-il.

Thomas poussa un soupir de soulagement.

Le Pr Hascher, penché sur l'échantillon, le flaira comme un chien de chasse aurait humé un morceau de viande.

— Pas d'odeur distincte, conclut-il en redressant du mieux qu'il put sa carcasse voûtée. Aucune décoloration.

— Nous pouvons éliminer l'empoisonnement au cyanure, confirma Silkstone.

— Sans le moindre doute.

Les deux hommes se turent un moment, l'œil rivé à cette portion d'estomac flasque et déformée qui naguère avait tenu sa place dans un corps bien vivant. Moins d'un mois plus tôt, l'organe se nichait encore entre la rate et le foie où, l'orifice largement ouvert, il recevait la nourriture ingurgitée par son propriétaire, telle une grosse bête nue logée dans son abdomen. Et voilà qu'il gisait à présent sur une table de dissection, inerte, gorgé de secrets qu'il semblait peu enclin à révéler.

Il se trouvait dans un état de décomposition plus qu'avancé – les acides gastrique et chlorhydrique avaient eu raison de sa muqueuse interne mais, pour le spécialiste, il n'y avait rien qui pût éveiller l'attention. Il s'agissait d'un estomac normal.

— Rien ne prouve que lord Crick ait succombé à un empoisonnement, décréta le Pr Hascher.

Thomas planta soudain son regard dans celui de son aîné.

— Rien ne prouve..., répéta-t-il.

Il se rappela la dissection qu'il avait pratiquée dans l'après-midi. Il lui apparut que, les viscères du défunt s'étant révélés sans défaut, il n'aurait pu déterminer les causes de son décès qu'à condition d'examiner sa jambe malade.

— Peut-être faisons-nous fausse route. Peut-être devrions-nous porter notre attention sur une autre partie de son anatomie.

Le professeur opina lentement.

— Vous voulez dire que les poisons n'agissent pas tous sur les mêmes organes?

— Précisément. Il faut que je retourne à Londres le plus tôt possible, ajouta-t-il en replaçant l'échantillon stomacal dans son récipient. Je ne regarde peut-être pas au bon endroit.

L'Allemand se gratta la tête.

— Hélas, il est trop tard pour chercher ailleurs...

— Vous vous trompez, sourit son cadet. Lorsque j'ai pratiqué l'autopsie du comte, je devais agir vite. Comme je n'avais pas le temps d'étudier le cœur, je l'ai prélevé.

— Vous avez son cœur? haleta le Pr Hascher.

Thomas acquiesça avec vigueur, la mine triomphante.

— Il se trouve dans mon laboratoire. Je me suis tellement concentré sur l'estomac que je n'ai pas pris la peine d'examiner le cœur.

L'Allemand débordait d'enthousiasme.

— Voilà d'excellentes nouvelles !

— Il est trop tôt pour le dire, tempéra Thomas, mais peut-être le cœur détient-il en effet la clé de l'énigme.

Avant de regagner Londres, le jeune anatomiste allait cependant devoir témoigner le lendemain matin à l'audience. Il lui faudrait alors tenter de convaincre sir Theodisius que l'eau de laurier n'était pour rien dans la mort de lord Crick, qu'un autre poison avait aussi bien pu lui être administré. Hélas, sans preuves concrètes à présenter devant la cour, il savait que l'on aurait tôt fait de balayer ses avis en décrétant que le cyanure était responsable de tout.

Thomas s'apprêtait à demander au Pr Hascher s'il pouvait consulter les ouvrages de sa bibliothèque afin d'y rechercher les effets de diverses substances toxiques sur le cœur, lorsqu'on frappa à la porte du bureau.

La silhouette de lady Lydia Farrell se découpa dans l'encadrement. Derrière elle, la dominant de sa haute taille, se tenait Francis Crick. Thomas était en train de se laver les mains à l'autre bout de la pièce quand son hôte avait ouvert ; il se retourna vers les visiteurs.

— Madame. Crick, lança-t-il de loin.

Ayant reposé la serviette avec laquelle il venait de s'essuyer, l'anatomiste s'empressa de les rejoindre pour les saluer. Il soutint le regard de la jeune femme un peu plus longtemps que la bienséance le permettait, puis saisit sa main gantée pour la baiser.

— Je vous remercie d'être venue, dit-il.

Puis il invita, du geste et de la parole, les deux cousins à pénétrer dans l'antre du Pr Hascher.

Comme Thomas s'emparait d'une chaise, Francis s'approcha de lui.

— Le capitaine dîne avec un ami, chuchota-t-il.

Le Dr Silkstone hocha la tête, puis s'installa sur un tabouret, à côté de Lydia.

À l'évidence, celle-ci se sentait mal à l'aise. Elle se tenait assise, le dos très droit, sur le bord de son siège ; nulle expression ne se déchiffrait sur son visage blême. Francis à son tour prit place auprès d'elle. Quant à l'Allemand, il avait soufflé les bougies à l'autre extrémité de la pièce, où Thomas et lui avaient travaillé plus tôt. Il ne restait, pour éclairer les lieux, qu'un chandelier trônant sur une table voisine.

— Je me réjouis de votre prompt rétablissement, docteur Silkstone, déclara lady Lydia d'un ton mal assuré, sous le regard scrutateur de son cousin.

— Je tenais, madame, à vous révéler en personne le résultat des expériences que j'ai menées sur le poison que vous m'avez si judicieusement fait parvenir.

La jeune femme semblait sur des charbons ardents ; son teint était celui d'une morte. Elle n'ignorait pas que son époux, s'il avait été mis au courant de ses initiatives, les aurait sévèrement réprouvées. Elle souffrait aussi beaucoup de ce que le témoignage de sa servante eût à ce point semé le doute quant à l'intégrité du capitaine.

— Je vous écoute, pressa-t-elle son interlocuteur.

Thomas prit une profonde inspiration :

— Ce n'est pas le raticide qui a tué votre frère.

Lydia écarquilla les yeux, puis opina doucement. Enfin, elle planta son regard dans celui de l'anatomiste.

— Si ce n'est pas le poison, savez-vous… ?

La fin de sa question se perdit dans un murmure.

Thomas secoua la tête.

— Hélas, non…

— Mais vous savez quelque chose, insista la jeune femme, à qui n'avait pas échappé la pointe d'hésitation dans le ton de son vis-à-vis.

Elle fronça les sourcils, plissa le front.

— Vous devez tout me dire, monsieur, implora-t-elle.

Le chirurgien éprouva au creux de l'estomac la sensation qui le tenaillait chaque fois qu'il devait annoncer le décès d'un patient à ses proches. La tâche n'était pas facile, mais jamais elle ne lui avait paru plus malaisée qu'aujourd'hui : les mots, qui ne sortaient pas, lui meurtrissaient le gosier plus sûrement que des lames acérées, tant il redoutait de blesser cette créature fragile, vulnérable, qui se tenait devant lui.

— Je suis désormais persuadé, commença-t-il, que votre frère n'a pas succombé à des causes naturelles.

Sur quoi il fit silence, pour laisser le temps à Lydia de digérer la nouvelle. Elle battit un instant des paupières – on aurait cru les ailes d'une phalène près d'une flamme. Cependant, le reste de son visage indiquait que la déclaration de Thomas ne la surprenait pas outre mesure.

— C'est ce que j'exposerai demain durant l'audience, mais je tenais à vous en faire part d'abord, madame.

Elle hocha la tête. Ses grands yeux mouillés de larmes brillaient à la lueur des bougies. Néanmoins, ses lèvres ne tremblaient pas, ce dont l'anatomiste se réjouit : il n'aurait pas supporté de la voir pleurer. Posant une main sur son épaule, Francis se chargea de la consoler un peu – pour la première fois de sa vie, Thomas fit l'expérience d'un sentiment qui, jusqu'alors, lui était demeuré inconnu : la jalousie.

À l'étage d'une auberge située à moins de huit cents mètres de là, deux hommes buvaient, la mine sombre.

Entre eux se trouvait une table où gisaient les reliefs de leur repas : la moitié d'une tourte à la viande, du chou dans un plat, un quignon de pain rassis. Au centre trônait une carafe à demi remplie de cognac, mais le liquide ambré, qui maintes fois avait su apaiser les tensions de Michael Farrell, ne parvenait pas ce soir à exercer sa magie. Le capitaine avala un autre verre. En vain.

Face à lui se tenait James Lavington, dont la partie mutilée du visage était plongée dans l'ombre – une chandelle unique, posée sur la table, éclairait la scène. Jamais il n'avait vu son ami aussi troublé. Combien de fois Farrell s'était-il trouvé à deux doigts de laisser sa fortune entière dans un cercle de jeu ? Jamais, pourtant, il ne se départait de son sourire, jamais il ne perdait son sang-froid avant qu'on eût lancé le dernier dé ou abattu la dernière carte.

Lavington s'inquiétait, lui aussi. Les événements récents avaient pris un tour inattendu, un tour terrible que même lui, le plus grand des pessimistes, n'aurait pu envisager. Les deux hommes avaient à peine parlé durant le repas, plongés tous deux dans leurs plus noires pensées. Le témoignage d'Hannah leur revenait sans cesse en mémoire, et avait fait surgir plus de questions que de réponses. Ses paroles avaient accablé le capitaine au lieu de l'aider. Puis les déclarations de son époux avaient aussi jeté de l'huile sur le feu. La chaleur devenait trop vive pour rester supportable.

Ce que Lavington redoutait le plus était que ses plans, soigneusement conçus, se trouvassent, lentement mais sûrement, révélés aux yeux de tous. Dire que l'affaire semblait à l'origine si simple : une existence confortable, loin d'ici, qui lui aurait permis de couper les ponts avec Farrell autant qu'avec Boughton Hall. Nul n'aurait eu à en pâtir, à l'exception de ce sale petit libertin, mort à présent, et qui n'avait pas une fois visité la propriété de son locataire. Il aurait pu bâtir une nouvelle vie, sans plus dépendre de la charité de Farrell ni de ses faveurs. Joliment installé dans sa résidence campagnarde, à l'abri des villageois et des curieux, il aurait enfin trouvé la paix à laquelle il aspirait. Mais voilà que tout se trouvait compromis. Pis encore : du fait de ses accointances avec le capitaine, c'était son honnêteté même qui risquait d'être remise en cause.

Entre les deux hommes, sur la nappe, se trouvait un compotier en bois surchargé de pommes, de poires pierreuses, de prunes écarlates. Un couteau à la lame acérée reposait juste à côté. Farrell s'en empara, inspecta calmement son tranchant puis, sans crier gare, d'un mouvement brusque poignarda une pomme avec une telle férocité que Lavington prit peur. Cette peau luisante et rose, se dit-il, que son ami venait de transpercer sauvagement, aurait aussi bien pu être celle d'Hannah Lovelock – ce qui lui donna à réfléchir.

— Et voilà comment cette traînée me remercie de mes largesses, lâcha le capitaine à mi-voix en examinant le fruit empalé à l'extrémité de sa lame.

— Tu témoigneras demain, hasarda James pour tenter d'apaiser son compagnon.

Farrell demeura méditatif un moment, puis son visage se métamorphosa : la fureur céda le pas à un large sourire.

— Tu as raison, mon cher Lavington, repartit-il.

Il croqua la pomme à belles dents.

— Bientôt, ils me mangeront dans la main, ajouta-t-il sur un ton malicieux.

## 26

Le cerveau, songeait Thomas Silkstone qui, couché dans son lit, se sentait privé de toute énergie, se révèle le plus complexe de nos organes. Depuis les marécages gris et spongieux du cortex jusqu'à l'enchevêtrement des canaux du télencéphale dont on aurait pu croire, vu la finesse de leurs réseaux, qu'une araignée les avait tissés ; depuis les collines du cervelet jusqu'aux plaines bourbeuses de l'hypothalamus… Autant de chemins et de routes patiemment cartographiés par d'aventureux chirurgiens qui, maintes fois déjà, avaient sillonné ces paysages silencieux.

Ces explorateurs avaient surmonté mille épreuves, ils avaient commis ici et là des erreurs, escaladé des affleurements rocheux ou plongé dans de profonds canyons… Ainsi étaient-ils parvenus à déterminer qu'à chaque fonction du cerveau se trouvait associée l'une de ses nombreuses régions. Néanmoins, ces pionniers étaient loin d'en avoir découvert tous les secrets, même s'ils avaient réuni une quantité considérable d'informations lors de leurs tumultueux périples. Aucun d'eux, se dit encore Thomas, n'avait, pour l'heure, déniché le siège de l'âme.

Par « âme », il n'entendait pas le concept vague brandi par la religion et qui, dans son état le plus pur, était censé rapprocher l'homme de Dieu. Non. L'âme, aux yeux du jeune anatomiste, représentait l'essence de l'être. Elle était pour lui le lieu où reposaient l'ensemble des souvenirs, la totalité des idées, toutes les pensées qui constituaient la personnalité d'un homme et faisaient de lui ce qu'il était. Ces pensées, pareilles en somme à de l'argile, on pouvait à son gré les modeler, ou bien les tailler, puis les sculpter avec toute l'adresse d'un Michel-Ange. Et de ce patient ouvrage naissait l'individu.

Et qu'en était-il des sentiments ? Qu'en était-il des sensations ? Des songes vagues et des intuitions ? Des illogismes tenaces, des prémonitions que nul n'était en mesure d'expliquer ? S'agissait-il de productions de l'esprit ou du cerveau ? Les questions qui, en cette minute même, taraudaient le jeune homme, lui étaient-elles soufflées par son télencéphale ou par son âme ?…

À peine le pâle soleil automnal eut-il introduit l'un de ses minces rayons dans la chambre de Thomas au Cheval Blanc que celui-ci bondit hors de son lit. Les rouages de son cerveau lui avaient joué un bien vilain tour en le privant de sommeil : il se retrouvait plongé dans un état d'angoisse extrême. Il avait souvent eu l'occasion d'observer de tels symptômes chez ses patients : tensions musculaires, mains moites, bouche sèche. Pour couronner le tout, la mâchoire de l'anatomiste continuait à le faire souffrir et son crâne l'élançait encore à chaque pulsation cardiaque.

Lorsqu'un malade se présentait à lui dans cet état, il ne pouvait guère que lui conseiller de prendre un peu de repos et d'avaler une gorgée de cognac – plus récemment, il avait appris les vertus revigorantes de la *Digitalis purpurea*, dans une monographie rédigée par un médecin du nord du pays. Ce dernier y postulait que la digitale pourpre possédait le pouvoir d'exercer une action sur le cœur, ce qui, par voie de conséquence, atténuait d'autant l'anxiété du patient concerné. Thomas comptait bien tenter au plus tôt l'expérience sur l'un de ses malades, mais, pour l'heure, il devait se préparer à affronter les événements de la journée.

À 10 heures précises, il se trouvait de nouveau exposé aux sarcasmes des ignorants, aux moqueries des sots. On l'avait entendu témoigner une première fois la veille et, entre-temps, tout le monde avait appris qu'il était un colon débarqué de la Nouvelle-Angleterre.

Thomas se tenait assis derrière une longue table, face à la cour. Du coin de l'œil droit, il discernait le capitaine Farrell, accompagné de lady Lydia. Cette dernière, digne comme à l'accoutumée, arborait sur ses frêles épaules une cape jaune bordée de dentelle. Le jeune homme n'osa pas se tourner vers elle, craignant de provoquer l'ire de son époux. Il supposa que Lydia ne lui avait pas appris que le raticide n'était pour rien dans le décès du comte. En effet, si elle avait parlé, il aurait fallu qu'elle confesse du même coup sa rencontre clandestine avec le Dr Silkstone dans le laboratoire du Pr Hascher. L'Irlandais devrait attendre que l'anatomiste se présente à la barre des témoins pour connaître le résultat de ses expériences.

Un murmure respectueux parcourut soudain la plèbe massée sur la galerie : sir Theodisius fit son entrée, un peu de jaune d'œuf maculant sa robe noire, reliquat de son petit-déjeuner. Dès qu'il se fut installé sur son siège, le clerc appela Thomas à la barre.

L'anatomiste rapporta qu'on l'avait appelé à Boughton Hall pour pratiquer l'autopsie de lord Crick ; il y avait alors plus de six jours, ajouta-t-il, que le comte était mort. Non sans tâcher de ménager la sensibilité des dames présentes à l'audience (quoique des dames, on en comptât fort peu dans l'assistance), il décrivit l'état de décomposition avancé du cadavre, qui l'avait contraint à œuvrer dans la précipitation – ainsi avait-il prélevé plusieurs organes dans l'intention de les examiner plus tard.

Thomas fit part à la cour de ses découvertes, avec autant de clarté que de conviction. Conscient que la plupart des termes qu'il employait étaient inconnus du coroner (et davantage encore de la foule assemblée dans la salle), il prit soin d'expliquer toutes les causalités, tous les résultats, tous les produits, toutes les interactions, avec la patience d'un pédagogue – on aurait cru Gamaliel dispensant son enseignement à Paul de Tarse.

Puis vint pour l'anatomiste le moment d'évoquer les expériences menées sur le raticide que lady Lydia lui avait fait parvenir à l'insu du capitaine. Thomas n'ignorait pas qu'il s'engageait sur un terrain délicat. Il choisit de taire la façon dont il s'était procuré la fiole de poison, mais sir Theodisius veillait au grain.

— Comment ce raticide est-il entré en votre possession s'il est vrai, ainsi qu'on nous l'a indiqué hier, que l'alambic a été détruit aussitôt après le décès de lord Crick ?

La gorge du jeune homme se serra. Il n'osa pas se tourner vers Lydia.

— Je suis un scientifique, monsieur, répondit-il sans plus lâcher la table des yeux. Il est de mon devoir d'examiner l'ensemble des hypothèses.

Le magistrat haussa un sourcil.

— Il m'a en effet été donné de constater que vous œuvrez excellemment bien, rassura-t-il Silkstone.

Le public installé dans la galerie était demeuré silencieux : il ne comprenait pas un traître mot des principes théoriques énoncés par Thomas. Au bout d'une dizaine de minutes, l'un ou l'autre gueux eut l'audace d'exiger d'une voix forte que le jeune homme s'exprimât en termes simples ; cet éclat déplut à sir Theodisius, qui fit expulser le gêneur avant d'inviter le témoin à poursuivre. Celui-ci parla pendant encore cinq minutes, nullement décontenancé par les exclamations de la foule, avant d'en arriver à la conclusion.

— En résumé, monsieur, je puis affirmer de manière catégorique, après avoir examiné l'estomac du défunt, que le raticide, autrement dit l'eau de laurier, n'est en aucun cas la cause du décès de lord Crick.

Le coroner ne parut pas impressionné.

— Fort bien, docteur Silkstone, mais pouvez-vous nous apprendre ce qui a tué le comte ?

Thomas fronça les sourcils. Il ne s'attendait pas à cette réaction, qui le fit se raidir.

— Je crains que non, monsieur, avoua-t-il, déconfit.

Sir Theodisius, sans se soucier de l'embarras de son interlocuteur, leva les yeux au ciel, ce qui amusa beaucoup les femmes trop maquillées et les hommes aux culottes trouées – l'anatomiste se sentit humilié. Il se tourna vers Lydia, comme pour puiser auprès d'elle des forces neuves.

— Silence ! Silence ! s'époumona le coroner pour la troisième fois de la matinée.

Pour la troisième fois de la matinée, le tumulte cessa.

— Si vous ne souhaitez rien ajouter, docteur Silkstone..., commença sir Theodisius, s'apprêtant à congédier son témoin.

— Si, monsieur, l'interrompit Thomas.

— Je vous écoute, docteur Silkstone.

Un silence absolu régnait à présent dans le public, suspendu aux lèvres de l'anatomiste dans l'espoir qu'il se ridiculiserait une fois pour toutes, et tous ceux de son espèce avec lui. Le public en fut pour ses frais.

— Lorsque j'ai déclaré n'avoir pas déterminé les causes de la mort de lord Crick, j'aurais dû préciser que je ne les avais pas encore déterminées.

Une pointe de défi perçait dans sa voix.

— Car j'ai tout lieu de croire que je serai bientôt en mesure de présenter à la cour des preuves irréfutables concernant le décès du comte.

— Et quand donc pouvons-nous espérer prendre connaissance de ces preuves, docteur Silkstone? s'enquit sir Theodisius en hochant la tête.

— Je dois d'abord regagner Londres pour y mener diverses expériences dans mon laboratoire, mais j'espère vous fournir des éléments déterminants dans deux semaines au plus tard.

Thomas savait pertinemment qu'il lui faudrait un mois, au bas mot, pour mener ses investigations à leur terme.

— Fort bien, docteur Silkstone, la cour prend bonne note de votre proposition, commenta le coroner en adressant un signe de tête à son clerc, dont la plume demeurait suspendue au-dessus du registre. Nous attendons de vos nouvelles.

Soulagé, l'anatomiste s'autorisa à sourire un peu en regagnant sa place. Il lorgna du côté de lady Lydia. Leurs regards se croisèrent un instant. Thomas sut alors, avec assurance, qu'il lui était impossible d'abandonner la jeune femme à son sort.

À Boughton Hall, on avait ordonné au petit Will Lovelock d'accomplir son travail quotidien, comme si de rien n'était. Ses parents ayant passé la nuit dans une pension d'Oxford, aux frais du capitaine Farrell, on exigeait aussi de l'enfant qu'il se chargeât en partie des tâches habituellement dévolues à sa mère.

Il s'était donc levé à l'aube, puis il avait rempli un panier de petit bois destiné aux cheminées du manoir. Mme Firebrace, la gouvernante, lui avait commandé d'allumer d'abord un feu dans la cuisine, puis dans le salon, même si la demeure était vide. Sans poser de questions, Will s'était mis en route. Il avait disposé dans l'âtre les bûchettes, puis les bûches, avant d'en approcher une chandelle et de les regarder s'embraser.

Lorsqu'il fut certain que personne n'entrerait dans la pièce avant un moment, il s'assit sur le sol, devant le foyer qui commençait à diffuser sa chaleur. Il tendit en avant ses petites mains couvertes de croûtes. Ici et là se distinguaient encore des plaies à vif, mais l'onguent parfumé dont sa mère s'était servie avait apaisé ses démangeaisons ; il ne se grattait presque plus. C'était surtout l'été, et la nuit sous le couvre-lit, que l'irritation se révélait la plus vive – il semblait alors au garçonnet que des dizaines de fourmis mordillaient sa peau meurtrie et l'arrachaient. Il lui était arrivé de pleurer de douleur, en sorte que, le jour où le mal avait aussi touché l'arrière de ses genoux, le feu qui le dévorait n'avait pas été loin de le faire hurler à pleins poumons. Parfois, il avait l'impression qu'une horde de démons consumaient ses chairs, au point que lorsque sa mère tentait de le prendre dans ses bras pour le consoler, il la repoussait, non parce qu'il refusait sa tendresse, mais parce qu'il ne supportait pas qu'elle le touche.

Le supplice de Will se prolongea de longues semaines. Un jour, au début du printemps, sa mère, sa grande sœur Rebecca et lui s'en furent à Brandwick afin d'y vendre du fil. Les premiers bourgeons d'un vert tendre surgissaient et l'odeur sucrée des lis embaumait l'air. C'est alors qu'ils croisèrent, à la sortie du village, une gitane, une ancêtre à la peau plus brune qu'une coquille de noisette, et ridée comme une vieille pomme – lorsqu'elle leur adressa la parole, Will s'aperçut qu'elle n'avait plus de dents. Hannah avait parlé à ses enfants des bohémiens, leur conseillant, s'ils venaient à en rencontrer un, de prendre aussitôt leurs jambes à leur cou. Mais ce jour-là, loin d'ignorer la cacochyme, la domestique de Boughton Hall lui rendit son salut, puis s'arrêta pour bavarder avec elle. Will tenta bien de l'éviter, mais Rebecca le gronda, affirmant que l'inconnue lui jetterait un sort s'il décampait. Trop effrayé pour écouter la conversation, le garçonnet se tint donc à quelques pas de la vieille, prêt à filer si elle lançait contre lui des imprécations. Ni Rebecca ni sa mère ne se souciaient de lui. Puis, la gitane leur ayant montré le contenu de son panier, Hannah appela Will auprès d'elle – l'enfant était mort de peur. Il s'approcha et, sur l'ordre de sa mère, tendit les mains, afin que la bohémienne les examinât.

Celle-ci hocha bientôt la tête.

— Oui, cracha-t-elle entre ses gencives roses et molles, ça lui fera du bien.

Sur ce, Hannah lui remit un demi-penny et s'en fut avec un petit sac en toile de jute.

De retour à la maison, la mère et la fille avaient entrepris de cueillir des herbes aromatiques au jardin et quelques fleurs dans la prairie. Hannah avait ensuite broyé le tout dans son mortier, dont s'étaient élevés d'étranges et âcres parfums. Elle avait trempé plusieurs feuilles dans l'huile, d'autres dans un alcool si fort qu'il lui piquait les yeux. Enfin, elle ajouta à ce mélange le contenu du petit sac en toile de jute.

Peu après, elle se rendit auprès de Will pour enduire ses chairs purulentes d'un baume aux vertus si apaisantes qu'il aurait pu, songea l'enfant, éteindre jusqu'aux flammes de l'enfer. Hannah appliqua tendrement l'onguent sur ses petits poignets à vif, sur le dos de ses mains ; elle l'appliqua encore sur les gerçures entre ses doigts… L'effet fut immédiat, au point que le garçonnet crut à un miracle.

À l'aide d'une cuiller, Rebecca remisa dans un pot le plein bol de pommade confectionné par sa mère – lorsque Will souffrirait de nouveau, on le soulagerait au plus vite. L'enfant revoyait à présent sa sœur défunte installée à la table de la cuisine et transvasant avec soin la mixture brune avant de relever la tête et de sourire à son jeune frère.

Ses plaies guérissaient, si bien qu'il pouvait de nouveau approcher les mains de la cheminée pour jouir de sa chaleur. Il remercia sa mère en pensée, puis il remercia Dieu d'avoir octroyé à Hannah de tels pouvoirs. En revanche, rien ni personne ne lui ramènerait Rebecca.

Mme Claddingbowl le tira de sa rêverie.

— Will…, appela-t-elle. Will ! Espèce de bon à rien !

Elle ouvrit la porte du salon et découvrit l'enfant en train de disposer dans l'âtre ses dernières bûchettes.

— Tu devrais avoir fini depuis longtemps, le gronda-t-elle. Va me chercher une bonne douzaine de pommes dans le garde-manger, j'ai une tarte à préparer.

Elle essuya ses doigts courts et dodus à son tablier taché. Cette tâche incombait d'ordinaire à Hannah, mais Will ne s'en formalisa pas : il aimait l'odeur sucrée qui régnait dans le cellier à pommes et lui rappelait celle du cidre pressé par son père.

Il bondit sur ses pieds, hocha la tête, ramassa son panier et se dirigea vers le garde-manger, situé de l'autre côté de la cour. Lorsqu'il en ouvrit la porte, des grains de poussière se mirent à danser dans le soleil d'automne.

La pièce était sombre, le parfum des fruits presque écœurant.

Les pommes à cuire se trouvaient dans un tonneau, au fond du cellier. C'était de grosses pommes luisantes, d'un vert cru, dont les dernières cueillies s'étaient tachées de brun – dans le demi-jour, il était impossible de distinguer les bonnes des mauvaises, à moins de les extirper une à une de leur fût pour les examiner de près.

Plongeant les mains parmi les fruits, Will les entendit dégringoler les uns contre les autres ; on aurait cru le roulement d'un tambour. Il en extirpa un, qu'il brandit dans la lumière. Ainsi procéda-t-il jusqu'à ce que son panier fût presque rempli. Ensuite, il s'aventura plus profondément encore à l'intérieur du tonneau, cassant le buste – il se tenait sur la pointe des pieds. C'est alors qu'il perçut un choc contre le cerclage métallique du fût. Il tâta de nouveau. De nouveau, le son se fit entendre : il y avait là un corps étranger, parmi la bouillie en quoi s'étaient réduits les fruits trop mûrs au fond du fût. Ouvrant les doigts, l'enfant finit par les refermer sur un objet dur, anguleux et froid. Il ne s'agissait assurément pas d'une pomme.

## 27

Des railleries et des huées s'élevèrent dans le tribunal lorsque le capitaine Michael Farrell se présenta à la barre pour y livrer son témoignage dans le cadre de l'enquête relative au décès de son beau-frère, que fort peu de gens pleuraient. La plèbe, qui s'était déjà forgé une opinion, tenait l'Irlandais pour le méchant de l'affaire – elle le taxait de meurtrier, avant même qu'on eût seulement établi la cause exacte de la mort.

Sir Theodisius réclama le silence, mais ce fut le sourire désarmant de Farrell, plus que le marteau du magistrat, qui eut raison du tumulte. Il affichait une telle nonchalance que l'on aurait cru un gentleman prenant part à un pique-nique dominical. Sa tenue vestimentaire reflétait son humeur : manteau lavande, culottes de soie crème, gilet de brocart rose – une véritable gravure de mode, passablement déplacée dans une salle d'audience. Le coroner haussa d'ailleurs les sourcils en le voyant approcher, ce dont l'intéressé ne parut pas se soucier le moins du monde.

De la galerie où l'on moquait le capitaine, les sifflets ne tardèrent pas à se muer en hurlements de loup. Pas un cheveu ne frémit sur la perruque impeccablement coiffée et poudrée de l'Irlandais. L'homme se contenta de lorgner un instant son public en lui décochant un sourire étrangement narquois.

Durant l'interrogatoire, sir Theodisius demanda à son témoin de lui décrire avec précision ce qui s'était produit ce matin-là. Farrell s'exécuta d'une voix calme et claire. Il n'éluda aucune question, fournit sans regimber les détails que le magistrat lui réclama quand il le jugeait nécessaire.

— Dans quel état avez-vous découvert lord Crick?

— Il gémissait et se débattait.

— Avez-vous tenté de lui venir en aide?

— J'ai pensé qu'il n'y avait rien que je pusse faire. Mon beau-frère se trouvait, à l'évidence, dans la plus grande détresse, c'est pourquoi j'ai aussitôt exigé qu'on aille chercher le Dr Fairweather.

— Aviez-vous la moindre idée de ce qui avait pu provoquer cet affreux malaise?

— Je ne puis rien assurer, monsieur, mais mon beau-frère n'était pas en bonne santé. Son sang se trouvait corrompu et son intelligence gravement affectée.

— Êtes-vous en train d'insinuer que lord Crick était fou, capitaine Farrell?

— Je dis simplement, monsieur, que j'ai d'abord cru que son malaise était dû à la vérole. Je n'ai pas imaginé une seconde que le remède contenu dans sa fiole puisse en être à l'origine. C'est pour cette raison que j'ai demandé à Hannah de tout nettoyer ensuite. Si j'avais su que le médicament était peut-être en cause, j'aurais au contraire veillé à ce qu'on conserve le flacon, cela va de soi.

Le coroner approuva d'un signe de tête. La logique de l'Irlandais paraissait imparable.

— Je vois, commenta sir Theodisius en couchant quelques mots sur le papier. Avez-vous la moindre idée de ce qu'il est advenu de cette bouteille?

— Absolument aucune, monsieur. C'est plutôt à Mme Lovelock que vous devriez poser cette question.

— Je n'ai nul besoin de vos conseils pour exercer correctement ma profession, rétorqua le magistrat, irrité par la remarque du témoin, dont il ne goûtait guère l'impertinence.

Il caressa un moment ses bajoues molles.

— Encore une chose, capitaine Farrell. Pouvez-vous m'expliquer pour quelle raison vous avez ordonné qu'on détruise l'alambic dans lequel on fabriquait l'eau de laurier ?

Des clameurs s'élevèrent aussitôt de la galerie :

— Ouais, espèce de salopard ! Raconte un peu !

Et l'on brandissait le poing dans sa direction.

L'Irlandais garda le silence quelques secondes, sans se départir de son étrange sourire.

— Dès que ma tendre épouse, commença-t-il en désignant Lydia d'un mouvement du menton, a eu vent des vilaines rumeurs qui se propageaient parmi nos domestiques, selon lesquelles on aurait pu verser du poison dans le remède de son frère, elle a exigé que je me débarrasse de l'alambic.

Un murmure parcourut le public comme un frisson. Lady Farrell semblait mal à l'aise.

— Ainsi donc, insista le coroner, c'est elle qui vous a demandé de le détruire ?

— C'est exact, monsieur. J'ai tenté de lui faire entendre qu'il s'agissait là d'une mauvaise idée, mais la seule vue de cet engin la plongeait dans un tel désarroi que j'ai estimé préférable de lui obéir.

Il coula un regard appuyé à Lydia, manière de réaffirmer aux yeux de la foule sa dévotion pour la jeune femme.

— Je vois, capitaine Farrell, soupira sir Theodisius. Ce sera tout.

L'Irlandais quitta la barre, paisible et confiant. En prenant place à côté de son épouse, il lui adressa un sourire qu'elle ne lui rendit pas.

— La cour appelle Hannah Lovelock, annonça le clerc.

La domestique, qui ne s'attendait pas à devoir témoigner de nouveau, chancela en se mettant debout. Jacob l'aida à parcourir les quelques pas qui la séparaient de la barre.

Le coroner devina à sa mine que l'audience représentait pour la pauvre femme une véritable torture, en sorte qu'il s'excusa de l'importuner une fois encore.

— Cependant, enchaîna-t-il, il me paraît impératif de vous demander ce qu'il est advenu de la fiole de médicament après qu'on eut emporté le corps de lord Crick hors de la chambre.

Hannah releva la tête. Son regard croisa celui de sir Theodisius.

— Je l'ai cassée, monsieur, répondit-elle d'une voix brisée. J'étais dans un tel état qu'au moment de la ranger dans le placard, je l'ai laissée tomber par terre.

Sur quoi elle éclata en sanglots. Des sanglots silencieux, dont seul témoignait le mouvement convulsif de ses épaules. Le coroner n'eut d'autre choix que de la laisser regagner sa place – le clerc la raccompagna jusqu'à son siège, sous les cris et les huées de la galerie, dont la sympathie allait, sans le moindre doute possible, à la malheureuse servante qui craignait si fort son maître.

Sir Theodisius consulta l'horloge murale. Il était près de midi, autrement dit grand temps pour lui d'ajourner la séance – son estomac criait famine. Ses fonctions le contraignaient à établir les causes de la mort du comte ; pas question pour lui de jeter indûment l'opprobre sur tel ou tel. Il était à peu près persuadé que l'on avait empoisonné le jeune débauché, mais, en l'absence de preuves irréfutables, il devenait difficile de proférer des affirmations catégoriques. Il n'entrait pas dans ses attributions ni dans son caractère de pointer du doigt l'un ou l'autre des protagonistes du drame, à moins de posséder de solides arguments pour le faire. Il allait mûrir son verdict devant un saumon et un ragoût de carpe. À n'en pas douter, la nourriture aiguiserait son esprit.

Comme le magistrat s'apprêtait à suspendre l'audience pour le déjeuner, le clerc approcha, un billet à la main, dont sir Theodisius s'empara. Il déroula le parchemin pour découvrir un message rédigé avec beaucoup de soin par une main qui, à l'évidence, n'écrivait pas souvent. La missive émanait d'une certaine Eliza Appleton, la servante de lady Lydia. La domestique se rappelait « parfaitement, écrivait-elle, une parole prononcée peu avant le trépas de monsieur le comte ».

Le coroner n'avait pas le choix. Intrigué, il fit venir la jeune femme à la barre. Tous les yeux se braquèrent sur Eliza, dont la discrétion contrastait avec les formes généreuses. Nul décolleté avantageux – elle avait au contraire jeté sur ses épaules un châle noir qui dissimulait sa poitrine opulente. Elle n'était pas maquillée, et ses cheveux dormaient sagement sous un impeccable bonnet de dentelle.

— Votre nom, lui demanda le clerc.

— Eliza Agnès Appleton, répondit-elle doucement. Je suis la servante de lady Lydia.

— Que souhaitez-vous révéler à cette cour ? s'enquit sir Theodisius sans la brusquer, car il devinait que la domestique avait peur et qu'elle se sentait impressionnée.

Elle se redressa, puis s'éclaircit la gorge.

— Quelque chose que j'ai entendu, monsieur.

— Quoi donc ? la pressa gentiment le magistrat.

— C'était le matin où, monsieur… le matin avant que M. le comte… avant qu'il…

Elle ne parvenait pas à finir sa phrase.

— Le matin du décès de lord Crick, l'aida sir Theodisius, dont la patience se trouvait mise à rude épreuve.

— Lady Lydia m'a demandé d'aller lui chercher son châle, qu'elle avait oublié à la table du petit-déjeuner. Alors je suis descendue et, dans la pièce, j'ai trouvé lord Crick et le capitaine.

Elle se tut et considéra le coroner, comme si elle tâchait par ce biais de se soustraire au regard de Farrell.

— Eh bien… ? la pressa de nouveau le magistrat.

— Après, j'ai vu mon maître sortir.

— Et… ?

— Et le capitaine lui a dit : « N'oubliez pas que l'apothicaire doit passer ce matin pour vous livrer vos médicaments… Ce serait dommage d'en perdre une miette. »

Des cris d'indignation résonnèrent dans le tribunal, qui refluèrent peu à peu en lourds murmures.

Sir Theodisius exigea le silence. Certes, songea-t-il, il n'était pas là pour condamner à tort et à travers, mais le faisceau de présomptions devenait tel qu'il aurait manqué à tous ses devoirs professionnels en refusant d'en tenir compte. Sa religion était faite, et il s'efforcerait de rallier le jury à ses vues. Il n'attendrait pas les conclusions du Dr Silkstone. Les preuves s'accumulaient. Bientôt, on conclurait à un « homicide illégal » – et le nom du coupable courait déjà sur toutes les lèvres.

Ce soir-là, Michael Farrell rejoignit fort tard le lit conjugal. Lydia, James Lavington et lui avaient, pour rentrer d'Oxford, partagé la même voiture, dans laquelle un silence de plomb avait régné d'un bout à l'autre du trajet. Une fois à Boughton Hall, le capitaine proposa à Lavington de prendre un verre avec lui dans son bureau, et ce n'est que peu avant minuit que l'Irlandais se coucha. Lydia ne parvenait pas à dormir. Tournant le dos à son époux, elle pleurait en silence – son oreiller était trempé de larmes. Lorsqu'elle huma l'haleine chargée de cognac de Farrell, elle se raidit. Il tendit la main, caressa ses boucles brunes. Aussitôt, la jeune femme sut qu'elle ne pourrait contenir plus longtemps sa colère. Elle s'assit d'un bond.

— Comment as-tu osé? commença-t-elle sur un ton incrédule. Comment as-tu osé ainsi te parjurer?

Elle lui décocha un regard plein de fureur, au point qu'il en fut un instant désarçonné.

— Je pensais, ma chère, que tu ne demanderais pas mieux que de m'aider. Si j'avais avoué que l'ordre de détruire l'alambic venait de moi, j'aurais semblé plus coupable encore que je ne le parais déjà.

— Mais tu as menti, et tu t'es servi de moi pour te protéger, rétorqua Lydia, les dents serrées.

Cherchant à l'amadouer, il lui prit la main, mais elle le repoussa et ses larmes se remirent à couler.

Il déplaisait au capitaine de voir pleurer son épouse, mais depuis quelques jours elle sanglotait à tout bout de champ. Il n'ignorait pas qu'il avait agi sans souci de la morale, mais devant la cour son instinct de survie l'avait emporté sur toute autre considération. Il n'empêche: les larmes de Lydia lui faisaient l'effet d'une punition.

— Je ne l'ai pas fait, articula-t-il à mi-voix dans l'obscurité.

Elle cessa de hoqueter et se tourna vers lui.

— Que viens-tu de dire?

— Je n'ai pas tué Edward. Tu me crois, n'est-ce pas?

La jeune femme dévisagea son époux. Des rides profondes lui barraient à présent le front, la tension nerveuse accusait enfin ses traits, mais le doute subsistait dans l'esprit de Lydia.

— Je n'en suis pas sûre, Michael. Je n'en sais rien.

Ce dernier se leva et enfila sa robe de chambre.

— Où vas-tu ?

— Il m'est impossible de partager mon lit avec une femme qui me tient pour un meurtrier.

Elle se tourna de nouveau vers lui, soulagée néanmoins de ne pouvoir distinguer ses traits dans la pénombre, de même qu'il ne distinguait pas les siens – au moins ne voyait-il pas ses larmes. Elle ne chercha pas à le retenir, et à peine eut-il refermé la porte derrière lui qu'elle se laissa tomber sur ses oreillers. Peut-être se montrait-elle trop dure envers lui. C'était un homme irascible, et maintes fois elle avait fait les frais de son courroux, mais le meurtre d'Edward était l'œuvre d'un calculateur, qui avait agi de sang-froid. Le coupable avait dû nourrir une haine si profonde à l'égard du jeune homme qu'il avait pris tout son temps pour échafauder ses plans, puis les mettre à exécution. Lydia se sentit glacée jusqu'aux os. Elle eut beau s'emmitoufler dans le couvre-lit, rien ne pouvait se substituer à la chaleur de son époux.

## 28

Pareil à un curieux fruit exotique n'attendant plus que la lame du couteau, le cœur de lord Crick flottait, à l'intérieur d'un gros bocal de verre, en suspension dans un liquide ressemblant à du sirop. Bientôt, on l'ouvrirait en deux pour en examiner le contenu. D'aucuns auraient parié qu'on allait y découvrir des éléments d'un noir d'encre, témoins des viles actions de son propriétaire, mais le Dr Silkstone ne s'adonnait pas à de telles conjectures. Il n'espérait qu'une chose : que ce cœur, naguère si bavard et désormais silencieux, lui livrerait sous peu les secrets de la mort de son maître.

Il leva le bocal pour mieux observer l'organe à la lumière dispensée par la fenêtre. À première vue, il paraissait on ne peut plus normal. De la taille d'un poing, il ne présentait ni contusions suspectes ni zones décolorées. L'anatomiste ôta prudemment le couvercle du récipient, plongea dans le liquide une main, qu'il fit glisser sous l'organe bulbeux pour l'extraire de sa prison de verre et le poser sur la dalle en marbre devant lui. Il réfléchit un moment. Ainsi, il s'apprêtait à pénétrer dans le pavillon rouge du cœur, à en tirer les rideaux vermillon pour dévoiler l'intime cabinet de cet homme, le sanctuaire où reposaient, de l'avis de certains, ses émotions et ses pensées. Plus que jamais, Thomas se faisait l'effet d'un intrus, mais il lui fallait à tout prix découvrir la vérité.

Le scalpel entailla le péricarde aussi aisément qu'on entame au dessert une pêche bien mûre. Le cœur se divisait en deux moitiés strictement égales. Silkstone plissa les yeux pour mieux voir, s'emparant ensuite d'une loupe qui lui permit d'inspecter le septum – qui sépare les deux parties de l'organe –, puis les quatre cavités l'une après l'autre. Il ne détecta rien d'inhabituel. Ce n'est qu'en passant aux ventricules et aux oreillettes que son attention se trouva attirée par une anomalie : l'aorte, qui charriait du sang frais en direction du cœur, lui parut rétrécie, nettement plus étroite que celle d'un homme adulte en bonne santé.

Thomas se concentra sur l'artère pulmonaire. Elle aussi se révélait beaucoup plus resserrée que la moyenne. Si, comme tout le laissait à penser, le comte avait été empoisonné, alors ce poison avait exercé ses effets sur le système circulatoire de sa victime. Qu'avait déclaré Hannah durant l'audience, déjà ? Que lord Crick avait porté une main à sa poitrine en se mettant à haleter à la façon d'un chien. Bien sûr. Le jeune homme souffrait d'une crise cardiaque. Soudain, Silkstone comprenait mieux pourquoi le malheureux avait alors les yeux exorbités et le souffle court. Son cœur s'atrophiait, le privant peu à peu d'oxygène. Si Thomas était en mesure d'établir quels poisons agissaient de la sorte sur le cœur, il pourrait rechercher les traces de la toxine incriminée dans les restes du défunt.

Le jeune homme s'était senti soulagé de retrouver son domicile londonien. Au tribunal, il avait eu l'impression d'évoluer dans un milieu hostile où régnait l'ignorance. Ici, en revanche, entouré de ses livres et de ses précieux bocaux où luisaient des membranes et des tissus délicats, il éprouvait une aisance égale à celle du fœtus dans le ventre de sa mère.

Franklin se réjouit, lui aussi, de retrouver son maître. Mme Finesilver l'ayant bouclé dans sa cage durant l'absence de Silkstone, le rongeur s'était dressé sur ses pattes arrière dès qu'il avait aperçu ce dernier. Avec Thomas, il déambulait de nouveau à sa guise aux quatre coins du laboratoire – l'anatomiste s'adressait à lui de temps à autre et, pour s'amuser un peu, lui posait des questions.

« Nous avons du pain sur la planche, sourit le jeune homme, tandis que Franklin grimpait sur le bureau. Beaucoup de pain sur la planche. »

Il se leva, vint se planter devant ses étagères de livres, dont il se mit à étudier le dos. Ses longs doigts de chirurgien caressaient les volumes reliés plein cuir, effleurant des ouvrages fondateurs, tels que la *Micrographia* de Robert Hooke, des tomes encyclopédiques... Enfin, le jeune homme mit la main sur un exemplaire des *Échanges philosophiques de la Royal Society*, qu'il avait fréquemment compulsés sur les conseils du Dr Carruthers. Juste à côté se trouvait un volume épais, intitulé *Les Propriétés toxiques de la flore des îles Britanniques*. Thomas s'empara des deux livres puis, titubant presque sous leur poids, il s'en fut les porter sur son bureau. Il s'apprêtait à ouvrir le premier lorsqu'on frappa à sa porte.

— Dînerez-vous avec nous ce soir, Thomas?

Il s'agissait du Dr Carruthers. Le maître et son disciple avaient à peine parlé depuis que le second était rentré d'Oxford la veille, si bien que le jeune homme se sentit obligé d'accepter la proposition :

— Je m'en réjouis à l'avance, monsieur.

— J'aurais parié que les tourtes de Mme Finesilver allaient vous manquer, gloussa Carruthers.

Au souvenir de la piètre tambouille qu'on lui avait servie au Cheval Blanc, force lui fut d'acquiescer.

Durant le repas, Silkstone exposa à son mentor les révélations survenues au cours de l'audience et combien les différents témoignages parlaient en défaveur du capitaine Farrell.

— Il l'a tué ? s'enquit le vieux médecin avec la franchise dont il était coutumier.

Le silence de Thomas était éloquent.

— Le doute vous assaille, si je comprends bien, avança Carruthers.

— Il me faut fonder mes conclusions sur des faits, monsieur. Or, pour le moment, ces preuves me font cruellement défaut.

— Mais vous êtes le seul à pouvoir démêler cette affaire. Vous voilà avec un lourd fardeau sur les épaules.

Le Dr Silkstone n'ignorait pas que les expériences qu'il allait mener sur les organes du défunt représentaient l'unique espoir de voir un jour élucidées les circonstances de la mort de lord Crick. Le joli visage de Lydia lui traversa brusquement l'esprit.

— En effet, monsieur, mais il est de mon devoir de mener à bien la mission qui m'a été confiée.

Le Dr Carruthers devina que son protégé était d'humeur sombre.

— Où est mon journal ? demanda-t-il soudain sur un ton joyeux, afin d'égayer un peu le garçon.

Celui-ci lorgna le bureau. Mme Finesilver avait, comme à l'accoutumée, déposé un exemplaire du *Daily Examiner* sur le plateau métallique. Thomas prit place dans un fauteuil, face à son vieux maître, pour lui faire la lecture.

Le quotidien rapportait le contenu soporifique des débats parlementaires, il évoquait aussi le schisme grandissant entre l'Église anglicane et les Non-conformistes. Pour le reste, le Dr Carruthers ne connaissait que l'un des défunts du jour – qu'il ne portait pas dans son cœur. Ce n'est qu'en dernière page que l'intérêt du jeune anatomiste fut enfin piqué. Le titre de l'article était aussi concis que précis : « Homicide illégal : le jeune comte a été empoisonné ». Puis le journaliste résumait, en trois paragraphes, la teneur des débats. Cet abrégé suffit à Thomas. Ainsi, sir Theodisius avait rendu son verdict sans attendre les résultats de ses expériences. On pouvait enfin prononcer l'affreux mot qui courait de bouche en bouche à travers tout l'Oxfordshire depuis plusieurs semaines, et ce mot était « meurtre ».

# 29

James Lavington sentit l'excitation le gagner : Eliza n'allait plus tarder. Étendu sur le lit métallique de la jeune femme, il songeait à ses cuisses aux tons crème, à ses seins généreux... Il n'y tenait plus. Il devinait trop bien la cause de son retard et lorsqu'elle parut enfin, elle pleurait. Il passa un bras autour de ses épaules.

— Viens, assieds-toi, la pressa-t-il doucement en l'attirant sur le lit.

Ses jolies joues replètes avaient rougi, elles avaient flétri, on aurait cru deux prunes ratatinées. Les larmes l'enlaidissaient, songea Lavington, qui s'abstint cependant du moindre commentaire.

— Elle m'a dit que j'étais déloyale, hoqueta la domestique en coulant à James un regard suppliant – elle désirait qu'il la rassurât.

— Alors elle s'est montrée injuste, répondit-il en ôtant le chapeau d'Eliza afin de regarder sa noire chevelure cascader sur ses épaules.

Comme il commençait à caresser ses boucles, la jeune fille se déroba d'un coup.

— Tu m'avais dit qu'elle me remercierait pour ce que j'ai fait.

Il y avait du reproche dans sa voix, et sa brusquerie déconcerta James un instant, même si la réaction de Lydia ne le surprenait nullement.

— Tu n'as fait que ton devoir envers ta maîtresse, insista-t-il.

— Je ne voulais pas le dire, moi, rétorqua-t-elle avec des façons de gamine irritable.

Lavington en avait assez.

— Je t'ai promis de te payer, lui assena-t-il.

La servante enchaîna sans relever la grossièreté du propos :

— Je suis ravie que ce sale petit fumier ait passé l'arme à gauche. Et je souhaite bonne chance à celui qui nous en a débarrassés.

Ivre de colère, elle se rua vers l'autre bout de la pièce.

— Il ne méritait pas de vivre. Pas après ce qu'il avait fait à Rebecca.

Elle s'interrompit aussitôt, comme si elle se rendait compte qu'elle en avait trop dit, comme si elle venait d'ouvrir la boîte de Pandore, dont s'était échappé par sa faute un terrible secret.

— Raconte-moi, Eliza, la poussa Lavington avec délicatesse. Raconte-moi ce que ton maître a fait à Rebecca.

Il tapota le couvre-lit pour l'attirer auprès de lui. Elle finit par céder et le rejoignit à pas lents. Elle poussa un profond soupir, prête, semblait-il, à dévoiler le plus honteux des tabous.

— Il l'a prise, comme il m'a prise aussi, et comme il a pris toutes les boniches qui ont eu l'occasion de travailler dans ce manoir.

Lavington n'ignorait pas que Crick avait naguère troussé Eliza, mais il fut consterné d'apprendre qu'il avait violé une enfant.

— Mais Rebecca n'avait que…

— Elle n'avait que douze ans. Mais il y a pire. Un beau jour, elle a découvert qu'elle était…

Elle fut incapable de terminer sa phrase, mais James, qui avait compris, hocha la tête.

— Sa mort n'était donc pas accidentelle.

— Elle n'a pas supporté la honte…, articula Eliza en regardant droit devant elle – elle fixait le vide.

James se leva pour s'approcher de la fenêtre, de laquelle on découvrait la cour puis, au-delà, la demeure des Lovelock. Il se souvint tout à coup d'avoir vu Crick en sortir le matin de sa mort. Ce n'était pas la première fois. Il s'était rendu là quelques jours avant le décès de Rebecca. Il n'y avait alors prêté aucune attention – Edward lui avait jadis décrété qu'il entrait dans les prérogatives d'un maître de pouvoir à sa guise jouir de ses domestiques, qui qu'ils fussent et tous sexes confondus. Cela constituait, avait-il ajouté, un « bon divertissement », à quoi Lavington avait ri en se versant un autre verre de cognac. Il semblait que le « divertissement » en question eût fini par prendre un tour autrement plus périlleux et plus sinistre.

L'homme se tourna vers Eliza qui, prostrée, pleurait le nez dans la couverture. Elle lui parut très douce et vulnérable. Les révélations qu'elle avait faites au tribunal contribueraient forcément à débusquer le coupable ; James ne pourrait qu'en tirer avantage. Elle lui en dirait plus l'heure venue, songea-t-il. Pour le moment, il avait envie d'elle. Il n'essuierait pas d'autre refus.

— T'es-tu occupée de la servante ? l'interrogea Michael Farrell sur un ton brusque.

Il rentrait d'une longue promenade à cheval, pour « s'éclaircir les idées », avait-il déclaré, mais l'exercice et l'air frais étaient demeurés impuissants à lui rendre sa bonne humeur.

Tandis qu'il prenait place dans un fauteuil, Lydia s'agenouilla près de lui pour ôter ses bottes d'équitation.

— Je l'ai réprimandée, expliqua-t-elle d'une voix conciliante.

Aussitôt, Farrell retira son pied.

— Tu l'as réprimandée? répéta-t-il, incrédule. Je veux que cette traînée quitte notre maison dès demain.

Le cœur de la jeune femme se serra. Elle avait craint de voir son époux exiger davantage que de simples remontrances.

— Eliza est à mon service depuis cinq ans, plaida-t-elle. Il serait injuste de la chasser sans lui avoir d'abord signifié son congé.

Farrell était excédé. Son charme opérait de moins en moins, il avait le teint gris et les yeux cernés – ces yeux qui, à peu de temps de là, étincelaient encore d'un vif éclat.

— Elle m'a pratiquement accusé d'avoir tué ton frère! se fâcha-t-il en ôtant son foulard avant de le jeter par terre.

— Elle n'a fait que répéter ce qu'elle avait entendu, tenta de la défendre Lydia, mais ces mots eurent pour effet d'attiser encore la fureur de l'Irlandais.

— Ainsi, tu préfères défendre une domestique plutôt que ton époux?

Il bondit sur ses pieds pour se précipiter vers l'armoire à liqueurs, où il se servit un cognac.

— Bien sûr que non, mais tu fais parfois...

— Je fais parfois quoi? aboya-t-il en se retournant d'un bloc.

— Des remarques inconsidérées. Ceux qui ne te connaissent pas peuvent parfois... peuvent parfois les mal interpréter.

Le courroux du capitaine ne connut plus de bornes. Il éleva encore la voix:

— Tu n'avais pas le droit d'aller contre ma volonté ! éructa-t-il. Ne suis-je pas, désormais, le maître de ces lieux ?

— Bien sûr que si, répondit son épouse à contrecœur – c'était à elle, en réalité, que revenait le domaine, puisque Edward était mort sans héritier.

— Ta vilenie égale donc celle de ta traînée. Tu t'es montrée aussi déloyale qu'elle. Je ne sais pas ce qui me retient de vous flanquer à la porte toutes les deux.

Il poussait de telles clameurs qu'on l'entendait jusque dans la cuisine. Les domestiques, qui s'y trouvaient rassemblés, l'écoutaient se répandre en injures contre sa malheureuse épouse. Personne, à l'étage ni au rez-de-chaussée, n'entendit les chevaux s'approcher dans un tonnerre de sabots, personne n'entendit cliqueter les roues de la voiture. Personne n'entendit les cavaliers mettre pied à terre devant le manoir.

Ce n'est que lorsqu'on se mit à tambouriner contre la porte que l'Irlandais comprit, et le reste de la maisonnée avec lui, que quatre agents de police, accompagnés d'un magistrat, venaient l'arrêter pour le meurtre d'Edward Crick. Naturellement, le capitaine protesta de son innocence. Naturellement, il regimba au moment de les suivre. Naturellement, il se débattit quand on lui passa les menottes. Mais comme Lydia regardait la triste procession prendre la direction d'Oxford, elle ne fut certaine que d'une chose : elle ne savait plus qui était cet homme qu'elle avait un jour aimé.

# 30

Will Lovelock serra un moment dans sa main la petite bouteille bleue. Avec son long col et son bouchon de liège, elle allait devenir, songea-t-il, la pièce de loin la plus précieuse de sa collection.

Le soleil pénétrait dans la grange par un trou du toit. L'enfant leva la bouteille pour l'examiner mieux à la lumière. Il constata qu'un peu de liquide demeurait au fond. De l'eau, peut-être bien, mais il préféra renifler d'abord. Il découvrit une odeur puissante, piquante, qui lui parut étrangement familière bien qu'il ne parvînt pas à se rappeler où il l'avait déjà sentie. L'envie lui prit de goûter la mixture. Il passa son doigt sur le bord de l'ouverture, mais, comme il s'apprêtait à le porter à sa bouche, il se souvint du sort tragique qu'avait connu son maître. N'avait-il pas avalé, disait-on, une potion qui lui avait été fatale ? Les cris épouvantables de l'agonisant résonnaient encore aux oreilles du petit garçon, qui venaient se mêler aux hurlements de sa mère. Plusieurs nuits durant, elle n'avait pas fermé l'œil. Will s'apprêtait à replacer le bouchon sur la bouteille lorsqu'il décréta qu'une simple goutte ne suffirait pas à le rendre malade ; il ne risquait rien. Il pencha le flacon. Un peu de liquide coula sur le bout de son index. Surpris de découvrir une boisson épaisse et sirupeuse, il porta le doigt à sa bouche, puis le lécha.

Ce n'était pas mauvais. Sucré sans excès, mais il lui resta dans la gorge un arrière-goût amer qui lui tira un frisson. Cette fois, il reboucha la fiole et la posa délicatement sur le chevron pour l'admirer, à côté d'un bouton de cuivre, d'un médaillon et d'une épingle à cheveux.

Tout avait commencé l'été précédent, lorsque l'enfant avait découvert une cuiller en argent dans l'une des allées du potager. Il aurait certes dû la rapporter à Mme Claddingbowl, mais l'objet était tordu, couvert de terre ; il ne servirait plus à rien ni à personne. Alors il l'avait discrètement glissé dans sa poche. Cette menue cachotterie lui avait procuré un sentiment d'indépendance qui lui plaisait beaucoup. Mais que faire de son butin ? Il lui fallait un antre où dissimuler ce trésor.

C'est ainsi que, dans le grenier à foin, il avait escaladé les meules jusqu'à atteindre l'un des chevrons, à l'extrémité duquel il avait posé la cuiller. Il lui arrivait souvent de se réfugier là, dans la paille, dont la couleur était la même que celle de ses cheveux, en sorte que s'il s'y aplatissait de tout son long, personne n'était en mesure de le débusquer. Parfois, il entendait sa mère ou Mme Claddingbowl l'appeler, mais il avait pour principe de ne quitter sa retraite que quand son père se mettait, à son tour, à brailler son prénom d'une voix bourrue. Et encore assurait-il ses arrières : se glissant hors de la grange par un trou ménagé à l'autre bout du bâtiment, il semblait toujours surgir d'un lieu où il ne se trouvait pas en réalité.

Nul ne connaissait l'existence de sa cachette. Elle était son secret. Si sa mère avait été au courant, elle lui aurait interdit de remettre les pieds dans la grange pour diverses raisons – notamment parce que le foin lui irritait la peau des mains. Elle n'aurait pas davantage approuvé sa collection. Car il s'agissait bel et bien d'une collection : une semaine après sa première trouvaille, tandis qu'il se tenait dans la cour des écuries, il avait repéré, sur les pavés, la boucle en cuivre d'un soulier. Un cheval l'ayant piétinée, elle s'était déformée sous le poids de l'animal, aussi ne tarda-t-elle pas à rejoindre la cuiller sur son chevron. Au bout d'un mois, le trésor de Will comportait en outre un cure-dent, un tesson de porcelaine et un pot de confiture.

Une année s'était écoulée depuis qu'il avait déniché la cuiller dans le potager. Plus d'une quarantaine d'objets trônaient à présent sur deux chevrons, dans un coin du grenier. Parmi les boutons et les pipes en terre brisées se trouvaient deux raretés. D'une part, les cailloux plats que l'enfant avait extraits des poches du tablier de sa sœur le jour où l'on avait repêché la malheureuse dans le lac. Personne n'avait vu Will les récupérer, et il tenait à les garder en souvenir de sa chère Rebecca – sans doute était-ce les derniers objets qu'elle eût touchés ; ces pierres le rapprochaient d'elle par-delà le trépas. Dès que l'occasion s'était présentée, il les avait retirées de sous son lit, où elles avaient d'abord reposé, pour leur attribuer la place d'honneur sur les poutres de la grange. Seule Rebecca avait découvert sa cachette, un jour qu'elle s'était mise en quête de son jeune frère, mais elle lui avait promis de n'en parler à personne. Elle avait tenu promesse.

Puis venait sa plus récente acquisition, cette superbe petite bouteille d'un bleu de cobalt, qui venait éclipser le reste. L'enfant la contempla, se perdit dans l'élégance de ses lignes. Il ne comprenait pas pourquoi ni comment elle avait atterri dans le fond du tonneau de pommes, mais peu lui importait : seul comptait le fait que ce fût lui qui eût en premier posé la main dessus. Si Hannah venait jamais à découvrir l'objet, elle le réquisitionnerait d'office pour y verser ses potions et autres fébrifuges. Will devait préserver son trésor s'il tenait à le garder pour toujours.

Il se renversa contre une meule de foin et sourit. Il était peu probable qu'on l'appelât dans les minutes qui venaient pour lui confier quelque tâche : depuis que l'on avait emmené le capitaine Farrell, deux jours plus tôt, il régnait au manoir une formidable agitation. Personne, ou presque, ne réclamait plus les services de l'enfant ; on se moquait bien de savoir où il se dissimulait. Et, depuis la mort de Rebecca, Hannah semblait évoluer dans un autre monde. De loin en loin, elle fondait en larmes sans raison apparente. Le reste du temps elle avançait comme dans la brume – l'esprit manifestement fort loin de Boughton Hall. Will était certain, dans de telles conditions, de garder longtemps son secret.

## 31

Depuis son retour à Londres, Thomas Silkstone était en proie à mille et une émotions. S'il avait souffert d'un mal physique bénin, d'une petite infection, on l'aurait aisément traité. Un peu de grande camomille, de la teinture d'iode… et le tour aurait été joué (il manquait de temps pour une saignée), mais les tourments de son âme se révélaient incurables.

Pour les poètes, le cœur constitue l'organe où naît l'amour, mais les sentiments dont le jeune homme était le siège affectaient tout son corps. Il avait perdu l'appétit. Son pouls s'accélérait dès qu'il pensait à elle ; il ne parvenait plus à se concentrer sur rien. Le sommeil le fuyait – nuit et jour, il n'était qu'angoisse et désordre. Il se languissait de sa présence, de son parfum, de sa voix… Comme Mme Finesilver avait besoin du laudanum qu'il lui fournissait régulièrement, il avait besoin de Lydia. Elle seule aurait pu apaiser ses souffrances. Hélas, elle lui demeurerait à jamais interdite.

Tandis qu'il gagnait sa chambre d'un air las, sachant déjà qu'il ne réussirait pas à dormir, on frappa à la porte d'entrée. La gouvernante, vêtue de sa chemise de nuit, se matérialisa pour aller ouvrir, mais Thomas, craignant qu'à cette heure il pût s'agir d'un malandrin, la devança.

Francis Crick se tenait sur le seuil, la mine troublée.

— Docteur Silkstone, haleta-t-il, il s'est passé une chose affreuse.

Sans mot dire, l'anatomiste s'empressa de le faire entrer pour ne pas effrayer Mme Finesilver. Il le mena au salon, où il l'invita à s'asseoir.

— On jurerait que vous venez de croiser la mort, dit-il en lui tendant un verre de cognac.

Le garçon en effet était pâle comme un linge et ses mains tremblaient.

— Le capitaine Farrell a été arrêté, balbutia-t-il. Il est accusé de meurtre.

À l'aube, le Dr Silkstone loua un cheval pour piquer aussitôt des deux. À West Wycombe, où il ne prit pas même le temps de se rafraîchir un peu, il changea de monture et poursuivit sa route. Il ne fit halte qu'après avoir atteint Boughton Hall, en fin d'après-midi. Le tonnerre des sabots contre la pierre alerta le jeune Will qui rêvassait dans sa cachette. À peine eut-il avisé l'anatomiste qu'il sauta à bas des meules pour se ruer vers la cour, où il approcha de la jument.

— Te voilà, Will, le salua Thomas. Tu es un brave garçon.

Sur quoi il tendit les rênes à l'enfant, qui lui sourit – le médecin était le seul, ici, à lui manifester un brin d'affection.

— Elle a drôlement bardé, constata le garçonnet en observant la mousse sur la croupe et les boulets de la bête.

— Nous avons bardé tous les deux, lui sourit Silkstone en ôtant son chapeau pour s'essuyer le front du revers de la main.

— Voulez-vous que je vous apporte quelque chose, monsieur?

— Occupe-toi plutôt du cheval. Moi, je vais me débrouiller.

Sur ce, l'anatomiste glissa un pourboire dans la paume de Will.

Le visage de ce dernier, tavelé de taches de rousseur, s'éclaira d'un large sourire.

— Merci, monsieur !

Silkstone pénétra dans le manoir par une porte située à l'arrière de la maison. Il emprunta, sans que nul ne le vît, un long couloir chichement éclairé grâce auquel il atteignit le hall. De là, il se dirigea vers le salon, dont la porte était fermée – il y colla l'oreille. Il perçut un mouvement, des pas sur le parquet. Il venait de lever la main pour frapper lorsque lui parvint une voix d'homme.

— Puis-je vous aider, docteur Silkstone ? fit au même instant une autre voix dans son dos.

Thomas sursauta. Faisant volte-face, il se retrouva nez à nez avec Rafferty, le valet qui, l'ayant en quelque sorte pris en flagrant délit, le mit aussitôt mal à l'aise :

— Je suis venu voir lady Lydia, mais j'ai cru deviner qu'elle n'était pas seule.

Rafferty considéra le visiteur d'un air hautain.

— Je vais voir si madame est disposée à vous recevoir, répondit-il.

Sur quoi il s'éclipsa pour reparaître peu après. Il ouvrit la porte du salon, indiquant d'un geste à Thomas qu'il pouvait entrer.

Ce dernier ne s'attendait pas à la scène qu'il découvrit alors. Ce ne fut pas la présence de James Lavington qui le troubla, ni le fait qu'il se tînt auprès de la maîtresse de maison, mais plutôt l'atmosphère de connivence qui régnait entre eux, comme si, en l'absence du capitaine Farrell, son ami s'était empressé de combler le vide laissé par l'Irlandais.

— Docteur Silkstone, l'accueillit la jeune femme avec chaleur. Je suis si heureuse de vous voir.

Était-elle sincère ? s'interrogea Thomas. Ou son arrivée avait-elle interrompu une idylle naissante ?

Il s'inclina pour baiser la main que Lydia lui tendait, puis salua Lavington d'un hochement de tête.

— Je suis venu dès que j'ai su, dit-il.

Sa visite impromptue n'avait pas désarçonné lady Farrell.

— Vous connaissez M. Lavington, je crois ? dit-elle.

Thomas l'avait en effet croisé durant l'audience, à Oxford, mais personne ne les avait officiellement présentés l'un à l'autre. Il ne put s'empêcher d'examiner le visage mutilé de l'homme et d'admirer l'art du prothésiste, dont le nez en ivoire se révélait des plus remarquables.

James qui, à l'évidence, supportait mal qu'on posât le regard sur lui, fût-ce avec discrétion, se tourna vers son hôtesse.

— Permettez-moi de prendre congé, madame, déclara-t-il en lui prenant affectueusement la main. Je repasserai demain.

Lydia sourit, et le gratifia d'un mouvement du menton qui, aux yeux de l'anatomiste, en disait plus long que tous les discours. Lavington s'inclina, puis sortit.

À peine eut-il quitté la pièce que les traits de la jeune femme s'empreignirent de nouveau de gravité.

— Francis vous a probablement tout expliqué, commença-t-elle en s'asseyant dans un fauteuil, devant la cheminée. Je vous en prie – et d'un geste de la main elle signifia à son visiteur de prendre place en face d'elle.

Elle avait le teint blême, et les yeux rougis par les larmes. Elle parut à Thomas plus fragile encore que la première fois qu'il avait posé le regard sur elle. Il brûlait de la serrer dans ses bras.

— Vous avez rallié Boughton Hall au triple galop, observa-t-elle. Vous devez être épuisé, docteur Silkstone.

À n'en pas douter, elle mentionnait son titre pour établir une distance entre eux.

— Je vais demander des rafraîchissements, enchaîna-t-elle.

Elle agita la sonnette.

— Veuillez apporter une carafe de vin pour le Dr Silkstone, ordonna-t-elle à Rafferty.

— Bien, madame, répondit le valet avec circonspection.

— Par ailleurs, le Dr Silkstone dînera avec nous ce soir.

— Vous êtes trop bonne, intervint celui-ci.

— C'est le moins que je puisse faire, commenta la jeune femme en souriant. Vous avez accouru de Londres tout exprès pour nous.

Rafferty s'inclina, mais, comme il s'apprêtait à quitter le salon, sa maîtresse le rappela :

— Veillez également à ce qu'on prépare la chambre bleue. Le Dr Silkstone passera la nuit au manoir.

Le domestique haussa un sourcil réprobateur, mais lady Lydia ne s'en soucia guère.

— J'apprécie grandement votre générosité, madame, intervint Thomas, un peu gêné.

— Je viens de vous le dire : c'est le moins que je puisse faire.

Il leva les yeux vers elle. Les quelques dizaines de centimètres qui les séparaient auraient bien pu se changer en kilomètres. La présence de Lavington l'avait perturbé. Un silence pesant s'installa entre les deux jeunes gens, que l'anatomiste choisit de rompre :

— Comment se portait votre époux lorsque vous l'avez vu ?

Francis Crick avait rapporté à son professeur que la jeune femme s'était rendue, contre tous les avis, à la prison d'Oxford.

— Comment un homme pourrait-il se porter quand il dispute sa cellule aux cafards et que la mort plane au-dessus de sa tête ? dit-elle avec amertume.

— Veuillez m'excuser, commenta le médecin qui, en réalité, n'éprouvait qu'indifférence à l'égard de Farrell. Je n'avais nulle intention de…

Lydia le dévisagea en secouant la tête.

— Non. C'est moi qui devrais vous présenter des excuses. Vous avez effectué tout ce chemin pour nous venir en aide et je vous mouche de la plus vilaine façon. Pardonnez-moi, docteur Silkstone.

Elle souffrait à l'évidence autant que si elle croupissait, au même titre que son mari, au fond d'une geôle nauséabonde, dans l'attente de son procès.

Rafferty revint avec un plateau, qu'il posa sur une table, non loin de Thomas, auquel il versa un généreux verre de bordeaux. Avant qu'il eût quitté la pièce, le jeune chirurgien avait déjà avalé une grande gorgée d'alcool.

Lydia le contemplait dans le demi-jour. Il possédait un visage intelligent, sérieux – quoiqu'elle l'eût déjà vu sourire : elle savait qu'il y avait en lui beaucoup de chaleur et d'humour. Une longue mèche de cheveux balaya la figure du garçon, qu'il replaça vers l'arrière d'un geste ferme. Son périple l'avait décoiffé et ses culottes étaient couvertes de poussière.

— J'ai besoin de votre aide, docteur Silkstone. Mais bien sûr, vous le saviez déjà.

Thomas releva les yeux.

— Soyez assurée que je ferai tout ce qui est en mon pouvoir pour démasquer le meurtrier de votre frère.

Il s'abstint de préciser que, du même coup, il s'efforcerait de prouver l'innocence de Michael Farrell. Cette omission n'échappa pas à l'épouse de ce dernier, mais elle n'émit aucun commentaire.

# 32

Hannah Lovelock préparait des herbes médicinales dans sa cuisine. Elle était sortie un peu plus tôt avec son panier, en quête de plantes à faire sécher pour les conserver ensuite. Comme elle allait atteindre le pont, elle avait choisi de rebrousser chemin – la nuit commençait à tomber. À présent, son butin s'étalait devant elle, sur la table en bois. Grande camomille, dont les fleurs blanches possédaient le pouvoir d'apaiser les plus effroyables maux de tête ; reine-des-prés, dont elle faisait la récolte dans les prairies humides, aux abords du lac. Celle-ci était réputée pour ses vertus digestives. D'ailleurs, Jacob en ingurgitait chaque fois qu'il était victime d'une attaque de bile.

Hannah avait aussi rapporté de la jusquiame noire. Sa défunte mère, qui ne jurait que par elle, évoquait ses propriétés stimulantes – elle n'avait pas sa pareille pour attiser l'ardeur d'un homme. Les Égyptiens, disait-on, la fumaient lorsqu'ils avaient mal aux dents, ainsi que les Grecs, persuadés quant à eux que la plante avait des propriétés divinatoires.

Néanmoins, ces attributs n'étaient rien, comparés à ceux de cette plante commune qui dissimulait sa magie au cœur de ses clochettes pourprées, de même que dans ses longues tiges grêles. On la dénichait à l'ombre, dans les zones boisées, et seuls les plus chanceux avaient conscience des formidables pouvoirs qu'elle recelait.

La domestique s'empara d'une poignée de feuilles piquantes, qu'elle hacha jusqu'à ce qu'elles exsudent un jus vert, après quoi elle fourra le tout au fond d'une cruche, dans laquelle elle versa suffisamment d'huile pour couvrir intégralement les végétaux. Elle revint à la table. Comme elle allait s'occuper d'un bouquet d'ail sauvage, elle perçut un bruit dans la pièce de devant.

— C'est toi, Will? appela-t-elle. Où as-tu passé la journée, jeune homme?

Nulle réponse ne lui parvint.

— Jacob?

Peut-être son époux était-il de retour, après une dernière visite aux écuries. Mais personne ne parla. Hannah entendait pourtant des bruits de pas ou, plutôt, des bruits de pas et de bois contre le sol dallé. Elle frotta ses mains tachées à son tablier et s'en fut voir ce qui se passait.

— Bonsoir, madame Lovelock.

La domestique ne répondit pas. James Lavington se tenait là, appuyé sur sa canne, aussi détendu que si on l'avait invité à entrer.

— J'espère que je ne vous ai pas fait peur, ajouta-t-il calmement.

Le cœur d'Hannah battait la chamade, ses paumes devenaient moites. Elle ouvrit la bouche, mais pas un mot n'en sortit. Comme James esquissait un pas vers elle, elle recula. Dans la lumière déclinante, son visage couturé lui semblait plus inquiétant encore qu'à l'accoutumée.

— On est un peu nerveuse? la taquina-t-il.

Elle restait muette, aussi préféra-t-il mettre un terme au tourment de la malheureuse.

— Si vous souhaitez me dire quelque chose, Hannah, quel que soit ce dont il s'agit, je serai toujours là pour vous écouter.

Il patienta une poignée de secondes. Enfin, face au mutisme de la jeune femme – auquel il s'attendait –, il fit demi-tour et se dirigea vers la porte.

Thomas n'arrivait pas à dormir. Allongé sur son lit il écoutait s'exprimer cette demeure à laquelle il n'était pas habitué. Il connaissait par cœur le vacarme de Londres qui, la nuit venue, ne s'atténuait guère – les ténèbres vivaient au son des sabots des chevaux sur le pavé, au son des aboiements des chiens, à celui des clameurs des bambocheurs de tout poil. Ici, à Boughton Hall, à part le craquement des boiseries et le miaulement d'un chat, il ne percevait rien… Rien, sinon des sanglots étouffés.

Il bondit sur ses pieds pour venir coller son oreille à la porte. Les pleurs, qui avaient cessé, reprirent de plus belle. C'était une femme. C'était Lydia. Sans plus réfléchir, le Dr Silkstone enfila ses culottes, ainsi que son gilet, avant d'allumer une chandelle et de s'aventurer dans le couloir.

La demeure se trouvait plongée dans le noir, à l'exception d'un rayon de lune qui s'insinuait entre les rideaux entrouverts du palier. Pas de doute : les sanglots venaient de la chambre de lady Farrell, située à quelques pas de celle du jeune anatomiste. Jetant des regards prudents autour de lui, il s'approcha de la porte, prit une profonde inspiration et frappa doucement. Les pleurs se turent immédiatement.

— Qui est là ?

— Le docteur Silkstone, souffla-t-il.

Le lit grinça, un vêtement de soie froufrouta, puis Lydia entrouvrit sa porte. Des larmes perlaient encore à ses cils sombres et sa chevelure ruisselait jusqu'au milieu de son dos. Elle dévisagea son visiteur un instant. Le cœur de l'anatomiste battait à tout rompre.

Elle se décida enfin à ouvrir grand la porte en l'invitant d'un geste à entrer – elle lorgna prestement dans le couloir pour vérifier qu'il était désert. Les deux jeunes gens se tenaient à présent dans la pénombre, face à face, à quelques centimètres l'un de l'autre.

— Il m'a semblé que vous ne vous sentiez... pas bien.

— Vous ne devriez pas être ici.

— Je tenais à m'assurer que vous n'aviez besoin de rien.

— Vous êtes donc venu en qualité de médecin?

— Si vous le désirez, je puis vous proposer un médicament qui vous aidera à dormir.

Thomas prenait mille précautions. S'il dévoilait à lady Farrell ses sentiments, il trahirait le serment d'Hippocrate. L'épouse du capitaine lui semblait si vulnérable, si démunie... C'est pourtant elle qui, soudain, se rapprocha de lui et saisit sa main dans la sienne; leurs doigts s'entremêlèrent.

— Je crois bien que plus jamais je ne trouverai le sommeil, Thomas, murmura-t-elle en se penchant pour venir poser ses lèvres sur celles de Silkstone.

Ils échangèrent d'abord de lents baisers dans l'obscurité, pareils aux premières gouttes d'une averse d'été puis, comme la passion s'emparait d'eux, ils se firent plus empressés, plus goulus. Thomas humait le parfum de la jeune femme en laissant courir ses mains le long de son échine. Sa peau était douce sous la chemise de nuit. Il s'aventura jusqu'aux seins rebondis. Elle était splendide, plus belle que toutes les femmes qu'il avait croisées jusqu'alors. Il brûlait de la posséder, mais lorsqu'elle ferma les paupières, s'abandonnant à ses caresses, elle s'inclina – l'anatomiste découvrit alors, accroché au mur derrière elle, un grand portrait du capitaine. La mine arrogante de ce dernier le tira brusquement de ses songes : il se dégagea prestement de l'étreinte de sa partenaire.

— Lydia, Lydia. Nous n'avons pas le droit de faire une chose pareille. Je suis médecin. Vous êtes mariée. C'est de la folie.

Le silence se fit ; le jeune homme n'entendait plus que les battements de son cœur cognant dans ses oreilles. Elle leva le regard vers lui et l'approuva d'un hochement de tête.

— Alors contentez-vous de me serrer dans vos bras, l'implora-t-elle.

Elle posa la tête contre sa poitrine, tandis qu'il la ramenait doucement vers lui en lui piquant un baiser sur le sommet du crâne. Quelques minutes plus tard, il l'entraîna sans mot dire jusqu'au lit, où ils s'allongèrent côte à côte – elle posa de nouveau sa tête sur le torse du jeune homme. Il lui caressa tendrement les cheveux en écoutant la musique de son souffle.

— Restez avec moi, Thomas.

— Je suis là et, si vous le souhaitez, je serai toujours là pour vous.

Elle se blottit contre son flanc. Il lui baisa le front.

— Vous êtes si différent de Michael, observa-t-elle après s'être tue longtemps. Michael est un tricheur, un menteur et un coureur de jupons.

Elle s'agita. Thomas lui effleura la joue pour tenter de l'apaiser un peu.

— Mais s'agit-il d'un meurtrier ? s'enquit-il.

— J'aimerais tant le savoir.

— Personnellement, je ne le crois pas.

Le Dr Silkstone finit par perdre toute notion du temps, mais, au bout de ce qui lui parut une éternité, il entendit la respiration de sa compagne se faire plus régulière : enfin, elle était parvenue à s'endormir. Il lui souleva tendrement la tête pour la poser sur les gros oreillers, avant de tirer sur elle le couvre-lit.

— Dormez bien, mon amour, chuchota-t-il.

Il se dirigea vers la porte, en actionna la clenche d'un geste nerveux, puis loucha de droite et de gauche dans les ténèbres du couloir. Enfin, il se décida à parcourir sans hâte les quelques mètres qui le séparaient de sa chambre. Tout à coup, il perçut une présence non loin de lui.

Une silhouette émergea de l'obscurité. Thomas se tourna vers elle en retenant son souffle.

— Crick ! s'exclama-t-il sans élever la voix, un frisson lui parcourant le corps des pieds à la tête comme s'il venait d'être frappé par la foudre. Que... ? Que... ?

— Ce matin, à Londres, j'ai pris la diligence, docteur Silkstone, mais nous avons été retardés.

Il s'exprimait avec assurance. Avait-il vu Thomas quitter la pièce où dormait sa cousine ? L'anatomiste n'était sûr de rien.

— Je vais me coucher, annonça Francis pour prendre congé.

Peut-être n'avait-il rien vu du tout, finalement. Mais, comme le garçon posait la main sur le loquet de sa porte, à l'autre bout du couloir, il se retourna vers son professeur :

— Je suppose que vous vous rappelez où se trouve votre chambre, docteur Silkstone.

# 33

Il est aisé de diagnostiquer la peur chez un homme. Les symptômes en sont évidents. Ainsi songeait Thomas en observant le capitaine Farrell – la peur se distinguait sur ses traits plus sûrement que de l'encre sur un parchemin. Mais de même qu'il existe divers types de cancers ou différentes formes d'éruptions cutanées, on recense également plusieurs sortes de peurs. Celle qui accablait cet homme accusé de meurtre ne dilatait nullement ses pupilles, elle ne faisait pas trembler ses mains. Il s'agissait plutôt d'une peur sournoise, de celles qui croissent en secret à la façon d'une tumeur jusqu'à ce qu'un jour elles commencent à se manifester. Ce jour était venu pour l'Irlandais.

Ce dernier, accablé par le témoignage de ses domestiques durant l'audience, s'était donc trouvé accusé d'homicide illégal et, partant, arrêté puis incarcéré par les forces de l'ordre. Il croupissait à présent entre les murs suintants d'une cellule putride, où sa peur pouvait enfin s'exprimer à loisir. Car elle ne se cachait plus derrière les gilets de brocart ni l'insolence du capitaine. Au contraire : elle se donnait à voir dans son teint grisâtre, dans ses pommettes qu'elle semblait tendre à rompre, dans son regard apathique.

— Connaissez-vous le remède à mon mal, docteur? s'enquit l'Irlandais en s'avisant que le jeune homme le scrutait.

— Oui, monsieur : la vérité.

— Nous ne désirons pas autre chose, approuva son interlocuteur en attirant à lui son épouse.

Lydia grimaça, mais ne résista pas à son geste. Elle tenait à la main un petit bouquet, qu'elle porta à ses narines pour en respirer longuement le parfum.

Thomas nota encore que Farrell avait les ongles sales lorsqu'il passa une main dans ses cheveux d'ordinaire si impeccablement coiffés. Privé de ses parures, privé du confort auquel il était habitué, il semblait avoir acquis une humilité dont il se trouvait jusqu'ici singulièrement dépourvu – l'anatomiste éprouva pour lui une étrange compassion.

— Je suis innocent, déclara le capitaine.

Il parut alors tout près de se briser, mais se ressaisit dans l'instant. Lydia, pour le réconforter, avait posé une main sur son avant-bras. Il se tourna vers elle.

— Si tu n'as plus foi en moi, mon amour, je préfère cesser de vivre, lui confia-t-il, les yeux mouillés de larmes.

Son épouse se trouvait elle aussi sur le point de pleurer, mais elle ne répondit rien. Le jeune anatomiste se sentit brusquement coupable : aimait-elle encore son mari?

C'est lui qui se décida à rompre le silence pesant qui s'était installé dans la geôle.

— Avez-vous un avocat?

— Un ami de la famille, acquiesça Farrell.

— Quelqu'un en qui nous avons toute confiance, ajouta son épouse.

— Dans ce cas, il faut que je m'entretienne avec lui, décréta Thomas, s'adressant à l'Irlandais. Nous avons besoin de toute l'aide possible si nous tenons à prouver que vous êtes innocent du crime dont on vous accuse.

James Lavington trouva lady Crick au jardin, assise sur une balançoire. Marquée par les gelées de la nuit, la pelouse s'ornait d'une dentelle blanche. La vieille dame arborait deux longues tresses grises, retenues chacune par un ruban bleu. Avec ses joues outrageusement poudrées de fard, elle vous serrait le cœur. Elle chantonnait en se balançant d'avant en arrière.

En voyant le jeune homme approcher, elle lui sourit sans cesser de se balancer – elle ne semblait pas davantage ressentir le froid pourtant vif du dehors.

— Avec tout ce blanc, on se croirait dans un conte de fées, n'est-ce pas, monsieur Lavington?

Ses yeux, songea ce dernier, venaient contredire l'enjouement de ses paroles: ils étaient tristes, battus et pleins de larmes.

— Je n'ignore pas qu'Edward est mort, vous savez.

C'était la première fois qu'elle évoquait, devant lui du moins, le décès de son fils. La surprise qui se peignit sur le visage de James n'échappa pas à lady Crick:

— Mais je vous en prie, monsieur Lavington, ne dites pas à Lydia que je suis au courant. Elle souffre moins en croyant que j'ignore tout.

— Je vous le promets, madame.

Il se tenait à présent au côté de la comtesse douairière, contemplant le blanc tapis devant eux. Il n'aurait pu rêver meilleure entrée en matière. C'est que sa mission était délicate. Personne, jusqu'ici, n'avait osé aborder avec lady Crick le sujet de l'arrestation de Farrell. On redoutait qu'une pareille nouvelle l'égarât plus encore – elle continuait donc, depuis une semaine, de vivre dans une douce ignorance, tandis que son gendre moisissait en prison.

— Vous aimez beaucoup lady Lydia, hasarda Lavington.

Les lèvres peintes et gercées de la vieille dame esquissèrent un sourire.

— Oui, dit-elle sans cesser de se balancer, comme si de lointains souvenirs la berçaient. Chère Lydia… Chère Lydia…

— Vous avez fait énormément pour elle.

— Je n'ai pas d'autre fille. Son bonheur est aussi le mien.

C'était maintenant, songea James, qu'il lui fallait saisir sa chance. Il se lança :

— C'est pour cette raison que vous l'avez autorisée à regagner Boughton Hall avec le capitaine Farrell au terme de leur fugue.

Ces derniers mots tirèrent lady Crick de sa rêverie. Lavington craignit aussitôt d'être allé trop loin. Elle tourna la tête vers son visiteur – ses tresses voletèrent autour d'elle – et le considéra d'un air méfiant.

— Je ne voulais pas perdre ma fille, monsieur. Si je ne lui avais pas permis de revenir, je n'aurais plus personne, maintenant.

Il s'agissait de manœuvrer désormais avec la plus grande prudence. James venait de rouvrir une vieille blessure qui, à n'en pas douter, continuait de faire souffrir la comtesse. Lorsqu'elle avait fait la connaissance du fringant capitaine Farrell, trois ans plus tôt à Bath, Lydia l'avait certes laissé lui voler son cœur, mais elle lui avait de même sacrifié le respect qu'elle éprouvait jusqu'alors pour les avis de sa mère. Au terme de deux mois de relations assidues, le couple demanda à celle-ci la permission de convoler en justes noces. Lady Crick, qui possédait alors la plupart de ses facultés, refusa tout net. Elle avait compris que l'Irlandais n'était qu'un vaurien qui aimait à jeter l'argent par les fenêtres : il n'en voulait qu'à la fortune de Lydia.

La comtesse avait porté son choix sur un autre jeune homme, qu'elle jugeait autrement plus digne d'épouser son enfant. D'ailleurs, avant de croiser la route de Farrell, Lydia elle-même s'était montrée favorable à cette union. Mais à Bath, tout avait changé. Après que lady Crick se fut opposée au mariage de sa fille avec l'Irlandais, elle eut le déplaisir, puis l'immense chagrin, de voir celle-ci commettre l'impensable : Lydia s'enfuit avec le capitaine.

Dans tout l'Oxfordshire, on ne parlait plus que de cela. Dès que la comtesse paraissait dans une pièce, les éventails se levaient, derrière lesquels on échangeait des propos malveillants. Pendant près d'une année, le jeune couple vécut à Cheltenham, grâce à la rente mensuelle perçue par Lydia. Michael, cependant, loin d'éviter lady Crick ou de chercher à détourner son épouse de l'affection de sa mère, s'attacha peu à peu à apaiser cette dernière en déployant tout son charme. Abjurant ses façons de voyou, il lui promit de devenir un mari exemplaire, tout entier porté par le désir de complaire à sa belle. L'Irlandais ne s'arrêta pas en si bon chemin : on ne tarda pas à apprendre, à Boughton Hall, qu'il renonçait publiquement à jouir de la fortune de Lydia et, surtout, à tous les biens dont elle pourrait hériter à la mort de son frère. Ébranlée par ces résolutions, épuisée par les querelles, lady Crick céda – bien qu'aucun document officiel n'eût jamais été signé : elle ouvrit de nouveau son cœur et sa maison à son indomptable fille, ainsi qu'à son gendre. On s'installa dans la demeure ancestrale avec l'intention d'y couler ensemble des jours paisibles où régnerait l'harmonie. C'est du moins ce que l'on croyait.

James Lavington observa la vieille dame. Elle se balançait à présent moins vite, comme si elle avait entre-temps perdu le sens du rythme – on aurait cru un danseur dont on brise l'élan en faisant taire soudain la musique au beau milieu de sa prestation.

— Personne ne connaît les souffrances que vous avez endurées, lady Crick.

— Personne, non, répéta cette dernière en arrêtant pour de bon la balançoire.

— Peut-être est-il temps de le leur faire savoir.

— De le leur faire savoir?

— Oui, insista Lavington. Le coroner chargé de l'enquête concernant le décès de lord Crick n'a jamais entendu votre témoignage, alors que vous représentiez l'être le plus important dans l'existence du jeune comte.

— L'enquête?... Non, non, vous avez raison.

James se pencha pour murmurer à l'oreille de la vieille dame :

— Le temps n'est-il pas venu de leur raconter votre histoire, madame la comtesse? De leur raconter l'affront que vous avez subi? De leur raconter à quel point l'on vous a ensuite ignorée?

Sur les traits bienveillants de lady Crick se peignit peu à peu du courroux.

— Oui, ils m'ont prise pour une imbécile, grinça-t-elle entre ses dents serrées – elle se remit à se balancer, avec plus de vigueur cette fois. C'est Farrell. Tout était sa faute. Sans lui, elle...

— Poursuivez, madame, souffla James.

— Il a détourné ma Lydia du droit chemin.

— En effet.

Lavington tenait à la main une grande sacoche de cuir, qu'il ouvrit pour en extraire un document, ainsi qu'une plume et une bouteille d'encre.

— C'est pour cette raison que j'ai pris la liberté de rédiger pour vous cette déclaration sous serment, madame, énonça-t-il en remettant à la comtesse le parchemin.

Lady Crick dévisagea son interlocuteur sans comprendre.

— De quoi s'agit-il?

— Sur ce parchemin se trouve exprimé l'amour que vous portez à votre fille, et la manière dont elle vous l'a rendu.

Il plaça la bouteille d'encre sur un petit muret, avant d'y tremper l'extrémité de la plume.

— Il ne vous reste plus qu'à signer. Je veillerai ensuite à ce qu'il soit remis en mains propres au coroner qui, de cette façon, connaîtra l'entière vérité.

La vieille dame acquiesça et saisit la plume de sa main noueuse et maculée de taches brunes.

— Il faut que l'on révèle la vérité, fit-elle en apposant une signature illisible au bas du document.

— Je puis vous assurer, madame, déclara James Lavington, qui la scrutait avec attention, qu'elle sera révélée.

## 34

Thomas ne se rappelait pas avoir jamais eu si froid. Même lorsque son père l'avait emmené dans le Delaware en plein cœur de l'hiver pour y chasser l'élan. La Tamise était gelée. Londres s'était mué en un curieux paysage de dunes et de congères qui s'élevaient jusqu'aux toits des maisons pour s'effondrer ailleurs dans la moindre rigole. Dans les rues, des lames de glace tombaient en sifflant depuis les surplombs et les avant-toits ; l'haleine des passants ressemblait à la vapeur brûlante qui montait des tasses dans les cafés.

Sur la rivière, des enfants allumaient des feux de joie, des marchands ambulants plus téméraires que d'autres installaient leurs éventaires sur cette patinoire. Le sang qui circulait d'ordinaire dans la puissante artère de la cité en charriant des navires, des barges et des bacs, paraissait à présent tari, comme aspiré par des sangsues.

Quant aux pilleurs de tombes et autres voleurs de cadavres, ils s'étaient d'abord inquiétés : la terre se révélait si dure que leurs pelles et leurs pioches l'entamaient à peine. Mais à mesure que le froid s'installait, leurs craintes initiales s'envolèrent. Plus besoin, en effet, de creuser le sol des cimetières ; jeunes et vieux s'écroulaient en pleine rue, gelés jusqu'aux os. Il suffisait dès lors aux gredins de ramasser les corps pour les apporter dans les salles de dissection.

Là, on les conservait dans la neige meurtrière. Bientôt, ces dépouilles mortelles tâteraient à leur tour du scalpel de quelque anatomiste. Entreposés dans des appentis, les cadavres demeuraient intacts plusieurs jours durant, préservés de la pourriture et des vers.

Ainsi avait-on, à plusieurs reprises, proposé à Thomas de le ravitailler – les Londoniens semblaient tomber comme des mouches. Mais le jeune médecin ne prêtait guère attention aux vauriens qui prenaient langue avec lui. D'une part, il répugnait à se mêler à leurs sordides affaires ; de l'autre, il avait largement, depuis son retour dans la capitale, de quoi occuper ses longues journées d'hiver.

On avait fêté Noël. Deux mois s'étaient écoulés depuis sa dernière visite à Oxford. Désormais, entre deux amputations et quelques cours dans des amphithéâtres bondés, il vouait le peu de temps libre qui lui restait à traquer les poisons les plus connus – arsenic et mercure, entre autres – dans les échantillons prélevés sur la dépouille de lord Crick. Pour le moment, il n'avait rien trouvé. À dire vrai, il commençait à se décourager, au point que s'il avait accepté de poursuivre ses investigations, c'était parce qu'il songeait que, peut-être, Farrell était innocent, et parce que Lydia le lui avait demandé.

Le jeune anatomiste s'était longuement entretenu avec le capitaine avant de quitter Oxford. À part l'eau de laurier, utilisait-on d'autres toxiques à Boughton Hall ? L'Irlandais avait répondu que non. D'ailleurs, avait-il ajouté, il n'en connaissait aucun en dehors du cyanure. Autant dire que Silkstone avançait dans le noir. Sans la moindre lumière, si ténue fût-elle, et si éloignée, pour le guider, son voyage vers la vérité le menait régulièrement dans une impasse.

Lydia avait regagné seule le manoir. Après leur visite à la prison, Thomas l'avait accompagnée jusqu'à la diligence pour Brandwick, où Lovelock avait prévu de l'attendre. Les jeunes gens s'étaient séparés avec raideur et sans un mot. L'intimité qu'ils avaient brièvement partagée demeurerait leur coupable secret.

Mais, au cours des longues nuits lugubres et glacées, lorsque la neige s'accumulait dans les rues silencieuses de Londres, le jeune chirurgien avait bien du mal à ne pas penser à lady Farrell ; sa chaleur lui manquait.

Il ne comptait plus les lettres qu'il lui avait écrites durant ses heures d'insomnie, dans sa chambre solitaire, brûlant de se trouver auprès d'elle. Il n'ignorait pas, cependant, que s'il les envoyait et qu'on vînt à les intercepter, ils seraient perdus tous les deux. Quant à Francis Crick, avait-il surpris quelque chose lorsque son professeur avait passé la nuit à Boughton Hall ? En tout cas, il s'était tu, mais, depuis cette rencontre dans les couloirs du manoir, il n'avait plus assisté à aucun des cours dispensés par le Dr Silkstone. Sa disparition troublait celui-ci, qui balaya cependant ces pensées d'un revers de main pour tenter de se concentrer à nouveau sur sa tâche.

Le corps humain recèle mille et un secrets. Chaque organe préserve ses mystères, dissimulés entre ses muqueuses, au plus profond des tissus dont il est fait ou quelque part dans les imposantes falaises de ses muscles. Comme il devait être facile, songea brièvement Thomas en examinant avec une attention renouvelée le cœur de lord Crick, d'être prêtre jadis à Babylone, dans la Grèce ou la Rome antique. À l'époque, où voyants et oracles régnaient en maîtres, on pensait que l'âme résidait dans le foie. Venait-on demander conseil à un initié – afin de terrasser un ennemi, d'exercer sur un tiers sa vengeance – qu'il suffisait à celui-ci de sacrifier un mouton ou une chèvre, puis de lui ouvrir le ventre. On observait alors les lobes du foie, la structure des vaisseaux qui s'y trouvaient reliés, la position de la vésicule biliaire… et on lisait l'avenir.

— De telles prédictions, même Jules César y accordait du crédit, déclara un soir le Dr Carruthers.

Le vieux maître avait pris l'habitude de rejoindre son protégé en fin de journée dans son laboratoire, tandis que Thomas s'acharnait, en vain semblait-il, sur le cœur du défunt comte.

Le jeune homme se sentait dénué de toute espèce d'inspiration – qu'elle fût d'ordre terrestre ou divin. Les révélations, s'il devait y en avoir, n'émaneraient pas d'un être supérieur : elles résulteraient tout entières de son labeur.

— La justice, monsieur, à l'égal de la science, ne devrait pas reposer sur l'ordre naturel des choses, mais sur des faits. En l'absence de faits solidement établis, la justice se trouve prise en défaut, or la justice qui sera rendue la semaine prochaine à la cour d'assises d'Oxford se fondera essentiellement sur des suppositions et des preuves indirectes.

— Un juge digne de ce nom saura faire la part des choses, mon jeune ami, le rassura son mentor.

Mais Silkstone continuait de douter. Chaque jour, depuis son retour à Londres, il avait pénétré dans son cabinet médical comme un juge entre dans son tribunal. À plusieurs reprises il s'était trouvé face à un patient qui attendait qu'on l'ampute, comme un accusé attend son procès. À tout coup, le malheureux était tendu, angoissé, il redoutait le sort qui allait lui échoir… Il n'était sûr que d'une chose : le processus se révélerait douloureux.

— Mais, monsieur, contre-attaqua Thomas, un chirurgien est seul responsable de ce qu'il advient de son patient. C'est lui qui pratique l'incision, lui seul qui œuvre jusqu'à ce que le membre malade tombe sur le sol avec un léger craquement. Certes, des étudiants peuvent assister à l'intervention, mais c'est bien le chirurgien qui s'est lancé en solitaire dans l'aventure.

Le Dr Carruthers approuva d'un signe de tête.

— Vous marquez un point, mon jeune ami.

Galvanisé par la remarque, Silkstone enchaîna :

— Un juge, à l'inverse, mène certes l'expédition, mais il n'est pas seul. Il lui arrive de cartographier un territoire inconnu, un territoire farci d'irrégularités parfois, de détours, de faux-semblants… Mais il ne peut que tâcher d'orienter ses compagnons dans ce qui lui paraît être la bonne direction. Il n'est en aucun cas maître du terrain.

De même, Thomas se retrouvait entre les mains d'inconnus auxquels, précisément parce qu'ils étaient des inconnus, il ne pouvait accorder sa confiance. Pourquoi l'avocat du capitaine n'avait-il pas déjà pris contact avec lui ? Il ne restait plus que quelques jours avant le procès. On lui demanderait pourtant de fournir des preuves…

Plus tard dans la soirée, comme Silkstone et son mentor se tenaient devant la cheminée, le vieil anatomiste devina que mille soucis continuaient à tarauder son protégé : il lui lisait le *Daily Advertiser* d'une voix monocorde – il avait manifestement la tête ailleurs.

— Relisez-moi l'article consacré à l'incendie survenu dans Great Portland Street, exigea soudain le Dr Carruthers.

— L'incendie ? Quel incendie ?

Mais déjà, Thomas avait compris la ruse.

— Vous m'avez lu cet article il n'y a pas cinq minutes, le railla son maître. Mais vous songiez à autre chose.

— J'avoue que le procès qui s'annonce me préoccupe un peu, confessa le jeune homme.

— Un peu ?!? Foutaises ! Votre cerveau n'est jamais revenu de votre dernière visite à Oxford. Non plus que votre cœur.

Silkstone se félicita de ce que son interlocuteur ne pût voir ses joues s'empourprer.

— Je me réjouis que vous repartiez demain. Ici, vous n'êtes utile à rien ni à personne.

## 35

Le lendemain matin, dès l'aube, Thomas grimpa à bord de la diligence qui se rendait à Oxford où, au lieu de prendre une chambre à l'auberge du Cheval Blanc, il loua une monture pour galoper jusqu'à Boughton Hall. Il atteignit le manoir en début de soirée. Will se tenait dans la cour.

— Docteur Silkstone ! appela-t-il dès que celui-ci eut franchi le portail.

L'anatomiste sourit en se dirigeant vers le garçonnet.

— Êtes-vous attendu, monsieur ? s'enquit l'enfant en saisissant les rênes.

— Non, Will, répondit Thomas en s'apprêtant à sauter de sa selle.

Mais, comme il avait ôté un pied de l'un des étriers, le cheval, à cause d'un rat peut-être, prit peur et se cabra. Le jeune homme tenta en vain de se cramponner à sa crinière : il chuta lourdement sur les pavés.

Will, qui s'était empressé d'agripper la bride, eut tôt fait de maîtriser la bête, puis de la calmer. Mais le mal était fait : Thomas ne s'était certes rien cassé, mais il avait heurté le décrottoir dans sa chute ; une profonde entaille lui barrait maintenant la main, dont le sang commençait à couler.

— Vous êtes blessé, monsieur ! s'écria le petit garçon.

— Ce n'est rien, le rassura le cavalier, qui n'ignorait pas cependant qu'il fallait qu'on le soignât.

L'enfant mena le cheval dans le box le plus proche, tandis que Thomas soutenait sa main meurtrie, qui le faisait terriblement souffrir.

— Ma mère a des pommades qui empêchent les vilaines choses d'empirer, déclara Will en prenant l'anatomiste par le coude. Venez avec moi.

Le visiteur eut beau protester, le garçonnet ne voulut rien entendre et l'entraîna vers sa maison, de l'autre côté de la cour.

— Mère. Mère !

Debout à la table de la cuisine, Hannah Lovelock pétrissait de la pâte à pain. Dès qu'elle eut aperçu Thomas, elle s'essuya les mains à son tablier pour venir voir ce qui se passait.

— Le docteur s'est fait une très grosse coupure, lui expliqua son fils.

— Trois fois rien, le contredit Silkstone.

En dépit de sa gêne évidente, la jeune femme s'approcha pour examiner la plaie. D'un geste, elle désigna une chaise, sur laquelle le visiteur prit place docilement.

— Va me chercher ce pot, ordonna la domestique au petit Will, qui s'exécuta sur-le-champ.

Thomas, qui le suivait des yeux, découvrit une étagère que l'on aurait plus aisément imaginée dans l'échoppe d'un apothicaire que dans la masure d'une servante. Là, en effet, s'entassaient des teintures, des baumes, entreposés dans des pots et des bocaux. Le jeune homme avait rarement observé un tel fatras d'herbes et de plantes médicinales, de champignons séchés et de racines aux formes surprenantes. Les rayonnages croulaient sous le poids des pots à canon emplis de feuilles à ras bord, sous celui des urnes garnies de pétales. Il y avait encore des fioles pleines d'huile, des pots de crème et des lotions.

— Vous possédez de nombreux remèdes, hasarda le Dr Silkstone – son hôtesse alla chercher un carré de tissu, ainsi qu'une cruche d'eau.

— C'est vrai, commenta-t-elle d'un ton sec.

Ainsi venait-elle de mettre un terme à une conversation qui n'avait pas même commencé.

Elle s'assit à côté de l'anatomiste, afin de nettoyer sa blessure avant d'extraire du pot que Will lui avait apporté une petite poignée de feuilles émiettées, sur laquelle elle versa un peu d'huile. Ensuite, elle prit un morceau de gaze, y plaça son mélange et déposa le tout avec délicatesse sur la plaie de Thomas.

Celui-ci nota que sur le couvercle de tous les récipients se trouvait collé un fragment de racine, une feuille ou un pétale. Il supposa que la domestique, probablement analphabète, avait mis au point cette méthode pour identifier aisément le contenu de chaque bocal et de chaque pot. La feuille collée sur celui dans lequel venait de puiser la jeune femme était une grande feuille ovale, légèrement poilue, dont Silkstone s'abstint de demander à son hôtesse de quelle plante elle provenait. Puisqu'elle semblait mal à l'aise, il préféra la laisser œuvrer en silence. Le végétal, en tout cas, ne possédait aucune odeur distincte, mais l'huile apaisa aussitôt la douleur cuisante occasionnée par sa blessure.

— Maman dit que ça, ça guérit toutes les maladies, lança Will sur un ton plein de gaieté.

— Tais-toi donc, le rabroua sa mère. Ce n'est qu'une plante ordinaire.

Sur quoi elle déchira un vieux jupon pour en tirer une bande d'étoffe qu'elle enroula avec adresse autour de la main du jeune homme.

— Je vous dois une fière chandelle, la félicita ce dernier tandis que la servante achevait son pansement en nouant l'une à l'autre ses deux extrémités.

Elle ne releva même pas la tête. Le garçon ne savait plus que faire. S'il tirait quelques pièces de sa poche pour les remettre à Hannah, elle en prendrait ombrage, il en était certain... Alors, il se contenta de se lever en la remerciant pour sa gentillesse.

Will le raccompagna hors de la maison.

— Je vous avais dit qu'elle vous aiderait, exulta l'enfant.

— Ta mère possède un savoir peu commun, sourit Thomas. Peut-être aurai-je un jour l'occasion d'en discuter avec elle.

— Tout ce que je sais, commenta le garçonnet en haussant les épaules, c'est que ses pommades me font du bien quand j'ai les mains qui brûlent, et qu'avec ses potions j'arrive à dormir la nuit.

— Tu en as, de la chance.

Will rayonnait de fierté.

Le Dr Silkstone découvrit Lydia en train de couper les premières jonquilles dans le jardin clos. Ses cheveux bruns ramenés vers l'arrière lui permettaient d'admirer son profil. Elle demeurait en tout point aussi belle que dans son souvenir. Il jeta des regards autour de lui, afin de s'assurer que personne ne risquait d'assister à leurs retrouvailles.

Il se dirigea vers elle. À peine eut-elle entendu des pas dans l'allée garnie de galets qu'elle fit volte-face. Durant une fraction de seconde, elle se contenta de le fixer puis, très vite, son visage s'illumina d'un large sourire. Elle avait jusqu'alors très peu souri en présence de l'anatomiste, en sorte que celui-ci en éprouva autant de joie que de surprise – même s'il craignait que quelqu'un les observât. Il prit la main de la jeune femme et la baisa.

— Vous êtes blessé ! glapit-elle en découvrant son bandage.

— Ce n'est qu'une égratignure.

— Je suis si heureuse de vous voir, lui confia Lydia tandis qu'ils regagnaient le manoir le long de l'allée bordée de buis. Vous m'avez affreusement manqué.

Elle serra son avant-bras, mais se ressaisit aussitôt et s'écarta.

— Le procès est…

La fin de sa phrase mourut dans un soupir.

— Il fallait que je vienne, déclara Thomas avec gravité.

— Vous ne m'avez pas écrit, lui reprocha-t-elle.

— Le danger m'a paru trop grand.

Elle approuva d'un hochement de tête.

— Ce n'est pas facile sans…, commença-t-elle après quelques minutes de silence.

Elle s'empêcha de prononcer le nom de son époux, comme si cela seul risquait de la meurtrir.

— Comment va-t-il ? s'enquit l'anatomiste.

— Il perd espoir et sa santé se dégrade.

Le jeune homme perçut une pointe de désarroi dans la voix de sa compagne.

— À Londres, lui expliqua-t-il, j'ai poursuivi mes expériences.

— Et… ?

— Je crains de n'être pas encore parvenu à identifier le poison qui a tué votre frère.

Il se sentit soudain douloureusement inutile. À sa chère Lydia, il avait fait faux bond.

Le soleil de mars commençait à disparaître derrière le mur du jardin. Les jeunes pousses vertes des campanules émergeaient de sous leur couverture hivernale.

— Le printemps arrive, observa Thomas, qui aurait préféré épargner à son hôtesse de telles platitudes.

— Un printemps qui ne présage rien de bon cette année, rétorqua cette dernière.

Ils se turent jusqu'à ce que le Dr Silkstone avisât tout à coup lady Crick à l'autre bout du jardin, dont la vieille dame s'apprêtait à ouvrir la grille en fer forgé par laquelle on accédait à la route de Brandwick. Lydia, qui l'avait repérée aussi, interpella immédiatement Kidd, qui binait un parterre non loin :

— Empêchez-la de sortir !

Le jardinier se précipita vers la comtesse douairière, qu'il saisit par le bras. D'abord, elle parut s'affoler, mais, lorsque sa fille la rejoignit, elle commençait déjà à s'apaiser.

— Eh bien, maman, il ne s'agirait tout de même pas que tu te perdes, la gronda tendrement Lydia.

Pendant que Kidd raccompagnait lady Crick au manoir, la jeune femme expliqua à son visiteur qu'il arrivait souvent à sa mère de jouer les filles de l'air.

— Elle aime la liberté, observa Thomas.

— En effet, confirma Lydia en fronçant les sourcils. Lorsque Francis est ici, il l'emmène se promener dans les bois. Il est adorable avec elle.

Elle présenta son visage à Silkstone, qui une fois encore admira sa fragile beauté. Leurs regards se croisèrent un instant mais, déjà, ils se détournaient en hâte. Thomas ne s'était pas ouvert à elle de sa rencontre avec le cousin de la jeune femme sur le palier, et il ne comptait pas s'en ouvrir de sitôt.

— Francis est un homme bon, ajouta-t-elle, presque pour elle-même.

Thomas pria pour qu'il fût également un homme discret.

## 36

Depuis l'arrivée impromptue du médecin, Boughton Hall était en pleine effervescence. Lydia ordonna qu'on lui préparât un lit et, bien sûr, le pria de se joindre à elle pour le dîner. Hélas, il n'en était pas l'unique invité. Thomas, qui avait prévu de s'enquérir de l'avocat du capitaine auprès de la jeune femme et des moyens d'entrer en contact avec lui, dut donc se résoudre à bavarder de la pluie et du beau temps avec un homme qui, dès le premier regard, lui avait inspiré de l'aversion.

— Vous n'avez pas faim, docteur Silkstone ? s'inquiéta lady Farrell en le voyant pignocher dans son assiette de truite.

— Je me sens un peu las, madame, c'est tout, répondit-il poliment.

— Mme Claddingbowl sera outrée, intervint James Lavington.

Lorsque l'anatomiste avait découvert ce dernier à la table, il avait aussitôt perdu l'appétit. La conversation mourut encore – qui, de toute la soirée, ne s'était jamais animée entre les deux hommes. Leur hôtesse jugea opportun de rompre la glace :

— Je suppose, messieurs, que vous tenez à parler tous les deux du procès ?

— Le procès... bien sûr..., répondit Thomas sans comprendre.

— Oh, docteur Silkstone, se navra la jeune femme. Veuillez me pardonner, j'ai oublié de vous dire... M. Lavington va assurer la défense de mon mari. C'est lui, l'ami dont nous vous avons parlé.

Le cœur de l'anatomiste se mit à battre la chamade.

— M. Lavington est avocat? s'étonna-t-il, en jetant un coup d'œil en direction de son rival avant de revenir à Lydia.

— Je le suis en effet, confirma James. J'ai étudié le droit ici, à Balliol.

— Je vous prie encore de m'excuser, insista leur hôtesse en rougissant. Je croyais que vous étiez au courant.

Non. Thomas n'était pas au courant. Qui pis est, il n'aimait pas l'homme assis face à lui et ne lui faisait aucune confiance. Et voilà que lady Farrell avait remis l'avenir de son époux, sa vie même, entre les mains de ce triste sire qui, à l'évidence, nourrissait des vues sur elle.

Peu après le dessert, Lydia abandonna ses deux invités à leur embarrassant silence. Ils se levèrent quand elle quitta la pièce, puis se rassirent. Au moins n'avaient-ils plus, ni l'un ni l'autre, d'efforts à consentir pour complaire à leur hôtesse. Du porte-pipes apporté un peu plus tôt par Rafferty, Lavington tira une pipe en terre. Tandis qu'il en bourrait le fourneau de tabac, Thomas remarqua que de profondes cicatrices couturaient aussi sa main gauche, à laquelle manquait la dernière phalange de l'annulaire.

— Balliol, donc, hasarda-t-il.

— Puis Gray's Inn, à Londres, répondit James.

— Dans ce cas, pourquoi...?

L'avocat ne laissa pas Silkstone terminer sa phrase:

— J'avais soif d'aventure. Je suis parti pour les mêmes raisons que celles qui vous ont poussé à quitter

Philadelphie pour débarquer sur nos côtes. Je me suis engagé dans l'armée, puis je suis parti en Inde en quête d'exotisme.

— En avez-vous trouvé ?

Lavington haussa les épaules en désignant de l'index son visage mutilé.

— Disons que c'est plutôt lui qui m'a trouvé, lâcha-t-il avec un sourire en biais.

Thomas baissa les yeux vers la table.

— Ne vous sentez pas gêné, je vous en prie. La plupart des gens détournent le regard. Mais vous, puisque vous êtes médecin… Je vous ai vu scruter ma figure, la dernière fois que nous nous sommes croisés. Quel est votre diagnostic ?

L'anatomiste lui sut gré de tenter de passer outre aux faux-semblants.

— J'ai constaté que de petits fragments de métal demeuraient incrustés dans les chairs. J'en déduis donc que vous avez été victime d'une explosion.

James se cala dans son fauteuil en souriant avec un hochement de tête, comme s'il jouait aux devinettes avec un enfant.

— Bravo, docteur Silkstone. Chapeau bas. Mais je suppose que Lydia vous a expliqué ce qui m'était arrivé.

Ce n'était pas le cas.

— Il est vrai qu'elle ne vous a jamais convié à l'une de ses soirées, le railla doucement l'avocat – de quoi rappeler douloureusement à Thomas sa position sociale. Je vous raconterai cette histoire un autre jour.

Il versa du porto dans un verre, qu'il tendit au médecin. Celui-ci refusa. Lavington leva l'objet pour porter un toast :

— Au capitaine Michael Farrell, l'homme qui m'a sauvé la vie en me laissant à jamais ce souvenir !

Ce disant, l'homme caressa les chairs bourrelées de sa joue gauche. Son sourire mourut d'un coup sur ses lèvres et il se rembrunit.

Thomas ne releva pas la remarque. Il n'évoqua pas davantage le sort de l'Irlandais, car son compagnon enchaînait les rasades de vieux porto ; bientôt, il fut fin saoul. L'anatomiste estima plus judicieux d'attendre un autre jour, lorsque James aurait les idées claires et la langue moins bien pendue, pour lui parler de l'affaire. Il s'excusa, annonçant qu'il allait se coucher. Il quitta le hall par la porte de derrière pour humer un peu la fraîcheur du soir après la tabagie du salon. Comme il traversait la cour, il entendit qu'on l'appelait à mi-voix.

Il leva les yeux, découvrit une tête à la fenêtre du grenier à foin.

— Will, c'est bien toi ?

Le garçonnet posa un doigt sur ses lèvres, disparut pour ressurgir à la porte du bâtiment quelques secondes plus tard.

— Que fais-tu dehors à cette heure-ci ?

— Je suis venu passer un peu de temps dans ma cachette, lui expliqua l'enfant avec un sourire. Vous voulez la voir ?

Il prit aussitôt le jeune homme par la main pour l'entraîner vers la grange. D'abord réticent, Silkstone finit par se laisser guider.

Une lanterne allumée trônait sur le rebord. Will s'en empara pour conduire son invité jusqu'à l'échelle menant aux chevrons.

— Où m'emmènes-tu ?

— Promettez-moi de n'en parler à personne, fit l'enfant, la mine grave. Vous êtes le seul adulte à être au courant.

Levant bien haut sa lanterne, le garçonnet ouvrit le chemin en direction du grenier. Le médecin le suivait de près, incapable de distinguer quoi que ce fût dans la pénombre. L'homme et l'enfant s'engagèrent dans un étroit passage entre les ballots de foin puis, enfin, Will s'arrêta.

— Nous y voilà, souffla-t-il.

C'est alors que Thomas, qui se tenait à présent à quelques dizaines de centimètres de son hôte, découvrit sa collection. Boucles et boutons, tessons de faïence ou de porcelaine, ainsi qu'une clé rouillée : tels étaient les trésors que chérissait un petit garçon de ferme d'une dizaine d'années. L'anatomiste se sentit honoré que Will eût voulu lui faire partager ses trouvailles.

— Où as-tu déniché tout ça ? s'enquit-il en feignant de s'intéresser aux babioles.

— Ici. Par terre, dans le jardin.

Les doigts de l'enfant coururent sur deux des grosses pierres plates disposées sur le chevron.

— Et ces cailloux, d'où viennent-ils ?

Will leva les yeux vers lui.

— Ceux-là ? (Il en saisit un dans sa main et le caressa tendrement.) Ils étaient dans les poches du tablier de ma sœur, le jour où on l'a repêchée dans le lac. J'ai l'impression que ça me rapproche un peu d'elle.

Thomas dissimula l'émoi qu'avait suscité en lui cette révélation.

— Elle doit te manquer beaucoup, dit-il doucement.

Mais le garçonnet préféra éluder le sujet pour se concentrer de nouveau sur sa collection.

— Ça, c'est un médaillon que j'ai trouvé dans le jardin. Je suis sûr qu'il appartient à lady Lydia. Il est tellement beau…

Il saisit le pendentif, pour permettre à son invité de l'admirer à la lueur de la lanterne.

Silkstone commençait à se sentir mal à l'aise. En gardant pour lui ces objets, alors qu'il connaissait leur propriétaire, Will s'était rendu coupable de vol. Si l'on découvrait son trésor, l'enfant risquait le fouet, voire l'emprisonnement. Comme il s'apprêtait à aborder le sujet avec lui, la lumière émise par la lanterne vint éclairer une fiole bleue.

— Elle est belle, hein? observa le garçonnet, qui avait surpris le regard de son invité posé sur elle.

— Elle est splendide. Où l'as-tu débusquée?

— Au fond du tonneau de pommes, répondit l'enfant en fronçant les sourcils.

— Comme c'est étrange… (L'anatomiste faisait tout pour cacher son étonnement.) Sais-tu comment elle a atterri là-dedans?

Will secoua négativement la tête.

— Il y avait un remède à l'intérieur. Je l'ai goûté, mais ça n'était pas bon.

— Tu l'as goûté? répéta le médecin, le teint blême.

— Oui, monsieur. Voulez-vous goûter aussi?

Et, déjà, il débouchait le flacon pour le fourrer sous le nez du jeune homme.

Thomas ne sentit rien, mais constata qu'il restait en effet un peu de liquide au fond de la bouteille. Il fallait à tout prix que le petit garçon acceptât de lui remettre l'objet.

— C'est vraiment une bien jolie fiole que tu as là. Sais-tu que je passe mon temps à en chercher de telles pour y verser les médicaments de mes patients?

— Si je comprends bien, se résigna Will d'un air déconfit, vous voulez me la prendre?

— Elle me serait très utile. Mais, bien sûr, je ne l'accepterai qu'à condition de t'offrir autre chose en échange.

— Quoi donc, monsieur?

Silkstone venait de se rappeler le petit flacon de sels qu'il conservait toujours dans sa poche en cas d'urgence.

Un flacon de porcelaine, orné de motifs aux couleurs vives. Voilà, songea-t-il, qui devrait faire l'affaire.

— Il est drôlement beau, monsieur, sourit l'enfant. Je vous remercie.

C'était Thomas qui, plutôt, aurait dû remercier le garçonnet : grâce à lui, et bien qu'il n'en eût aucune conscience, la vérité, enfin, allait peut-être se faire jour. Il se contenta d'affirmer au petit bonhomme combien il avait apprécié de découvrir sa collection – elle serait leur secret, ajouta-t-il. Enfin, il lui suggéra de rejoindre son lit. Demain, l'anatomiste se mettrait au travail : il dévoilerait les mystères contenus dans cette fiole de verre qu'il tenait à la main. Demain, peut-être serait-il en mesure, ou peu s'en faut, de démasquer l'assassin de lord Crick.

## 37

À un étranger qui se serait aventuré dans la ville d'Oxford en ce matin du 13 mars 1781, on aurait pu aisément pardonner de croire que l'on y donnait une fête, un carnaval ou quelque distraction du même genre, propre à réjouir le peuple. Car on avait installé des éventaires devant le palais de justice, où l'on trouvait de tout, depuis de simples rubans jusqu'à des partitions musicales. Les colporteurs jouaient des coudes pour s'approprier un emplacement sur le trottoir – ils braillaient à qui mieux mieux : « Cosses de petits pois ! », « Pain d'épice ! »

Rémouleurs et autres arracheurs de dents profitaient de la foule qui déambulait sur Broad Street par cette matinée ensoleillée pour exercer leur art.

Des étudiants en toge coudoyaient des vendeurs de panacée, des commerçants de tout poil – il n'était pas jusqu'aux dames de la bonne société qui ne se trouvassent mêlées à la cohue, emportées dans un tourbillon d'intrigues et d'accusations diverses.

Au cœur de ce remue-ménage se trouvait le destin d'un homme. La plupart de ceux et celles qui s'étaient rassemblés devant le palais de justice ignoraient son nom. Peu importait. Car tous l'appelaient « l'Irlandais ».

Et tous l'avaient déjà condamné. Pour les habitants du comté, sa culpabilité ne faisait aucun doute. Son procès ne serait qu'une simple formalité. Dans les tavernes, on évoquait « l'assassin irlandais ». Dans les rues, on ne parlait plus que de pendaison.

Thomas, qui s'était attendu à une telle affluence, avait persuadé Lydia et James Lavington de demander au cocher de les déposer à l'arrière du tribunal, dans lequel ils avaient pu pénétrer sans que quiconque les repère. Quant à Francis Crick, il s'était excusé : la fièvre le clouait au lit, mais il se rendrait à Oxford dès que sa santé le lui permettrait.

Lady Farrell avait supporté avec infiniment de dignité son humiliation publique. Chaque jour, depuis l'arrestation, on mettait en pièces l'homme qu'elle avait aimé – on aurait cru une meute de chiens dépeçant un renard. Il n'en restait pas moins qu'en ce premier jour de procès le Dr Silkstone avait songé que la jeune femme ne pourrait souffrir la vue de la horde assoiffée de sang.

Il se glissa à son tour à l'intérieur du tribunal, afin de s'assurer que Lydia et Lavington s'y trouvaient en sécurité. L'avocat semblait savoir ce qu'il faisait. Lorsque Thomas lui avait demandé si l'on aurait besoin de lui à la barre, au titre d'expert médical, James lui avait répondu qu'on l'appellerait en cas de nécessité, mais que le procès-verbal du témoignage qu'il avait livré devant sir Theodisius suffirait probablement.

Deux gardiens de la paix avaient beau veiller, dehors, à ce que la plèbe ne s'approchât pas trop près de l'entrée du bâtiment, l'intérieur résonnait des cris rauques et des vociférations des badauds enfiévrés. Lydia avait pâli, elle paraissait perdue. Elle avait pris place juste derrière la table où se tenait James Lavington. Elle jouait nerveusement avec son éventail.

— Je reviendrai cet après-midi, la rassura Silkstone. Pour l'heure, il me faut encore procéder à d'autres expériences.

Elle opina, mais son regard était vide – elle avait à peine pris garde aux mots que le jeune homme venait de prononcer. Il ne lui avait pas parlé, ni à Lavington, de la fiole récupérée dans le trésor de Will; il ne tenait pas à faire naître en eux de faux espoirs. Il s'éclipsa aussi calmement qu'il était entré, pour se diriger vers l'école d'anatomie de Christ Church.

La cloche ayant sonné 10 heures, les agents ouvrirent les lourdes portes du palais de justice, à l'intérieur duquel pénétrèrent les curieux dans le plus grand désordre. Les catins outrageusement fardées qui avaient assisté aux audiences relatives au décès de lord Crick revenaient à présent pour jouir du procès de celui qu'on accusait de l'avoir assassiné.

Parées de volants et de falbalas, elles semblaient se rendre à un spectacle bon marché. Une fois dans la salle, elles continuèrent de s'agiter, pareilles à un essaim ; elles s'installaient avec des paniers chargés de victuailles et de bouteilles, débitaient des grivoiseries comme si elles s'étaient trouvées dans quelque cabaret douteux.

Au beau milieu de ce tohu-bohu parurent les jurés – douze hommes, douze membres respectables de la communauté. La foule bigarrée en intimidait certains, tandis que les autres se contentaient de lui jeter des regards déconcertés.

La vedette de ce spectacle malséant ne déçut pas son public : Farrell avait exigé qu'on apportât dans sa cellule son plus beau gilet de soie bleue, de même que ses culottes en satin. « Ils vont venir assister au procès d'un gentleman, avait-il décrété à son épouse éplorée. Eh bien, ils en auront pour leur argent. »

Quant au juge De Quincy, en cinquante longues années de carrière, il en avait vu d'autres. Mais si face à lui s'étaient présentés de nombreux experts médicaux, peu lui avaient paru aussi falots que les deux hommes de l'art qui se succédèrent à la barre en ce premier jour d'audience. Le Dr Siddall, qui transpirait abondamment, confessa qu'il avait renoncé à l'autopsie, affirmant néanmoins au juge que, s'il avait soupçonné qu'un crime avait pu être commis, il serait allé jusqu'à risquer sa vie pour découvrir la vérité. M. Walton fit état, du moins en paroles, d'un zèle comparable à celui de son confrère. S'il avait pressenti un empoisonnement, assura-t-il, il aurait, comme de juste, pratiqué l'autopsie.

Cependant, à la lumière de ce que sir Theodisius avait mis au jour durant son enquête, les deux hommes semblaient avoir acquis de solides connaissances en toxicologie – allant jusqu'à procéder eux-mêmes à diverses expériences sur des animaux vivants.

— Je penche pour l'eau de laurier, déclara le Dr Siddall à la barre, sans plus se préoccuper des découvertes de Thomas.

L'homme de l'art précisa qu'il en avait fait ingurgiter une demi-pinte à un lévrier, une pinte et demie à une vieille jument, puis une once à un chat.

— Le lévrier a succombé à des convulsions en trente secondes, la jument a tenu un quart d'heure et le félin trois minutes.

— Il y avait aussi l'odeur, monsieur le juge, rappela M. Walton. Cette odeur d'amande amère décrite par Hannah, la domestique.

— L'avez-vous sentie sur le cadavre ? s'enquit De Quincy.

— Non, admit le chirurgien. Mais le corps se trouvait dans un tel état de dégradation que la pestilence l'emportait sur tout le reste.

De ce faisceau d'éléments, les deux experts conclurent que lord Crick avait succombé à une absorption d'eau de laurier, qu'on avait versée dans sa potion.

Dans le laboratoire du Pr Hascher, Thomas s'évertuait sur le liquide contenu dans la fiole bleue lorsqu'il se rappela la cuisine d'Hannah Lovelock. Jamais il n'avait observé une pareille quantité de potions et de breuvages en dehors d'un hôpital. Et si dans l'un de ces pots, de ces bocaux, se dissimulait un poison – un végétal toxique? Qu'avait donc déclaré Will au sujet de la plante utilisée par sa mère pour soigner la blessure de l'anatomiste? Qu'elle accomplissait des miracles. Le jeune homme fouilla sa mémoire pour se rappeler dans ses moindres détails la feuille collée sur le pot à l'intérieur duquel la domestique avait puisé son remède.

Il s'approcha des étagères poussiéreuses où, dans divers récipients, le Pr Hascher remisait des végétaux séchés. Il ne tarda pas à dénicher ce qu'il cherchait. S'emparant du bocal, il versa un peu de son contenu dans une fiole, après quoi il s'adonna de nouveau à l'expérience qu'il avait menée un nombre incalculable de fois depuis un mois: il ajouta cet ingrédient, en infime quantité, à la mixture prescrite par l'apothicaire au malheureux lord Crick.

Une heure plus tard, il tenait la réponse: «*Digitalis purpurea*», énonça-t-il à voix haute. La digitale pourpre. Se trouvait-elle à l'origine du décès du jeune comte?

Pour en avoir le cœur net, il fallait à présent en traquer la trace dans la membrane stomacale du défunt. Hélas, craignant de détériorer l'échantillon durant le trajet, Thomas l'avait laissé à Boughton Hall. Il devait regagner le manoir au plus vite. De toute façon, on ne l'appellerait pas à la barre avant le lendemain. Il avait le temps, d'ici là, de déterminer une fois pour toutes ce qui avait tué lord Crick.

## 38

Hannah Lovelock défit les bottes de son époux devant le feu qui mourait dans l'âtre. D'ordinaire, Jacob lui aurait reproché de n'avoir pas déjà ajouté une bûche pour raviver les flammes, mais il avait, ce soir, d'autres préoccupations en tête. Le couple devait se rendre à Oxford deux jours plus tard pour y témoigner au procès, or Jacob avait, tout à l'heure, surpris son épouse en grande conversation avec le boucher du village – qui, précisément, s'en revenait du tribunal.

— Alors, que t'a-t-il dit?

— Qui donc? demanda Hannah, qui savait pertinemment à qui son mari faisait allusion.

— Sam Bowmaker, évidemment, répliqua Jacob avec un sourire espiègle. Je t'ai vue. Tu buvais ses paroles.

La jeune femme réfléchit en ôtant la botte droite du domestique.

— Il m'a dit que les docteurs étaient venus raconter au juge ce qu'ils pensaient de cette affaire.

— Et…?

Son haleine était chargée. Hannah détourna la tête.

— Ils ont déclaré que c'était l'eau de laurier qui avait tué M. le comte.

— L'eau de laurier? répéta-t-il, songeur. Ont-ils accusé quelqu'un?

— Non.

Jacob se renversa sur sa chaise pour que son épouse ôtât la seconde botte.

— On dirait bien que le capitaine est mal parti, commenta-t-il, sur un ton où le désabusement le disputait à l'ironie.

Plus tard ce soir-là, quand elle se fut assurée que Will était couché et que son époux ronflotait devant la cheminée après avoir avalé sa pinte de bière, Hannah se glissa hors de la maison, puis traversa la cour pour se rendre dans le cellier. De la poche de son tablier, elle fit surgir un morceau de chandelle de suif qu'elle planta dans un bougeoir. Elle frotta une pierre à briquet et enflamma la mèche. Elle aurait du mal à mettre la main sur ce qu'elle venait chercher, songea-t-elle, mais elle plongea résolument le bras dans le profond tonneau – elle sentit sous ses doigts la peau fraîche et douce des fruits parfumés.

Elle se trouvait quelque part là-dedans. Hannah se pencha contre le rebord du fût, se pencha encore jusqu'à se jucher sur la pointe des pieds. Elle finit par toucher le fond du tonneau, mais invariablement d'autres fruits dégringolaient, qui rendaient sa quête pratiquement impossible. Elle était pourtant là, Hannah le savait, mais peut-être ferait-elle mieux de revenir en plein jour ; à cette heure-ci, elle se faisait l'effet d'une aveugle tâtonnant au milieu de ténèbres sucrées.

La jeune femme se redressa, reposa les deux pieds sur le sol, rajusta sa coiffure et lissa son tablier. Elle récupéra la bougie, dont elle souffla la flamme ténue, avant de se diriger vers la porte. Mais alors qu'elle avait presque atteint le seuil, elle sentit une présence dans l'obscurité.

— C'est ça que vous cherchez, Hannah? fit une voix non loin d'elle.

Le souffle lui manqua. Elle se retourna pour découvrir une silhouette qui brandissait la fiole médicinale qu'elle avait dissimulée dans le tonneau de pommes. Elle avait aussitôt identifié la voix.

— Docteur Silkstone. Vous m'avez fait peur.

L'anatomiste avança d'un pas pour venir se placer dans un rayon de lune.

— Le temps n'est-il pas venu pour vous de dire la vérité? demanda-t-il sans lâcher la petite bouteille, qu'il tenait devant les yeux de la domestique, agrandis par l'effroi.

— Je… je ne comprends pas de quoi vous parlez, monsieur.

Elle reculait comme un animal pris au piège.

Le jeune homme se rapprocha d'elle, en sorte qu'elle distingua pour la première fois les traits de son visage. Elle n'y lut rien de menaçant, mais Thomas fronçait les sourcils.

— La vie d'un homme est en jeu, Hannah. Vous devez me dire tout ce que vous savez.

— Que se passe-t-il? s'étonna Jacob en découvrant son épouse sur le pas de leur porte au côté de Silkstone. Tu es malade?

— Pouvons-nous entrer? lui demanda poliment l'anatomiste.

Lovelock opina et l'invita à s'asseoir. Hannah prit place face à lui, les épaules secouées de sanglots. Elle avait le souffle court et la voix rauque.

— Pardon… Pardon…

— Mais qu'est-ce que c'est que cette histoire? tonna soudain son époux.

— Avez-vous quelque chose de fort à lui faire boire? s'enquit le médecin.

Le domestique désigna, sans comprendre, une cruche sur la table, contenant de l'ale. Thomas en remplit une chope, qu'il porta à la bouche d'Hannah.

— Buvez, l'encouragea-t-il avec l'espoir que la bière l'apaiserait.

D'abord, elle prit de petites gorgées, puis elle s'enhardit et vida la chope d'un trait, essuyant ensuite, du revers de la main, le liquide qui s'écoulait un peu à la commissure de ses lèvres.

— De quel mal est-elle atteinte, docteur? demanda Jacob avec angoisse.

— Ce n'est pas la maladie qui la tourmente, mais la culpabilité, je crois.

Sur quoi le jeune homme saisit la domestique par les deux épaules. Elle ne leva pas les yeux vers lui. Elle regardait droit devant elle. Mais lorsque la voix de Thomas résonna de nouveau à ses oreilles, elle secoua la tête pour se reprendre, comme au sortir d'un malaise.

— Hannah, vous devez nous dire la vérité. Parlez-nous de Rebecca. Expliquez-nous ce qui lui est arrivé.

— Qu'est-ce que Rebecca vient faire là-dedans? s'énerva son époux.

Mais Silkstone posa un doigt sur ses lèvres pour l'inviter à faire silence. La jeune femme s'apprêtait à livrer ses secrets. Elle hocha lentement la tête, comme si, enfin, elle acceptait que la vérité se fît jour. Elle prit une profonde inspiration et commença son récit d'une voix hésitante:

— Ma Rebecca était une belle enfant. Elle venait de fêter son douzième anniversaire.

Un mince sourire flotta un instant sur ses lèvres au souvenir des jours heureux, mais elle se rembrunit bien vite.

— C'était à l'automne dernier. Nous étions dans le verger, en train de ramasser les branches que le jardinier avait taillées. Le jeune maître est arrivé. Il s'est arrêté à côté de moi pour observer ma fille. Il la dévorait du regard, avec ses vilains petits yeux de fouine pleins de concupiscence. Après son départ, j'ai dit à Rebecca de l'éviter le plus possible.

Comme elle se remémorait cette scène, la voix d'Hannah se brisa de nouveau. Elle essuya une larme.

— Quelques jours plus tard, enchaîna-t-elle, elle est rentrée à la maison sans un mot, mais elle avait des ecchymoses plein les bras. J'ai compris tout de suite ce qui s'était passé.

— Pourquoi ne m'as-tu rien dit? gronda Jacob en se levant d'un bond. Le bâtard! hurla-t-il encore, les poings serrés, inutilement résolu à en découdre.

Il s'empara de la chope, qu'il jeta sur le sol, où elle vola en éclats.

— Je vous en prie, Jacob, calmez-vous. Il ne sert à rien de vous mettre en colère.

Hannah reprit son récit:

— Elle m'a dit qu'elle ne voulait pas en parler. Je savais qu'elle se sentait sale et qu'elle avait honte.

Les larmes à présent lui inondaient les joues.

— Je lui ai dit qu'elle n'était responsable de rien, mais elle avait changé. Il lui a pris sa fleur et, dès lors, j'ai compris qu'elle ne serait plus jamais ma petite fille.

Jacob s'était mis à pleurer lui aussi.

— Une fois Noël passé, reprit son épouse, je l'ai trouvée encore plus silencieuse qu'avant. Je l'ai suppliée de me parler, mais elle m'a tourné le dos. Elle était devenue une étrangère pour sa propre mère.

Rebecca, se souvint encore la domestique, se retranchait, sans cesse davantage, au plus profond de son mutisme et de sa solitude. Puis vint ce frileux jour de mai, au matin duquel une gelée tardive avait poudré de blanc les pelouses. Ce jour-là, la fillette ne se présenta pas à la cuisine comme il était prévu qu'elle le fît, pour y aider Mme Claddingbowl à préparer les légumes du déjeuner. Les deux femmes envoyèrent donc le petit Will chercher sa sœur. Il la découvrit gisant parmi les roseaux du lac. Le pauvre enfant appela au secours et l'on vint tirer Rebecca hors de l'eau comme on l'aurait fait d'une poupée de chiffon.

— Elle s'est tuée, Jacob, conclut Hannah en se tournant vers son époux.

— Tu savais que ce n'était pas un accident?

Elle opina :

— J'ai vu Will retirer les pierres de ses poches, mais je ne tenais pas à ce qu'on l'enterre à la croisée d'un chemin avec un pieu dans le cœur, répondit-elle calmement.

Elle avait gagné en assurance au fil de son récit, comme cela lui était arrivé lorsqu'elle s'était présentée à la barre des témoins durant l'audience présidée par sir Theodisius.

— Je savais qu'elle s'était suicidée, et quand je l'ai préparée pour l'enterrement, j'ai compris pourquoi.

Jacob et Thomas semblaient pétrifiés.

— Son ventre était en train de s'arrondir, poursuivit la domestique, dans un murmure empreint de respect.

À ces mots, son époux se leva de nouveau en lâchant un hurlement de désespoir. Titubant jusqu'à la jeune femme, il se mit à la secouer.

— Pourquoi ne m'as-tu rien dit? Pourquoi? J'aurais pu... J'aurais...

Le malheureux poussait des clameurs. Silkstone tenta bien de le maîtriser, mais l'homme était trop fort.

Hannah, sans broncher, plongea son regard dans celui de son époux.

— Tu aurais pu quoi? Tuer celui qui a violé notre fille et l'a mise enceinte?

Elle s'exprimait avec autorité, manifestement en paix, désormais, avec les actes qu'elle avait commis et prête à en payer les conséquences.

— C'est ce que vous avez fait, Hannah? l'interrogea Thomas. Vous avez tué lord Crick?

Un halo de tranquillité émanait de la jeune femme; plus rien ne saurait l'atteindre à présent. Pareille à saint Sébastien, on aurait pu la transpercer de flèches qu'aucun cri de douleur n'aurait franchi la barrière de ses lèvres.

— Ce matin-là, il est venu chez nous. Il m'a dit qu'il voulait parler à Jacob à propos des chevaux. Puis il a vu Rachel.

Soudain, l'émotion affleura de nouveau dans sa voix.

— Il a vu Rachel, il a pris son petit visage entre ses mains souillées et il m'a dit: «Elle a les mêmes yeux que sa sœur.»

La domestique se tourna vers Thomas.

— C'est à ce moment-là que j'ai compris ce que je devais faire, avant qu'il me prenne aussi ma Rachel.

En entendant cet aveu, Jacob Lovelock se jeta aux pieds de son épouse pour venir enfouir dans ses jupes son visage baigné de larmes. Elle caressa tendrement sa tignasse ébouriffée.

— Vous avez donc ajouté quelque chose à la potion du comte? s'enquit Thomas. De quoi s'agissait-il, Hannah? De digitale pourpre?

Elle jeta un coup d'œil en direction de l'étagère, vers le bocal dans lequel elle avait puisé les feuilles destinées à soigner la plaie de l'anatomiste.

— Oui, souffla-t-elle.

— Et vous saviez que cette plante était toxique?

— Bien sûr que oui, gémit-elle. Mais jamais je n'ai eu l'intention de le tuer.

Sa poitrine se souleva et ses lèvres se mirent à trembler. Silkstone fronça les sourcils.

— Et le cyanure, alors? s'étonna le médecin. L'odeur d'amande amère?

— Je suis allée chercher l'un des mouchoirs de lord Crick à la blanchisserie pour le tremper dans l'eau de laurier. Je savais qu'ainsi on s'imaginerait que c'était le raticide qui avait tué notre maître.

— Vous êtes donc prête à permettre que, bientôt, un innocent se balance au bout d'une corde?

— Il est de la même race que le comte, rétorqua-t-elle, le visage soudain de pierre. Ils nous traitent comme de la crotte de chien sous leurs jolis souliers.

Thomas secoua la tête.

— Je ne puis croire que vous soyez prête à voir le capitaine condamné à la pendaison.

Hannah se tut un moment.

— Non, vous avez raison, docteur Silkstone. Jamais je n'aurais pensé que cette affaire prendrait de pareilles proportions. Je m'imaginais qu'on conclurait à une mort naturelle, mais, lorsqu'on vous a fait venir à Boughton Hall, les choses ont changé. Il fallait que je fasse porter les soupçons sur quelqu'un d'autre.

L'anatomiste poussa un lourd soupir.

— Mais comptez-vous agir ainsi que l'exige la morale, à présent?

Elle acquiesça, saisissant les mains de son époux entre les siennes.

— Dans ce cas, nous partirons pour Oxford demain, à la première heure.

— Que Dieu ait pitié de mon âme, chuchota la domestique.

## 39

Hannah Lovelock se tenait assise, le dos très droit, au côté de Thomas qui conduisait la voiture en direction d'Oxford. Ils s'étaient mis en route à l'aube, à l'heure où les premiers rayons du soleil avaient commencé de dissiper les ténèbres de l'une des plus longues nuits que l'anatomiste eût connues. Il savait que, selon toute probabilité, il emmenait cette femme à la mort, cette mère de famille. Il y avait dans son maintien une dignité pleine de vertu, étrangement semblable à celle d'une martyre que l'on entraînait vers un trépas injuste ; Thomas se faisait l'effet d'un bourreau.

La jeune femme avait échangé avec Jacob et leurs enfants des adieux déchirants, dont l'anatomiste n'avait pu supporter le douloureux spectacle. C'était pour l'amour de sa seconde fille que la domestique avait commis l'irréparable. Il ne s'agissait nullement d'égoïsme ni d'avidité. Elle n'avait cherché qu'à protéger son enfant, et elle s'apprêtait désormais à consentir pour elle le sacrifice ultime.

Comme Oxford paraissait au loin, Thomas se tourna vers la jeune femme.

— Me pardonnerez-vous jamais ce que je me prépare à faire ?

Hannah, les traits pâles et tirés, prit une profonde inspiration et plongea son regard dans celui du jeune médecin.

— Vous n'êtes qu'un homme, docteur Silkstone, déclara-t-elle d'une voix qui ne tremblait plus. Vous faites ce qui est juste.

Ces quelques mots suffirent à Thomas pour se sentir absous – bien qu'il n'eût pas besoin d'absolution. Ramassant les rênes dans l'un de ses poings, il vint poser doucement l'autre main sur l'avant-bras de sa passagère. Elle lui rendit son geste, couvrit ses doigts des siens, mais elle ne souffla mot – il n'y avait plus rien à dire.

Tandis que la voiture continuait de cahoter en direction de la ville, au tribunal, la roue de la justice tournait aussi. Sir Montagu Malthus se présenta à la barre, ses yeux noirs scrutant l'assistance de sous ses épais sourcils. Il était là pour déclarer devant la cour qu'il avait découvert un certain nombre d'irrégularités dans les comptes de lord Crick.

— En quoi ces anomalies consistent-elles? s'enquit le représentant du ministère public, sexagénaire corpulent répondant au nom d'Archibald Seabright.

— De fortes sommes d'argent ont été prélevées à intervalles réguliers.

— Qu'entendez-vous au juste par «fortes»?

— Entre deux cents et cinq cents livres par semaine.

— Ne pourrait-on considérer qu'il s'agit là du montant des dépenses courantes pour un gentleman du rang et de la fortune de lord Crick?

Sir Montagu fronça ses sourcils touffus en haussant les épaules avec dédain.

— Ces sommes apparaissent en plus des frais ordinaires.

— Avez-vous une idée de ce à quoi lord Crick a pu les utiliser?

James Lavington échangea avec son client un regard angoissé, tandis que le parrain du défunt comte s'adressait au juge De Quincy :

— Je suis persuadé qu'il a perdu cet argent aux cartes, assena-t-il sur un ton qui ne souffrait pas la moindre discussion.

Le bras mutilé de Lavington se mit à trembler. Il tenta d'en maîtriser les mouvements de sa main valide, avec l'espoir que personne ne remarquerait rien.

— Comment avez-vous abouti à cette conclusion? reprit Seabright.

— J'ai également découvert, monsieur, dans le coffre de lord Crick, un certain nombre de reconnaissances de dettes.

— En faveur de qui?

Le témoin fit silence un instant pour ménager ses effets.

— En faveur du capitaine Farrell.

Les protagonistes étaient alors si absorbés dans le drame en cours que Thomas en profita pour s'approcher de James Lavington sans que quiconque y prît garde.

L'ayant repéré du coin de l'œil, l'avocat se tourna vers lui. L'anatomiste se pencha à son oreille :

— Je dispose de nouvelles preuves.

Lavington fronça les sourcils en esquissant un geste de la main, comme s'il chassait une mouche, mais le jeune homme s'obstina :

— Vous devez réclamer l'ajournement de l'audience.

Au mot « ajournement », l'avocat se tourna enfin vers Thomas :

— De nouvelles preuves, dites-vous?

De Quincy venait à son tour de remarquer l'intrusion de Silkstone.

— Que se passe-t-il ? exigea-t-il de savoir en abattant son marteau avec irritation.

Lavington se leva.

— Pardonnez-moi, monsieur le juge, mais je demande un ajournement.

— Pour quel motif ? aboya De Quincy.

— Je crois que nous disposons de nouvelles preuves, répondit l'avocat.

— Fort bien. Vous avez jusqu'à demain matin, 10 heures.

Sur quoi Lavington et Thomas poussèrent en chœur un soupir de soulagement – quoique pour des raisons fort différentes l'un et l'autre.

— Vous avouez donc le meurtre de lord Crick ?

James tenait à s'assurer qu'il avait bien entendu la confession d'Hannah Lovelock.

— Oui, monsieur.

Elle s'exprimait d'une voix posée, comme si elle se contentait de confirmer à son employeur qu'elle venait de faire le lit ou de remettre une bûche dans l'âtre.

— Ce n'est pas ce que je voulais, monsieur, mais c'est bien ce qui s'est produit.

Lavington se contenta de hocher la tête en silence. S'il se sentait satisfait d'apprendre que, bientôt, son ami et client se verrait acquitté, il n'en montra rien.

Thomas, que cette indifférence étonna, se permit d'intervenir.

— Hannah signera une déposition, hasarda-t-il, mais il n'obtint pas davantage de réaction de la part de l'avocat.

— Je vois, se contenta d'observer celui-ci en coulant un regard énigmatique à la jeune femme.

— Dois-je… ?

Le chirurgien s'apprêtait à demander s'il devait appeler le clerc, afin que ce dernier couchât sur le papier les aveux de la domestique, mais Lavington leva la main pour le faire taire.

— Merci pour votre aide, docteur Silkstone, articula-t-il froidement, mais je souhaite m'entretenir un moment en tête à tête avec Mme Lovelock.

Déconcerté, Thomas n'en acquiesça pas moins.

— Très bien, fit-il à contrecœur. Je m'en remets à vous.

James attendit que le médecin eût refermé la porte derrière lui. La servante ne bronchait pas, le regard rivé à la table devant elle.

— Eh bien, Hannah..., commença enfin l'avocat. Il semble bien que vous ayez commis une grosse bêtise...

— Oui, monsieur.

Il se tenait debout auprès d'elle, à présent – suffisamment près pour qu'elle pût humer sa sueur. Pour la première fois depuis qu'elle avait révélé son secret, elle prit peur. Elle s'était préparée pour un châtiment public, elle avait accepté l'idée que quiconque pût la voir souffrir parce qu'elle avait choisi de protéger son enfant, mais elle refusait d'endurer des tourments en cachette, derrière des portes closes, là où personne ne pourrait l'entendre crier le nom de sa fillette défunte ; là où son angoisse échouerait à franchir les murs épais qui la cernaient. Elle tenait à ce que le peuple sût qu'elle allait mourir pour une cause juste. Se tournant vers son inquisiteur, elle s'avisa qu'il avait levé sa canne – il la tenait par le milieu –, qu'il tapotait doucement contre la paume de sa main.

Il se pencha, afin que son profil mutilé se trouvât à la hauteur du visage d'Hannah, qui distinguait maintenant les petits fragments de métal incrustés dans la peau, puis il se mit à murmurer :

— Vous avez commis une grosse bêtise, Hannah, mais je serais extrêmement fâché que vous en commettiez une encore plus grosse...

## 40

Le geôlier aux dents noires avait à peine eu le temps de raccrocher la clé à son crochet après que l'accusé avait regagné sa cellule au terme de l'audience, lorsque Thomas se présenta.

— Vous êtes venu voir le capitaine? maugréa le cerbère.

Silkstone opina.

— Il est avec sa femme, lui apprit l'homme.

— C'est parfait. Les nouvelles que j'apporte les concernent tous les deux.

Mais la scène qu'il découvrit en lorgnant par la petite grille de la porte ne lui renvoya pas l'image d'un bonheur conjugal sans nuages. Michael Farrell et son épouse se faisaient face au beau milieu de la cellule miteuse et nauséabonde.

— Comment as-tu pu le laisser s'endetter à ce point auprès de Lavington et toi? demanda Lydia, dont les dernières révélations en date avaient provoqué le courroux – elle serrait les poings sous l'effet de la colère.

— Ton frère savait ce qu'il faisait, rétorqua l'Irlandais avec mépris. C'était un piètre joueur de cartes.

Sur ce, le lugubre geôlier tourna sa grosse clé dans la serrure et poussa la porte, qui s'ouvrit avec un grincement sinistre.

Lady Farrell, qui s'apprêtait à argumenter encore, se retourna d'un bloc.

— Docteur Silkstone ! s'écria-t-elle.

Thomas sentit aussitôt la tension qui régnait entre les époux. À l'évidence, l'audience du matin ne s'était pas très bien passée.

— Tiens, tiens, voici notre fringant petit homme de science, l'accueillit le capitaine sur un ton sarcastique.

Sa femme lui lança un regard noir.

— Je vous prie d'excuser mon époux, se hâta-t-elle d'intervenir. Il vient de vivre des moments difficiles au tribunal.

L'anatomiste la considéra d'un air interrogateur, mais c'est Farrell qui prit la parole :

— Ils ont appris que Crick avait perdu plusieurs centaines de livres en jouant aux cartes avec moi, et…

— Cela n'a plus la moindre importance, monsieur, l'interrompit Thomas.

Le capitaine demeura bouche bée ; Lydia fronça les sourcils.

— Que voulez-vous dire, docteur Silkstone ? s'enquit-elle.

— Je vous apporte des nouvelles. De bonnes nouvelles.

Sur les traits des époux, l'angoisse céda le pas à la curiosité.

— Quelqu'un a avoué avoir empoisonné lord Crick.

Lady Farrell tituba un instant pour venir se pendre au bras du capitaine – toute distance entre eux se trouvait brusquement abolie.

— Mais qui donc ? demanda l'Irlandais sans réagir au geste de sa femme.

Thomas évoqua la confession d'Hannah, sans révéler pour autant à Lydia le mobile de la servante

– elle connaîtrait bien assez tôt les détails sordides de l'affaire.

— Mais pourquoi a-t-elle agi ainsi ? s'enquit cependant la jeune femme, qui ne savait plus si elle devait rire ou pleurer.

— Je ne puis vous en dire davantage, madame. Par ailleurs, cela importe peu. Ce qui importe à présent, capitaine, est de vous faire sortir d'ici au plus vite.

— Tout à fait d'accord, sourit l'Irlandais.

— À l'heure où nous parlons, expliqua l'anatomiste, un clerc est en train de consigner la déposition de Mme Lovelock. Dès demain, il sera mis un terme à vos tourments, capitaine.

Ce dernier aurait dû puiser alors dans son cœur de quoi louer les efforts du jeune médecin en sa faveur, mais il laissa son épouse prendre les devants.

— Nous ne saurions assez vous remercier, docteur Silkstone, dit-elle, embarrassée par le mutisme grossier de son mari. Vous avez tant œuvré pour nous, ajouta-t-elle tandis que le geôlier tournait de nouveau la clé dans la serrure.

— Vous m'aviez demandé de découvrir la vérité, madame, c'est ce que j'ai fait.

Elle décocha un large sourire à l'anatomiste en venant fourrer sa petite main dans celle de Thomas – sa gratitude était sans bornes.

— Nous nous reverrons demain devant la cour, conclut-elle.

Sur quoi le médecin prit congé. Il entendit encore la clé dans son dos ; pour la dernière fois, espérait-il.

Lorsqu'elle se retourna vers l'Irlandais, le sourire de Lydia mourut sur ses lèvres.

— Ainsi, ma femme et le docteur, hein ?…, grinça le capitaine.

— Qu'est-ce que tu racontes, Michael? bredouilla-t-elle, indignée.

D'abord, les épaules de Farrell s'affaissèrent, puis il lâcha un étrange petit rire. Enfin, il leva la main et se mit à crier :

— Au moins, il sera en mesure de rafistoler tes fractures !

## 41

Une demi-heure s'était écoulée depuis que Thomas avait quitté la cour d'assises ; il régnait à présent un silence inquiétant dans la salle d'audience. La foule tapageuse avait disparu – seul demeurait le concierge, qui balayait les trognons de pomme et autres détritus abandonnés dans le hall par la plèbe.

Sans perdre un instant, l'anatomiste se rendit dans l'antichambre où il avait laissé plus tôt Lavington et Hannah. Il trouva la pièce déserte, sans nulle trace de l'avocat ni de la domestique. Un puissant malaise s'empara du jeune homme.

— Hé ! interpella-t-il le gardien des lieux. Avez-vous vu un homme avec une canne sortir d'ici accompagné d'une domestique ?

On aurait cru que toute la poussière et les saletés qui jonchaient le sol s'étaient prises dans la chevelure ébouriffée du bonhomme – elle dégringolait en boucles infectes sur ses épaules.

— Oui, monsieur, répondit-il. Et ça fait un bon bout de temps.

— Avez-vous vu de quel côté ils sont partis ?

Le concierge considéra Thomas d'un regard éteint, puis secoua sa tignasse.

— Par là.

Ce disant, il agita une main crasseuse dans une direction si vague que le geste ne fut d'aucune utilité à son interlocuteur. Ce dernier s'était imaginé qu'une fois que Mme Lovelock aurait signé ses aveux, les agents viendraient l'arrêter. C'est ainsi que les choses auraient dû se dérouler. Il n'y comprenait plus rien. Où diable était passée Hannah? Sans sa confession, la situation du capitaine Farrell demeurait des plus précaires. Il finit par se reprocher sa méfiance excessive : sans doute Lavington avait-il emmené la servante dans un endroit tranquille où l'interroger plus à son aise. Tout à l'heure, songea-t-il, il se rendrait à Merton Street, où logeait l'avocat. Mais, d'abord, il avait une affaire urgente à régler.

L'anatomiste éprouva beaucoup de soulagement en découvrant le Pr Hascher dans son laboratoire. Ici régnait, au milieu du chaos, un ordre secret dans lequel Silkstone se sentit tout à coup chez lui. Ici se trouvaient les bocaux étiquetés, les récipients de mille sortes ; ici encore les instruments chirurgicaux, les aiguilles à suture, les pinces, les forceps... De chacun de ces objets, le jeune homme connaissait sur le bout des doigts la fonction et les qualités.

— Je crois que j'ai avancé dans mes recherches, expliqua-t-il à son hôte en se dispensant des civilités d'usage.

L'Allemand ne manqua pas de remarquer le trouble de son visiteur, tandis que celui-ci ouvrait sa trousse pour en extraire une bouteille de médicament, ainsi qu'une fiole contenant un échantillon de feuilles de digitale pourpre, prélevé dans la cuisine d'Hannah Lovelock.

— Mon laboratoire est toujours à votre disposition, rappela le professeur à son jeune ami.

— Et vos souris ? s'enquit Thomas en guignant une vaste cage installée dans un coin de la pièce.

Le Saxon opina – les rongeurs s'affairaient dans leur prison, l'œil aux aguets, et poussaient de petits cris. Silkstone se rappela Franklin : dire qu'il l'avait sauvé du triste sort auquel il s'apprêtait à vouer les animaux du professeur. Hélas, il n'avait pas d'autre solution.

Il s'empara avec précaution de l'une des souris les plus dodues du lot, à laquelle il administra, au moyen d'une pipette, une solution à base de digitale qu'il avait préparée plus tôt. Il avait ajouté le poison à la potion de lord Crick, comme Hannah l'avait fait, et dans les mêmes proportions qu'elle. Chez l'homme, avait lu Thomas, les effets de la substance toxique commençaient à se faire sentir entre trente minutes et deux heures suivant l'ingestion. Cette information le tourmentait, la domestique lui ayant indiqué qu'au contraire la digitale pourpre avait exercé ses méfaits sur le jeune comte quelques secondes à peine après qu'il eut avalé son remède.

L'anatomiste replaça la souris dans sa cage et attendit. Le Pr Hascher patienta avec lui. Les minutes s'écoulaient. Dix, d'abord. Puis vingt. Le rongeur vaquait joyeusement à ses occupations, nullement perturbé par l'absorption du poison.

— Il faut que j'augmente la dose, finit par décréter Thomas. Je vais la doubler.

Aussitôt dit, aussitôt fait : une deuxième souris ingurgita son brouet. De nouveau, les deux scientifiques s'armèrent de patience. Dix minutes. Vingt. Rien. Le rongeur demeurait actif et alerte. Silkstone n'y comprenait plus rien. Si une dose de digitale pourpre avait tué un homme en quelques instants, comment se faisait-il qu'elle demeurât sans effet sur une souris ? Il tourna et retourna l'énigme dans sa tête. Mais par quelque bout qu'il s'emparât de ce mystère, force lui fut d'aboutir à une conclusion pour le moins inattendue.

## 42

Thomas se hâtait en direction de Merton Street, où il savait que Lydia et Lavington avaient chacun pris une chambre. Mais où exactement, il l'ignorait. Autant dire qu'il se raccrochait à des riens, mais il lui fallait à tout prix les trouver. Il quitta Christ Church Meadow par un étroit passage pour passer devant la tour de la chapelle, puis il contourna Merton Tower, avec ses portes massives et ses hauts murs couronnés de remparts. Enfin, il s'engagea sur la droite dans Merton Street, dont il se mit à fouler les pavés en direction de Magdalene Bridge.

Plus loin, les rangées de maisons comportaient de quoi héberger, entre autres, des étudiants. C'était forcément là, supposait l'anatomiste, que devait résider Lavington. Hélas, parvenu au bout de la rue, il avait fait chou blanc. Il se reprochait en pensée son échec lorsqu'il aperçut une silhouette familière. Coiffée du même bonnet usé que lors de l'audience présidée par sir Theodisius, il reconnut Eliza, dont les hanches généreuses se balançaient insolemment au rythme de sa marche. Le jeune médecin accéléra le pas ; elle pouvait se trouver à deux cents mètres devant lui. Soudain, elle s'immobilisa devant l'une des demeures, dans laquelle elle pénétra.

Le 22 Merton Street consistait en une robuste bâtisse, plus imposante que la plupart de ses voisines, dont la porte était flanquée de deux colonnes de pierre. Thomas tira le cordon de la sonnette. Comme il s'y attendait, Eliza vint ouvrir.

— Votre maîtresse se trouve-t-elle chez elle?

La jeune femme, qui avait identifié le visiteur au premier coup d'œil, parut un peu étonnée de le découvrir là.

— Oui, docteur Silkstone. Entrez, je vous en prie.

La servante s'éclipsa pour reparaître un moment plus tard.

— Par ici, indiqua-t-elle en précédant Thomas dans l'escalier pour le conduire jusqu'à un vaste salon.

Assise près de la fenêtre, Lydia contemplait la rue en contrebas. Elle semblait singulièrement abattue et, d'un geste, congédia sa domestique.

Ce n'est que quand elle se tourna vers l'anatomiste que celui-ci découvrit l'hématome qui lui bouffissait la joue droite.

— Que s'est-il passé? l'interrogea-t-il en saisissant le visage de la jeune femme entre ses mains pour mieux l'examiner.

À sa question elle opposa un silence éloquent.

— Quelle sorte d'homme faut-il donc être pour infliger pareil tourment à son épouse? fit Thomas, dévoré par la colère. Il ne mérite pas de vivre.

Lady Farrell tendit la main vers lui.

— Ne dites pas des choses pareilles, lui reprocha-t-elle doucement.

Silkstone prit une profonde inspiration pour se ressaisir.

— Je suis navré. Je n'aurais pas dû…

Il s'interrompit, se rappelant tout à coup le but de sa visite; s'il ne mettait pas la main sur Hannah au plus vite, le capitaine resterait en danger.

— Avez-vous vu Lavington ?

— Je l'ai vu pour la dernière fois lorsque l'audience a été ajournée, répondit-elle en fronçant les sourcils. Je vous en prie… Que se passe-t-il, Thomas ?

— Lydia, énonça-t-il avec gravité. Je crains qu'Hannah ait pris la fuite.

— Vos craintes sont on ne peut plus fondées, lança une voix dans son dos.

Légèrement décoiffé, James Lavington arborait un foulard de travers, et son manteau, d'ordinaire impeccable, était déchiré au coude.

— Cette sorcière m'a filé entre les doigts, haleta-t-il en s'essuyant le front avec son mouchoir. Elle m'a dit qu'elle souhaitait contempler une dernière fois la liberté avant de passer aux aveux et moi, pauvre sot, j'ai accédé à sa requête.

— Vous voulez dire qu'elle vous a échappé ? glapit Lydia en bondissant sur ses pieds.

— Les policiers se sont lancés à ses trousses.

— Pourvu qu'ils la retrouvent, gémit l'épouse du capitaine, qui se mit à pleurer.

La femme gisait sur la table devant lui, amas de chair et de peau, agrégat de muscles et d'os ; mélange de tout ce qui fait l'humain et qui, pourtant, d'humain ne possédait plus rien. Quelques heures plus tôt, elle existait encore. Son cœur remplissait son rôle de pompe, ses poumons se dilataient puis se rétractaient alternativement ; son foie exerçait sa fonction de « laboratoire central ». À présent, elle reposait sans vie, le visage si affreusement meurtri que ses traits se réduisaient à une masse informe.

Comme on l'aurait fait d'un quartier de viande avariée, on s'était débarrassé d'elle en la jetant dans la rivière Cherwell. Des marins, qui s'affairaient sur leur chaland, l'avaient vue flottant sur le ventre parmi les lentilles d'eau, au beau milieu d'un chenal peu profond, vêtue d'une simple chemise. Ils l'avaient tirée jusqu'à la rive avec leurs gaffes, lui infligeant au passage des blessures supplémentaires et souriant de leur macabre découverte. Car un cadavre constituait pour eux une source potentielle de revenus : ils avaient appelé tout exprès les résurrectionnistes. Ceux-ci avaient, suivant leur habitude, fourré le corps au fond d'un sac.

— Ça fera quatre guinées, décréta l'un des matelots.

— Pas avec sa figure en bouillie, rétorqua le trafiquant. Deux.

Ainsi avait-on conclu un contrat, pour l'équivalent dérisoire de quelques mètres de laine peignée, après quoi l'on avait emporté la malheureuse jusqu'au laboratoire du Pr Hascher. C'est Thomas qui vint ouvrir.

— L'étranger n'est pas là ? s'enquit l'un des résurrectionnistes.

— Si, répondit le jeune homme avec méfiance, en lorgnant le sac en toile de jute.

L'Allemand le rejoignit sur le seuil.

— Nous avons une adulte pour vous.

Le vieil homme les repoussa d'un geste dédaigneux de la main.

— Pas aujourd'hui.

— Combien ? intervint le Dr Silkstone.

— Quatre guinées, répondit l'aîné des visiteurs.

— En voici trois, décréta Thomas en fourrant une poignée de pièces étincelantes dans la patte crasseuse du bougre.

Celui-ci approuva, sachant que lorsque le chirurgien aviserait le visage de la défunte, celle-ci ne l'intéresserait probablement plus.

Les voleurs de cadavres pénétrèrent dans le laboratoire pour déposer leur affreux ballot sur la table de dissection.

— Une femme, avez-vous dit? demanda Silkstone lorsque les hommes eurent essuyé leurs mains moites à leurs culottes.

— Tout juste. On l'a repêchée dans la rivière. En amont de Magdalene Bridge.

Sur ce, peu enclins à engager la conversation, les malandrins prirent congé.

— Vous pensez qu'il pourrait s'agir de celle que vous recherchez? demanda le Pr Hascher à son cadet, tandis que celui-ci s'emparait d'un scalpel pour ouvrir le sac contenant l'infortunée.

Il planta son regard dans celui du Saxon.

— Dieu fasse que non, répliqua-t-il.

Quelques coups de lame, et la tête de la femme apparut.

— Bonté divine, laissa échapper Thomas.

Depuis sept ans qu'il pratiquait l'anatomie, jamais il n'avait eu vent d'une agression si féroce que sa victime s'en fût trouvée totalement défigurée. Il ne restait guère que quelques poignées de cheveux bruns.

Il fallut à Silkstone quelques secondes pour s'apaiser et se rappeler que sa profession exigeait de lui qu'il prît de la distance avec ses émotions, qu'il surmontât son dégoût.

La défunte ne portait rien, à l'exception d'une grossière chemise en lin blanc couverte de sang. Cette femme, en conclut le chirurgien, était de basse extraction. Il ouvrit d'un coup de lame le haut du vêtement, afin de dévoiler les seins. Des seins petits, qui cependant tombaient un peu : la martyre avait allaité au moins un enfant.

Thomas recensa ensuite les nombreuses contusions sur l'ensemble du corps, qui indiquaient que cette femme avait été rouée de coups avant qu'on la défigure. C'était de longues marques sur le dos, les jambes et les bras : une canne, se dit Silkstone.

— Elle a essayé de parer les coups, ajouta-t-il à l'adresse du professeur. Regardez. Elle a les mains, l'intérieur des avant-bras et les doigts couverts de meurtrissures.

Sur ce, le médecin entreprit d'examiner l'abdomen et le bassin. La largeur de ce dernier, de même que la flaccidité des ligaments pelviens, suggéraient que la victime avait enfanté à plusieurs reprises.

— Une mère de famille ? demanda le Saxon.

— Sans le moindre doute.

Les ecchymoses à proximité des parties génitales et les égratignures dans le haut des cuisses parlaient aussi d'elles-mêmes.

— Celui qui l'a battue à mort l'a d'abord violée, conclut Thomas, une pointe de répulsion dans la voix.

— Mais qui est-elle ?

— Elle devait avoir une trentaine d'années. Elle a eu au moins un enfant, et je suppose qu'elle exerçait une activité manuelle.

— À cause du cal dans ses paumes ?... Certes. Mais s'agit-il de cette Mme Lovelock après laquelle vous courez ?

Silkstone poussa un lourd soupir.

— Sur ce point, je n'ai pas la moindre assurance. Mais elle mérite qu'on l'enterre décemment.

Le Pr Hascher s'apprêtait à protester, songeant que le buste de la défunte aurait constitué pour ses étudiants un excellent sujet d'étude, mais, lorsqu'il leva le regard vers celui de son cadet, il battit en retraite. À l'évidence, Thomas était d'avis que cette pauvre créature n'avait déjà que trop souffert. Elle ne méritait pas qu'on l'humiliât une dernière fois sur une table de dissection, en présence de plusieurs dizaines d'étudiants qui ne se soucieraient pas de savoir qu'elle avait enduré les pires horreurs avant de rendre l'âme.

— Je vais appeler les policiers, annonça le professeur.

— D'accord, approuva Thomas.

Quiconque avait commis ce crime odieux méritait qu'on le traînât en justice pour la violence atroce dont il avait fait preuve.

— Il se peut fort que nous ayons trouvé la fugitive qu'ils recherchaient.

## 43

Cette nuit-là, Thomas ne dormit que par intermittence. Les pièces du puzzle qui, vingt-quatre heures plus tôt, commençaient à se mettre en place venaient de s'éparpiller de nouveau. Les résultats des expériences pratiquées à base de *Digitalis purpurea*, la disparition d'Hannah Lovelock, la découverte du cadavre défiguré... Tout partait à vau-l'eau.

L'anatomiste songeait aussi à Michael Farrell, seul dans sa cellule. À quelques heures de là, la liberté semblait pour lui à portée de main – bien qu'elle ne tînt qu'à un fil. Et voilà que ce fil s'était rompu.

À l'aube, le Dr Silkstone pénétrait dans la prison Il y découvrit le geôlier assis à sa table, en train de tamponner, le bec au grand large ouvert, une dent douloureuse au moyen d'un chiffon sale imbibé de gin. En avisant le visiteur, il ôta les doigts de sa bouche et lui coula un regard suspicieux.

— Vous êtes tombé de votre lit, ma parole, l'accueillit-il avec circonspection, ajoutant pour lui-même : On est venu voir l'ordure.

Thomas s'abstint de commenter l'aparté.

— Le capitaine est-il réveillé ? s'enquit-il.

— Il a dormi toute la nuit comme un bébé. Pas comme moi. Et il en écrase encore, ajouta-t-il en jetant un coup d'œil par la grille de la porte.

Le chirurgien l'imita. Enfoui sous sa couverture, l'Irlandais reposait sur la planche qui lui servait de lit. Impossible de distinguer son visage sous l'amas d'étoffe et de paille qui le recouvrait presque entièrement.

Le geôlier ouvrit la porte, invitant, d'un geste, Thomas à pénétrer dans la cellule – une odeur d'urine et de souillures mêlées assaillit les narines du jeune homme. À peine le gardien se fut-il retiré qu'il s'avança vers le grabat, surpris que Farrell n'eût pas bronché en entendant cliqueter la clé dans la serrure.

— Capitaine Farrell, appela-t-il, doucement d'abord, puis plus fort. Capitaine Farrell.

N'obtenant pas de réponse, l'anatomiste secoua légèrement la couverture : il ne sentit sous ses doigts que de la paille. Stupéfait, il tira d'un coup l'étoffe grossière. Farrell s'était volatilisé.

— Gardien ! Gardien ! se mit-il à hurler en se ruant vers la porte. Le capitaine est parti !

Mais la stupeur qui se peignait sur les traits de Silkstone n'était rien, comparée à l'effroi qu'il lut bientôt sur ceux du geôlier, au point que le médecin ne tarda pas à suivre le regard épouvanté de l'homme, dont les pupilles s'étaient dilatées… Il découvrit un pendu.

Il coupa la corde aussitôt, tandis que le gardien soutenait le corps, qu'ils transportèrent ensuite sur la planche de bois. Thomas chercha un pouls. En vain. Allongé sur sa paillasse nauséabonde, le capitaine Farrell dégageait un air de grande dignité, quand bien même toute dignité avait déserté cet endroit depuis longtemps. Il avait les yeux clos. Ils s'étaient fermés à l'instant de sa pendaison. Quant aux muscles de son visage, loin de s'être contractés, ils lui conféraient une expression des plus paisibles. L'Irlandais arborait, dans la mort, une telle beauté que Thomas eut un instant l'impression qu'il dormait.

Il avait déjà assisté à de nombreuses pendaisons : la chute était brève, certes, mais ensuite le malheureux pouvait agoniser pendant une heure, au point que des parents ou des amis se précipitaient quelquefois pour tirer sur ses jambes afin d'abréger son tourment. Personne n'avait ainsi aidé Michael Farrell à passer de vie à trépas, et pourtant tout, dans ses traits, figurait l'apaisement. Il ne s'était pas mordu les lèvres, comme il arrive souvent à celui qui, dans un ultime réflexe, essaie de respirer malgré la corde ; sa langue n'était pas enflée.

Thomas demeurait perplexe. Même s'il avait appelé la mort de ses vœux, le corps de l'Irlandais, lui, aurait dû se rebeller. À l'instant de la pendaison, il se produisait des réactions physiologiques contre lesquelles même un suicidaire ne pouvait pas lutter – ainsi les intestins se vidaient-ils malgré lui… Ici, rien de tout cela. Mais le Dr Silkstone s'obligea bien vite à repousser loin de lui ces considérations médicales. Pour l'heure, il lui fallait se concentrer sur la pénible tâche qui l'attendait.

Ce fut Eliza qui ouvrit.

— Madame est en train de s'habiller, monsieur, indiqua-t-elle à Thomas.

— Je crains d'avoir de sombres nouvelles qui ne sauraient souffrir le moindre retard.

La domestique comprit à l'expression de son visage qu'une chose terrible venait de se produire ; elle ne répliqua rien. Au lieu de quoi elle courut à l'étage, où elle se hâta de frapper à la porte de sa maîtresse pour l'informer de la visite. La voix de Lavington s'éleva alors pour reprocher à la jeune femme de déranger ainsi Lydia.

— Que signifie ceci, docteur Silkstone? lança l'avocat avec colère – il claudiquait dans l'escalier en nouant la ceinture de sa robe de chambre.

— Lady Lydia va-t-elle descendre?

— En quoi cela vous regarde-t-il, monsieur?

— Ce que j'ai à dire la concerne au premier chef.

Lavington saisit, au ton du jeune homme, que l'heure était grave.

— Entrez, fit-il en désignant le salon d'un geste. Elle sera là dans un instant.

Eliza s'empressa de les devancer. La pièce était plongée dans la pénombre. Elle s'approcha de la fenêtre pour ouvrir les lourdes tentures, mais elle se mit à tâtonner entre les plis du tissu, comme si elle cherchait en vain quelque chose.

— Eh bien! aboya Lavington.

— Je suis navrée, monsieur..., commença-t-elle puis, ayant manifestement trouvé la solution à son problème, elle s'immobilisa, puis cramponna l'un des pans du rideau, qu'elle tira : la lumière du matin inonda le salon.

Au lieu de s'asseoir, Thomas se mit à faire les cent pas en réfléchissant à la manière la plus opportune de s'adresser à Lydia. Combien de fois n'avait-il pas annoncé le décès d'un être cher à un parent, un mari, une épouse, un fils... La mission n'était pas facile, mais elle se révélait aujourd'hui plus ardue que jamais.

— Dieu du ciel! s'exclama James Lavington. On croirait un fauve en cage.

L'anatomiste ignora sa remarque. Enfin, au bout de quelques instants qui lui parurent une éternité, lady Lydia les rejoignit au salon.

— Que se passe-t-il, docteur Silkstone ? s'enquit-elle avec angoisse. Qu'est-il arrivé ? A-t-on retrouvé Hannah ?

— Madame, je vous en prie.

Et déjà, le jeune homme l'invitait à prendre place sur la méridienne, craignant qu'elle ne défaillît en entendant ce qu'il avait à lui apprendre.

— Le message dont je suis le porteur n'est pas facile à livrer..., commença-t-il.

Son hôtesse leva vers lui ses yeux de biche. Jamais elle ne lui avait semblé plus fragile.

— Je crains que votre époux... Le capitaine Farrell est décédé.

— Qu'est-ce que vous racontez ? explosa Lavington en se ruant vers le chirurgien.

Lydia fit silence un moment, comme s'il avait fallu à son cerveau le temps d'assimiler l'information qu'il venait de recevoir, après quoi elle étouffa un cri.

— Non... Non ! hurla-t-elle enfin en bondissant sur ses pieds.

Et déjà elle tournait sur elle-même, ivre de chagrin. L'avocat la saisit par les bras. Elle tenta de le repousser.

— Lydia. Lydia. Calmez-vous. Pour l'amour de Dieu ! brailla-t-il en l'empoignant plus fort, puis en la secouant.

Thomas n'ignorait pas que la jeune femme se trouvait au bord de la crise de nerfs, mais il n'aimait pas la façon dont Lavington la traitait. Il risquait de lui faire mal.

Il fourgonna en hâte dans sa trousse afin d'en extraire un flacon de sels qu'il fourra sous le nez de la malheureuse. L'effet fut immédiat. Elle se ressaisit, l'avocat relâcha son étreinte, et les larmes de la jeune veuve se mirent à couler.

— Comment ?..., sanglotait-elle. Comment ?...

James l'aida à s'installer de nouveau sur la méridienne.

Silkstone lorgna dans sa direction. Il avait longuement hésité avant de se résoudre à dévoiler à Lydia les circonstances exactes de la mort de son époux, mais il s'agissait là d'un mal nécessaire :

— Je… je l'ai trouvé ce matin, madame… pendu dans sa cellule.

Elle leva vers lui des yeux incrédules.

— Pardon ?… Vous voulez dire qu'il… qu'il a mis fin à… ?

Avant que l'anatomiste eût le temps de poursuivre, Lavington intervint.

— Cela ne me surprend guère, hélas, fit-il en secouant tristement la tête.

— Que voulez-vous dire, monsieur ? l'interrogea Thomas.

L'avocat poussa un lourd soupir avant de s'asseoir auprès de Lydia, bouleversée.

— Vous rappelez-vous ce qu'il vous a déclaré ? C'est vous-même qui m'avez rapporté ses paroles.

Sur le visage de la jeune femme se peignit de l'effroi, au souvenir de ce que l'Irlandais lui avait confié durant l'une de ses dernières visites – et que, dans un moment d'égarement, elle avait répété à Lavington.

— Que si vous perdiez foi en lui…

Lydia se tourna un instant vers l'anatomiste, qui savait, au même titre qu'elle, que l'avocat disait vrai. James tendit la main pour prendre celle de la jeune éplorée, mais elle recula immédiatement.

— … il ne pourrait plus supporter l'existence.

Thomas observa la réaction de lady Farrell aux mots cruels de Lavington. C'était comme si celui-ci lui avait transpercé le flanc de sa lame avant de retourner le couteau dans la plaie. Hélas, le chirurgien demeurait impuissant.

Lydia détourna les yeux.

— Non. Non... Dites-moi que ce n'est pas vrai..., s'écria-t-elle en se pliant en deux, accablée d'autres sanglots, qu'elle ne maîtrisait plus.

L'avocat passa un bras autour de ses épaules pour la réconforter, avant de braquer son regard sur Silkstone.

— Donnez-lui quelque chose pour la calmer, exigea-t-il avec froideur. Il faut que j'aille au tribunal. Je dois informer le juge des derniers événements.

À peine Lavington eut-il quitté la pièce que Thomas le remplaça sur la méridienne, à côté de Lydia. À son tour il l'enlaça. Timidement. Redoutant sa réaction. Elle ne se dégagea pas comme il l'avait craint. Au contraire : elle vint nicher son visage au creux de son épaule.

— Lydia, souffla-t-il doucement tandis qu'elle continuait à pleurer. Lydia. Je vous en prie, ne vous accablez pas de reproches.

Jamais il ne pardonnerait à l'avocat son inhumanité.

— J'ai quelque chose à vous dire, enchaîna-t-il. S'il vous plaît, écoutez-moi.

La jeune femme leva vers son visiteur un visage baigné de larmes.

— Je ne pense pas que votre époux ait mis fin à ses jours, lâcha-t-il avec difficulté.

Elle le scrutait sans comprendre.

— Que dites-vous ?

Résisterait-elle au choc de ce qu'il s'apprêtait à lui révéler ? Mais il devait parler. Coûte que coûte. Il prit une profonde inspiration :

— J'ai des raisons de croire que le capitaine a été assassiné.

# 44

— Je crains qu'il n'en soit pas question, docteur Silkstone.

Sir Theodisius repoussa les restes d'une tourte au veau, tellement agacé par l'insistance du jeune chirurgien à vouloir pratiquer une autopsie qu'il en avait soudain perdu l'appétit.

— Mais, monsieur, je vous en conjure, pour le bien de la justice…

Le coroner abattit son poing sur la table, si bien que le couteau posé sur son assiette en étain sauta, puis retomba dans un cliquetis.

— En France, rugit-il, la justice commande qu'on traîne les suicidés par les rues, face contre terre, avant de les pendre par les pieds, puis de confisquer leurs biens !

La colère avait empourpré ses joues flasques, mais, comme s'il s'avisait brusquement que son courroux risquait de le submerger tout entier, il se radoucit :

— Je suis satisfait que le capitaine Farrell ait mis fin à ses jours. Il possédait toutes les raisons d'agir ainsi, et à moins qu'on ne vienne m'apporter la preuve du contraire, c'en est fini pour moi de cette affaire.

Justement, se dit Thomas : si le magistrat l'avait autorisé à pratiquer l'autopsie, cette preuve, il l'aurait obtenue. Sir Theodisius manquait singulièrement de logique, mais rien ne le ferait changer d'avis.

— Je suis navré de vous avoir importuné, monsieur, s'excusa le jeune homme en triturant les bords de son tricorne.

Sur quoi il se retourna pour prendre congé, mais, déjà, il faisait volte-face, mû, semblait-il, par une pensée soudaine :

— Permettez-moi cependant, monsieur, de vous adresser une ultime requête.

— Laquelle ? s'enquit le coroner, exaspéré.

— J'ai cru comprendre que, dans ce pays, il était encore de coutume d'enterrer les suicidés à la croisée de deux chemins après leur avoir enfoncé un pieu dans le cœur ?

Le magistrat gigota sur son siège, contrarié qu'un petit parvenu issu des colonies se mêlât de ces pratiques séculaires.

— C'est exact, concéda-t-il.

— Un suicidé ne peut être inhumé en terre consacrée, n'est-ce pas ?

Sir Theodisius opina de nouveau.

— Dans ce cas, puis-je, au nom de sa veuve, vous demander que la dépouille du capitaine soit ramenée à Boughton Hall afin qu'on l'y enterre ?

Le coroner se renversa sur son siège – son corps adipeux débordait de partout. Il songea un moment à Lydia, au chagrin qu'elle devait éprouver. Or, il se trouvait en mesure d'atténuer un peu ses tourments en exerçant son pouvoir discrétionnaire. Il plongea son regard dans celui de Thomas.

— Pour lady Farrell, je vous accorde ma permission.

— Vous êtes un homme plein de compassion, sourit l'anatomiste avant de quitter les lieux pour se rendre à la prison.

Le geôlier aux dents noires se tenait assis à sa place habituelle ; il caressait toujours sa mâchoire douloureuse. À peine eut-il repéré Thomas qu'il se raidit.

— Je viens préparer le corps, expliqua ce dernier en désignant sa trousse à instruments. Pouvez-vous me laisser entrer ?

Par la petite grille ménagée dans la porte de la cellule, il distinguait le cadavre de l'Irlandais, étendu sur sa paillasse et désormais couvert d'un bon morceau de toile de jute.

— Je n'ai pas le droit de vous ouvrir, répondit le gardien en se levant lentement de sa chaise.

— Qu'est-ce que vous racontez ? se récria le chirurgien. Je suis ici pour préparer le corps du capitaine Farrell en vue des funérailles.

— J'ai reçu des ordres, docteur. Personne n'est autorisé à voir la dépouille.

— De qui avez-vous reçu ces ordres ?

— De M. Lavington.

Il aurait dû s'en douter. Puisqu'il avait été l'avocat du défunt, James possédait des droits sur son cadavre. Ainsi Thomas se voyait-il à jamais privé de la possibilité d'examiner de près la nuque de l'Irlandais, afin de déterminer s'il avait ou non les vertèbres brisées. Le cordon de soie qu'il avait découvert autour de son cou lui paraissait en effet trop mince pour avoir pu supporter les gigotements d'un homme ou, du moins, la brusque secousse de son saut.

— Dans ce cas, décréta l'anatomiste au geôlier, je vais aller parler à M. Lavington.

— Inutile de vous déplacer, docteur Silkstone, lança une voix dans son dos. Me voici.

— Je m'en réjouis, monsieur. Sir Theodisius m'a annoncé tout à l'heure qu'il ne me permettait pas de pratiquer une autopsie sur le cadavre du capitaine Farrell.

— Encore heureux, commenta l'homme de loi en fronçant les sourcils. Lady Lydia a expressément indiqué qu'elle refusait qu'on découpe son époux en tranches comme un vulgaire rôti.

— Fort bien. Mais vous pourriez au moins m'autoriser à préparer le corps pour l'inhumation.

Lavington considéra son interlocuteur avec dédain.

— On m'a rapporté, en effet, que sir Theodisius avait généreusement proposé qu'on l'enterre à Boughton Hall.

Thomas comprit que, en attribuant volontairement au coroner cette suggestion, l'avocat cherchait à discréditer l'anatomiste, à lui refuser le moindre rôle dans l'affaire.

— Mais nous nous passerons de votre aide, enchaîna James. Ceux qui travaillent ici sont habitués à s'occuper des morts. Je m'en remets entièrement à eux, conclut-il.

Il souhaita à Silkstone une bonne journée et s'engagea dans l'escalier en boitant.

Le chirurgien se sentait humilié. Il regarda le geôlier avaler une gorgée de gin à la bouteille dont il venait de s'emparer sur la table. L'une de ses joues mangées de barbe était enflée. Son instinct de médecin le poussait à proposer au malheureux de le soulager gracieusement en ôtant la dent gâtée, mais son instinct de limier en quête de vérité lui souffla de négocier d'abord ses services.

— Voulez-vous que je vous l'arrache? fit-il en désignant du doigt la mâchoire meurtrie du bonhomme.

Un éclat se mit aussitôt à briller dans les yeux de celui-ci, qui hocha si vigoureusement la tête qu'il accentua ses souffrances.

— Dans ce cas, reprit Thomas, je vais vous expliquer ce que nous allons faire : je retire votre dent cariée et, en échange, vous faites un petit quelque chose pour moi.

— Tout ce que vous voudrez, gémit le gardien.

L'anatomiste posa sur la table sa trousse, dont il fit surgir une paire de pinces, qu'il brandit sous le nez du bougre terrorisé, comme s'il s'agissait d'un instrument de torture plus que d'un moyen de soulager ses maux.

— Dites-moi d'abord qui est la dernière personne à avoir vu vivant le capitaine Farrell.

— C'est moi, monsieur, répondit le geôlier, le regard fuyant.

Thomas rapprocha les pinces de son visage.

— Je peux arracher cette dent en quelques secondes, mais je peux aussi faire durer le plaisir. À vous de décider.

— Il... il m'a donné de l'argent pour que je me taise.

— Qui? Qui vous a donné de l'argent?

Le jeune homme, dans un brusque mouvement, était venu se placer derrière le gardien pour lui bloquer le cou au moyen de son avant-bras ; le malheureux se trouvait à sa merci.

— M. Lavington, monsieur.

Silkstone ne parut pas surpris.

— Bien, fit-il en relâchant son étreinte. Je vais m'occuper de vous à présent, à condition que vous m'accordiez une dernière faveur.

Le geôlier opina.

— Vous voyez cette bouteille de gin? Eh bien, avant de glisser le cadavre du capitaine dans son sac, vous l'aspergerez d'alcool.

L'homme ayant grogné son assentiment, il poussa ensuite un cri déchirant tandis que Thomas, avec une incomparable dextérité, le débarrassait de sa dent gâtée.

Comme Silkstone parcourait les rues pavées en direction du logis de Lydia, les gargouilles de Merton College lui lancèrent des regards noirs. Il fallait à tout prix qu'il s'entretînt en privé avec la jeune femme, aussi avait-il prévu de remettre un message à Eliza, dans lequel il demandait à la veuve de l'Irlandais de lui accorder un rendez-vous secret, au cours duquel il pourrait lui faire part de ses craintes.

Eliza ouvrit certes la porte de la demeure, mais, avant que le médecin eût le temps d'ouvrir la bouche, elle lui fourra une liasse de billets de banque dans la main.

— Lady Farrell m'a demandé de vous payer ce qu'elle vous devait, puis de vous dire adieu de sa part.

La domestique n'osait pas lever les yeux vers le visiteur.

Celui-ci contempla, incrédule, l'argent qu'il serrait malgré lui. Il ne s'était pas lancé dans cette délicate aventure – qui venait de connaître un dénouement ô combien tragique – pour en tirer un profit financier. Mortifié, il rendit les billets à Eliza :

— Veuillez informer lady Lydia que je ne puis accepter d'être rétribué pour une mission que je n'ai pas menée à son terme.

Là-haut, la jeune veuve observait Thomas par la fenêtre. Ignorant tout de la scène qui était en train de se dérouler, elle s'apprêtait à ordonner à sa servante de le laisser monter immédiatement, lorsque James Lavington entra dans la pièce.

— Le Dr Silkstone est en bas, l'informa-t-elle en se dirigeant vers la porte. Il faut que je le voie.

Mais, comme elle passait à côté de lui, l'avocat la saisit par le bras.

— Je ne le pense pas.

— Que voulez-vous dire? s'étonna-t-elle en fronçant les sourcils, les yeux rivés sur son poignet, qu'il serrait toujours entre ses doigts.

— Je crains que votre cher docteur ne soit plus le bienvenu dans cette maison, déclara James avec un sourire distordu.

— Mais je dois…

La jeune femme tenta en vain de se libérer de son étreinte.

— Vous devez admettre qu'il n'est pas de bon ton pour une veuve de recevoir son amant le jour du décès de son époux.

Lydia s'était figée.

— Mais enfin, de quoi parlez-vous?

— Inutile de nier, rétorqua Lavington en secouant la tête avant de fouiller dans la poche de sa veste pour en extraire un bouton qu'il présenta à la jeune femme. Eliza l'a trouvé dans votre lit. Il était cousu sur le gilet du Dr Silkstone, si je ne m'abuse.

Le cœur de Lydia se mit à battre la chamade. Son sang galopait dans ses veines.

— Non, ce n'est pas ce que vous croyez. Il…

James barra de son index les lèvres de la jeune femme.

— Épargnez-moi vos excuses, chère Lydia. Je n'en ai pas besoin, je n'exige de vous que de la docilité.

# 45

Thomas Silkstone se trouvait assis, seul, dans son laboratoire, comme il en avait pris l'habitude depuis son retour d'Oxford, trois jours plus tôt ; il réfléchissait aux événements survenus au cours des semaines précédentes. Il ne parvenait pas à chasser de son esprit la dernière image qu'il conservait de Lydia : après qu'Eliza avait refermé la porte, il avait reculé de quelques pas pour lever les yeux vers la fenêtre du salon. Elle se tenait là, tête baissée. Son visage n'exprimait rien, et elle n'avait pas cherché à lui dire quoi que ce fût. Pendant une ou deux secondes, il avait soutenu son regard glacé, dans l'espoir qu'il s'adoucirait à sa vue. Il brûlait qu'elle lui parlât, qu'elle manifestât de l'émotion. En vain. Alors, bien qu'à contrecœur, il s'était éloigné.

Depuis, il fuyait les discussions dans les troquets, il fuyait le théâtre, il fuyait la compagnie de ses étudiants… Il ne quittait son antre que pour prendre ses repas avec le Dr Carruthers – sentant que son mentor n'aimait rien tant que bavarder avec lui, il ne tenait pas à le décevoir. Peut-être avait-il eu tort, finalement, de s'aventurer hors des frontières de son monde. Il se sentait plus à son aise lorsqu'il explorait à mains nues les mille paysages de l'anatomie humaine qu'au beau milieu des contrées hostiles d'une salle de tribunal. Après tout, il était chirurgien, son métier ne consistait pas à faire respecter la loi. Il était un homme de sciences, pas un homme de lettres. Sa tâche consistait à manier le couteau pour soigner, non pour torturer.

Pour la énième fois, il se demanda comment il avait pu se laisser ainsi attirer loin de tout ce qu'il connaissait pour pénétrer dans un univers où régnaient la duplicité, l'intrigue et la défiance. Et, pour la énième fois, il aboutit à la même conclusion : dans un premier temps, il s'était menti à lui-même. Il s'était persuadé qu'il poursuivait une noble cause. Qu'il partait en quête de vérité et de justice. Mais force lui était d'admettre aujourd'hui que ce qui avait guidé ses pas, c'était l'amour qu'il portait à lady Lydia Farrell.

Les poètes parlaient en pareil cas de cœurs brisés, mais Thomas, lui, avait plutôt l'impression que ce cœur, quelqu'un l'avait broyé pour le réduire à néant. Lydia lui avait pourtant donné à voir qu'elle partageait ses sentiments. Elle s'était montrée désireuse de s'offrir à lui. L'anatomiste refusait de croire qu'elle avait alors joué la comédie, que ses baisers tenaient du simulacre. Hélas, l'œil de glace avec lequel elle l'avait considéré depuis le premier étage du 22 Merton Street le brûlait plus douloureusement qu'un acide versé sur une plaque de cuivre. Il avait beau tout faire pour l'oublier, le visage de la jeune femme le hantait. Sans cesse, la question lui revenait aux lèvres : « Pourquoi ? »

Du vivant de Farrell, leur amour se révélait impossible. À présent, l'Irlandais était mort – dans de mystérieuses et tragiques circonstances –, mais il s'agissait pour Lydia de respecter le délai de viduité. Thomas aurait su se faire discret. Elle n'en doutait quand même pas ? Ou alors, songea-t-il encore, elle se sentait coupable de son infidélité.

Et James Lavington, dans tout cela ? Le capitaine n'avait-il pas fait de lui le tuteur légal de Lydia s'il venait à succomber avant elle ? L'avocat fréquentait les mêmes milieux qu'elle. En outre, il ne s'agissait pas d'un étranger. Il était logique qu'il prît bientôt la place de Farrell dans le cœur et la maison de la jeune femme ; l'anatomiste, pour sa part, se trouverait du même coup ravalé au rang de simple souvenir.

Après que Lydia l'avait si brusquement congédié, il avait pris la direction de l'école d'anatomie de Christ Church pour y rencontrer le Pr Hascher. Il lui avait dévoilé les derniers rebondissements de l'affaire, avant de lui demander de veiller à ce que Jacob fût convoqué pour tenter d'identifier le corps de la jeune infortunée au visage détruit. L'Allemand s'était acquitté de sa tâche : plus tôt ce matin-là, Silkstone avait appris que la malheureuse n'était pas Hannah Lovelock. Il en fut soulagé, bien sûr, mais quant à savoir où la domestique avait filé, voilà qui demeurait une énigme. Le jeune homme était convaincu qu'elle détenait l'une des clés de ce qui s'était tramé la semaine précédente. Tant qu'on ne l'aurait pas retrouvée, il n'avancerait pas dans son enquête.

Depuis son retour à Londres, le chirurgien avait tenté de se jeter à corps perdu dans le travail. Il avait des cadavres à disséquer, des remèdes à confectionner pour de vieilles patientes fortunées qui n'avaient rien de mieux à faire, en attendant la mort, que de recenser leurs malaises. Il jeta un coup d'œil en direction de ses étagères, où trônaient, soigneusement étiquetés, les bocaux contenant les échantillons de tissus prélevés sur le corps de lord Crick. Si seulement ces chairs pouvaient parler. Leurs discours mettraient un terme immédiat à cet imbroglio.

Le Dr Carruthers avait bien tenté de l'entraîner jusqu'au café, mais le jeune homme avait décliné l'invitation. Dans son état, il risquait de ne pas être de bonne compagnie. Le seul être vivant dont il supportait actuellement la présence n'était autre que Franklin. Le rat surgit soudain de derrière une pile de papiers posés par terre pour se diriger en folâtrant vers le bureau de son maître. Les moustaches frémissantes, le nez au ras du sol, il passa près de Thomas sans s'interrompre et s'en alla renifler le manteau de ce dernier, suspendu à une patère. Le rongeur s'arrêta, huma la poche du vêtement, qui se trouvait à sa hauteur. Puis il se dressa sur ses pattes postérieures pour venir, avec celles de devant, s'agripper à la poche, comme si quelque chose, à l'intérieur, l'attirait.

— Eh bien, Franklin, que se passe-t-il ? Tu ne trouveras pas la moindre miette là-dedans, mon bonhomme.

C'est alors que Silkstone se rappela ce qui intéressait l'animal. Il se leva pour le rejoindre. Plongeant la main au fond de sa poche, il en extirpa l'objet de la curiosité de Franklin : le cordon de soie taché de sang qu'il avait, quelques jours plus tôt, retiré du cou de Michael Farrell.

— Tu es drôlement malin, félicita-t-il le rongeur.

Thomas avait récupéré l'objet lorsqu'il se trouvait encore à l'intérieur de la cellule du capitaine et, depuis, il lui était complètement sorti de l'esprit. Il revint à son bureau pour dérouler le cordon sur sa table de travail. Il y en avait deux bons mètres, et l'une des extrémités se trouvait souillée de sang – c'était sans doute à cet endroit que l'étoffe avait entamé l'épiderme lors de la pendaison. Mais l'attention de l'anatomiste fut soudain attirée par une petite tache plus sombre.

Il se rappela son avant-dernière visite au 22 Merton Street. Dans le salon, Eliza avait un instant bataillé avec les rideaux avant de les ouvrir. Pour quelle raison ? Le cordon qui permettait de les tirer avait-il disparu ? Le fait est que la servante avait fini par écarter les tentures à la main.

Silkstone rapprocha son microscope, puis piocha une lamelle dans l'un des petits tiroirs de son bureau. Il plaça le rectangle de verre sous la lentille de l'appareil, immobilisa le cordon et se pencha sur l'oculaire. Ce qu'il découvrit, grossi une centaine de fois, confirma son analyse. Les cellules qu'il observait, pareilles aux tuiles brunes d'un toit, étaient des cellules sanguines, mais leur densité variait. Au niveau de la tache la plus sombre, elles se faisaient plus nombreuses, signe que ce sang-là provenait d'une plaie plus profonde. Étrange… À moins d'obtenir l'autorisation d'examiner le corps de Farrell, jamais Thomas ne serait en mesure de comprendre ce qui s'était vraiment passé. Or, le cadavre se corrompait chaque jour un peu plus, corrompant la vérité du même coup.

Lydia se baissa pour ramasser une poignée de terre, qu'elle jeta sur le sobre cercueil en pin contenant la dépouille de feu son époux. C'était comme si elle refermait un livre, ou tirait à jamais un rideau. Debout à ses côtés, James Lavington la soutenait dans l'épreuve. D'un signe de tête, il commanda à Kidd et à Lovelock d'effectuer leur devoir de fossoyeurs.

Les obsèques se déroulaient dans la plus stricte intimité. Nul pasteur n'avait été convié pour les prières ; pas un ami n'était présent pour l'éloge funèbre. Lady Crick s'était jointe à une partie de bridge imaginaire. Seuls les domestiques avaient témoigné leur loyauté au défunt en lui rendant un ultime hommage. Lydia lui avait fait ses adieux, de même que Lavington, qui avait prononcé quelques mots choisis, essentiellement destinés à atténuer le sentiment de culpabilité qu'éprouvait la jeune veuve.

Cette dernière avait décidé que le capitaine reposerait non loin du pavillon d'été, au sommet de la colline – ainsi, chaque fois qu'elle lui rendrait visite, elle en profiterait pour admirer le paysage vallonné et se souvenir des moments que les époux avaient passés ici ensemble. On avait planté une croix de bois nue à la tête du tombeau, qui ne laissait rien deviner des circonstances tragiques du décès. S'il ne tenait qu'à Lydia, les générations futures ignoreraient tout du drame qui venait de se jouer. Mais, comme elle observait Kidd et Lovelock, jetant de pleines pelletées de terre sur le cercueil, elle s'avisa que, peut-être, aucune génération ne succéderait en ces lieux à la sienne. Michael était mort. Il y avait peu de chance pour que sa veuve portât un jour un enfant qui, l'heure venue, hériterait de Boughton Hall. À cette pensée, elle éclata en sanglots, au point que Lavington dut l'aider à grimper à bord de la charrette dans laquelle il la ramena au manoir.

— Ma chère Lydia, calmez-vous, je vous en prie.

L'après-midi touchait maintenant à sa fin. Ils se tenaient assis dans la pénombre du salon. Un peu plus tôt, la jeune femme avait demandé à l'avocat de la laisser seule. Il s'était retiré, mais elle demeurait inconsolable. James s'inquiétait de plus en plus. Ayant pris place auprès d'elle, sur le canapé, il passa un bras autour de ses épaules pour la réconforter. Elle le repoussa. Il insista.

— Ne craignez rien, la rassura-t-il. C'est ce que désirait Michael. Vous savez qu'il m'avait demandé de veiller sur vous s'il lui arrivait quelque chose.

Lydia leva brusquement les yeux vers lui, outrée par l'impertinence de ses propos. L'avocat lui prit la main et la baisa. Elle se hâta d'éloigner de lui le poignet qu'il venait d'effleurer de ses lèvres.

— Allons, allons, Lydia. Pourquoi refuser ainsi mon aide ?

La jeune femme se raidit.

— Vous me tenez des propos que je juge déplacés, le gronda-t-elle doucement.

Au lieu de se repentir, James se contenta de sourire dans le demi-jour – la partie mutilée de son visage était cachée dans l'ombre, en sorte qu'il paraissait robuste et séduisant.

— C'est là que vous vous trompez, Lydia, s'obstina-t-il en l'attirant à lui. Car j'ai tous les droits.

Incapable de supporter le contact de sa peau, la veuve du capitaine bondit sur ses pieds, enserrant son buste de ses bras, comme si le froid l'avait brusquement saisie.

— Je suis en deuil, monsieur. Veuillez, je vous prie, respecter mon état. Et je vous demanderai maintenant de vous retirer.

Lavington la considéra avec dédain.

— Sans doute ne traiteriez-vous pas le Dr Silkstone de cette manière s'il se trouvait ici.

La remarque déplut à Lydia, mais elle ne souffla mot. Elle savait à présent ce que son défunt mari avait dû éprouver avant de mourir : il s'était senti seul, captif d'une geôle qu'il avait bâtie de ses mains.

## 46

Avec les vingt guinées que James Lavington lui avait remises en échange de son silence, Hannah Lovelock prit la diligence pour Londres, où elle s'installa dans une pension de famille pour dames à Bedford Lane. Ayant fait l'acquisition d'une robe en calicot imprimé, ainsi que d'un épais châle de laine, elle s'y était présentée en tant qu'épouse venue dans la capitale pour se rendre au chevet de son père, qui séjournait à l'hôpital. Le règlement intérieur de la pension interdisait que l'on y reçût la moindre visite et exigeait des locataires qu'elles fussent rentrées avant la nuit, ce qui convenait parfaitement à la domestique de Boughton Hall.

Londres constituait à ses yeux un lieu étrange et terrifiant, sans commune mesure avec Brandwick, ni même avec Oxford. Depuis la fenêtre de sa chambre, située à l'étage, elle pouvait contempler l'ensemble du quartier de Covent Garden – à la fois sordide et animé ; haut en couleur. Des musiciens des rues frappaient en rythme des boîtes à sel au moyen de rouleaux à pâtisserie. Des corbeaux allumaient des canons du bout de leur bec. La jeune femme avait même vu un cochon disposer, avec son groin, des cubes sur lesquels étaient imprimées les lettres de l'alphabet. Des charlatans vendaient des remèdes contre la vérole, tandis que des marchands de maquereaux vivants se promenaient avec leur cargaison sur la tête, frétillant dans des paniers – d'autres proposaient des citrons, ou des oranges de Séville.

Hannah Lovelock se sentait profondément étrangère à cet univers, mais elle se trouvait ici en mission. Elle avait besoin de retrouver l'homme qui avait eu l'intention de la conduire à la mort. Thomas Silkstone avait découvert son plus noir secret. Il l'avait contrainte à plonger son regard dans le regard impitoyable et froid de la réalité. Il l'avait obligée à se confesser. Mais même si les actes de ce garçon avaient failli lui valoir la potence (à laquelle, selon toute vraisemblance, elle demeurait condamnée), elle éprouvait à son égard de la reconnaissance. Car elle n'aurait pas supporté longtemps de vivre avec la mort du jeune comte sur la conscience ; elle se réjouissait de ce que ses fautes eussent été révélées au grand jour.

Peu importait que le Dr Silkstone l'eût menée jusqu'au tribunal, où son procès se serait sans doute conclu par son exécution. Elle aurait péri pour une noble cause. Lorsque le bourreau aurait passé la corde autour de son cou, elle aurait hurlé le prénom de sa défunte enfant ; elle serait morte pour Rebecca. Elle venait d'échapper aux griffes d'un gredin à qui elle avait cru pouvoir accorder sa confiance, mais qui lui avait juré de faire souffrir son époux et ses enfants si elle ne quittait pas le palais de justice sur-le-champ avec la promesse de ne plus reparaître dans la région. Ce gredin se nommait James Lavington, et elle avait à présent l'intention de le livrer au seul homme qui, selon elle, fût encore en mesure de l'aider.

Elle parcourut à pied les deux bons kilomètres qui séparaient Covent Garden du St. George's Hospital, édifice imposant planté aux abords des portes occidentales de la cité. C'était là en effet, avait-elle affirmé à sa logeuse, qu'on avait admis son père malade, si bien que la brave femme lui avait aussitôt indiqué comment s'y rendre. Maintenant qu'elle s'y trouvait, elle ne savait que faire. Pourvu, songeait-elle, qu'au cœur de ce vaste édifice, quelqu'un ait entendu parler du Dr Thomas Silkstone ; sans doute obtiendrait-elle ainsi son adresse.

Elle franchit le gigantesque portique, tandis que s'affairaient les brancardiers autour d'elle, qui aidaient des patients affublés de bandages sanglants à se déplacer dans les immenses couloirs. Hannah Lovelock se sentit perdue et terrorisée. L'infâme odeur de vinaigre avec lequel on lavait les murs et les sols lui agressait les narines, et les gémissements lointains des patients bourdonnaient à ses oreilles.

— Hé, vous ! Infirmière ! Venez donc me donner un coup de main, brailla une voix bourrue dans son dos.

Lorsqu'elle se retourna, elle découvrit un brancardier qui tentait de relever une vieille dame évanouie.

— Allons, amenez-vous, la pressa-t-il en s'échinant pour transporter la patiente.

La domestique jeta des regards affolés autour d'elle, avec l'espoir qu'il s'adressait à quelqu'un d'autre. En vain. Alors elle s'arma de courage et s'approcha pour aider l'employé à allonger la malade sur un banc.

— Ne restez pas plantée là, aboya-t-il. Allez chercher un médecin.

Hannah s'éloigna en quête d'un docteur. Égarée, elle jetait des regards de droite et de gauche. Quelques mètres plus loin, elle repéra un homme aux cheveux blancs, muni d'une trousse à instruments. L'expression de son visage lui inspira confiance.

— Docteur? hasarda-t-elle.

— Que se passe-t-il, infirmière?

— Je ne suis pas infirmière, monsieur, répondit-elle timidement.

— Alors, qui êtes-vous, je vous prie? s'étonna l'homme.

— Je suis venue rendre visite à un malade.

— Dans ce cas, chère madame, je vous conseille de vous adresser à la réception, dit-il obligeamment, en lui désignant de l'index une pancarte accrochée au-dessus d'une porte.

— Je vous remercie, monsieur, souffla la domestique, apaisée – bien qu'elle fût incapable de lire ce qui se trouvait inscrit sur la pancarte, elle savait à présent où chercher de l'aide.

Elle se retrouva bientôt dans un grand hall, sur la gauche duquel, derrière un panneau de bois, trônait une longue table. Au-delà de cette table s'alignaient des casiers débordant de colis et de documents. De jeunes hommes papillonnaient de l'un à l'autre, telles des abeilles autour d'un rayon de miel. Ils vidaient ceux-ci, garnissaient ceux-là, ils y fourraient des feuillets supplémentaires, ils ouvraient des paquets…

En s'approchant du comptoir, Hannah vit qu'un employé portant perruque se trouvait assis derrière, dont on ne distinguait que les yeux et le sommet du crâne.

— Oui? s'enquit-il en se mettant sur ses pieds – cette fois, il dominait largement la jeune femme.

— Je cherche le Dr Thomas Silkstone, monsieur, articula la servante d'une toute petite voix.

L'homme consulta un registre ouvert sur le comptoir, suivant les listes de noms de la pointe de sa plume.

— Silkstone, dites-vous? Quel service?

De quoi pouvait-il bien parler? s'interrogea la malheureuse Hannah.

— Je n'en sais rien…

— Eh bien… Silkstone…

L'un des garçons qui voltigeaient autour des casiers se retourna en entendant prononcer ce nom.

— Non, décréta-t-il. Il n'y a pas de Dr Silkstone ici.

Découragée, la domestique remercia l'employé pour le mal qu'il s'était donné. Comme elle faisait demi-tour pour s'en aller, elle manqua de s'affaler dans les bras d'un jeune homme.

— Hannah?

Elle leva la tête.

— Hannah, mais que diable…?

Francis Crick la dévisageait de tous ses yeux. La servante crut bien défaillir de soulagement.

— S'il vous plaît, monsieur, commença-t-elle sur un ton emprunté. Je ne peux rien vous expliquer ici. Il faut que je parle au Dr Silkstone.

Décontenancé, le cousin de lady Lydia n'en hocha pas moins la tête.

— Fort bien. Dans ce cas, je vais vous emmener chez lui.

## 47

James Lavington n'était pas un homme patient. Une semaine s'était écoulée depuis que Lydia avait porté en terre son Irlandais de mari, et pourtant elle continuait de passer ses journées au salon – dont elle exigeait qu'on n'ouvrît pas les rideaux –, elle continuait de jeûner et de fondre en larmes dès qu'on avait le malheur d'évoquer le capitaine en sa présence.

— Michael n'aurait pas aimé que les choses se passent de cette façon, lui dit-il d'abord avec douceur.

La jeune femme leva son visage baigné de pleurs vers l'avocat, qu'elle considéra avec mépris.

— Me reprochez-vous d'éprouver du chagrin?

Lavington se pencha au-dessus d'elle et posa une main sur son épaule.

— Du chagrin ou de la culpabilité, chère Lydia? Cessez donc cette comédie.

La veuve poussa un lourd soupir, puis planta son regard dans celui de James pour s'adresser à lui sur un ton de supplique.

— Que voulez-vous de moi, monsieur Lavington?

— Dieu du ciel, lança-t-il en secouant la tête, ne me suis-je donc pas montré assez clair?

Il la raillait ouvertement. Lady Farrell fronça les sourcils sans le lâcher des yeux.

— Mais c'est vous que je veux, ma chère. Je veux que vous deveniez ma femme.

À ces mots, Lydia eut un haut-le-cœur.

— Votre femme ? articula-t-elle, avec la sensation qu'on lui déchirait la gorge.

L'inhumanité de son interlocuteur la stupéfiait.

— Vous allez trop vite en besogne, monsieur ! s'écria-t-elle, ayant retrouvé sa voix.

Excédé, l'avocat serra les poings.

— Combien de semaines, de mois, comptez-vous jouer encore les veuves éplorées ? Et ne me répondez pas que vous avez besoin de temps ! aboya-t-il. Le temps, c'est aussi ce dont j'avais besoin, prétendait-on, pour que ces blessures guérissent. (Lavington désigna ses traits défigurés.) Mais le temps n'a pas fait disparaître les cicatrices. Elles sont demeurées, afin que tout le monde les voie. Le temps est un concept extrêmement surfait.

Il se mit à marcher droit sur elle, les yeux étincelants. Lydia s'esquiva, de peur qu'il ne la frappât.

— Ne me répondez pas que vous avez besoin de temps ! répéta-t-il. Vous qui vous laissiez lutiner par ce maudit colon pendant que votre époux croupissait dans sa geôle !

La jeune femme plaqua ses mains sur ses oreilles.

— Non, non… Ce n'est pas ce que vous croyez. C'était…

— De l'amour ? C'est le nom que vous donnez à votre batifolage, pauvre catin naïve ?

— Arrêtez, je vous en conjure…

Comme l'avocat s'approchait encore, le regard fixe, Lydia finit par trouver en elle la force de se dresser face à son accusateur.

— Sortez ! hurla-t-elle. Quittez ma demeure et n'y remettez plus jamais les pieds.

Elle haletait, guettant à présent la réaction de James. Loin de battre en retraite, celui-ci serra les mâchoires dans une attitude chargée de défi. Alors, il se mit à hocher lentement la tête, ce qui eut pour effet tout à la fois de désarçonner et de mettre en colère la veuve du capitaine.

— Vous ne pouvez pas, finit-il par articuler sans la lâcher des yeux, m'ordonner de quitter une maison qui m'appartient.

— Je ne comprends pas, murmura Lydia.

Lavington eut un demi-sourire. Farrell affichait une expression semblable chaque fois qu'il tenait à rabaisser son épouse, à lui faire entendre combien elle était insignifiante et sans valeur.

— Vous êtes sur ma propriété, assena-t-il.

— Quoi ? glapit la jeune femme en plissant les yeux.

— La quasi-totalité de Boughton Hall est à moi.

Lydia se laissa tomber comme une pierre sur le sofa en fermant les paupières. Lorsqu'elle les rouvrit, elle balaya le salon du regard pour s'arrêter sur la table à jouer qui trônait dans un coin ; elle commençait à comprendre

— Il a perdu le domaine aux cartes ? demanda-t-elle sur un ton incrédule.

James sourit encore. Son profil mutilé se convulsa dans une grimace.

— Non, non. Rien d'aussi patent. Mais j'ai en ma possession des reconnaissances de dettes d'un montant de dix mille guinées. Or, si je ne m'abuse, vous êtes incapable d'honorer ces dettes. À moins de vendre votre joli manoir.

Submergée par la fureur, lady Farrell bondit sur ses pieds.

— Jamais je ne vendrai Boughton Hall ! s'écria-t-elle, les poings serrés.

— Qui vous le demande ? se mit à rire l'avocat en rejetant la tête en arrière. Je ne suis pas en mesure de vous mettre à la rue, non plus que lady Crick, cette pauvre démente.

Aussitôt, Lydia songea à sa mère : s'il lui fallait quitter son cher domaine, elle n'y survivrait pas.

— Expliquez-vous, monsieur.

— Votre mère restera ici, dit-il en prenant dans sa main celle de la jeune femme. Et vous y resterez aussi. À condition de devenir mon épouse.

— Vous aviez tout prévu, commenta-t-elle en retirant sa main. Pourtant, Michael vous faisait confiance.

— Et il avait raison. Je me suis révélé un excellent ami. Mais j'étais encore meilleur aux cartes qu'en amitié. Venez, Lydia, enchaîna Lavington en tâchant de nouveau de lui prendre la main. Michael aurait fini par se refaire. Hélas, le pauvre garçon n'en aura plus jamais l'occasion.

La jeune femme secoua la tête.

— C'est vous qui l'avez poussé à commettre l'irréparable ! s'exclama-t-elle. Son suicide vous convenait à merveille.

Le rictus s'évanouit du visage abîmé de James. Il paraissait offensé.

— Comment osez-vous tenir de tels propos ? gémit-il. Votre époux était un frère pour moi. Jamais je n'aurais dit ou fait quoi que ce fût pour l'encourager à attenter à ses jours.

Il prit une profonde inspiration pour tenter d'apaiser son âme chavirée.

— Croyez-moi, c'est ma loyauté envers Michael qui me rend insupportable l'idée que vous puissiez vendre votre demeure familiale. Si vous acceptez de devenir ma femme, je protégerai Boughton et… et votre réputation souillée, ajouta-t-il d'un air entendu.

Lydia s'effondra de nouveau sur le canapé, comme écrasée par le poids de ce que l'avocat venait de lui révéler. Elle avait baissé la garde : elle ne résista plus lorsque Lavington lui prit la main.

— Je suis certain que nous pouvons parvenir à un arrangement dont nous saurons tirer profit tous les deux.

Sur quoi il baissa la tête pour venir frôler, de ses lèvres meurtries, la peau de lait de la jeune femme.

— Vous avez jusqu'à demain pour prendre une décision.

## 48

Thomas relut la lettre. L'inoubliable parfum de Lydia flottait dans l'air dès qu'il en effleurait le papier. Il ne comptait plus le nombre de fois où il avait examiné chaque ligne de la missive, chaque phrase, pour y traquer quelque insinuation, quelque expression à double sens. Il cherchait des indices dans chacune des lettres de l'alphabet, dans chaque point sur les i, dans toutes les barres des t… De cette patiente analyse, il avait fini par tirer une conclusion sans appel : la jeune femme était en grand danger.

Cher docteur Silkstone,

Je vous prie de bien vouloir me pardonner de ne vous avoir pas remercié en personne pour la diligence dont vous avez fait preuve concernant feu mon époux. Je regrette profondément de ne pas vous avoir vu avant votre départ d'Oxford, mais je me trouvais dans un tel état de nerfs qu'il m'était impossible de recevoir quiconque. Vous qui êtes médecin comprendrez, j'en suis sûre, le désarroi dans lequel j'étais alors plongée.

Je me permets en outre de vous écrire pour vous informer que M. James Lavington a demandé ma main, et que j'ai accepté de l'épouser. Notre mariage se tiendra dans quelques jours.

Je vous en prie, ne me jugez pas. Je sais que ma hâte peut sembler inconvenante, mais j'ai mes raisons.

Je vous prie d'agréer, docteur Silkstone, mes salutations distinguées,

Lydia Farrell

Thomas sentit sa gorge se nouer. Il posa de nouveau les yeux sur le feuillet, mais cette fois-ci sans le voir. Il se passait des choses terribles. Le billet avait beau être court, il en disait beaucoup. L'anatomiste y discernait, pêle-mêle, trahison, duplicité, malveillance et coercition. Lydia avait été une bonne épouse. Certes, elle avait à maintes reprises réprimandé son époux, mais ces remontrances étaient méritées. Elle s'était retrouvée prise au piège d'une union sans amour, et pourtant avait enduré son sort sans broncher, avec infiniment de courage. Jamais, songeait Thomas, elle ne manquerait à ce point de respect au capitaine, si tôt après son décès. Elle avait « ses raisons », affirmait-elle. Lavington la menaçait-il ? Le jeune homme décida de faire personnellement la lumière sur cette tragique affaire. Demain, il se rendrait à Oxford.

D'abord, il irait trouver sir Theodisius, afin de lui montrer la lettre. À sa lecture, nul doute que le magistrat autoriserait le jeune chirurgien à autopsier le corps de Michael Farrell. Lavington avait dévoilé son vrai visage ; la cour disposait maintenant d'indices suffisants pour ouvrir une enquête sur le décès du capitaine. James avait le sang de Farrell sur les mains, Silkstone en était persuadé, et il comptait bien le prouver. Il entreprit en hâte de préparer sa trousse à instruments. Comme il y rangeait le dernier bocal destiné à recueillir des échantillons, on frappa à la porte.

— Oui ? brailla-t-il en refermant la boucle de la lanière de cuir.

Jetant un coup d'œil en direction du visiteur, il reconnut Francis Crick.

— Qu'est-ce qui vous amène ici, mon ami ? s'exclama-t-il.

L'étudiant avait la mine grave.

— C'est moi, monsieur, fit une voix de femme dans son dos.

À peine se fut-elle avancée que Thomas blêmit.

— Hannah ! s'écria-t-il en se ruant vers la domestique pour la saluer. Mais je pensais que vous étiez…

— … morte, monsieur ? Je devrais l'être.

Le chirurgien s'avisa soudain qu'elle n'était pas au courant des résultats de ses dernières expériences, aussi se croyait-elle toujours responsable du décès de son jeune maître.

— Non, non, s'empressa de la rassurer Silkstone. Dieu merci, vous êtes saine et sauve. J'ai beaucoup de choses à vous dire. Et vous aussi, je suppose.

La servante considéra son hôte avec circonspection, mais elle s'assit comme il l'invitait à le faire. Elle paraissait éreintée et tendue.

D'abord, Thomas lui apprit que la digitale pourpre dont elle s'était servie n'avait pas tué lord Crick.

— Ce n'est pas moi qui… ?

— Non. Absolument pas.

Mais, au lieu du soulagement qu'il s'était attendu à y découvrir, le chirurgien lut sur les traits de sa visiteuse beaucoup de méfiance.

— M. Lavington en a-t-il été informé ? s'enquit-elle.

— Je l'ai prévenu immédiatement.

— Et le capitaine Farrell ?

La question de la jeune femme prit Silkstone de court. Bien sûr. Elle ne savait pas. Comment aurait-elle pu savoir ? Il échangea avec son étudiant un regard chargé d'angoisse, qui alerta la domestique.

— Que se passe-t-il ? L'ont-ils déclaré coupable ?

— Hannah…, commença Thomas après un silence, durant lequel il avait pesé ses mots. On a découvert le capitaine Farrell pendu dans sa cellule.

La jeune femme bondit sur ses pieds.

— Non… Non ! répétait-elle en se tordant les mains.

Son agitation était telle qu'elle se mit à arpenter le laboratoire d'un mur à l'autre, les mains plaquées contre son crâne.

— Seigneur, non ! hurla-t-elle.

Thomas se précipita vers elle pour la saisir par les épaules.

— Hannah, je vous en prie. Calmez-vous.

Il approcha de ses lèvres un verre d'eau, qu'elle repoussa du revers de la main – le récipient vola à travers la pièce.

— Tout est ma faute, se mit-elle à sangloter.

— Vous n'avez pas le moindre reproche à vous faire, madame Lovelock, intervint Francis, qui tentait de la contraindre à s'asseoir.

— C'est lui. Il m'a obligée…

La fin de sa phrase se perdit dans des sanglots.

— Qui ? la pressa Silkstone. Expliquez-vous, Hannah.

— M. Lavington, monsieur. Il m'a ordonné de ne pas dire…

— Il est capital que vous nous révéliez tout ce que vous savez, insista l'anatomiste.

— Il m'a affirmé qu'il ferait jeter à la rue Jacob et les enfants. Je… je me suis dit qu'il valait mieux que je prenne l'argent et que je m'en aille. Il m'a commandé de ne jamais revenir. Je lui ai dit, docteur Silkstone, que je ne supporterais pas l'idée qu'on pende un innocent, geignit-elle. Mais il m'a répondu : « Le capitaine est coupable. Ne vous faites pas de fausses idées. » Et puis il s'est approché de moi en brandissant sa canne, si bien que j'ai cru qu'il allait me frapper. Alors, j'ai pris l'argent et je me suis enfuie, monsieur. J'ai quitté cet endroit le plus vite que j'ai pu et je me suis enfuie.

Thomas soupçonnait déjà l'avocat mais, à présent, il avait un témoin. Certes, il ne s'agissait pas de preuves tangibles, mais la déposition d'Hannah influencerait forcément sir Theodisius.

— Nous devons partir pour Oxford dès l'aube, décréta-t-il.

La servante opina mais, de toute évidence, elle avait peur.

— Vous êtes en train de faire ce qui est juste, la rassura le chirurgien en lui posant une main sur l'épaule. La loi saura se montrer clémente avec vous.

# 49

Le coroner d'Oxford réussit à se soulever de son siège en voyant Thomas pénétrer dans la pièce, mais son embonpoint l'entrava ; malgré ses efforts, il fut contraint de se rasseoir. Il tendit la main vers l'anatomiste.

— Qu'est-ce qui vous amène en ces lieux, docteur Silkstone ? s'enquit-il sur le ton de l'amitié.

Avisant le verre de bordeaux à moitié vide posé sur son bureau, le chirurgien songea que c'était à l'alcool que le magistrat devait sa bonne humeur.

— Moi qui pensais que nous en avions terminé avec cette navrante saga Crick, ajouta sir Theodisius.

— Si seulement cela pouvait être le cas…

Le coroner lui fit signe de s'asseoir. Avant de prendre place, le jeune homme sortit de sa poche la lettre de Lydia, qu'il remit à son interlocuteur.

— S'il vous plaît, monsieur, veuillez lire ceci.

Le magistrat le lorgna avec retenue, déplia le feuillet et se mit à lire. À chaque ligne, son expression s'assombrissait. Il releva enfin la tête, courroucé.

— Mais c'est absurde ! tonna-t-il. Le corps de Farrell est à peine froid que, déjà, Lavington se glisse dans son lit !

La colère de sir Theodisius se révélait telle qu'il parvint cette fois à se dresser sur ses pieds.

— D'autres éléments parlent en défaveur de Lavington, indiqua Silkstone, encouragé par la réaction du coroner. De nombreux éléments. Il a menacé Hannah…

— La domestique ? l'interrompit son interlocuteur. Elle est vivante ?

— Oui, monsieur, et elle a beaucoup de choses à raconter. Mais ce n'est pas tout.

Thomas tira de sa poche le cordon de soie, qu'il agita sous le nez de sir Theodisius.

— J'ai de bonnes raisons de penser – des raisons d'ordre scientifique – que ce cordon n'a pas tué le capitaine Farrell. Il provient des appartements que M. Lavington louait à Merton Street.

Le magistrat écarquilla les yeux.

— Consentiriez-vous, à présent, à ce que je pratique une autopsie ?

Le coroner, qui s'était posté à la fenêtre, contemplait la rue en contrebas. Il pleuvait sans discontinuer depuis quarante-huit heures. Le soir tombait déjà. Les allumeurs de réverbères commençaient leur travail.

— Lavington a donc assassiné l'Irlandais…, déclara sir Theodisius. S'est-il également débarrassé de lord Crick ?

— Je l'ignore, monsieur, répondit le chirurgien qui, même s'il avait, lui aussi, envisagé la double culpabilité de l'avocat, ne détenait aucune preuve susceptible d'étayer ses soupçons.

Le magistrat se tourna vers lui.

— Dans ce cas, je vais vous fournir les moyens de faire toute la lumière sur cette histoire.

Il regagna son bureau, se rassit, attrapa sa plume, en trempa la pointe dans l'encrier et signa les documents nécessaires.

Allongée sur son lit, Lydia Farrell portait une chemise de nuit en coton blanc dont elle aurait souhaité qu'elle fût son linceul. Elle ferma les yeux, se vit en pensée couchée auprès de son défunt mari, là-haut, sur la colline. Le remords la dévorait, mais elle finit par songer que Michael l'avait volontairement abandonnée ; son chagrin se changea en colère. Comment avait-il osé mettre un terme à ses jours et la laisser seule face au monde ? Avait-il agi de la sorte parce qu'il s'apitoyait sur lui-même, ou par égard pour son épouse ? Dans le deuxième cas, il avait fait fausse route. À moins que, dans son esprit corrompu, il eût prévu que Lavington serait là pour ramasser les morceaux de son existence brisée, puis les assembler de nouveau aux côtés de sa veuve ? N'avait-il pas demandé à l'avocat, s'il devait lui arriver quelque chose, de veiller sur la jeune femme ? Ou alors, il y avait du vrai dans ce que le Dr Silkstone lui avait confié cet après-midi-là, à Oxford, lorsqu'il était venu lui annoncer le décès de son mari. L'anatomiste pensait qu'on avait peut-être tué le capitaine. Lydia se rappela son visage ; ses traits superbes ; la douceur dont il faisait preuve avec elle. De cette confidence, elle n'avait parlé à personne. Mais si l'anatomiste avait vu juste, sir Theodisius aurait ordonné qu'on ouvrît une enquête. Or, il n'en avait rien fait. Les circonstances exactes du décès de Michael Farrell lui resteraient un mystère jusqu'à ce qu'elle le rejoignît dans la tombe.

Lydia avait désiré à maintes reprises se suicider elle aussi, mais toujours la même pensée avait arrêté son geste : sans elle, que deviendrait sa pauvre mère ? La vieille femme avait besoin qu'on veillât sur elle presque en permanence, plongée qu'elle était dans une étrange confusion – elle ignorait quel jour on était, oubliait jusqu'à son propre nom… Des éclairs de lucidité survenaient pourtant de loin en loin, au cours desquels elle émettait des opinions parfaitement sensées. De quel mal souffrait-elle donc ? En tout cas, elle représentait l'unique raison pour laquelle la veuve du capitaine avait consenti à ce grotesque et indécent mariage avec James Lavington.

Elle ne se souciait pas de ce que diraient les habitants de Brandwick ou d'ailleurs. Les événements survenus à Boughton Hall avaient déjà, depuis plusieurs mois, nourri l'incendie de la rumeur ; l'union de la jeune femme et de l'avocat ne serait que brindilles ajoutées au brasier. Lavington avait soudoyé un pasteur sans le sou en lui promettant de lui attribuer un logement sur le domaine s'il célébrait le mariage sans qu'on eût publié les bans. Vu les maigres revenus des ecclésiastiques de campagne, l'homme s'était laissé convaincre sans peine.

Lydia avait néanmoins posé une condition, que James avait acceptée : elle lui avait demandé de ne la rejoindre dans son lit que le jour où elle s'y sentirait prête. Car à la pensée de ses mains couturées de cicatrices posées sur ses seins nus ou sur ses cuisses, à la pensée de ses doigts noueux fouissant son intimité, la jeune femme éprouvait des nausées. Elle serait son épouse sur le papier, certes, mais nullement par le corps ni l'esprit.

Tandis qu'elle se tenait allongée dans la pièce froide et silencieuse, un son lui parvint de la fenêtre. La pluie ? La grêle ? Ou de petits cailloux qu'on lançait contre le carreau ? Le cœur de Lydia se mit à battre la chamade. Elle bondit hors du lit pour se ruer vers la fenêtre. Au-dehors, il faisait trop sombre pour qu'elle distinguât quoi que ce fût, mais elle n'en souleva pas moins, sans bruit, le châssis à guillotine.

— Thomas ? murmura-t-elle. Est-ce vous, Thomas ?

Soudain, une longue silhouette élancée émergea des ténèbres.

— Thomas? appela-t-elle encore à voix basse, tandis que l'homme commençait à escalader la glycine qui mangeait la façade du manoir.

Comme il se rapprochait d'elle, elle comprit qu'elle n'avait rien à craindre de lui :

— Francis, articula-t-elle au moment où l'étudiant enjambait le rebord de la fenêtre.

— Chère Lydia, fit-il en la prenant dans ses bras.

Elle le serra contre elle de toutes ses forces.

— Oh, mon cher Francis, chuchota-t-elle, c'est si bon de te voir.

Le jeune homme finit par se dégager de son étreinte et, les deux mains toujours posées sur ses épaules, examina le visage de sa cousine.

— Ma pauvre, pauvre Lydia...

— Le Dr Silkstone t'a-t-il informé de la situation?

Francis opina.

— Est-il venu avec toi? s'enquit-elle avec empressement, en lorgnant par-dessus l'épaule du garçon.

— Non.

— Mais il t'a confié un message, n'est-ce pas?

— Fais-moi confiance, et tout se passera bien.

De nouveau, il l'attira contre sa poitrine et caressa ses boucles brunes.

— Tu es entre de bonnes mains.

Hannah Lovelock cheminait par les chemins détrempés, se cachant de loin en loin derrière une haie. Ses souliers, de même que le bas de sa jupe en calicot, étaient couverts de boue. Ils devenaient pesants mais tant pis : elle hâtait le pas. La voiture l'ayant déposée à près d'un kilomètre de Boughton Hall, il lui fallait parcourir à pied la distance qui la séparait de sa maison, où elle comptait dévoiler à son époux l'ensemble des plans prévus.

Parvenue à destination, elle le regarda un instant par la fenêtre : il alimentait le feu dans la cheminée, tandis qu'à la table William et Rachel buvaient un bol de lait accompagné de pain de seigle. Jamais la jeune femme n'aurait cru revoir un jour une telle scène, au point que l'amour la submergea tout entière – elle se précipita à l'intérieur de la masure.

— Maman ! hurlèrent en chœur les enfants.

Jacob, bouche bée, lâcha son tisonnier pour s'en venir vers elle en lui tendant les bras.

— Hannah. Oh ma chérie…, sanglotait-il – des larmes roulaient sur ses joues grêlées.

La jeune femme, qui pleurait aussi, posa un doigt souillé sur ses lèvres pour imposer le silence à toute la maisonnée :

— Personne ne doit apprendre que je suis ici, leur expliqua-t-elle.

— Mais par quel miracle es-tu libre ? s'étonna son mari, hébété.

— Je te raconterai plus tard mais, pour le moment, j'ai besoin de ton aide. Un peu plus loin sur la route, une voiture attend. À l'intérieur se trouve le coroner. Le Dr Silkstone, lui, est parti devant. Il va autopsier le capitaine. C'est Amos et toi qui allez devoir exhumer le cercueil.

Jacob n'y comprenait rien.

— Le Dr Silkstone pense que le capitaine ne s'est pas suicidé, précisa son épouse.

— Dans ce cas, qui… ?

Lorsque Hannah prononça le nom de l'homme, son mari opina.

— Je le savais, maugréa-t-il.

— Que dis-tu ?

— Nous n'avons pas de temps à perdre, décréta Jacob, coupant court à toute discussion. Lavington doit épouser lady Lydia à la chapelle ce matin même.

— Ce matin ? glapit la servante en plaquant ses deux mains sur ses joues. À la chapelle ?

— Le service aura lieu à 10 heures. Après être allés chercher des pelles et des pioches, Amos et moi irons rejoindre à la même heure ces messieurs près de la tombe. De cette façon, personne ne nous verra.

Hannah approuva son époux.

— Que Dieu protège madame, souffla-t-elle.

— Que Dieu nous protège tous, rectifia Jacob.

## 50

La sépulture d'un homme peut, dans certains cas, se révéler extrêmement bavarde. Thomas, qui se tenait près de la tombe du capitaine, à deux pas du pavillon d'été, contemplait la croix de bois nue. Rien, pas même un mausolée, pas même une grille de protection, n'aurait pu effacer le drame qui était survenu. Les ornements dont on s'ingéniait à parer la mort n'avaient, dans le fond, aucune importance ; ils ne servaient guère qu'à consoler celles et ceux qui survivaient au défunt.

La pluie, qui tombait dru, piquait les yeux de l'anatomiste et creusait de petites rigoles dans le monticule de terre fraîche. Depuis hauteurs, le Dr Silkstone distinguait la chapelle. Lorsque Jacob Lovelock lui avait appris qu'on s'apprêtait à y célébrer l'union de Lavington et de Lydia, le jeune homme avait éprouvé un mélange d'effroi et d'indignation. Son premier mouvement, dicté par sa passion, avait été de faire irruption dans le manoir pour arracher la veuve de Farrell aux griffes de l'avocat. Mais, quelques instants plus tard, la logique de l'homme de science reprenait le dessus : pour prouver que James avait bel et bien assassiné le capitaine, il fallait pratiquer l'autopsie de ce dernier. Certes, le garçon aurait du mal à supporter de voir Lydia pénétrer à l'intérieur de la chapelle, mais le destin de la jeune femme se trouvait à présent entre ses mains.

À 9 h 45, James Lavington se présenta, accompagné du pasteur et de Rafferty. Thomas se raidit. À travers sa longue-vue, il regarda l'avocat descendre de son cabriolet avant de se diriger en boitillant vers l'édifice religieux.

Quelques minutes plus tard, Lydia parut à son tour, escortée par Eliza et Mme Claddingbowl. Nul ruban, nulle fleur n'ornait le phaéton – à l'évidence, la veuve de Michael Farrell n'était pas d'humeur à faire la fête. Elle avait le teint pâle et le geste nerveux. Elle jeta des regards de droite et de gauche en descendant de la voiture ; cherchait-elle l'anatomiste ?

— Il n'y en a plus pour longtemps, murmura celui-ci depuis son promontoire.

Il attendit qu'on eût refermé les portes de la chapelle pour s'engager à flanc de colline. Au bout de quelques mètres, il fit signe à Amos, sir Theodisius et Hannah de s'installer dans la charrette pour entamer l'ascension du coteau. Moins de cinq minutes plus tard, ils en avaient atteint le sommet.

Le sol était si détrempé que Kidd et Lovelock, les deux fossoyeurs, eurent tôt fait d'exhumer le cercueil : quelques minutes leur suffirent. Silkstone leur ayant ordonné d'en retirer le couvercle, ils s'emparèrent de leur pied-de-biche et s'exécutèrent.

Le geôlier avait bien travaillé, songea l'anatomiste. Le visage du capitaine, même s'il commençait à se décolorer, se trouvait mieux préservé grâce au gin que si la nature avait eu tout loisir d'entreprendre son œuvre de destruction.

Le cadavre était vêtu d'une chemise de soie blanche et de culottes en satin, comme s'il s'apprêtait à assister à un mariage. Thomas ne manqua pas de relever en silence l'ironie de la situation et, à imaginer soudain Lydia s'avançant vers l'autel nuptial en habits de deuil, il ressentit une douleur très vive, qui l'aiguillonna. Au contraire de l'autopsie du jeune comte, à laquelle il avait, au propre comme au figuré, procédé dans le noir, il savait aujourd'hui très précisément ce qu'il espérait trouver.

Sir Theodisius s'était plaqué un mouchoir sur le nez, Amos et Jacob se tenaient au garde-à-vous près de la sépulture, tandis qu'Hannah guettait ce qui se déroulait aux abords de la chapelle. Alors que l'anatomiste desserrait le col du capitaine, deux mouches lui sortirent brusquement des narines et prirent leur envol. Sur le cou du défunt se donnaient à voir les marques laissées par le cordon, mais le chirurgien découvrit surtout la trace d'une blessure plus profonde. C'était elle qui constituait la clé de la mort de l'Irlandais.

À la base de l'épiglotte se trouvait une plaie perforante dont le diamètre n'excédait pas celui d'une petite pièce de monnaie. On avait pressé un objet pointu contre la gorge de Farrell, afin d'empêcher l'air de pénétrer dans ses poumons – la peau avait été transpercée du même coup. Jamais le malheureux n'aurait pu s'infliger lui-même une telle blessure. Thomas se redressa, s'essuya les mains à une serviette et appela sir Theodisius :

— Vous vouliez la preuve, monsieur, que le capitaine Farrell ne s'est pas suicidé ? Eh bien, la voici.

Et il désigna la petite plaie. Sans ôter le mouchoir qu'il tenait toujours sur sa bouche et son nez, le coroner plongea le regard à l'intérieur du cercueil.

— Quel objet a pu occasionner cette blessure, je vous prie ?

— Quelque chose de petit, mais capable de supporter une énorme pression, répondit l'anatomiste.

— Un pouce? suggéra le magistrat.

— Non, monsieur, un pouce n'aurait pas ainsi déchiré la peau.

Le médecin, qui réfléchissait, posa les yeux sur les pioches et les pelles que Kidd et Lovelock avaient déposées sur le sol. À contempler le manche des outils, il eut une réminiscence.

— Une canne! s'écria-t-il comme si la lumière venait de se faire dans son esprit. Je parie que c'est avec sa canne que Lavington a infligé cela au capitaine.

Sir Theodisius écarquilla les yeux.

— Cette preuve me suffit amplement.

C'est alors qu'Hannah, qui surveillait les abords de la chapelle, poussa une exclamation étouffée:

— Ils sortent!

Il n'y avait pas de temps à perdre.

— Emmenez sir Theodisius à la chapelle avec la charrette, ordonna Thomas à Amos et Jacob, qui s'empressaient de remettre en place le couvercle du cercueil.

— Et vous, monsieur? s'inquiéta Kidd.

L'anatomiste ne répondit pas car, déjà, il commençait à dévaler le flanc boueux de la colline en direction de la chapelle. À mi-parcours, il glissa sur l'herbe détrempée, vacilla sur quelques mètres, mais parvint ensuite à se rétablir pour reprendre sa course folle.

Il distinguait au loin Lydia et Lavington, à présent mari et femme, qui s'avançaient vers le phaéton avec lenteur. La veuve du capitaine y grimpa tristement la première, après quoi l'avocat prit place sur le siège du cocher.

Thomas n'entendait plus que le tonnerre de son sang battant à ses oreilles.

— Arrêtez! hurla-t-il une fois parvenu à quelques mètres de la petite compagnie. Arrêtez!

Tous les yeux se tournèrent vers cette silhouette éclaboussée de boue qui se ruait vers la chapelle.

— Thomas ! s'écria Lydia – elle se dressa debout dans la voiture, mais son époux, d'un geste brutal, la contraignit aussitôt à se rasseoir.

— Tiens, nous voici avec un invité surprise pour le repas de noces, railla Lavington.

— Il n'y aura pas de repas de noces, haleta l'anatomiste. Vous êtes en état d'arrestation.

— Par décision de quelle autorité ?

— La mienne ! tonna sir Theodisius à l'instant où la charrette faisait halte.

— J'imagine qu'il s'agit là d'une plaisanterie de fort mauvais goût, commenta James avec dédain.

— Il ne s'agit nullement d'une plaisanterie. Je vous demanderai donc de bien vouloir m'accompagner à Oxford.

— De quoi m'accusez-vous ?

— Du meurtre du capitaine Michael Farrell.

Lydia, demeurée assise dans le phaéton, laissa échapper un cri.

— Avez-vous des preuves de ce que vous avancez ? exigea de savoir Lavington.

— Une autopsie vient d'être pratiquée sur le cadavre du capitaine Farrell, répondit le coroner.

— Je ne doute pas que notre homme de science se soit chargé de la besogne, se gaussa James.

— Vous avez tué Michael ? souffla Lydia, les yeux agrandis par l'effroi.

D'abord, l'homme parut affligé que son épouse pût le croire capable d'un tel geste, mais ensuite se peignit sur son visage un sourire démoniaque.

— Comme il m'a tué le jour où il m'a infligé cela, rétorqua-t-il en effleurant son visage mutilé.

— Que voulez-vous dire ? s'étonna la jeune femme.

— C'est lui qui m'a fait cela, répéta l'avocat, désignant sa joue et son bras estropié.

Sur quoi il se dressa dans la voiture, prêt à haranguer une foule entière, eût-on dit.

— Descendez, le pressa sir Theodisius.

Lavington l'ignora pour entamer son discours, face à un auditoire médusé.

— Nous étions alors en Inde. Farrell était de garde ce soir-là, mais il avait trop bu. À tel point qu'il était presque inconscient. Sachant que, si ses officiers supérieurs le surprenaient dans cet état, il passerait en cour martiale, j'ai tenté de le ramener dans ses quartiers. Nous marchions dans l'obscurité lorsque, soudain, il s'est arrêté à côté de la poudrière. Il a sorti un cigare, puis craqué une allumette qu'il a ensuite jetée par-dessus son épaule. J'ai hurlé avant de le repousser pour lui éviter de se faire tuer. Résultat, c'est moi que le souffle de l'explosion d'un baril de poudre a atteint de plein fouet. Farrell, lui, s'en est tiré avec quelques égratignures. Toujours est-il que la déflagration a dû le dégriser, car il m'a alors transporté loin des décombres enflammés. On l'a plus tard décoré pour sa prétendue bravoure, et voilà de quelle décoration, moi, j'ai été gratifié.

Il leva bien haut sa main mutilée avant de se tourner vers Lydia.

— Ainsi, ma chère, votre époux avait-il une dette envers moi. C'est pour cette raison que je suis venu vivre sur ce domaine. Moi, le pauvre compagnon invalide auquel il a fait la charité… en échange de mon silence.

Lydia le considéra d'un œil soupçonneux.

— Il avait une dette envers moi, répéta-t-il calmement, et je viens de récupérer mon dû.

— Vous vous êtes remboursé en épousant sa veuve? glapit Thomas, que les révélations de Lavington avaient rendu furieux.

Il s'élança vers l'avant pour venir frapper la jambe valide de l'avocat qui, en échange, répliqua avec le poids entier de son corps. Silkstone s'affala sur le sol. Lydia poussa un cri, en sorte que son époux, la tirant sans ménagement de la voiture où elle était demeurée, la jeta par terre à son tour. Le cheval se cabra.

Comme Lovelock se précipitait pour relever sa maîtresse, Thomas s'agrippa au phaéton à l'instant où la monture qui le tirait filait au triple galop.

— Arrêtez-vous, pour l'amour du ciel! hurla-t-il à James en tentant de s'emparer des rênes.

Mais l'avocat, littéralement possédé, fouettait sans relâche la croupe du cheval, qui se rua sur le sentier; de la boue et des pierres giclaient dans le sillage de la voiture.

— Vous allez nous tuer tous les deux! l'implora Thomas tandis que les deux hommes se colletaient – et, toujours, Lavington repoussait le chirurgien avec une force accrue.

À l'instant où l'anatomiste s'apprêtait enfin à décocher un puissant coup de poing à son adversaire, le phaéton vira de bord. Les deux hommes découvrirent devant eux le pont de bois qui franchissait le lac.

Les pluies diluviennes avaient fait grimper le niveau de ce dernier; les eaux léchaient les planches. Le cheval n'en conçut que plus d'épouvante encore, s'immobilisant en une fraction de seconde pour se cabrer ensuite. Les deux ennemis s'écrasèrent sur le sol.

Quand Thomas se redressa, il ne repéra James nulle part. Un cri perçant retentit. Le jeune homme courut vers la berge. Lavington, dans le lac, cherchait désespérément de l'air en agitant son bras valide.

L'anatomiste se coucha à plat ventre sur le pont et tendit vers son rival la branche morte qu'il avait ramassée.

— Attrapez-la ! hurla-t-il pour couvrir le bruit des eaux torrentueuses.

James y parvint. Thomas tira sur la branche pour ramener à lui, à travers les roseaux, un Lavington exténué, qui toussait et crachait. L'anatomiste l'assit sur la rive, afin qu'il respirât mieux.

— Inspirez profondément, lui conseilla-t-il.

Mais, au lieu de suivre les conseils qu'on lui donnait, l'avocat, qui s'était ressaisi, frappa Thomas en plein visage. Celui-ci tomba à la renverse, tandis que son adversaire s'élançait vers les bois.

Le médecin bondit sur ses pieds pour le suivre. Il savait qu'avec sa mauvaise jambe Lavington n'irait pas loin. Il le rattrapa en quelques secondes, à deux pas du pont, le saisit par une épaule, l'obligea à faire volte-face et lui assena, à son tour, un direct à la figure. Penché sur lui, Thomas n'éprouvait pas une once de pitié.

— Ainsi, vous avez tué Farrell. Avez-vous également assassiné lord Crick ?

James le considéra sans mot dire d'un air méprisant.

— L'avez-vous assassiné ? répéta Silkstone en écrasant du pied la main de l'avocat – celui-ci hurla de douleur.

— Non. Non, je ne l'ai pas tué.

Thomas le crut. Il tendit vers l'homme une main charitable, afin de l'aider à se remettre debout. Mais Lavington s'empara de cette main pour précipiter de nouveau l'anatomiste sur le sol avant de se jeter sur lui, pareil à un chien enragé. De sa main valide, il le roua de coups. Silkstone finit par reprendre le dessus : James s'en alla rouler dangereusement près du bord du lac.

— Rendez-vous, Lavington ! brailla Thomas. Votre lutte est sans espoir.

— Il y a longtemps que j'ai perdu tout espoir, rétorqua l'autre sur un ton presque joyeux.

Debout de nouveau, il se remit à courir, cette fois en direction du pont, même si le poids de ses vêtements détrempés ralentissait sa progression. La pluie tombait plus dru encore, elle transperçait les deux hommes comme l'auraient fait plusieurs milliers d'aiguilles. Les eaux du lac ne cessaient de gagner en puissance.

— Revenez ! appela Silkstone en voyant l'avocat tenter de franchir le pont, que des vaguelettes couvraient déjà. Revenez, vous avez perdu la tête !

Lavington demeura sourd à ses conseils, jusqu'à ce qu'un formidable craquement se fît entendre.

— Le pont ! hurla l'anatomiste.

Les planches, en effet, étaient en train de céder sous l'assaut du déluge. L'avocat tenta de se cramponner à la rambarde. En vain. Son corps disparut dans les profondeurs fangeuses du lac. Silkstone courut à sa suite, mais les eaux avaient déjà englouti le pont, dont ne restaient à l'air libre que quelques pieux.

Deux ou trois secondes plus tard, comme Thomas contemplait la berge sans plus pouvoir rien faire, il repéra la cape noire de Lavington flottant un peu plus loin à la surface. Le jeune homme s'avança et, à l'aide d'une longue branche, ramena le vêtement vers lui – l'avocat, lui, demeurait introuvable. Confondu, l'anatomiste releva la tête pour le voir tout à coup prendre pied sur la rive opposée.

Le fugitif ne se trouvait qu'à quelques dizaines de mètres du chirurgien, mais devant lui s'étendait l'épais bois de hêtres. James s'empressa de s'y engouffrer. Encore une poignée d'instants, et il s'était volatilisé.

Thomas ayant atteint les arbres une ou deux minutes plus tard, il s'immobilisa et tendit l'oreille.

Il n'entendit guère que croasser des corbeaux. Lavington se cachait forcément dans les parages. Muni d'un robuste bâton, l'anatomiste se mit en marche lentement. Il allait d'arbre en arbre, se figeait au moindre cri de faisan, au plus léger bruissement du sous-bois. L'humus détrempé étouffait ses pas, son souffle rauque lui emplissait les oreilles.

Au cœur de cet étrange silence presque complet, le jeune homme se dirigea vers la clairière. Soudain, un obstacle qu'il n'avait pas repéré le fit trébucher ; il lâcha son bâton, qui retomba deux ou trois mètres plus loin. Ébranlé, il s'empressa de regarder derrière lui, persuadé que James s'apprêtait à lui sauter sur le dos. Mais il n'y avait personne. Il venait de trébucher sur un simple rondin, à demi dissimulé sous les feuilles mouillées. Ce n'est que quand il s'accorda un peu de repos pour reprendre haleine contre un tronc mangé de lichen, qu'il distingua de nouveau sa proie.

Lavington se tenait lui aussi contre un hêtre. Thomas le dévisagea. L'avocat parut le scruter en retour, mais il ne bougea pas. L'anatomiste s'approcha prudemment, non sans s'être emparé d'un autre bâton pour assurer sa protection.

— Pour l'amour de Dieu, cessons ce petit jeu, fit-il.

Pas de réponse, ni le moindre mouvement. Thomas avança encore, le cœur battant à tout rompre. Ce n'est que parvenu à trois ou quatre mètres de son ennemi qu'il commença de soupçonner l'horrible réalité.

— Lavington, lança-t-il. Lavington !

Mais l'homme ne cillait pas, et de sa bouche entrouverte se mit à couler un filet de sang.

Silkstone, qui se trouvait à présent à côté de lui, lui toucha l'épaule : l'avocat s'affala à plat ventre sur l'humus gorgé d'eau.

L'arrière de son crâne, qu'on avait violemment frappé, n'était plus qu'une bouillie sanglante.

## 51

Jacob Lovelock et Amos Kidd surgirent un moment plus tard. Ils découvrirent Thomas accroupi auprès de James Lavington ; il n'avait pas lâché son bâton. Comme les domestiques se rapprochaient, ils distinguèrent des taches de sang sur la chemise du jeune homme.

Celui-ci leva la tête vers eux, hébété, ne sachant que penser. Les deux garçons lui rendirent son regard, à ceci près qu'eux étaient certains de ce qu'ils voyaient.

— Docteur Silkstone ! s'écria Kidd.

Toujours sidéré, l'anatomiste les considéra l'un et l'autre, puis posa les yeux sur la grosse branche qu'il tenait encore à la main. Il la lâcha.

— Oh non..., fit-il en secouant la tête. Non, je n'ai pas... Je l'ai trouvé dans cet état.

Amos et Jacob se turent quelques secondes, abasourdis par le tableau qu'ils contemplaient.

— Avez-vous vu quelqu'un ? les implora Thomas. Fouillez le bois.

Mais les domestiques ne bougèrent pas d'un pouce.

— L'assassin doit se cacher tout près ! insista le chirurgien.

— En effet, répondit Kidd sans lâcher Silkstone des yeux.

— C'était de la légitime défense, intervint Lovelock. Nous l'avons bien compris, monsieur.

— Non. Non. Je l'ai trouvé dans cet état. Regardez son crâne. Quelqu'un l'a frappé. Quelqu'un l'a frappé avec…

— Avec ça ? suggéra Amos en s'emparant du bâton dont son interlocuteur s'était débarrassé plus tôt.

— Vous vous êtes battus, fit encore Jacob pour tenter d'apaiser la tension.

— Ce n'est pas avec moi qu'il s'est battu, objecta Thomas en le fixant d'un air incrédule. Il a été assassiné, vous dis-je. Quelqu'un l'a frappé par-derrière.

— Mais où est passé le meurtrier ? s'enquit Lovelock.

Ce disant, il désigna de l'index le haut mur de pierre qui entourait la propriété.

— Il n'a pas pu escalader cette enceinte, et s'il était parti de l'autre côté, nous l'aurions croisé en venant ici.

— Me croyez-vous coupable pour de bon ? demanda Silkstone en avalant sa salive.

— Vous feriez mieux de nous accompagner, décréta Kidd en tentant de le saisir par le bras.

Le jeune homme se dégagea.

— Je vais me faire une joie d'expliquer la situation, messieurs. Inutile de m'emmener par la force.

Sir Theodisius et Lydia, de leur côté, attendaient des nouvelles dans le salon de Boughton Hall. Francis Crick, arrivé entre-temps, réconfortait de son mieux sa cousine lorsque Kidd et Lovelock se montrèrent avec Thomas.

Avisant la chemise fangeuse et déchirée du jeune homme, son visage et son épaule tachés de sang, la veuve du capitaine s'élança vers lui, mais Francis la retint par le bras.

— Non, Lydia, décréta-t-il avec fermeté.

— Mais Thomas, s'écria-t-elle, que se passe-t-il ? Où est-il ? Où est Lavington ?

— Il est mort, madame, répondit lentement l'anatomiste.

— Mort ? répéta sir Theodisius.

— Assassiné, précisa Amos.

Tous les yeux se tournèrent vers Silkstone.

— Mais qui… ? glapit Lydia, le souffle court.

— C'est moi qui l'ai découvert, expliqua le chirurgien. On lui avait fendu le crâne par-derrière.

Kidd et Lovelock lui coulèrent un regard accusateur.

— Qui est l'auteur du meurtre ? s'enquit le coroner.

— Je n'en ai pas la moindre idée, monsieur, répondit Thomas. Je n'ai vu personne.

Conscient que sa version des faits manquait cruellement de crédibilité, le jeune homme bredouilla, en quête d'une explication plausible :

— Je pense qu'il est mort deux ou trois minutes avant que j'atteigne les lieux, monsieur.

— Et pourtant, vous n'avez rien vu ni entendu ? s'étonna le magistrat. Ces deux garçons non plus ?

Silkstone ferma les paupières un instant avec l'espoir que, lorsqu'il les rouvrirait, c'en serait fini du cauchemar. Au lieu de quoi il vit Amos brandir sous le nez de sir Theodisius la grosse branche qu'il avait découverte dans les bois.

— Le docteur avait ça entre les mains quand nous l'avons rejoint. Il se tenait penché sur le cadavre.

— Est-ce vrai ? demanda le magistrat, perplexe.

— Oui, monsieur, mais…

Francis vola au secours de son professeur.

— Peut-être pourrions-nous poursuivre cette enquête dans le bureau, suggéra-t-il.

Thomas l'observa. L'étudiant, qui s'était absenté quelques jours, avait entre-temps gagné en hardiesse, comme si les événements récents l'avaient fait mûrir d'un coup, lui conférant plus de trempe et plus de sagesse.

C'est lui qui entraîna Lydia en direction du bureau, sir Theodisius sur les talons.

— Je vous en prie, monsieur, fit-il en indiquant un siège à ce dernier, avant de prendre place aux côtés de sa cousine, dont il prit la main pour la réconforter.

— Racontez-moi ce qui s'est passé, pour l'amour du ciel, implora Lydia, au comble du désarroi.

— L'affaire est grave, docteur, observa le coroner. Vous ne me laissez guère le choix.

— Je ne comprends pas, répondit Thomas.

— Docteur Silkstone, en vertu des pouvoirs qui me sont conférés par Sa Majesté le roi George III, je vous arrête pour le meurtre de James Lavington.

— Je suis innocent ! s'écria l'anatomiste.

Aussitôt, Kidd s'avança pour le maîtriser, mais le magistrat l'arrêta dans son élan.

— Qui d'autre pourrait l'avoir tué, docteur Silkstone ? Nous vous avons tous vu vous battre avec lui peu avant. Vous possédiez les ressources physiques pour agir et, ajouta-t-il en lorgnant ostensiblement la veuve du capitaine, vous aviez un mobile.

— Un mobile ?

Sir Theodisius secoua la tête.

— Je ne suis pas aveugle, docteur Silkstone. La haine que vous éprouviez pour Lavington crevait les yeux.

Le chirurgien guigna la jeune femme avant de courber la tête – son impuissance l'exaspérait. Mais, comme il baissait le regard vers le sol, il avisa les souliers de Francis. Ils étaient maculés de boue. Surtout, Thomas nota les traces grises qui souillaient les bas de l'étudiant.

— Peut-être pourriez-vous demander à M. Crick ce qu'il faisait pendant que je poursuivais M. Lavington à travers bois, hasarda l'anatomiste, sur un ton soudain plus assuré.

On considéra le garçon qui, s'étant relevé, se dandinait à présent d'un pied sur l'autre.

— Eh bien, monsieur Crick ? fit le coroner.

— Je suis venu de Londres ce matin, monsieur, énonça Francis, une pointe d'indignation dans la voix. Je suis arrivé à Boughton Hall au moment où lady Lydia rentrait de la chapelle.

— Dans ce cas, pourquoi vos souliers et vos bas sont-ils crottés ? s'enquit Thomas.

— Il pleuvait, monsieur, et il m'a fallu parcourir à pied la distance qui séparait ma voiture de la porte du manoir.

— Mon cousin a fait son apparition dix minutes à peine après mon retour, intervint la veuve du capitaine.

— Voilà une explication qui me convient parfaitement, se réjouit sir Theodisius.

— En effet, opina l'anatomiste, mais demandez-lui donc d'où vient la poudre grisâtre qui souille ses bas.

— Pourriez-vous éclairer ma lanterne, docteur Silkstone ? s'agaça le magistrat en baissant le regard vers les mollets de l'étudiant.

Thomas se leva pour s'approcher du coroner et lui présenter l'un des pans de sa chemise déchirée.

— Examinez ceci, monsieur, dit-il à sir Theodisius qui, aussitôt, se mit à scruter le morceau de lin. Cette poudre grise ressemble à s'y méprendre à celle qui s'est déposée sur les bas de M. Crick, n'est-ce pas ?

— Certes.

— Il s'agit d'une espèce de lichen dit marin, autrement appelé *Enterograba elaborata.*

— Et alors?

— Ce végétal pousse exclusivement sur le tronc des vieux hêtres. C'est dans le bois que je me suis ainsi taché tout à l'heure.

— Fort bien, docteur Silkstone, s'impatienta l'homme de loi, mais où voulez-vous en venir au juste?

Thomas se tourna vers son élève, qui avait blêmi.

— Vous vous y trouviez aussi, Francis. Et c'est vous qui avez assassiné James Lavington.

— Comment osez-vous, monsieur? rugit le garçon en bondissant de son siège.

— Qu'avez-vous à déclarer pour votre défense, monsieur Crick? s'interposa le coroner. Si vous n'étiez pas dans le bois, comment expliquez-vous la présence de lichen sur vos bas?

— Pour quelle raison aurais-je tué James Lavington? objecta Francis, visiblement nerveux.

— L'argent, le pouvoir, l'amour, railla l'anatomiste. La liste des mobiles possibles est longue.

— Expliquez-vous, docteur Silkstone, aboya sir Theodisius.

C'était le Dr Carruthers qui, quelques semaines plus tôt, avait soulevé ce lièvre. « Comment s'appelait-il, déjà, le jeune comte? », avait-il demandé un soir à Thomas, au terme du dîner. Lorsque son disciple lui avait répondu, un peu surpris, que le défunt se nommait Crick, le vieux médecin avait battu des mains, manifestement ravi.

— C'est bien ce qui me semblait, avait-il décrété.

Silkstone, dont la curiosité se trouvait piquée, l'avait prié de l'éclairer.

— Je me rappelle, maintenant..., avait soufflé le vieux médecin sur un ton énigmatique.

— Que vous rappelez-vous?

— Je me rappelle qu'il y a trois ou quatre ans, à l'époque où j'étais encore capable de déchiffrer seul le journal, j'ai lu, dans le carnet du jour de l'*Universal Daily Register*, qu'on annonçait les fiançailles entre un Crick et une Crick. Je m'en souviens d'autant mieux que le père du garçon comptait parmi mes patients, jusqu'à ce que la boisson le tue.

Muni de cette information, Thomas s'était rendu au siège du quotidien en demandant à consulter les anciens numéros. Le 30 mai 1775, l'on avait bel et bien annoncé les fiançailles de lady Lydia Sarah Crick avec M. Francis Henry Crick.

— Vous deviez vous marier, déclara l'anatomiste à son élève.

— Oui, admit le jeune homme, qui se mit à trembler.

— Nous étions jeunes et un peu stupides, souffla la veuve du capitaine en baissant la tête, embarrassée.

— Stupides? répéta Francis. Stupides?

Il dévisagea sa cousine d'un air dubitatif et navré.

— Tout était pourtant organisé. Nous avions obtenu le consentement de tes parents. Comment peux-tu qualifier aujourd'hui de « stupide » notre projet d'union? Si quelqu'un s'est montré stupide dans cette affaire, c'est plûtôt toi, qui m'as quitté pour ce vaurien irlandais.

On avait certes évoqué au tribunal la fugue de Lydia et de Farrell, mais peu nombreux étaient ceux qui savaient, ou se rappelaient, que la jeune femme et son cousin s'aimaient depuis leur plus tendre enfance.

— Ta mère désirait depuis toujours nous voir mari et femme, tu ne l'ignores pas, fit Francis en coulant à Lydia un regard chargé de reproche. C'est avec moi que tu étais censée partager ta vie. C'est à moi que devait revenir tout cela, ajouta-t-il en balayant l'espace d'un ample geste du bras qui ne fit qu'accentuer douloureusement sa position d'impuissance.

— Tu n'avais pas besoin de tuer pour l'obtenir, se mit à pleurer sa cousine.

Le garçon serra les poings, qu'il ramena contre sa poitrine.

— Je n'ai pas supporté l'idée que tu deviennes la propriété de Lavington, sanglota-t-il. Pas après tout ce que nous avons traversé.

— Vous avouez donc le meurtre ? intervint sir Theodisius.

Francis prit une profonde inspiration et se redressa, fier, semblait-il, de ce qu'il s'apprêtait à confesser.

— Oui, monsieur, je l'ai tué. Comme j'aurais tué Silkstone s'il m'avait ravi Lydia.

— Dans ce cas, Francis Crick, je vous arrête pour le meurtre de James Lavington.

Sur quoi Lovelock et Kidd s'avancèrent pour s'emparer du prévenu, qui ne tenta pas de résister. Il se contenta d'adresser à sa cousine un long regard chargé de mélancolie.

— Je t'aimerai toujours, murmura-t-il tandis que les domestiques l'entraînaient au-dehors.

— Je vous dois des excuses, docteur Silkstone, admit le coroner, qui s'apprêtait à quitter également les lieux.

À peine eut-il disparu que Thomas s'approcha de la veuve du capitaine, dont le visage était de marbre. Il s'assit à côté d'elle pour lui prendre la main. Elle tressaillit et se déroba un instant.

— Oh, ma chère Lydia, commença l'anatomiste. Regardez-moi, je vous en prie.

Elle se tourna lentement vers lui.

— Maman voulait à tout prix que je l'épouse. Elle doutait qu'Edward parvînt un jour à réussir sa vie, mais elle a toujours chéri Francis.

Thomas lui caressa la joue.

— Et puisque vous étiez de la même famille, ajouta-t-il, peu importait qu'il fût sans le sou.

— Vous étiez au courant? sursauta la jeune femme.

— Je sais que c'est par nécessité que Francis a entamé des études de médecine. J'ai découvert que son père était un ivrogne, doublé d'un joueur invétéré, qui a dilapidé dans les cartes et la boisson l'héritage de son fils unique. Jamais celui-ci n'aurait assassiné le capitaine, mais son exécution aurait servi ses projets.

Lydia regardait droit devant elle.

— C'est donc Francis qui vous a fait porter cette lettre de menace, puis qui vous a agressé?

— En effet. Mais il n'était pas au courant des intentions de Lavington à votre sujet.

— Est-il possible qu'il ait également éliminé Edward? hasarda la jeune femme après quelques instants de silence.

— En tout cas, les autorités l'interrogeront sur ce point.

C'est alors que lady Crick se matérialisa dans la pièce, affublée d'un bonnet de paille aux couleurs vives et d'un châle de laine.

— Où est Francis? s'enquit-elle. J'ai cru l'entendre. Il a promis de m'emmener en promenade.

Thomas et Lydia échangèrent un regard gêné.

— Il a été appelé en urgence pour régler une affaire de la plus haute importance, lâcha en hâte le chirurgien.

Sur les traits de la vieille dame se peignit une profonde déception.

— Quel dommage, chevrota-t-elle. J'aime tellement nos promenades dans les bois.

Elle se retira tristement.

— Pauvre chère âme, soupira sa fille. Dire qu'elle ne sait même pas que j'ai épousé James Lavington.

# 52

Après son exécution, Francis Crick se vit épargner l'humiliation de finir entre les mains des barbiers chirurgiens, le juge ayant fait valoir que, si le condamné n'avait certes pas exprimé de remords, du moins avait-il avoué son crime.

Le procès s'était tenu à Oxford, là même où, moins de trois mois plus tôt, avait eu lieu celui du capitaine Farrell. Thomas et Lydia y avaient assisté, mais, l'étudiant en médecine ayant déjà confessé le meurtre, l'affaire avait été rondement menée.

La cousine du condamné lui avait ensuite rendu visite dans sa cellule pour lui offrir ce qu'elle pouvait de réconfort durant ses dernières heures, et lui poser une question avant que le nœud coulant se resserre autour de son cou :

— Sais-tu qui a tué Edward?

Francis la contempla, les yeux rougis par les larmes, et secoua la tête.

— Tu ne peux pas me demander cela, lui répondit-il en se détournant, mais Lydia le saisit par la main.

— Tu ne vas tout de même pas emporter la réponse jusqu'à la potence?

— Je t'aime. Je t'aime depuis toujours et tu aurais dû être mienne.

Ces mots meurtrissaient la jeune femme plus sûrement que des flèches – elle savait qu'il disait vrai.

— S'il n'y avait eu Farrell, tu m'aurais épousé, n'est-ce pas?

Il y avait dans sa voix une urgence qui effraya sa cousine.

— N'est-ce pas? hurla-t-il en la prenant par les deux épaules pour la secouer.

— Arrête, Francis! Tu me fais mal.

Elle se dégagea tandis qu'il se radoucissait. Il recula de deux ou trois pas pour se ressaisir.

— N'emporte pas ton secret dans la tombe, l'implora la jeune femme.

L'étudiant la dévisagea de nouveau. Le même sang coulait dans leurs veines. Personne ne pourrait le priver de cette parenté.

— Je dois me taire, répondit-il. Pour le bien de tous.

Le 15 août 1781, Francis Henry Crick fut pendu jusqu'à ce que mort s'ensuive; la mort d'Edward demeurait un mystère.

Durant les quelques jours qui suivirent, Lydia demeura enfermée dans sa chambre.

— Madame ne souhaite voir personne, déclara Eliza à Thomas lorsqu'il tenta de lui rendre visite au manoir.

— Dites à madame que je puis lui fournir un remède en mesure d'apaiser son tourment.

La domestique s'éclipsa pour revenir peu après en secouant négativement la tête.

— Madame vous remercie, mais elle préfère rester seule.

Abattu, l'anatomiste retourna à Londres et ses salles de dissection, où il tâcha de se noyer dans le travail, mais la passion qui avait animé André Vésale avant lui ne le consumait plus. Aucune curiosité ne le poussait plus à étudier les complexités du corps humain, à en explorer les canaux, à en analyser les tissus. Les mystères de l'anatomie, jadis pour lui promesse de rédemption, devenaient au contraire synonymes de damnation. Chaque organe prenait des allures de tête de Méduse prête à lui faire perdre la vue, comme cela était arrivé au Dr Carruthers.

Son père lui écrivit en outre de Philadelphie pour lui annoncer que Charleston était tombé aux mains des Britanniques, et qu'une large part de la Caroline du Sud n'était pas loin de connaître un sort identique.

Plus rien n'avait de sens aux yeux de Thomas. Le chaos s'était introduit au cœur de son existence jusque-là bien ordonnée, semant dans son sillage la destruction et la mort. Semant aussi l'amour, une émotion qu'il n'avait encore jamais expérimentée, et voilà que l'objet de son amour lui avait échappé pour toujours. Il se sentait perdu. Lydia lui avait fourni un but. Elle lui avait confié une mission. À présent qu'elle avait choisi de le repousser, il n'éprouvait plus le moindre désir de poursuivre ses investigations.

Mais, neuf jours après son retour, il reçut un message de la jeune femme qui désirait le voir. Moins d'une heure plus tard, le chirurgien sautait dans la diligence pour Oxford.

Elle le reçut au salon, où elle lui tendit une main délicate afin qu'il la baisât.

— Je me suis beaucoup inquiété pour vous, commença Thomas sans lâcher la main de Lydia, qui ne se déroba pas.

— Asseyons-nous, proposa-t-elle d'une voix douce en l'entraînant vers le sofa.

Silkstone examina le visage de sa bien-aimée. Elle avait beaucoup maigri.

— Vous auriez dû me permettre de rester auprès de vous, la gronda-t-il gentiment.

— Vous avez fait bien plus que votre devoir ne l'exigeait, répondit-elle en secouant la tête.

— Pour vous, s'enflamma l'anatomiste, piqué au vif par la remarque, je ferais n'importe quoi. Je pensais que vous le saviez.

— Je le sais, en effet. Et j'aimerais qu'il en soit autrement.

— Que voulez-vous dire ?

Elle se leva pour se diriger vers la fenêtre, d'où elle contempla les jardins en contrebas.

— Trois hommes que j'ai aimés, mon frère, mon époux, puis mon cousin – sans parler de James Lavington –, sont morts à cause de moi.

— Non, Lydia, protesta le jeune médecin, qui n'en croyait pas ses oreilles.

— Et Lavington a failli vous tuer.

— Vous n'avez rien à vous reprocher.

Mais ces quelques mots de réconfort ne valaient rien, Thomas le savait. Combien de fois n'avait-il pas observé les cruelles séquelles du deuil – solitude, dépression, culpabilité ? Le jeune homme brûlait de partager le chagrin de Lydia, mais il se surprenait soudain à se laisser accabler par ses propres remords. Il poussa un profond soupir.

— Vous m'avez demandé de démasquer le meurtrier de votre frère, mais j'ai échoué. Si j'avais atteint mon but, le capitaine, Francis et Lavington seraient probablement encore en vie à l'heure qu'il est. Nous pouvons tous nous accabler de reproches.

— Vous avez fait plus que n'importe lequel d'entre nous, le corrigea la veuve de Michael Farrell avec un humble sourire ; elle pressa une main sur la sienne.

Les deux jeunes gens virent alors passer lady Crick, coiffée d'un bonnet mangé aux mites et portant un panier.

— Chère maman, souffla Lydia en regardant la vieille dame entourée, semblait-il, d'un halo diffus de spleen, se diriger vers la grille du jardin. Je ne comprends rien au mal dont elle souffre. Un jour, elle bat la campagne, et le lendemain elle se comporte de façon absolument normale.

Lady Crick sortit du potager pour s'engager sur le sentier.

— Où va-t-elle ? s'enquit Thomas.

— Dans les bois. Elle s'y promenait souvent avec Francis. Il lui manque beaucoup.

— Est-elle au courant ?

— Si elle l'est, elle ne m'en a rien dit, mais elle est triste. Près d'un an s'est écoulé depuis qu'Edward a trouvé la mort. Ce n'est qu'hier qu'elle a, pour la première fois, évoqué la date de son décès. Jusqu'alors, j'ignorais si elle avait au moins compris que mon frère nous avait quittés. Si seulement je savais ce qu'elle a dans la tête…

— Désirez-vous que je lui parle ? proposa Silkstone.

— Vous feriez cela pour moi ?

Le temps était splendide, mais il faisait frais. Comme lady Crick s'engageait dans le bois de hêtres, l'anatomiste lui emboîta discrètement le pas. Il gardait ses distances. Elle allait d'arbre en arbre et s'enfonçait dans la végétation.

À une ou deux reprises, une brindille avait craqué sous le pied de Thomas. Chaque fois, la mère de Lydia s'était aussitôt figée. Sentant peut-être qu'on la suivait, elle s'était retournée, avait balayé les environs du regard avant de hausser les épaules puis de reprendre son périple. Craignait-elle qu'on la surprît? Elle paraissait poursuivre un but précis. Elle marchait d'un pas résolu, comme si elle s'apprêtait à rejoindre quelqu'un.

Le sentier s'étrécit. Le soleil ne pénétrait plus l'épaisse ramure des arbres, l'odeur de la pourriture végétale vous prenait aux narines. Les oiseaux s'étaient tus. L'anatomiste, de plus en plus mal à l'aise, hésitait sur la conduite à tenir : s'il se montrait maintenant, il effraierait si fort lady Crick qu'elle risquait de succomber à une crise cardiaque. Il devait attendre son heure et se taire.

Quelques secondes plus tard, néanmoins, la vieille dame s'immobilisa pour la première fois et se mit à examiner le sol à ses pieds. Silkstone plissa les yeux pour tenter de voir ce qu'elle faisait. Soudain, elle se baissa, ramassa quelque chose, qu'elle déposa au fond de son panier. Puis elle reproduisit son geste. Et le reproduisit encore.

Thomas eut tôt fait de comprendre ce qu'elle collectait ainsi. On en trouvait sur le tronc des arbres abattus, on en trouvait parmi les feuilles mortes, dans les petites clairières… Ils étaient partout. Il y en avait de plats et de violets ; d'autres, au chapeau bombé, arboraient des tons écarlates, d'autres encore étaient casqués d'ocre ou de brun… Les champignons poussaient dans les moindres recoins du bois. Voilà donc l'innocente activité à laquelle se livrait lady Crick : elle cueillait des champignons. Le chirurgien sourit, soulagé. Après les intrigues et les mystères auxquels il s'était récemment trouvé confronté, il avait commencé de nourrir des soupçons au sujet de tout et de tout le monde. Il se gronda en silence – comment avait-il eu la sottise de se méfier des agissements d'une innocente vieille dame? Mais alors qu'il allait faire demi-tour pour regagner le manoir, la mère de Lydia entreprit de dévorer l'un des végétaux qu'elle avait ramassés. Elle se mit à en mâcher lentement la chair, comme une vache rumine de l'herbe. Elle en piocha un second dans son panier, qu'elle ingurgita aussi. Enfin, elle fit volte-face pour quitter le bois comme elle y était entrée.

Silkstone s'accroupit derrière un arbre. Lady Crick passa devant lui, son panier à la main. Il la suivit sans se faire remarquer, comptant qu'il lui faudrait près d'une demi-heure pour regagner le jardin clos.

Mais, lorsqu'elle atteignit la lisière du bois, la vieille dame se mit à chanceler un peu. Elle posa une main contre l'un des troncs pour retrouver son équilibre, inspira profondément, puis reprit son chemin.

Soucieux de ne pas l'effrayer, mais assez près du jardin maintenant pour pouvoir faire mine d'en sortir, Thomas décida d'aborder enfin la mère de Lydia :

— Tout va bien, madame ?

— Francis ? demanda-t-elle. Est-ce que c'est toi, Francis ?

— Non. Je suis le docteur Silkstone, un ami de lady Lydia. Puis-je vous être utile ?

Lady Crick pencha étrangement la tête, comme si elle cherchait à s'orienter.

— Où suis-je ? s'enquit-elle d'une toute petite voix.

— À Boughton Hall, madame.

Elle considéra le chirurgien d'un œil morne. À l'évidence, elle peinait à le fixer. Il s'avança pour lui prendre le bras, mais elle poussa alors un cri perçant en désignant de l'index le crâne de Thomas :

— Il y a un singe, là, regardez !

Elle respirait avec difficulté.

Déconcerté par ce soudain éclat, Silkstone tenta une nouvelle fois de lui venir en aide, mais elle le repoussa :

— Non, non ! s'exclama-t-elle encore. Chassez d'abord ce singe.

Elle se mit à battre frénétiquement des bras – elle avait lâché son panier, dont le contenu se répandit sur le sol.

Alerté par les clameurs de la comtesse douairière, Jacob Lovelock, qui travaillait au jardin, se matérialisa auprès d'elle.

— Venez, madame, l'apaisa-t-il. Tout ira bien.

Sur quoi il la prit par la main. Elle sourit en retour au domestique.

— Francis, dit-elle, je suis fatiguée.

Sans qu'elle émît la moindre protestation, Jacob l'emporta dans ses bras en direction du manoir. Thomas les suivit. Lady Crick chantonnait à mi-voix, telle une fillette heureuse. Ce n'était assurément pas la première fois, songea l'anatomiste, que cette scène se produisait.

Avec l'aide d'Eliza, on installa la comtesse douairière dans son lit. Elle se débattit bien un peu, mais, quelques minutes plus tard, elle sombra dans un étrange état, quelque part entre veille et sommeil. Thomas lui prit le pouls : son cœur battait la chamade.

— A-t-elle déjà été victime de ce genre de crise ? demanda-t-il à Lydia lorsqu'elle se fut assise au chevet de sa mère.

— Oui. Peut-être cinq ou six fois.

— Combien de temps cela a-t-il duré ?

— Trois ou quatre heures, parfois un peu plus.

La jeune femme se tourna vers lady Crick, qui scrutait à présent le plafond comme s'il s'y déroulait un spectacle visible d'elle seule.

— Que se passe-t-il ? De quoi souffre-t-elle ?

Elle glissa les mains froides de sa mère sous le drap en lin.

Thomas considéra son expression mélancolique, il observa ces yeux de biche qui l'avaient instantanément séduit quelques mois plus tôt.

— Je ne puis vous répondre.

Il s'abstint d'avouer à la jeune femme qu'il possédait sur la question un avis très précis.

## 53

La bibliothèque de Boughton Hall n'était pas bien grande, mais, savamment aménagée, elle contenait un nombre considérable de volumes, alignés sur les étagères qui, du sol au plafond, couvraient les quatre murs de la pièce. Les livres dormaient sous une épaisse couche de poussière ; les occupants du manoir fréquentaient peu l'endroit. Néanmoins, chacun s'accordait à dire que le père de Lydia, cinquième comte de la lignée, s'était révélé un homme cultivé qui, en son temps, avait fait l'acquisition d'ouvrages seyant à un aristocrate de son rang.

Thomas parcourut les rangées de livres – il y avait là tous ceux qui constituent l'ordinaire d'un gentleman anglais : les œuvres complètes des philosophes de l'Antiquité côtoyaient des travaux plus récents, parmi lesquels ceux de sir Thomas More et de Thomas Hobbes. On recensait également des traités de John Locke, philosophe et médecin que les colons des Amériques citaient fréquemment dans leur lutte pour l'indépendance.

L'anatomiste fut agréablement surpris de découvrir encore *Chirurgie*, de Lorenz Heister, ainsi que *L'Anatomie de l'utérus gravide* du Dr William Hunter, illustre obstétricien. Au bout d'une vingtaine de minutes,

Thomas dénicha ce qu'il cherchait : un volume du grand Robert Hooke, que le jeune homme admirait beaucoup, lui sauta littéralement aux yeux, égaré parmi d'obscurs périodiques et autres revues consacrées à la sylviculture et la protection du gibier. Entre les pages jaunies du livre, le Dr Silkstone apprit tout ce qu'il avait besoin de savoir.

Plus tard au cours de la même journée, assis à l'imposant bureau installé dans un coin de la bibliothèque, il regarda s'approcher, d'un pas hésitant, Mme Claddingbowl. Sur la table de travail se trouvait un panier, du genre de ceux qu'utilisaient Lydia et sa mère pour y faire provision de fruits ou de fleurs lorsqu'elles se rendaient dans le jardin clos. À côté du panier, il y avait un grand livre ouvert – sur la planche illustrée se donnaient à voir toutes sortes de champignons.

La cuisinière esquissa une petite révérence avec nervosité.

— Bonjour, madame Claddingbowl, l'accueillit Thomas.

— Bonjour, monsieur, répondit-elle en tordant le coin de son tablier comme elle l'aurait fait de la pâte qui, en ce moment même, reposait à la cuisine.

— Asseyez-vous, dit l'anatomiste en lui désignant un siège, de l'autre côté du bureau.

La domestique s'exécuta en lorgnant au passage le contenu du panier.

— Connaissez-vous ces champignons, madame Claddingbowl ?

Avant de se rendre dans la bibliothèque, Thomas était retourné à l'endroit où lady Crick avait souffert de ses premières hallucinations et lâché son panier, afin de récupérer l'ensemble des végétaux qu'elle avait cueillis plus tôt dans le bois – ceux-là mêmes que la cuisinière avait maintenant sous les yeux.

— Ceux-ci, précisa le chirurgien en lui indiquant quatre ou cinq spécimens dodus au chapeau couleur de sable.

— Non, monsieur, répondit-elle en secouant la tête. Je n'en ai jamais vu de tels. Jamais.

Elle semblait si sûre d'elle que son interlocuteur ne poussa pas plus loin l'interrogatoire.

— Souhaitez-vous que je vous en prépare une poêlée, monsieur ? s'enquit alors Mme Claddingbowl. Je peux vous les faire revenir dans du beurre et…

— Non, merci, sourit Thomas, car je crains que ces champignons ne soient responsables du piètre état de lady Crick.

La cuisinière écarquilla des yeux effarés.

— Oh non, monsieur. Je n'en avais encore jamais vu, mais…

— Oui ? la pressa l'anatomiste.

— Mais ceux-là, je les connais, précisa-t-elle en montrant de l'index un champignon aux lamelles verdâtres.

— Vous en êtes sûre ? s'étonna Silkstone.

Elle se pencha sur le panier pour renifler la récolte à la manière d'un chien :

— Ça sent la rose fanée. Je reconnaîtrais cette odeur n'importe où, monsieur. Lady Crick m'a demandé un matin d'en préparer quelques-uns pour le petit-déjeuner de M. le comte.

— Vous rappelez-vous quand, au juste ?

Mme Claddingbowl se rassit.

— Une semaine ou deux avant sa mort, monsieur. Je m'en souviens parce que, plus tard dans la journée, il a vomi, si bien que je me suis demandé si ce n'était pas ces champignons qui l'avaient rendu malade.

À peine l'opulente cuisinière eut-elle quitté la pièce en se dandinant, visiblement satisfaite de sa prestation, que Thomas se mit à feuilleter le gros livre. Il ne tarda pas à dénicher l'illustration qu'il cherchait, assortie du commentaire suivant : « Chapeau d'un vert jaunâtre. On le trouve à l'automne dans les bois de hêtres. » L'anatomiste lorgna une fois encore l'intérieur du panier. Le doute n'était plus permis. Il s'agissait d'*Amanita phalloides*. L'amanite phalloïde, autrement surnommée le calice de la mort. Le plus vénéneux de tous les champignons connus de l'homme.

# 54

— Qu'avez-vous glané ? lui demanda Lydia au cours du dîner.

Elle n'avait pas manqué de remarquer que Thomas mangeait à peine et paraissait peu désireux d'engager la conversation. Ce n'est qu'une fois la table débarrassée qu'il se sentit autorisé à se décharger de son fardeau.

Comme les deux jeunes gens étaient venus s'asseoir au salon, devant la cheminée, il prit enfin la parole :

— Je crois que je sais comment votre frère a péri, commença-t-il lentement.

Lydia se tut un moment, ébranlée par cette révélation.

— Et vous connaissez le meurtrier? s'enquit-elle.

— Edward n'a pas été assassiné.

— Je ne comprends pas.

— Il s'agit d'un accident, déclara l'anatomiste en plongeant son regard dans celui de sa bien-aimée.

— Un accident? Expliquez-vous.

Silkstone avait passé des heures à chercher le meilleur moyen de lui exposer les faits sans blâmer quiconque. La tâche se révélait malaisée.

— Je pense que votre frère a ingurgité des champignons toxiques, qu'on lui a fait manger par erreur.

Lydia le dévisagea sans mot dire.

— Maman…, finit-elle par articuler.

— Je crains en effet qu'elle ait confondu des calices de la mort avec des champignons comestibles et qu'elle les ait fait servir à Edward pour son petit-déjeuner.

— Il a en effet été pris de nausées un jour, il avait le teint pâle et souffrait de terribles crampes d'estomac, mais cela s'est passé deux bonnes semaines avant son décès.

Thomas opina. Il venait d'apprendre, dans l'ouvrage qu'il avait consulté, que le poison contenu dans l'amanite phalloïde ne manifestait ses effets que deux jours après l'ingestion du végétal. La victime était prise de vomissements et de diarrhée, elle éprouvait une soif inextinguible et elle avait fort mauvaise mine.

— Ensuite, poursuivit le jeune homme, les malaises disparaissent, en sorte que l'on croit le patient tiré d'affaire.

— Il est vrai qu'après Edward se sentait parfaitement bien.

— Hélas, le calice de la mort poursuit son œuvre dans l'ombre, et si votre frère semblait avoir recouvré la santé, son foie, ainsi que d'autres organes, se trouvaient à ce point endommagés qu'il ne pouvait survivre. Il s'écoule parfois une dizaine de jours avant que la victime tombe à nouveau malade, expliqua le chirurgien, puis succombe dans d'atroces souffrances.

— Il est hors de question que ma mère apprenne quoi que ce soit à ce sujet, déclara Lydia après s'être tue longuement.

Thomas opina, mais il lui restait autre chose à apprendre à la veuve du capitaine :

— J'ai par ailleurs découvert la cause de l'étrange comportement de lady Crick.

Il plongea la main dans sa poche, pour en extraire un petit champignon qu'il éleva dans la lumière.

— Voici très probablement ce qui provoque ses hallucinations. Je l'ai vue en cueillir dans les bois.

Lydia demeura bouche bée.

— Les mots me manquent, finit-elle par souffler en secouant la tête.

— Ne les cherchez pas, la réconforta son invité, dont elle saisit en silence la main qu'il lui tendait.

Tous deux savaient que rien de ce qui venait de s'échanger entre eux ne devrait sortir de ce salon.

Ce soir-là, Thomas se rendit dans la chambre de la jeune femme non plus au titre de médecin, mais à celui d'amant. Sans prononcer une parole, Lydia lui ouvrit son lit, dans lequel il se glissa. D'abord, ils se contentèrent de s'étreindre, s'abandonnant dans les bras l'un de l'autre. Puis, sans plus pouvoir maîtriser son désir, Silkstone se mit à embrasser les boucles brunes de sa compagne avant de gagner ses lèvres, qu'elle entrouvrit pour lui.

— J'ai attendu ce moment si longtemps, murmura-t-il en contemplant le regard de la jeune femme, dans lequel, enfin, il ne lisait plus une once de tristesse. Je veux vous rendre heureuse.

— Nous serons heureux, mon amour, répondit-elle en prenant son visage entre ses mains menues.

Il s'agissait là d'un geste si tendre que Thomas crut bien sentir son cœur éclater de joie. Il embrassa de nouveau Lydia, puis l'embrassa encore, et à chacun de ces baisers leur passion gagnait en vigueur.

On frappa.

— Madame, madame, fit Eliza derrière la porte. Lady Crick ne se sent pas bien.

— J'arrive, répondit Lydia en se levant d'un bond.

On avait chargé la domestique de veiller sur la vieille dame durant son sommeil. Il était un peu plus de minuit.

Thomas quitta le lit à son tour, attirant Lydia contre lui pour un dernier baiser avant que la bienséance exigeât d'eux qu'ils opposent au monde une façade respectable.

— Je vous rejoins dans quelques minutes, murmura-t-il.

Lorsqu'il pénétra dans la chambre de lady Crick, elle vomissait dans un bol.

— Depuis combien de temps est-elle dans cet état? s'enquit-il auprès d'Eliza.

— Depuis vingt minutes environ.

Silkstone jeta un coup d'œil au seau posé à côté du lit, à demi plein de vomissures aux tons crème qui exhalaient une odeur acide. Lady Crick expulsait à présent une bile verdâtre; elle se libérait de l'entier contenu de son estomac.

Eliza, debout à son chevet, tamponnait son front moite à l'aide d'un linge humide, tandis que Lydia contemplait sa mère avec consternation. Elle avait bien tenté de lui prendre la main, mais la vieille dame nageait dans une telle confusion qu'elle l'avait repoussée.

— Maman, c'est Lydia, se mit-elle à pleurer doucement.

La comtesse douairière la considéra d'un œil hagard, sans plus la reconnaître.

— C'est à cause des champignons? demanda-t-elle à l'anatomiste.

— Difficile à dire, répondit celui-ci en prenant le pouls de la malade. Si c'est le cas, leur effet se dissipera d'ici quelques heures et, demain, elle sera de nouveau en pleine forme.

Il tâcha de rassurer sa bien-aimée d'un sourire.

Mais les tourments de lady Crick se poursuivirent très avant dans la nuit. Des crampes survinrent, puis ses intestins se vidèrent sans plus discontinuer, au point qu'Eliza dut disposer des serviettes sur le matelas. La pestilence devenait intolérable ; on ouvrit les fenêtres.

Lorsque Thomas examina le ventre de la patiente, il était dur comme la pierre et, si légère fût la pression qu'il exerçait sur lui, il tirait à la malheureuse des cris atroces.

Vers 3 heures du matin cependant, de brusques changements survinrent : les joues de lady Crick retrouvèrent un semblant de couleur, et sa fièvre commença à tomber. Son souffle s'apaisa et, après avoir gardé des heures durant les yeux hermétiquement clos sous l'effet de la douleur, elle ouvrit les paupières, puis les referma pour s'abandonner à un sommeil paisible.

Lydia, demeurée de l'autre côté de la porte sur ordre de Thomas, fit tout à coup son entrée, angoissée par le silence qui régnait soudain à l'intérieur de la chambre. Elle redoutait le pire, mais son compagnon la rassura :

— Elle ne souffre plus. Nous devons la laisser dormir, à présent.

— Je vais rester auprès d'elle.

— Vous avez besoin de repos.

— Je tiens à être là. Je vous appellerai si elle se réveille.

Le jeune homme se rendit à ses arguments et lui décocha un sourire. Il n'était pas fâché de pouvoir se détendre à son tour.

# 55

Ainsi que le jeune médecin l'avait prévu, lady Crick se rétablit peu à peu. Le lendemain, assise dans son lit, elle avalait déjà un bouillon et, le troisième jour, elle parvint à faire le tour de sa chambre au bras de sa fille.

— Votre mère accomplit de remarquables progrès, observa Thomas lorsque, deux jours de plus s'étant écoulés, les jeunes gens regardaient la comtesse douairière effectuer seule quelques pas.

— Oui, sourit Lydia. Elle a l'intention d'aller demain se promener au jardin.

— Excellente nouvelle, commenta l'anatomiste, dont la compagne sentit pourtant qu'il y avait de la distance dans sa voix.

— Que se passe-t-il, Thomas?

— Puisque lady Crick est en train de se rétablir, plus rien ne me retient à Boughton Hall. Je crains de devoir regagner Londres dans les jours qui viennent.

La jeune femme lui coula un regard empreint de tristesse.

— Vous avez votre mère, reprit Silkstone, et moi j'ai mon travail. Pour le moment, il nous est impossible de demeurer l'un près de l'autre. Plus tard, peut-être...

— Je prie pour qu'il en soit ainsi.

Les dernières nuits que le chirurgien resta au manoir, il les passa sans exception dans le lit de Lydia, qu'il quittait aux premières lueurs de l'aube pour rejoindre sa chambre. Pour la première fois de sa vie, il se sentait réellement heureux.

Le 11 octobre 1781 au matin, Thomas se prépara à quitter Boughton Hall pour plusieurs mois ou, du moins, à n'y revenir que lorsque le printemps aurait dégelé les routes.

Haïssant les longs adieux, il avait décidé de s'éclipser à l'aube. Lydia dormait encore. Il l'embrassa sur le front. Seul Will se trouvait présent au moment de son départ.

— Vous allez nous manquer, monsieur, lui déclara le garçonnet en l'aidant à se mettre en selle.

— Tu me manqueras aussi, mais je reviendrai dès que possible.

Sur quoi il lança son cheval au galop en direction d'Oxford, où il comptait grimper à bord de la diligence qui se rendait à Londres.

Il faisait froid. Le jeune homme se sentait triste et perdu. La perspective de se voir privé de la présence de Lydia durant quatre ou cinq mois l'abattait. Ils s'écriraient, certes, mais que valait un parchemin par comparaison avec la chaleur de son sourire, les délices de ses doigts sur sa peau ?

Comme il venait de s'engager dans la vaste allée bordée de lauriers vert sombre et de noisetiers dont l'automne dorait les feuilles, il avisa une silhouette au sommet de la colline, non loin de la tombe du capitaine Farrell.

En se rapprochant, il eut la surprise de constater qu'il s'agissait de lady Crick. Il lança son cheval à l'assaut de la pente. Bientôt, il atteignit le pavillon d'été. Un manteau de brume couvrait la vallée en contrebas.

Lorsqu'elle perçut un bruit de sabots derrière elle, la comtesse douairière se retourna. Vêtue d'un châle cramoisi, et coiffée d'un bonnet de dentelle, elle sourit calmement au jeune anatomiste.

— Vous nous quittez, docteur Silkstone.

— Hélas oui. Mais je suis heureux de vous voir en si bonne forme avant de partir.

La vieille dame partit d'un rire étrange.

— Ne vous méprenez pas, docteur Silkstone, fit-elle sur un ton énigmatique.

— Je crains de ne pas comprendre…

Lady Crick qui, jusqu'alors, contemplait le paysage, se retourna pour lui faire face : ses traits se trouvaient curieusement distordus et son teint avait jauni.

— Cela a fait un an, la semaine dernière, que mon fils est décédé.

— En effet.

— Et d'ici la semaine prochaine, je l'aurai rejoint.

— Comment cela ? s'étonna le jeune homme, qui ne savait plus que penser – les effets délirants des hallucinogènes se faisaient-ils encore sentir ?

La comtesse douairière planta son regard dans celui du chirurgien. Aussitôt, il nota les pupilles dilatées et les traits singulièrement altérés.

— J'ai consommé deux calices de la mort le jour où vous m'avez suivie dans les bois, docteur Silkstone.

Stupéfait, ce dernier scruta la veuve en s'efforçant d'assimiler l'énormité de sa révélation. La vieille dame, en retour, regardait se décomposer l'anatomiste.

— Eh oui, docteur Silkstone. Je vais mourir dans quelques jours.

— Mais pourquoi ?

— Parce que j'ai échoué.

Elle leva la tête pour admirer de nouveau les collines qui se déroulaient en contrebas selon mille et un tons d'ocre et de brun.

— Edward ne méritait pas d'hériter de tout cela, expliqua-t-elle. Vous savez bien de quel genre de femme il aimait à s'entourer. Son cher père a dû maintes fois se retourner dans sa tombe en le voyant agir.

— Vous l'avez donc tué pour que le domaine revienne au capitaine Farrell ?

— Mon Dieu, non, se récria lady Crick en haussant ses épaules étroites avec un sourire. L'Irlandais se révélait, lui aussi, un vaurien de la pire espèce. Il ne valait guère mieux qu'Edward. Il a volé le cœur de ma Lydia et, pour la récompenser, il a passé tout son temps à perdre et gagner des fortunes aux cartes, ainsi qu'à multiplier les conquêtes féminines.

Thomas comprit soudain que la comtesse douairière avait tout prévu. Les mots lui manquaient pour exprimer le bouleversement dont il était le siège. Ainsi, la femme qui se tenait devant lui avait-elle feint la sénilité pour s'attirer la bienveillance de tous ceux et celles qui croisaient son chemin. Pendant ce temps, elle observait, elle patientait, elle manipulait les gens et les choses de la plus abjecte des façons. Elle avait organisé l'assassinat de son propre fils avec toute la ruse et la duplicité d'un véritable démon.

— Francis ! laissa échapper l'anatomiste. Vous désiriez que Francis se marie avec Lydia, afin qu'il hérite de Boughton Hall.

— Francis, répéta lady Crick. Cher Francis… Il m'a appris tant de choses durant nos promenades…

— Vous vouliez qu'on établisse la culpabilité du capitaine. De cette façon, Lydia aurait eu tout loisir d'épouser son cousin.

— Je n'avais hélas pas prévu que James Lavington s'inviterait dans le tableau, l'interrompit son interlocutrice.

— Si seulement la jalousie n'avait pas submergé Francis, opina Silkstone. On aurait pendu Lavington pour le meurtre de Farrell. Tout demeurait possible.

L'effroyable puzzle se recomposait sous ses yeux épouvantés.

— Bien sûr, intervint la vieille dame, qui ne lâchait plus le paysage du regard, tout ceci pourrait être à vous, si vous en manifestiez le désir.

Thomas n'en croyait pas ses oreilles.

— Vous aimez Lydia. Elle vous aime. Certes, vous êtes de moindre extraction, et vous nous venez des Amériques, mais je devine que vous êtes un homme de bien.

C'était comme si les écailles lui étaient soudain tombées des yeux : pour la première fois, le chirurgien discernait toute la noirceur de cette femme que chacun, jusqu'alors, avait crue parfaitement inoffensive. Debout au sommet de la colline, elle devenait pareille à quelque marionnettiste infernal en train de tirer les ficelles de ses malheureuses créatures s'échinant à ses pieds.

— Vous m'offrez là une coupe empoisonnée, remarqua le jeune homme.

— Empoisonnée ? s'esclaffa lady Crick. Vous possédez le sens de la formule, docteur Silkstone. Non. Pas empoisonnée. Un peu souillée, tout au plus.

La colère s'empara de l'anatomiste, un accès de fureur pareil à une vague immense prête, s'il n'y prenait garde, à le submerger dans l'instant.

— Je souhaite que votre fille devienne ma femme, cela est vrai, commença-t-il en s'efforçant de maîtriser son courroux, et je pense qu'elle m'accorderait sa main si je la lui demandais. Mais, si nous nous marions, madame, ce sera selon nos propres termes, et non parce que vous l'aurez désiré.

— Alors qu'il en soit ainsi, rétorqua la comtesse douairière avec dédain.

Le cœur de Thomas battait la chamade. Son univers se retrouvait sens dessus dessous et, si d'aventure Lydia découvrait la vérité, le sien se verrait à jamais dévasté. Il n'y avait pas de temps à perdre.

Le garçon éperonna son cheval pour regagner Boughton Hall en toute hâte.

— J'ai changé d'avis, annonça-t-il à Will, éberlué. Surtout, ne dis rien à madame.

Sur quoi le jeune médecin renoua, comme si de rien n'était, avec l'existence quotidienne au manoir. Il prit dans la salle à manger son petit-déjeuner en compagnie de Lydia, tâchant de plaisanter avec elle autour des assiettes de bacon et d'œufs. Pourtant, dans le secret de son être il attendait. Il attendait le premier cri de douleur, le premier spasme, le premier signe de l'agonie de lady Crick.

Cette dernière ne s'était pas jointe à eux pour le petit-déjeuner, prétextant une envie plus pressante de se promener dans les bois. Seul Thomas avait deviné ses raisons.

— Je suis aux anges de la voir en si bonne santé, sourit Lydia.

— En effet, se contenta de commenter le jeune homme, qu'un accès de culpabilité torturait soudain.

— Et vous pouvez être sûr qu'elle ne touchera plus jamais à ces maudits champignons, ajouta sa compagne en partant d'un petit rire plein d'innocence.

Quelques heures plus tard, la comtesse douairière s'alita. Elle était fatiguée, dit-elle. À sa fille, qui s'inquiétait, elle affirma que tout allait bien.

— Je préfère quand même m'assurer de son état, décréta Thomas à sa compagne en se dirigeant quelques minutes plus tard vers la chambre de lady Crick.

— Mon heure a sonné, lui déclara celle-ci lorsqu'il pénétra dans la pièce sombre et silencieuse.

De grosses gouttes de sueur perlaient à son front.

— De l'eau. Il me faut de l'eau. Je meurs de soif.

— Souffrez-vous? s'enquit l'anatomiste en lui tendant un verre.

— Cela vous ferait-il plaisir?

— J'ai juré naguère de tout faire pour apaiser les tourments physiques de mes semblables, répliqua le jeune homme, qui se sentait insulté.

La comtesse douairière lâcha un petit rire méprisant.

— N'oubliez pas que j'ai entendu mon fils agoniser. Je l'ai entendu pousser des cris à vous glacer les sangs. Me croyez-vous résolue à endurer un tel supplice?

— Avez-vous ingurgité d'autres champignons? l'interrogea Silkstone en se rappelant sa promenade matinale dans les bois.

— Leur magie opérera bientôt, sourit-elle, et, dès lors, je m'enfoncerai dans une délicieuse inconscience.

Thomas songea qu'il allait s'agir là d'une agonie trop douce pour un être aussi maléfique, mais il tint sa langue et entreprit de veiller la mourante. Combien de temps s'écoulerait-il avant qu'elle passât de vie à trépas? Il l'ignorait. Il ne pouvait guère qu'espérer, pour le bien de tous, qu'elle rendrait au plus tôt son dernier soupir.

Comme il se tenait assis sans bruit en regardant le poison faire son œuvre, il imagina le foie de lady Crick, endormi tel un chat au creux de son abdomen, et que les toxines commençaient d'assaillir. L'organe allait se trouver peu à peu étouffé, anesthésié par les substances mortelles contenues dans les champignons. À présent, le Dr Silkstone se devait de préparer Lydia à l'imminent décès de sa mère. La jeune femme ne s'y attendait pas, la nouvelle la frapperait de plein fouet.

— Je crains que la comtesse douairière ne soit en train de sombrer doucement dans le coma, dit-il à sa compagne en la prenant par la main.

Elle se déroba dans un sursaut.

— Comment est-ce possible ? Elle se sentait beaucoup mieux. Que s'est-il passé ?

— Elle a fait une rechute. Ce n'est hélas plus qu'une question de temps avant qu'elle ne nous quitte.

En voyant se peindre un profond chagrin sur les traits de la jeune femme, Thomas eut l'impression de l'avoir trahie comme il n'avait encore trahi personne avant elle. Le mensonge et la tromperie ne lui étaient pas coutumiers, mais, cette fois, il lui fallait enterrer pour toujours cette vérité que Lydia se révélerait incapable de supporter.

Celle-ci marcha jusqu'à la fenêtre, depuis laquelle elle contempla les pelouses soigneusement entretenues.

— Merci, Thomas, soupira-t-elle. Vous avez fait de ton mieux.

On appela le pasteur, mais il était trop tard. Il n'y eut pas de confession, pas de repentir. Nulle expiation. Seulement le souffle court et rauque d'une vieille femme en train de rendre l'âme.

Quarante-huit heures s'écoulèrent encore avant que lady Crick succombe au poison qu'elle avait ingurgité. Pour la quatrième fois en un an, la mort s'abattait sur Boughton Hall. À une ou deux reprises, la comtesse douairière avait lâché un cri étouffé. À une ou deux reprises, elle avait ramené en geignant ses genoux contre son ventre. Une fois, elle avait même cinglé l'air de son bras comme pour repousser le Malin en personne. Pour le reste, elle avait connu une agonie tranquille et silencieuse, ainsi qu'elle l'avait désiré – elle était parvenue à se dérober aux tourments qu'elle avait infligés plus tôt à Edward. Sa dépouille mortelle reposerait en paix, sans que l'âme noire qui, assurément, s'y cachait, fût un jour révélée par le scalpel d'un chirurgien…

On enterra la vieille dame dans la crypte, à côté de son époux et de son fils. Thomas demeura au manoir jusqu'à l'inhumation, avec l'espoir que sa présence consolerait un peu Lydia, mais, bientôt, il fut temps pour lui de regagner Londres.

— Que vais-je devenir sans vous, mon amour? s'affligea la jeune femme le matin de son départ. C'est grâce à vous seul que j'ai surmonté toutes ces épreuves.

— Vous savez que je resterai toujours près de vous, répondit-il en prenant ses deux petites mains dans les siennes pour y déposer de tendres baisers.

Les amants avaient les yeux pleins de larmes.

— Si vous consentiez à devenir ma femme, se lança le chirurgien, nous n'aurions plus besoin de nous séparer. Acceptez-vous de m'accorder votre main, mon cher amour?

— Oui, acquiesça Lydia en plongeant son regard dans celui de son amant, le sourire aux lèvres. Oui, j'accepte.

Elle se blottit contre lui. Ces instants, songea Silkstone, sauraient lui tenir chaud durant les longs mois d'hiver qu'il s'apprêtait à passer loin de Boughton Hall.

Le temps, dit-on, est le plus grand des médecins. Le temps guérit les blessures qu'infligent aux êtres la perte de leurs proches et les tragédies intimes. De cela, Thomas était convaincu. Pour le moment, néanmoins, il allait falloir panser ces plaies en attendant patiemment qu'elles guérissent. Il arrivait, songea-t-il encore, que le bistouri de l'anatomiste fît autant de mal que de bien. Il aurait fallu, quelquefois, laisser la nature accomplir son œuvre, sans l'intervention du scalpel ni du trocart. Quelquefois, la prière silencieuse et la méditation valaient mieux que toute la pompe sacerdotale.

C'est dans cet état d'esprit que le Dr Silkstone quitta le manoir pour la dernière fois. Comme il passait devant le cimetière où se trouvait la tombe de la jeune Rebecca, toujours garnie de fleurs fraîches, il entendit des cris dans son dos. En se retournant, il découvrit Will Lovelock, le visage auréolé de sa tignasse rousse malmenée par le vent, qui courait de toutes ses jambes en l'appelant pour tenter de le rattraper.

L'anatomiste immobilisa son cheval.

— Que se passe-t-il, mon garçon?

L'enfant dut reprendre haleine un moment avant de pouvoir lui délivrer le message dont il était porteur :

— Je dois vous remettre ceci, monsieur, finit-il par haleter en tendant au médecin le médaillon d'argent que Lydia avait un jour perdu dans la cour de l'écurie.

— Je t'avais dit de le rendre à madame, le gronda Thomas en fronçant les sourcils.

— Je le lui ai rendu, monsieur. Comme vous me l'aviez demandé. Mais lady Lydia vient de me dire de vous le remettre en souvenir.

L'anatomiste sourit, remercia le garçonnet, puis referma les doigts sur le pendentif, avant de le glisser dans sa poche de poitrine et d'éperonner de nouveau sa monture. Aucun homme de l'art n'avait encore conçu de remède contre le mal d'amour, mais, pendant la mauvaise saison qui se profilait, ce petit cadeau consolerait son cœur meurtri par l'absence de sa future épouse.

## Remerciements

Le personnage du Dr Thomas Silkstone m'a été inspiré par les nombreux étudiants « américains » qui se rendirent en Angleterre et en Écosse au XVIII^e siècle pour y apprendre l'anatomie, souvent sous l'égide du Dr John Hunter, l'un des plus proches amis de Benjamin Franklin. Parmi ces disciples, on peut citer, par exemple, William Shippen (Jr) et John Morgan, fondateurs de l'actuelle faculté de médecine de l'université de Pennsylvanie.

Le récit s'inspire quant à lui d'un procès pour meurtre qui se tint à la cour d'assises de Warwick, en Angleterre, en 1781, lors duquel, pour la première fois semble-t-il, on appela à la barre des témoins un expert médical – un anatomiste en l'occurrence.

Même s'il s'agit ici d'une œuvre de fiction, dans laquelle j'ai donc pris quelques libertés avec la plupart des faits, changé les noms, les lieux, etc., j'ai tenté en revanche de demeurer la plus précise et la plus fidèle possible concernant les détails historiques.

Je tiens à remercier le Dr Kate Dyerson, dont les connaissances médicales m'ont été fort utiles dans le cours de mes recherches, ainsi que Katy Eachus et Patsy Pennell pour leurs avis éclairés sur mon travail.

Je remercie également Melissa Jeglinski, mon agent, et mon éditeur John Scognamiglio, pour la confiance qu'ils m'ont manifestée.

263. Charles DICKENS, *Le Choix d'Esther.*
264. Michel EMBARECK, *La mort fait mal.*
265. Richard CONDON, *Un crime dans la tête.*
266. Alfredo COLITTO, *L'Élixir des Templiers.*
267. Emily BRONTË, *Les Hauts de Hurlevent.*
268. *Le Coran.*
269. Philippe CROCQ, Jean MARESKA, *La Vie pas toujours rose d'Édith Piaf.*
270. Mary Elizabeth BRADDON, *Le Secret de lady Audley.*
271. Gerald MESSADIÉ, *Et si c'était lui?*
272. Kate SNELL, *Le Dernier Amour de Diana.*
273. Wilkie COLLINS, *La Dame en blanc.*
274. Mélanie ROSE, *La Mémoire d'une autre.*
275. Raluca NATHAN, *L'Âme tatouée.*
276. Candice COHEN-AHNINE, *Rendez-moi ma fille.*
277. *Les Prophéties de Nostradamus.*
278. *Le Grand et le Petit Albert.*
279. Patrice FRANCESCHI, *Quatre du Congo.*
280. Patrice FRANCESCHI, *Terre farouche.*
281. Patrice FRANCESCHI, *Qui a bu l'eau du Nil...*
282. Patrice FRANCESCHI, *Raid papou.*
283. Reynald ROUSSEL, *Ce que les morts nous disent.*
285. Michel TAUBMAN, *Le Roman vrai de DSK.*
286. René BENJAMIN, *Gaspard.*
287. Philippa GRÉGORY, *La Reine clandestine.*
288. David DOSA, *Un médium nommé Oscar.*
289. Sharon McGovern, *Terrifiée.*
290. Annabelle DEMAIS, *Rose sang.*
291. Maud TABACHNIK, *Je pars demain pour une destination inconnue.*
292. Pierre MIKAÏLOFF, *Bashung, vertige de la vie.*
293. Anthony TROLLOPE, *L'Héritage Belton.*
294. Jacqueline MONSIGNY, *La Sirène du Pacifique.*
295. Charlotte BRONTË, *Jane Eyre.*
296. Stéphane BOUCHET, Frédéric VÉZARD, *Cantat, l'amour à mort.*
297. Molly WEATHERFIELD, *Dangereux plaisirs.*
298. Jacques LAURENT, *Caroline chérie* (t. 1).
299. Jacques LAURENT, *Caroline chérie* (t. 2).

300. Cathy Glass, *Ne dis rien.*
301. Tamara McKinley, *Les Pionniers du bout du monde.*
302. Gerald Messadié, *L'Impératrice fatale*. I. *La Fille Orchidée.*
303. Joyce Carol Oates, *Une troublante identité.*
304. Lysa S. Ashton, *De cuir et de soie.*
305. Sheila, *Danse avec ta vie.*
306. Cecilia Samartin, *Rosa et son secret.*
307. Elizabeth von Arnim, *Père.*
308. Gerald Messadié, *L'Impératrice fatale*. II. *Le Bûcher du Phénix.*
309. Marie-Bernadette Dupuy, *Le Cachot de Hautefaille.*
310. Bernard Pascuito, *Coluche.*
311. Nicholas Meyer, *La Solution à 7 %.*
312. Elizabeth Gaskell, *Ruth.*
313. Kathy Harrison, *Les Larmes de Daisy.*
314. Sarah Lark, *Le Pays du nuage blanc.*
315. Louise Colet, *Un drame dans la rue de Rivoli.*
316. Dorothy Chitty, *Mon ange gardien m'a sauvée.*
317. James Hayman, *L'Écorcheur de Portland.*
318. Judith Lennox, *Mes sœurs et moi.*
319. Fred Hidalgo, *Jacques Brel.*
320. Amale El Atrassi, *Louve musulmane.*
321. Antonin Malroux, *La Fille des eaux vives.*
322. Gérard Lenorman, *Je suis né à vingt ans.*
323. Alexandre Dumas, *Le Docteur mystérieux.*
324. Michel Quint, *Veuve noire.*
325. Jack Lance, *Tu es mort.*
326. Anne Roumanoff, *Normal Ier, roi des Français.*
327. Marc Alyn, *Monsieur le chat.*
328. Madeleine Goldstein, *On se retrouvera. Survivre à Auschwitz.*
329. Hermine de Clermont-Tonnerre, *Le Savoir-vivre au XXIe siècle.*
330. Sean Boyne, *Mon père m'a vendue.*
331. Alexandre Dumas, *La Fille du marquis.*
332. Éd. par Joseph Vebret, *De l'amour, une anthologie de lettres et de poèmes.*
333. Guy Roux, *Il n'y a pas que le foot dans la vie.*
334. Charlotte Brontë, *Le Professeur.*
335. Diane et Bernie Lierow, *Sauvée par l'amour.*
336. Edgar Morin, *Au péril des idées.*
337. Nicholas Meyer, *L'Horreur du West End.*
338. Émile Zola, *Madeleine Férat.*

339. Bernard VINCENT, *Lincoln, l'homme qui sauva les États-Unis.*
340. Raphaël DELPARD, *L'Enfant sans étoile.*
341. Jacqueline BRISKIN, *Paloverde.*
342. Joyce Carol OATES, *Fleur vénéneuse.*
343. Karl ZÉRO, *Disparues.*
344. Colleen MCCULLOUGH, *Tim.*
345. Charles DICKENS, *La Petite Dorrit* (t. 1).
346. Lizzie MCGLYNN, *Je te pardonne, papa.*
347. Charles DICKENS, *La Petite Dorrit* (t. 2).
348. Joseph VEBRET, *Maman, ces poèmes sont pour toi.*
349. Thomas HARDY, *Loin de la foule déchaînée.*
350. Alexandre DUMAS, *Le Chevalier de Maison-Rouge.*
351. Tamara MCKINLEY, *L'Or du bout du monde.*
352. Marie-Bernadette DUPUY, *Du sang sous les collines.*
353. Pearl BUCK, *L'Énigme éternelle.*
354. Colleen MCCULLOUGH, *Un autre nom pour l'amour.*
355. Lewis WALLACE, *Ben-Hur.*
356. Michael CLEMENGER, *Dans l'enfer de l'orphelinat.*
357. Georges SAND, *Le Dernier Amour.*
358. Cécilia SAMARTIN, *La Promesse de Lola.*
359. Lilly LINDNER, *Moi Lilly, violée, prostituée.*
360. Alexandra RIPLEY, *Charleston.*
361. Mario PUZO, *Le Sang des Borgia.*
362. Jacqueline BRISKIN, *Les Sentiers de l'aube.*
363. Alexandre DUMAS, *Jane.*
364. Tariq RAMADAN, *L'Islam et la réforme radicale.*
365. Anne de BOURBON-SICILES, *Le Chant du pipiri.*
366. Sacha BUZMANN, *Le Jouet du prédateur.*
367. Michel EMBARECK, *Le Rosaire de la douleur.*
368. Pamela HARTSHORNE, *L'Écho de ton souvenir.*
369. Sarah LARK, *Le Chant des esprits.*
370. Brenda JAGGER, *Les Chemins de Maison Haute.*
371. Edgar MORIN, *Au rythme du monde.*
372. François DELPLA, *Nuremberg face à l'Histoire.*
373. Cathy GLASS, *Maman dit que c'est ma faute.*
374. Susan HILL, *La Main de la nuit.*
375. Mélanie ROSE, *Coups de foudre.*
376. Patrick POIVRE-d'ARVOR, *Rapaces.*
377. Alexandra RIPLEY, *La Demoiselle du Mississipi.*
378. Colleen MCCULLOUGH, *La Passion du docteur Christian.*

379. Marie-Françoise Loock, *L'Encyclopédie des trucs.*
380. Alexandra Ripley, *Retour à Charleston.*
381. Thomas Hardy, *Le Maire de Casterbridge.*
382. Paula Haddad, *J'ai liké ton profil… et j'aurais pas dû.*
383. Brenda Jagger, *Le Silex et la Rose.*
384. Karl Zéro, *Coupable, non coupable.*
385. Constance Meyer, *La Jeune Fille et Gainsbourg.*
386. Stefan Au Dem Siepen, *La Corde.*
387. Lucy Dillon, *Chiens perdus et cœurs solitaires.*
389. Kim Messier, *Baiser à Manhattan.*
390. Tina Rothkamm, *Mon combat pour libérer ma fille.*
391. Lindsay Chase, *Un amour de soie.*
392. Dawn French, *Cette chère Sylvia.*
393. James Patterson, *Celui qui dansait sur les tombes.*
394. Thomas Hardy, *Jude l'obscur.*
395. Brenda Jagger, *Retour à Maison Haute.*
396. Peter Benchley, *Les Dents de la mer.*
397. Hugues Royer, *Est-ce que tu m'entends?*
398. Tariq Ramadan, *De l'Islam et des musulmans.*
399. Bertrand Tessier, *Grace, la princesse déracinée.*
400. Tamara McKinley, *L'Ile aux mille couleurs.*
401. Diana Lama, *Scalpel.*
402. Pierre Ripert, *La Franc-maçonnerie révélée aux profanes.*
403. Thomas Hardy, *Le Retour au pays natal.*
404. Sarah Lark, *Le Cri de la terre.*
405. Mary-Jane Clark, *Vous promettez de ne rien dire?*
406. Marie-Bernadette Dupuy, *Les Croix de la pleine lune.*
407. Jacqueline Briskin, *Le Palais du comte Paskevitch.*
408. Borris Starling, *Vendredi saint.*
409. Colleen McCullough, *Le Dernier Banquet.*
410. Allison Dubois, *Ce que nous disent les défunts.*
411. Andreas Gruber, *48 heures pour mourir.*
412. Edgar Rice Burroughs, *Tarzan, seigneur de la jungle.*
413. Tariq Ramadan, *Être occidental et musulman aujourd'hui.*
414. Tolstoï, *Guerre et Paix* (t. 1).
415. Tolstoï, *Guerre et Paix* (t. 2).
416. Lindsay Chase, *Le Torrent des jours.*
417. Colleen McCullough, *Les Quatre Filles du révérend Latimer.*
418. Hélène Montel, *Détruite.*
419. Alain-Joseph Bellet, *Je communique avec les défunts.*

420. Philippa GREGORY, *La Princesse blanche.*
421. Piero DEGLI ANTONI, *Bloc 11.*
422. Daniels HOPE, *Abandonnée de tous.*
423. Mary-Jane CLARK, *Si près de vous.*
424. Judith KRANTZ, *À nous deux, Manhattan.*
425. Mélanie ROSE, *Retour sur Terre.*
426. Tamara MCKINLEY, *Et le ciel sera bleu.*
427. Jacqueline BRISKIN, *Les Aigles et la Colombe.*
428. Tariq RAMADAN, *Introduction à l'éthique islamique.*
429. Joseph WAMBAUGH, *Soleils noirs.*
430. Boris STARLING, *Vipère noire.*
431. Robin LEE HATCHER, *La Bonne Fortune d'Élisabeth Wellington.*
432. Luc MARY, *Les Derniers Jours des Romanov.*
433. Jean PHILIPPE, *Les Deux Vies de Zidane.*
434. Virginia WOOLF, *Mrs Dalloway.*
435. Julie BOCAGE, *160 recettes ventre plat.*
436. Cecilia SAMARTIN, *Nora ou le paradis perdu.*
437. Rosanne BITTNER, *Orages sur la plaine.*
438. Cathy GLASS, *La Petite Princesse de papa*
439. Mary Jane CLARK, *Vengeance par procuration.*
440. James PATTERSON, *Black friday.*
441. Judith KRANTZ, *Rendez-vous.*
442. Jolien JANZING, *L'amour caché de Charlotte Brontë.*
443. Adeline YEN-MAH, *Feuilles d'automne.*
444. Tariq RAMADAN, *Le Génie de l'islam.*
445. Edith WHARTON, *Chez les heureux du monde.*
446. Navin CHAWLA, *Mère Teresa.*
447. Robin LEE HATCHER, *Les Orages du Sud.*
448. Catherine BARNERON, *Et pourtant, tu étais ma maman.*
449. Tessa HARRIS, *Meurtre à Oxford.*
450. Claude TILLIER, *Mon oncle Benjamin.*

*Cet ouvrage a été composé*
*par Atlant'Communication au Bernard (Vendée)*

*Impression réalisée par*
*CPI France*
*en mars 2017*
*pour le compte des Éditions Archipoche*

*Imprimé en France*
N° d'édition : 449
N° d'impression : 3021531
Dépôt légal : avril 2017